REPLY TO KEATS
奇洛李维斯回信

清明谷雨

著

上海文化出版社

Reply to Keats

宝莉湾港口
独家报道
EXCLUSIVE

少年时代没有得到过的鲜花和掌声，

都由赵声阁为他补齐。

REPLY TO K[]TS

赵声阁
陈　挽

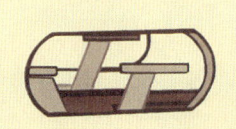

REPLY TO
KEATS ▶

ZHAO SHENGGE & CHEN WAN

奇洛李维斯,真的回信了。

希望你一直赢,希望你交好运,
希望你健康不生病,希望你有很多人挂念。
最希望,你开心。

Contents 目录

REPLY TO KEATS

01 从前和你相隔雪山　　　001

02 飞鸟经年盘旋不止　　　019

03 红灯高碑不为人知　　　037

04 一路坦途，万事顺当　　054

05 一场就要醒了的梦　　　070

06 圆脑袋的人，都轴　　　087

07 富士山很远，他去不到了　105

08 玉崞不语，宽厚不摧　　122

09 你有我电话吧?　　　　140

10 凝视他人亦被凝视　　　158

11 你想要吗？萤火虫　　　　　　176

12 最希望，你开心　　　　　　　196

13 少年心事　　　　　　　　　　213

14 保护你是一种本能　　　　　　231

15 富士山不远，月亮也真的可以私有　247

16 楼台风急，山雨将至　　　　　257

17 他的苦都吃完了　　　　　　　274

18 做人总要公平一点吧　　　　　288

19 我要一个知情权　　　　　　　302

20 奇洛李维斯，真的回信了　　　316

番外　成人礼礼物　　　　　　　328

01 从前和你相隔雪山

陈挽开了辆不大起眼的大众,缓慢驶入机场高架。

刮八号风球的第一天,机场大道两边的棕榈和洋紫荆被台风吹得七零八落,陈挽启动了几次刮雨器,才勉强能保持视野清晰。

天气异常恶劣,T2航站楼重复播报气象报道:

"今年第七号台风'仙鹿'已于今日上午十一点三十六分在我市沿海登陆。"

"受对流云团影响,外环最大风力达八级,预计未来六个小时有强降雨,已发布红雨预警……"

用国语、英语和粤语各播报一遍。

陈挽看了眼腕表,绕了个大弯拐入B3,找了个不起眼的地方停车,靠着椅背,一只手放在方向盘上,另一只手搭在车窗边,姿势还算放松,眼睛却紧盯着前方。

狂风骤雨,很不适合飞行的天气,偶有赶航班或落地的乘客,里面没有陈挽要等的人。

他点了支烟醒神,昨晚几乎没怎么睡,今早又要在台风登陆前赶到机场,怕堵车。

橙红色火光在晦暗中升起微弱模糊的暖意。

港文电台插播昨日金曲,粤语歌在沙沙的雨声中有种催眠的效果。

陈挽换了个频道。

"TCB为您播报……明隆近日完成……兼并和收购……"

"商贸协……换届选举……立法会一票否决……"

手机振动，卓智轩问陈挽接风宴准备得怎么样。

赵声阁回国，即便是卓智轩也不敢掉以轻心。

陈挽发了几张照片过去，说："湾区傍山别墅餐厅。"

卓智轩看了看，挺满意，陈挽办事向来靠谱，让人放心。

聊完正事，卓智轩八卦道："听说他是和徐小姐一起回来的。"

"不是，"陈挽灭了烟，利落拉杆，一踩油门，纠正好友，"他是自己回来的。"

"……"卓智轩瞬间清醒了，推开怀里的温香软玉，坐起来，"你跑去跟踪人了？"

陈挽专注地盯着那道从 B3 口出来的高大身影，直到对方跨进一辆黑色迈巴赫，才分神回道："不是跟踪，是接机。"

单方面的。

"……"卓智轩收声半晌，又像是习惯了，最后只轻轻地憋出了一句，"不怕死是吧，陈挽。"

陈挽不远不近地跟在迈巴赫后面，沉默片刻，道："我不放心。"

海市最近不太平，商贸协会理事会换届近在眼前，珠岛、下龙界、西贡门几方势力蠢蠢欲动。

大概从上个月开始，群岛频传劫机和空难事件。

那个人最近在国外一系列凶悍强硬的收购吞并手段又引起轩然大波……

几年前的袭击事件还历历在目，陈挽从前几日就开始心神不宁。

他猜测对方应该是乘坐那架达索猎鹰 900 私人机回来。

猎鹰机型强悍，抵得住热带气旋风暴，但落地很硬，不知道会不会迫降。

卓智轩哑口，气笑："轮得到你忧心？你担心担心你自己吧。"

陈挽好脾气地笑笑，没说什么。

十几年老同学，卓智轩同他知根知底，陈挽从来言行得当，进退有度，但冷不丁出个格，那必是大事。

卓智轩不解："你怎么知道他从哪里下机？"

澳屿机场是许多国际航班的中转站，新设了多条出口密道，一些政要或是其他重要人物会不定站口出站。

陈挽沉默片刻，含糊道："我有我的办法。"

都是在风口浪尖上立着的成年人，卓智轩不多劝，只是客观地告知他："你再出格点，连我也未必捞得住你。"

陈挽声音温和平静："不会，我没想干什么。"

这是真心话。

床伴缠得紧，卓智轩嘱咐了几句届时宴上的要紧事项便挂了。

陈挽一直跟在黑色迈巴赫后面，直到看它顺利过了海底隧道，才一打方向盘拐到左道，利落超车，一骑绝尘。

天更阴沉，电台在放《愚公移山》。

陈挽关了音响，只剩下雨水砸在玻璃上的白噪声。

几日后，湾区傍山别墅餐厅。

小潭山三面环海，台风天，入夜也无月光，海塔亮起，山脚扑上来低沉怒吼的白浪。

外头阴风晦雨，屋内觥筹交错。

看起来光鲜亮丽的晚宴实则像窗外的夜海，波涛诡谲，暗涌深流。

赵声阁到得不早也不晚，身后跟着沈宗年和谭又明，连卓智轩都得站得更往后一点，凭卓智轩的身份，还越不过去。

陈挽是早就到了的，站在很不起眼的角落，和经理默默对今晚的菜品和酒水，又低声嘱咐把气温调低一些，水晶吊灯下的兰花也要挪一挪，酒不用醒透，七分就可以……像个谨慎敲定、确认细节的总导演。

宾客不算很多，都是后生，是海市里有头有脸世家大族里的同辈，不过陈挽心知肚明，其实这些都不是赵声阁最核心的社交圈。

赵声阁低调，神龙见首不见尾，名利场里的金字塔秩序森严，从小到大就那几个人，像陈挽这种二流富商的私生子，完全是沟底望高楼，半点边搭不着。

也就是那里头的卓智轩是他十几年的老同学，且公子哥的圈子里总有个安排吃喝玩乐的跑腿角色。

陈挽八面玲珑，办事靠谱，性子不卑不亢，才得了那群公子哥几分青眼。

不得不承认，很多场合都需要陈挽这种人，长袖善舞，有他在的地方所有人都觉得很舒服，人家都觉得他很不错，也就拿他当半个朋友。

陈挽看起来从容，其实很忙，一直等到真的上了桌才有机会认真地看一眼主位上的人。

容貌更盛了，眉眼英俊锐利，凶悍俊美，可气质却更松弛。

平心而论，赵声阁从来没有表现得多么高高在上，大概是真正的强大和权势不需要用故作冷肃和高傲去强调，他甚至称得上温和和平易近人。

因此很多人都趁今夜去敬酒。

男男女女，目光恭敬、热切，也赤裸。

天之骄子是豪门男女相竞的目标。

同龄人还在沉迷于游艇、黄金和其他奢侈品的时候，未满三十岁的赵声阁已经成为这两年唯一能撬动外资注入的操盘手，近年来被当局邀去内地出席许多政会，在海市经济下行萎靡的市场，这个名字代表某种希望和信念。

赵声阁听人寒暄，偶尔点头。

他对这些社交没什么兴趣，但他出去几年，该出现的场合还是得露个脸。

这些天各门各派竞相以邀到赵声阁为其接风洗尘为豪，赵声阁拒了一些，也去了一些，但都没有今晚舒服。

音乐、座位、环境说不出哪里舒心，就连空气的湿度都异常合适，回国数日连轴转的赵声阁未想过会在这种场合得到片刻放松。

谭又明看他筷子多伸了几次，酒也见了底，问："菜合适？"

赵声阁这个人，别人不知道，他还是知道的。

太子爷什么时候在这种场合认真吃过饭，他从小最挑剔，食材旧了、火候过了，甚至摆盘不顺眼他都不会再碰一口。

不过赵声阁从来不会说什么，只是默默放下筷子，让人看不出他到底喜欢什么。

赵声阁一个中国胃在洋国吃太多垃圾，吃到本土菜觉得很熨帖，嗯了一声。

坐在主座顺数第三位的卓智轩听不见他们两人说什么，谭又明和赵声阁自小一同长大，一向比他和赵声阁更亲近些。

但看赵声阁心情好像还不错，他便朝坐在角落里的陈挽使了个眼色。

意思是让陈挽也快去敬酒，不要辛辛苦苦张罗一整晚，全为他人做了嫁衣。

他是不赞同陈挽干背调那种偷鸡摸狗的事，但肥水不流外人田，能光明正大地和太子爷搭上关系，这种好事也不能白白便宜了别人。

圆桌很大，陈挽的位置离卓智轩远，离赵声阁更远。桌上美酒佳肴，人声鼎沸，不说隔着个太空，也隔着条银河。

陈挽朝卓智轩安抚地笑笑，没动，低了头自顾自饮茶，继续听桌上的人讲维港风云，讲太平山顶秘闻。

陈挽说的那句"我没想干什么"是真的，只是卓智轩好像一直都不太相信。

不多时，经理悄声走到陈挽身边，万分抱歉地说："陈先生，不好意思，后厨说那批越南进口的杧果因为台风滞飞，杨枝甘露和布丁班戟都做不成，饭后甜点换成红豆沙可以吗？"

都是非常典型的粤式甜点，陈挽想了想，低语几句，经理点头，匆匆离开。

临近晚宴尾声，卓智轩仍未见陈挽有动静，恨铁不成钢，亲自端了酒杯走到他身边，拍了拍他的肩膀。

卓智轩有时候觉得陈挽很聪明，有时候又很笨，人后紧锣密鼓、事无巨细地张罗一大堆，还不如直接站到人前讲一声久仰。

旁边的人都看过来，殷勤地同卓智轩打招呼，卓智轩不走，陈挽没办法，只好端了酒起身，跟他过去。

陈挽以为像银河一样的距离，其实很短几步就到了。

卓智轩领他走过去时，赵声阁还在同沈宗年讲话。

沈家的事业在海市一家独大，家族也同赵家有着千丝万缕的关系。

等他们聊完了，卓智轩才说："声阁，这是陈挽。"

赵声阁这个晚上听过太多这样的引荐或自荐，千篇一律的漂亮脸蛋，旗鼓相当的家世和殷切恭敬的笑容。

他不甚在意地抬起头，看了陈挽一眼，礼仪性举了下酒杯，算是打过照面。

目光镇静，未多停留一秒。

陈挽不意外，也举了举手中高杯，恭谦礼貌地问候了一句"赵先生"，便不再开口，连自我介绍亦不多余一句。

也说不上特别失落，赵声阁见过的人太多，陈挽不是相貌最出众的，也不是最特别的。

据陈挽所知，赵声阁其实是个非常有礼貌的人，但边界感很强，会得体地跟你说谢谢，然后拒绝。

比起能不能给赵声阁留下特别的印象，陈挽反而更关注对方手边那杯凉茶。

已经见了底，可见还算称心。

称心就行了。

海市地处热带，终年盛夏，气候燥热，饭后甜点没有了，他便叫经理去附近的巷角买老凉茶，雷公根和生地水，清心下火，意外地受欢迎。

太太小姐们都以为是餐厅推出的新品，喊了好多次续杯。

陈挽不欲多留，倒是坐赵声阁右手边的谭又明随口和他说话："阿挽，明日打保龄球吧，正好我要带声阁看一看跨海大桥。"

跨海大桥，海市地标，连接澳屿、界岛，寸土寸金。

项目是内地招的标，赵家和谭家合作引的资，两家与内地一向联系紧密。

这是一块海市当局一直啃不下来的硬骨头，彼时受金融危机影响，特区市场陷入僵局，与内地的经济交流降低至近十年来最低值。

跨海大桥的启动是响应内地的第一个项目，此后，两地往来逐渐回暖，海市经济复苏，因此跨海大桥具有重要的经济意义。

不过在这个项目三轮斡旋磋商谈成后，赵声阁便即刻飞往国外，后续交给了谭家，直到最后建成剪彩、开放使用的吉日赵声阁也没有出席。

陈挽微笑着回应谭又明："荷里公馆正好在大桥对岸，可以等后日台风过去了顺便去那头打球、露营，景色很美。"

"噢对，这鬼天气，"谭又明骂了一句，"还是你想得周到。"

陈挽笑笑，没说什么，少爷们负责心血来潮，他负责部署和善后，天气、地理、个人喜好皆自在胸臆。

没什么要说的了，陈挽不想留在这儿太久讨嫌，朝几人虚举了下杯："我去让经理再添些茶，各位慢慢（粤语：各位慢用）。"

卓智轩再次恨铁不成钢，平日那样灵醒（粤语：聪明，有眼色）的一个人到了真枪实弹的时候竟没有进行一分有效社交。

陈挽这个人，若想要谁欣赏他是很容易的，就看他想不想。

不过不包括赵声阁。

赵声阁看了看盅里的凉茶，又看了眼正在朝陈挽挥手拜拜的谭又明，没说什么。

谭又明眼神无奈，低声道："他没问题。"

赵声阁靠着椅背，抿了口茶，不置可否。

谭又明和他认识这么多年，有些时候也还是没能完全摸透他。

海市门派林立，他们这个圈子从小到大确实都没进过什么人，可陈挽人是真的很不错，无论能力、人品还是性格，谭又明只得求助地看向旁边的沈宗年。

一向金口难开的沈宗年也低声说了句"没事"，虽然语气并不带什么感情。

赵声阁本来也只是出于本能地例行质疑，但一下子谭又明和沈宗年都跳出来为这个人做担保，那就很不简单。

不过赵声阁也无所谓，挑了挑眉："我又没说什么。"

谭又明："……"这么多年，和赵声阁说话没被气死是他命大。

散场，陈挽提前叫人泊车到门口。

出了室内，山脚下海浪的怒吼声更清晰，檐下雨珠成排，夜里海风也劲，吹落山间许多开在夜里的白色杜鹃和吊钟花。

陈挽出来时没拿外套，海风把衬衫吹得落拓，显出纤细的腰身和削直的肩膀，像夜雨中的一竿竹。

有人从他后面出来，不需要回头，鼻子和耳朵都可以为他辨认出那是谁。

陈挽脊背稍微挺直了些，头低半分，让到旁边，几乎隐到夜色里。

赵声阁没看见他，径直越过，一手挽着外套，一手拿着手机在打电话，声音低沉。

门童将钥匙交给几人各自的司机，陈挽听到谭又明对自己助理喊："直接去鹰池。"

海市最大的销金窟。

已经挂了电话的赵声阁低声说了句什么，陈挽没听清楚。

心尖仿佛被一只蚂蚁踩到一根神经，一点点酸软，不多，他安静地撑伞目送。

谭又明从车窗探出头来招呼陈挽一起过去玩乐，陈挽温和一笑："下次吧，谭少，还有好多宾客没走。"

谭又明也随得他。

陈挽站得笔直，那辆被卡宴和宾利围在中间的黑色迈巴赫绝尘而去，直至隐入电闪雷鸣的乌云之中。

陈挽眨眨眼，"啪"一声收起长柄黑伞，转身，重新迈入灯火辉煌的名利场。

"仙鹿"过境时间不长，到第三天已有云歇雨停之势，陈挽大清早就被召回老宅。

距离他上一次去那边已经有两个月了，加之心不在焉，在山脚拐错了道，近十一点才到。

二房、三房的人都在，表侄、堂亲、舅老爷，乌泱泱一堆人，围着陈太打麻将，另外还开了两桌打桥牌的，热闹得很。

陈挽扫了一眼，没见宋清妙，直接走上三楼偏房。

主位的陈秉信沉着脸，杵了杵拐杖："不知道叫人？"

陈挽停下脚步，朝下边的人很平静地点了个头，用粤语说："早晨（粤语：早上好）。"

这时牌桌上的人才看到陈挽——四房的私生子一向是最没存在感的。

此时他站在一半的红木旋梯上，居高临下又低眉顺眼，看起来有种反差的诡异。

不过陈挽自小就风邪（迷信的人指鬼神给予的灾祸），连风水大师都说他是三代里最命凶克根的，又有那件事，陈家把他放在精神病院关到十二岁才放出来。

大家都在摸牌，没有人应陈挽，他就径自提步上去了。

三楼的偏房很窄，因为是顶楼，受海市常年潮湿的天气影响，白墙已斑驳，有些渗水。

陈家的主人几乎都住二楼，只有宋清妙住这一层。

因为她并非"明媒正娶"，是辗转跟过海市诸多富商后，使了些手段留下陈挽，陈秉信甩不掉了才把她带回来。

陈挽敲了门，里头传出一阵窸窸窣窣的动静。

"谁？"

"我。"

锁开了，门后探出一个头："宝宝。"

陈挽习以为常，轻轻"嗯"了一声，侧身进去。

年久失修的木地板发出吱呀声响，应该是有几天没清扫了，落了层灰，边也卷起来了。

因为天气和采光不好，屋内光线很暗，头上的吊灯灯光惨淡，照得脱漆佛龛上的观音神像面容有些诡异和扭曲。

梳妆台上摊着几个空的珠宝盒。

陈挽记得上个星期约她出去吃饭才给她带了一套TIFFANY（蒂芙尼），是没上市的拍卖品，他托人拍的，因为拍卖行都没有给他入场的邀请函。

而且每半个月约她吃饭都会给她转一次钱，数额都不算小。

陈挽微垂着头看向那堆珠宝盒，抿了抿唇，轻声说："你不是说你以后不去了吗？"

宋清妙有些无措地啜嚅了一下，拿起搁在烟缸里的细烟放进嘴里，就这么在金佛像面前抽起来，并不怕被观音怪罪。

烟灰缸里的烟蒂已快要满了，没有清理。

"曹芝克扣我的分红嘛，廖柳又在牌桌出千骗走我一套BVLGARI（宝格丽），我气得疯了要杀人。"

她不是本市人，是被卖到这边来的，说话始终带着江南吴侬软语的腔调，跟儿子说话也有种少女的天真和撒娇。

宋清妙很懊恼的样子，将手肘搁在梳妆台面上，撑着头，椭圆描花铜镜照出清瘦曼妙的身形。

她是非常不显老的骨相，杏眼，珍珠牙，唇珠丰润，妩媚又娴雅，即便这个岁数一头长黑直发一点也不突兀。

陈挽长得像她，漂亮，但气质截然不同，温润内敛。

陈挽走过去帮她掐灭了烟，说："搬出去好不好？不想同我住就另外帮你找一套，复式或者别墅都可以。"

"他那边……我来想办法。"

这不是陈挽第一次跟她这样提议，宋清妙情绪变得激动，眼神责备而不解："凭什么我走？我不走，没拿到我们的东西我就死在这里好了。"

陈挽沉默片刻，冷静地告诉她："你死他也不会留给你的。"

"那我们就自己拿。"宋清妙拉陈挽的手，"宝宝，妈妈只有你了，你要争气些。"

陈挽张了张口，看着长不大的"少女"，没有说话。

宋清妙咽不下那口气，那样风光过的人，千禧年是她的鼎盛时代，光鲜、抢手、名动海市。

彼时海市清一色的浓颜美人，宋清妙是江南湖心的一瓣莲，名利场上的男人像狼嗅到蜜，趋之若鹜。

但她就像裱在男人袖口上的一颗珠宝，象征名利和权势，把玩可以，放在家中厅堂不行。

过手可以，接手不行。

男人追逐她，又看不起她。

击鼓传花停在了陈秉信这里，再美的美人也变成笑话。

陈挽也是不被承认的笑话，经过了三次亲子鉴定才不得不在满城风言风语中从外三环的唐楼被带回陈宅。

陈挽韬光养晦、苦心经营这么久，就是为了有朝一日能彻底离开这座牢笼炼狱，能光明正大地稍微够一下那个人的世界。

自由和清静很奢贵，陈挽从小到大，做梦都想要。

但宋清妙想要更多，要钱，要名，要利，还要那种回到千禧年属于她的时代的风光。

陈挽自觉办不到，可他也做不到真狠下心撂下宋清妙去要他一个人的自由。

十一岁那年的冬天，他在精神病院高烧到神志不清，命悬一线时，是宋清妙拿着剪刀冲进去把他捞了出来。

宋清妙爱他吗？

没有很爱，但也多少有点。

不多，但已经是陈挽在这世界上仅有的一点爱，所以很珍贵，他还是想珍惜。

陈挽沉默半晌，问："你要多少钱，我可以挣。"

宋清妙说话很软，但很轻蔑："你能挣多少嘛。"她突然神秘兮兮地凑近陈挽，说："宝宝，最近谢家坚在约我。"

陈挽一顿，额角直跳，严肃道："你不要去！"

心知宋清妙颇有些证明自己风韵犹存的得意，陈挽皱眉："你不要去，他是有家室的，并不是真心追求你。"

看她不以为然，陈挽苦口婆心："最近荣信董事会换届，他不过是想套你的口风和增加持股。"谢家坚是荣信的董事，几十年前从陈秉信手下打拼出来。

宋清妙从年轻时就美得很笨，美貌一旦没有与之匹配的头脑，常常是灭顶之灾，她嗔怪："什么真不真心的，我也不是真心的。

"我只是去和他吃顿饭，看看他有没有什么法子可以帮你进荣信。"

"那就更不必，"陈挽坚决道，"我不进荣信，我有自己的事要做。"

宋清妙有些火："你什么事嘛，成日不务正业得过且过，廖致和前两天都举办晋升总经理的欢宴会了，你毕业几年连分公司的大门都还没进，妈妈好忧心你啊，晚上都挂念着你，睡不好觉。"

廖致和是二房廖柳的外甥，荣信之前是陈秉信一言堂，后来陈秉信做了两次心脏搭桥手术，大权旁落，主要被大房曹芝和三房隋雨瓜分。

二房廖柳以巴结大房曹芝分一杯羹，几房都看不惯宋清妙年轻貌美又来路不正，联手打压。

本家少爷小姐和外室子侄在荣信里争权夺势斗得厉害，陈挽永远置身事外。

但他没敢告诉宋清妙具体的，否则那些资产很快就会被她拿到牌桌上挥霍一空。

陈挽帮她把翻得凌乱的珠宝盒整理盖好，又把烟灰缸里的烟蒂清理干净，开了窗透气。

"你不必担心我，你过好自己的最要紧……"

门外有人敲门："四太太，老爷让下去用晚餐。"

宋清妙与陈挽对视一眼，都噤了声，陈挽沉下声道："好。"

两人下去的时候，大家已经开始动前餐了。

陈挽坐到不起眼的末位，看到用人往餐桌上递冰濑粉和莲藕老鸭汤，才想起来今日是中元节。

又叫鬼节，海市人最喜欢煲汤，煲鸭汤是取"压"的谐音，即"鬼节压鬼"之意。

这边将这个并不在全国范围内闻名的传统节日看得比中秋节还重。

生意场上混的，多少信点风水。

挂壁上供奉着八面神和妈祖娘娘，香火是不断的，水柳木柜、深沉厚重的繁花地毯、爬到窗户的绿色藤蔓让餐厅显得阴晦压抑，叫人没有胃口。

几房的人凑一圆桌《最后的晚餐》，画调阴沉，台风尾声的电闪和响雷将每个人脸上的表情细节照亮。

各怀心思，又谈笑风生，讲的无非是海市近来的政治、经济、股票和赛马，相互恭维又暗中攀比。

后生们几乎都是出国留学后回来直接进了荣信,当年陈挽拿到的offer(录取通知书)比很多人都好,但没能出去,就留在海市读科大。

后来保研也没读,陈挽没那么多时间,他需要以最快的速度从象牙塔里走到名利场上。

同辈在陈秉信面前侃侃而谈荣信旗下几个项目,个个皆是大显身手的架势,二房太太、三房太太与有荣焉,宋清妙面色很不好看,转了转手镯,喝燕窝。

陈挽淡定地吃自己面前那盘沙拉,平静无波。

他对陈家的蛋糕不感兴趣,甚至还怕沾腥。

现行经济萎靡,海市城建版图收缩,批地政策大不如从前宽松,前几年如火如荼的房地产濒临饱和,荣信一直以传统产业为利益支柱,用扩张地皮饮鸩止渴,家族式管理陈腐,从未想过产业结构转型,那几个项目不烂尾就算菩萨保佑了。

陈挽从科大出来后就瞄准了还没什么人涉猎的能源科技,经济态势急遽变化,未来一定是资源战。

事实证明,他赌得很准。

曾经怀揣顶级学府毕业证的留学生们如今纷纷因被投行和地产公司裁员而失业,而留在科大的陈挽成立了如今市值颇重的科想科技。

科想庙虽小但利润很高,陈挽是隐名合伙人,合伙的学长说他扮猪吃老虎,闷声发大财。

陈挽笑笑:"给你送钱还不好?"

钱不是最重要的,重要的是,他真的把那个人的世界凿开了一条缝。

即使不大,但也是他白手起家一砖一瓦筑起的天梯。

陈挽埋头饮汤,宋清妙不满他表现得毫无存在感,给他使眼色,陈挽还是继续埋头吃饭。

"……"宋清妙觉得连燕窝都堵喉。

有人提到赵声阁,他回国是轰动海市的大事,陈挽饮汤的动作就缓了些。

大房长子陈裕说无论是赵家的还是赵声阁朋友、合作伙伴为他设的接风宴,荣信都从来没有收到请帖,请示父亲陈秉信是不是要叫人牵牵线。

陈秉信面色不大好,他在海市怎么也算是称得上名号的老资历。

他年龄比对方大上几轮,但也不敢说这是赵声阁的不是,只能迁怒自己长子:"这些事还用我教你?"

陈裕忙应是,心叫委屈,赵声阁是他们想走动就能走动的吗?

这大大小小算下来也有十来场了,赵声阁露脸的次数不到十分之一。

二房的陈锦是惯会揣摩老爷子心思的,怪笑道:"太子爷跟美元打了几年交道,想是未必再看得上海市这一亩三分地了。"不然这架子也不会摆得比以前更离谱。

陈秉信装模作样地敲了敲拐杖,警告:"什么浑话!"

陈锦也不怕,收了声,二太笑着给儿子添了半碗汤。

二太的兄弟、陈锦的姨舅——廖全一向是最会打圆场的,笑呵呵地道:"管他跟什么打交道,再厉害也是要在海市成家生根的,我听明隆那头有点风声,我看不只荣信要好好把握机会,小姐们也要上些心思,真中了彩头,那何止是走动走动。"

陈秉信的面色松弛了些,大概是觉得自家这么多女儿,个个貌美如花,总不至于一个都没希望。

大房的舅老爷就看不得廖全卖到了这个巧,道:"廖生(粤语:先生)说这些太早了吧,前头还有个徐家呢。"

传闻中和赵声阁有婚约的徐小姐。

陈秉信不想听他们两人呛,又要维护那一点自己给自己的希望,对大舅爷说:"兴勇,男人哪里会只有一个?"

一桌也无人觉得这说法有异。

陈挽放下勺子,长柄碰到瓷碗"叮"一声响,他拿餐巾擦了擦嘴唇。

刚刚喝的半碗老鸭汤有些反酸,连喝好几口茶都觉难顶,又不能离席,否则这群无聊之士的唇枪舌剑转个头就冲着宋清妙去了。

拿宋清妙掌控陈挽那可是这个房子里人人都晓得、人人都乐此不疲的事情。

听陈秉信这么说,桌上的人,男的女的,老的少的,个个都觉得很有奔头,又重新欢笑一堂,高高兴兴地吃喝起来。

陈挽吃不下,口袋里手机振动,他没管,垂眸瞄了眼腕表也被正房大夫人曹芝寻了说处:"是不是菜不合胃口,阿挽怎么瘦了这样多。"

众人看过来,陈挽拿餐巾擦了擦手,说:"没有,天热吃不了太多。"

013

曹芝内侄曹致状似无意开玩笑:"阿挽吃惯了钟鼎宴,哪里还看得上这些,那天朋友还同我夸阿挽前日现身中环,整个人都好派头。"

各人神色微妙,赵声阁的接风宴就是前日在中环那头办的。

陈秉信问陈挽:"你去中环做什么?"

陈挽不慌不忙地擦手,从容地撒谎:"去帮卓智轩泊车。"

陈秉信浑浊的目光停在他身上,陈挽转过头,淡定回视。

陈秉信只得信,陈挽小时候去游泳恰巧救过一个身份尊贵的同学是大家都知道的。

二房舅爷廖全笑道:"那阿挽要好好抓紧这根绳呀,光自己爬上去可不行,陈家好你才能站得更稳嘛,是不是这个理?"

陈挽没说话,陈秉信先嗤声:"他能有什么指望,人家不过是拿他当跑腿的使唤,怎会真给他脸面。"

这话这么当着众人的面说出来,大家都窃笑,宋清妙敢怒不敢言,面色都气得涨红了,陈挽却并不觉难堪。

话虽难听,但理论上,陈秉信没有说错,陈挽向来很有自知之明,他对那个圈子是否真正接纳了自己从来不敢太乐观,毕竟身世、阶层地位都摆在那里,隔着天堑。

但再怎么样,陈挽也觉得,比这里好得多,先不说少爷们拿不拿他当朋友,至少是拿他当人的。

陈挽点点头,不卑不亢道:"是这样的,我一个打杂跑腿的并不能说上什么话。"

且不说他不会为陈家做任何事,就连他自己的生意都绝不会利用那个圈子的人情与便捷。

这是一道严明的防线。

陈挽这个人,从里到外,从头到脚,从眼神到笑容都是不纯粹的,但唯有这点心思还算纯粹。

他必须尽全力保有这点纯粹。

大家都想看陈挽笑话,但当事人一脸无所谓、不上心,话题便换到了三房长女的婚嫁身上。

陈宅规矩森严,繁文缛节极多,晚餐结束,陈秉信双手合十念了祷语,率领众人给真主、妈祖像上香。

陈挽不止一次怀疑，这种半土半洋、不中不西的形式主义信仰真的不会将东方西方的神明都惹怒吗？

冷眼看着陈秉信跪拜磕头的陈挽某一刻觉得自己活在清朝末年。

陈秉信像往年一样，请了几个风水大师来驱鬼供佛，花重金请了灵符，企图让荣信这幢从根部就已经腐烂的大厦重焕生辉。

大师四处摸摸墙角、门梁，算得一副好卦后，众人又放下心来去碰麻将了，客人来了一拨又一拨，牌哗啦啦一倒，观音和佛祖都要被这一声声"和"吵了清静。

红木挂钟才指向八点，离可以走还有很久。

陈挽去偏厅透气，他从不在老宅打工作电话，无聊地立在窗前看雨。

八号风球挂得猛烈急骤，走却不干脆利落，一直拖着尾巴，夜雨打在宽大的棕榈叶上沙沙作响，冰秋海棠花瓣落满庭院。

这天并不是周末，但是放台风假，小孩子就多起来，有陈家旁支的，也有客人带来的，在前堂打闹。

陈挽百无聊赖地看了一会儿，敏锐地走到一个羊角辫女孩面前，她正在以一个奇怪而僵硬的姿势贴着墙面。

陈挽将周围几个苍蝇般围着她打转的男孩唬走，蹲下来问："你在做什么？"

女孩应该是混血，鬈发微卷，浅色瞳仁戒备地看着陈挽，陈挽朝她露出一个很浅的微笑。

几乎没有人能抵得住陈挽的笑容，无论是十七岁还是七岁，女孩用英语说："我没事。"

陈挽看了下她身上没什么明显的伤痕，便站到她旁边，学她一样立墙。

大概是这个无聊打发时间的举动莫名赢得了她的信任，过了一会儿，女孩侧过头，一本正经地伸出手："你好，Judy（朱迪）。"

陈挽也伸出手，郑重地握了握："你好，陈挽。"怕她听不懂中文，陈挽又说："或者，Keats（济慈）。"

女孩对他的中文名比较感兴趣，但发音不是很流利："陈……挽？哪个挽？"

"挽留的挽。"

Judy眨了眨眼，她的中文水平还不足以理解这个词。

陈挽摸了摸口袋，掏出一张很简洁的名片，指了指上面的字，Judy仔细看了一会儿，收下了。

两个人又并立着沉默地看了一会儿夜雨，陈挽觉得口渴，拿过供台边的一个山竹问："Judy，吃不吃？"

Judy 犹豫了一瞬，说："不好意思，陈挽，我不方便吃。"

陈挽对她一板一眼的正经感到好笑。

"Why（为什么）？"

Judy 为难地说："我的裙子坏了，我不方便离开这面墙。"

陈挽这才注意到她的裙边有剪刀破坏的痕迹，他收起笑，低声问："他们做的？"

男孩七八岁，狗都嫌的年纪。

Judy 默认。

陈挽脱下自己套在外面的衬衫递给她，让她系在腰间："先挡一下。"

Judy 说"谢谢"，陈挽问："是否需要告诉你母亲？"

Judy 的母亲是杜蕊夫人，现在正在客厅打牌。

这位曾经的海市首富遗孀、坐拥半边浅湾的名媛，情人众多，Judy 父亲的身份也曾是海市人人津津乐道的谜团之一。

杜蕊夫人沉迷纸醉金迷的世界，不怎么管 Judy，所以 Judy 还是说"不用了"，杜蕊夫人只会斥责她失了淑女礼仪。

陈挽尊重她的意思，他的衬衫很长，Judy 完全可以当裙子穿，并且显得很时髦。

陈挽掰开山竹分一半给她，Judy 吃得很矜持。

当下正是山竹旺季，越国当日空运进口，个个浑圆饱满，果肉莹白甜美，似几瓣盈雪，津甜甘汁溢于齿间。

吃完，陈挽看了看果篮，问："再吃一个吧，凤梨还是香瓜？"

Judy 披上了他的外套，行动自在了许多，探了探头，说："香瓜。"

陈挽拿刀去切，忽然一只手自身后拍上他的肩，陈挽反应极快偏闪转身，刀尖对准来人，对方急忙挪开手，举起，呈投降状，笑得牙龈露出："阿挽，是我。"

陈挽上前半步挡住 Judy，刀没放下，在空中晃了几下，说："是你又如何，退后。"他都不必回头，只消闻那种腐朽的气味便知道是哪一只恶臭苍蝇。

廖全仍是笑盈盈地指指他手上的刀："先把这个放下吧，我只是好久没见到你，想同你聊聊天。"

陈挽没理他，廖全又说："家和万事兴，姐夫看到又要说你了。"

"看到也无妨，"楼梯的灯光打在陈挽脸上，他不笑时，气质其实是有点阴冷的，陈挽歪了歪头，缓慢但清晰地说，"你以为你还能再一次把我送进小榄山？"

廖全的笑淡了些，舔了舔牙根。

小榄山是海市的疯人院，关的都是些身份特殊的病人，比如官员的情妇和私生子、特级政治犯、精神失常的明星。

陈挽从九岁开始在那里度过了三年。

他将刀尖往前伸了一寸，直直指向对方眉心，点了点，语气平静地说："你做不到了，但我可以再剪一遍你的手指。"

刀尖实在太近了，廖全贪婪浑浊的眼球终于瑟缩半分。

陈挽刚从外环唐楼被接回来那一年，九岁，午睡时被廖全关在房间。

廖全拿手摸小孩的脚，脱他白袜，不想陈挽异常机警戒备，几乎是第一时间就反脚用力踩他手腕。

廖全痛叫一声，扇了陈挽一巴掌，抓他头发，陈挽岁数不大，性狠话少，二话不说直接拿书桌上的剪刀剪他的手指。

他从来不是什么手无缚鸡之力的少爷，他是在外环唐楼厮混无人管教的野孩子，是弱肉强食之地长大的恶犬，没受到过驯化，全身长满利刺，廖全被扎得满手淋漓鲜血。

菲佣在楼道里听到惨绝人寰的嘶叫时，陈挽快要将廖全的手掌戳穿了，还要去刺他的眼睛和脸。

此事掀起轩然大波，医生来家里诊伤，说搞不好廖全右手要残废，二房夫人廖柳当众踹了陈挽一脚，又挥手给了宋清妙一个响亮的巴掌，仍不解恨，一哭二闹三上吊，要陈秉信还她弟弟一个公道，廖全是廖家的独苗。

各房看陈挽像看一个疯癫邪气的疯子，哪里有普通小孩这样心狠手辣闹出人命的。

陈秉信震怒，陈挽就像护母弑父、无法无天、不服管教的哪吒，养不熟的白眼狼，他命家庭医生强制给他打了安定，出了一纸诊断他患精神类疾病的诊书，押他进小榄山。

陈挽收回刀，一眼不看廖全，继续给 Judy 切香瓜："你是知道我的，光脚的不怕穿鞋的，讲得出做得出。"

廖全以前在他身上讨不到便宜，现在更不能。廖全不甘地看看他的侧脸，但他也怕陈挽发疯，毕竟对方刚才似乎是真的打算将刀子戳进他的眼睛里。

还不是时候，廖全看看 Judy，后退两步，走了。

陈挽递给 Judy 一片香瓜："怕不怕？"

Judy 吃得嘴巴亮晶晶的，问："什么？"

"有没有吓到你？"他刚刚比画刀的样子像是要杀人，不知道会不会给小朋友留下心理阴影，所以递水果的时候对她微笑，并拿纸巾帮她擦了下手上沾到的果汁。

"没有，"Judy 仰着脸看他，小女孩有些早熟，用英语说，"陈挽，你是温柔的绅士。"

拿刀指人，温柔的绅士？

Judy 眼睛往果篮子里左右看看，真诚道："Like the mangosteen, Keats.（像山竹一样，济慈。）"

mangosteen（山竹），外表结实坚固，内里莹白柔软。

陈挽不是很懂小朋友奇妙的想象力和童心，却被 Judy 说的话噎了片刻，不敢给她刀，塞了几根水果叉子到她的口袋用以防身，叮嘱道："以后看到这个人，走到大人多的地方去。"

Judy 信任他，便很听话地点头。

02 飞鸟经年盘旋不止

按照风水大师的说法,要过完亥时才把"鬼"送走。

其余人都直接在陈宅里过夜,陈挽冒雨去拿车,曹致也出门,刚才在饭桌上半真半假透露他的行踪,这时不知是顺路还是故意堵人。

"你那天不是去泊车吧。"

这是个陈述句。

泊车无须穿六位数的西装,陈挽回陈宅从来都是随随便便的衬衫牛仔裤,极其不重视的行头,低调普通,也没什么野心的模样。

陈挽侧头平静地看他一眼,淡定地转了转车钥匙,咬死:"我就是去泊车。"

曹致在夜色中轻笑一声:"你说是就是吧。"

陈挽转身离开,安保亭前的平地上不知道被谁扔了一条生锈的狗链。

他利落地跨过去,目不斜视,心如止水。

陈挽早已不是年少时那个被人用狗链子拴着欺侮戏耍的私生子了。

钟鸣鼎食之家看起来光鲜亮丽,实则最是藏污纳垢,腌臜龌龊,有钱人的畸形和残忍非寻常人可比。

谁能想到生在这样的人家,陈挽小时候被拴在狗洞食不果腹,衣不蔽体。

小时候他最羡慕外面路上的乞丐,至少自由。

人间炼狱,不值一活。

陈挽开来的那辆大众淹没在陈家一众豪车里,毫不起眼,走近了才看清,车身比来时多添了数道划痕,位置很低,他猜应该是今晚那几个欺负 Judy 的男孩干的。

不知道轮胎有没有被戳破。

雨又开始下大，不想惊动宅子里的人，陈挽蹲下来确认过轮胎安全才上车。

关上车门，心里涌起很深的疲惫，没有开灯，就这么直接俯在方向盘上趴了好一会儿才缓过点神来。

豆大的雨珠砸在风挡玻璃上，密闭车厢依然能听见从很远处传来的风声和浪声，棕榈叶刮着车窗。

陈挽点了支烟，猛吸了两口，才感觉有氧气从肺部涌进来，缓解了被大雨和夜色溺毙的窒息感，手在黑暗中胡乱探到电台开关，扭开放出一些声音。

港文金曲在放千禧年天后合集。

"你快乐过生活，

"我拼命去生存，

"几多人位于山之巅俯瞰我的疲倦，

"……

"你界定了生活，

"我侮辱了生存，

"只适宜滞于山之谷整理我的凌乱，

"……

"未见终点，也未见恩典，我与你极远。"

中控台手机振动。

陈挽被惊醒，手指动了动，攥紧，花了些许力气才接。

"晚上好，陈生。"

"Monica（莫妮卡）。"

"抱歉贸然给您致电，因为上周您没有过来复诊，那副药方不能连续使用，所以我必须给您打个电话。"

上周陈挽一门心思落在赵声阁回国上，忙忘了，万分抱歉道："不好意思Monica，是我失约，上次的诊费也记上，我的问题。"

Monica 顿了一瞬，无奈地道："陈生，我不是这个意思。"

她这位病患对旁人同理心很强，对自己却不太上心。

但她作为医生，不能听之任之："您这两天有空吗？能不能尽量抽个时间过来面诊，这个治疗阶段比较特殊，最好不要中断。"

Monica 是陈挽很多年的心理主治医生了，陈挽从来不觉得自己心理有问题，是卓智轩觉得好友在某些时刻不太对劲并偶尔透露出一些疯狂的想法，给他找了 Monica。

　　Monica 是卓智轩在哥大的师姐，陈挽对自己的病情不算上心，但不愿拂好友的心意，也不愿给医生添麻烦，说如果不打扰的话，现在就可以过去。

　　Monica 松一口气，陈挽这种看起来很配合、其实最不配合的病人是最难搞的，她说："好的，那我在诊室等你。"

　　陈挽怕对方加班太晚，连超了几次车，抵达提督街时不到十点。Monica 给他倒水，问："最近怎么样？"

　　陈挽表面是很配合的，像以往面诊一样详细地叙述自己的近况和症状，Monica 给他做了一次催眠。

　　在药物作用下，病态的、真实的人格得以苏醒显露。

　　"我把他们的动脉刺破了。"

　　Monica 记录的手顿了一下，轻声安抚病人。

　　"截断了右肢。

　　"狗不愿意吃他们的骨头。"

　　全然放松之下的语言是混乱的，只是对心里底层一些概念性片段和词语的快速描述和真实映射，因此非常跳脱，没有逻辑可言。

　　"子弹时速 6.8……可以更快。

　　"加班，很晚。"

　　又过了许久，陈挽说。

　　"他没有看过来。"

　　大约二十分钟，Monica 结束了催眠。

　　Monica 是除卓智轩以外唯一知道陈挽病情状况的人，如今这个名字重新出现在记录中，她说："陈生，你没有跟我说他回来了。"

　　白炽灯明亮，直到这一刻，陈挽才真正地意识到，赵声阁是真的回来了，不是他在催眠室里做的一个梦，也不是从前他那些脑电图和心理 CT（心理测评系统）中的一个数据。

　　于是他笑着说："是的，他回来了。"

　　Monica 点了点头，眼睛里看不出喜忧。

因为出现了新的变量，Monica给陈挽重新安排了心理测试。

自她接手以来，陈挽从反应性抑郁症过渡到隐匿性抑郁，表现出了很多在临床上都很少见的性征，他的心理状态和行为特征非常复杂矛盾。

或许绝大多数人都认为他是一个非常体贴温柔的人，但很多测试里都反映了他的自毁倾向，用温柔的表象、正常人的礼法抑制自己的厌世和反动的人格切面。

超强的同理心和共情能力的背后，是对自己的欲望、需求的漠视和冷淡。

如今勉强维持在一个相对稳定的状态。

"你认为，他的重新出现，对我们原来制订的治疗计划影响大吗？"

陈挽虽然不觉得自己有病，但他不会敷衍别人的工作，斟酌过，慎重地回答："不算太大吧。"

"为什么？"医生轻声细语，从这么多年的了解里，她非常清楚这个名字的分量。

"我的生活应该不会有太大变化，"陈挽逐字，说得很慢，"你让我平时记录的情绪，比如快乐和伤感，满足和不甘，这些都还是我的，我自己施与自己的，我可以自己掌控，一切由我决定。

"医生，我们按照以前的方案继续就可以了，不必把这个当作什么新变量和新契机。"

他这话说得平淡，但Monica更加预感不妙，更加印证了陈挽对自己的漠视，绝不向外求。

不过她没有反驳陈挽的说法，只是委婉地提出建议："或许可以……"

陈挽缓慢坚定地摇头："我生病不是因为他，而且——

"我认为，我需要，也完全可以，自主掌控自己的情绪。

"请你帮助我做到这一点。"

Monica没有再坚持，陈挽是她的病人中意志最为坚决的那一类，最配合、最好说话的绅士，也是最顽固的病人，外力难以撼动。

"好。"Monica只好说，"我尊重你的意愿，但如果可以，我希望你能休假至少一周，我需要更细致全面地观测你的病发期状态，并对你进行系统连续的理疗和训练。"清醒自毁倾向的人到最后都难以控制。

陈挽面露难色："抱歉，医生，我最近有很满的工作计划，实在腾不出时间。"

"一周不行，三天呢？"

陈挽仍是抱歉，但语气坚定："最近不行，可以之后再找时间。"

Monica 沉默了一会儿，叹了口气："那你一定要按时吃药，按时来复诊。"

陈挽笑着应下，并非他讳疾忌医欺骗医生，而是科想有个新的项目在争取中，每天休息的时间很少，真正进入睡眠的时间更是寥寥无几。

周四晚十点，陈挽独自驱车至葡黎酒店的赌场，即便是工作日，赌场也是人满为患。

他提前来的，客户还没有到，预约的荷官拿了钥匙引领他进入牌室。

这次的客户是从深市过来的，陈挽打听到对方喜欢玩一手，便做东来葡黎酒店，预订了单独的包厢。

荷官是一位年轻高挑的乌克兰女士，精通英文、中文，粤语也说得很标准，领着陈挽从侧边的电梯上楼。

陈挽询问她今晚酒店是不是有什么活动，之前他一直都是乘坐主梯上去，观光梯可以一览酒店花园内的水城，景色很美。

荷官微笑着说今晚的确是有贵宾莅临，别的没有多说。

陈挽便不再问，转而嘱咐她一些关于待会儿到来的客人的习惯。

荷官很专业，当晚陈挽的客人玩得非常尽兴，中场休息的时候陈挽让人开了他保存在这里的酒，陪着客户喝了很多，好在项目的事情比想象中更顺利地推进。

几局之后，客户继续上桌，陈挽感到胃有些难受，去洗手间洗把脸。

"人没送上去……走了……"

陈挽放在水龙头下的手停下来。

"……没来……不一定……没看清……"

原来今晚包下三楼的人是明隆的。

"邪门了……赵……车里……明明……"

"酒窖……监控远端……下次…"

"就不信……"

陈挽抬起头，在镜中看到自己没有表情的脸，他擦干净手，走到传出声音的那个隔间前，用拖把从外头将门把横闩卡着，提了一桶洗拖把的水，从上面兜头泼下。

"谁!!

"谁!谁干的?!

"谁在外面?!开门!给老子开门!

"唔好俾我揾到你!顶你个肺!(粤语:不要让我找到你!去你的!)"

陈挽放下水桶,靠在门边,点了根烟,面无表情,边抽边听他骂街,等听累了,他扬手把烟头扔进单间里,里面的人应该是被烫到了,发出怪叫。

陈挽在震耳欲聋的拍门声中重新去洗手,压出一点香波,挤到手上,一根一根手指,仔仔细细搓过、冲洗,最后烘干,不疾不徐地走出洗手间,任由身后骂声滔天。

在进入包厢前,他提了提嘴角,面对客户笑意盈盈,一派斯文绅士作风,丝毫不见在洗手间镜子里的疲态和阴鸷。

八号风球如期离境,海市出现久违的好天气。

闷坏了的少爷们开始蠢蠢欲动,陈挽向来是随叫随到,吃喝玩乐,纸醉金迷都奉陪到底。

他跟卓智轩说他不想干什么是真的,但想看一眼那个人也是真的。

经年盘桓的心魔张牙舞爪,理智勉力束缚,才得以堪堪维持披一张正常的人皮。

在不干扰到对方的情况下,远远见一面,是陈挽与自己的拉扯博弈,也是陈挽能给自己唯一的出口。

不过情况和陈挽想象的有些不同,即便陈挽一天二十四小时随时待命待在谭又明他们身边,也未必能真的见到赵声阁几次。

十次里见一次都算是那日好彩(粤语:运气好)。

以前听说想见赵声阁一面难于登天,就连赵家本家的人要见都要经过二秘三助,还以为只是夸张传闻,如今看来并非空穴来风。

幸好陈挽最擅长忍耐和守候,有机会就争取,没机会就认真过好属于自己的时间。

不过,要么就真的万分之一的希望都不要给他,但凡有一点点可能,都会被他不计代价地抓住。

陈挽不是少爷,没有太多自由。

他听说了赛艇比赛赵声阁可能会去,通宵赶完工作腾出一整天完整的时间,虽然赵声阁最后没有出现。

卓智轩说沈宗年邀赵声阁去看赛马，陈挽在澳屿出差，沉默片刻，次日去机场乘最早班机，落地后独自驾车四个小时赶去庄园，不过听人说赵声阁只看到一半就走了。

与赵声阁离开的车辆擦肩而过，黑色迈巴赫掀起一路扬尘，把下车的他喷得灰头土脸。

严重缺乏休息、神经负荷已达到极限的陈挽凭栏看着身如闪电跨过障碍栏的赛马，觉得自己或许真的运气不佳。

但心中也没有太大失望。

有，是额外的嘉赏，没有才是常态。

尽人事，平常心。

赵声阁其实不喜欢外出和应酬，出现在某些场合不过是因为要重新适应国内人情世故的那一套。

他也没有太多感兴趣的东西，别的少爷下班喜欢打高尔夫、游泳、健身，他喜欢补觉，因为从学生时代神经就非常紧绷。

赵声阁也的确很忙，忙到没有时间去记一些出现在生活边角的不重要的人和事。

在连轴转飞的机场，因为时间行程临时更改，没来得及申请私飞航线和贵宾候机，赵声阁只能在普通候机厅休息假寐，被隔壁奢品店的小孩吵醒。

卷发小男孩哭着央求母亲为他购买一把价格不菲的手枪模型。

赵声阁听那对白人母子拉扯了十来分钟，小孩子的哭声实在太吵，他撩开眼皮，目光都还不太清醒，看了一会儿，站起身，走过去，直接将店面仅剩的那个手枪模型买走了。

赵声阁拎着礼品盒在小男孩的目瞪口呆中扬长而去。

甚至还对对方绅士而抱歉地微笑了一下。

世界终于清静了。

次月，海市召开了一次商业协会会议。

近年湾区贸易交流日益紧密，有几位最近升上去的政要前来交流，因此会议规格比往年更隆重一些。

陈挽听卓智轩说——卓智轩也是听谭又明说，赵声阁应该是会出席的。

他刚回国，这点面子会给，且本次会议大致会谈到海市未来几年的经济形势和发展规划，同内地贸易的政策措施，这些都绕不开明隆。

不过会议开幕式那天，陈挽并没有在主席台上看到赵声阁的位置和台签。

赵声阁这几年越发低调，偶尔出席会议也是三不原则——不发言、不出镜、不接受访谈。

财经记者和媒体行业都有这个共识，即便是他出席的场合，也不会有人不怕死地尝试把镜头和话筒对向他。

会堂是罗马式圆环形结构，铺了厚重的地毯，暖色调吊灯，气派非常。

这次参会的人很多，安保也异常严格，陈挽被安排在很后面一个较为偏僻的位置。

他扫视了一圈会场，确定赵声阁不在。

位高权重，坐不垂堂，隐于人影海海，像自半空中俯瞰的一只眼，做幕后控制全局的一只手。

商会副主席用不太标准的普通话罗列了数条将会在湾区试行的优惠政策，鼓励各位创新者抓住机遇，去当第一个尝螃蟹的人。

陈挽非常敏感地捕捉到几个关键词，迅速在笔记本上记录下来，打算回去之后再和合伙人仔细研究一下。

中场休会足足有半个小时，卓智轩跨越大半个会场走到后面找陈挽聊天，他没有什么自己的产业，来开这个枯燥无聊的会议完全是迫于家族压力。

会堂设置了信号屏蔽，碰不了手机的这几个小时已经快要把卓少逼疯。

"你居然还真的记笔记，"卓智轩瞄了一眼陈挽记下的那几句词，随口道，"你等这个草案实行，还不如找沈宗年快。"

卓智轩声音稍微压低："界屿的事，商会说不上话，赵家的地盘。"

直接找赵声阁那是不用想了，但找沈宗年还是能帮忙牵得上线的。

"不用。"陈挽说。

卓智轩："你别天真了。"

优惠政策在一定程度上促进了资源流动和公平，但太慢了，真正的好东西早就在头部里过了一遍，漏下点边角料给下边的人一顿好抢。

陈挽抿了一口红茶，还是摇头。

卓智轩气笑："你轴什么，陈挽。"

说出来都丢脸，好多东西在他们那儿就是一件很简单的、不值一提的小事，陈挽硬是没开过口，非得自己绕那么大个弯。

那些只和谭又明、沈宗年喝过几杯酒的泛泛之交一面之缘，早个个拿着鸡毛当令箭耀武扬威了，属实没见过混成他这样的。

肥水尽流外人田，卓智轩不爽，声音不免高了几分："陈挽，你能不能有点打算。"

陈挽好脾气，笑笑，语气洒脱："不用担心我。

"我知道自己在做什么。"

卓智轩就没法和他沟通，陈挽看起来好说话，但主意大得很，认定的事说一不二。

为期两天的会议，赵声阁没有出现过。

可能人与人的相遇，真的讲点命数，不过更讲努力。

机会总是留给有准备的人，九次扑空，第十次如愿，陈挽也能充到电。

那个第十次，是在拍卖场，远远地。

赵声阁很低调，从来不存在保镖助理一大群尾随的情况，他今天甚至连助理都没带，一个人走过去坐了主办方准备好的最中间的位置。

每个观赏位之间都隔了很远的距离，相邻的人无法打扰到彼此。

陈挽坐在很偏很暗的角落，远远看过去，赵声阁叠起长腿，靠着椅背垂眸看册子，陈挽不禁联想到漫不经心睥睨众生的狮子，看似沉稳，实则慵懒，有些无聊，偶尔抬眼瞥你一眼，又低下头沉浸在自己的世界里。

昏幽的灯光将人侧影照得很静，几分高处不胜寒。

对方和陈挽记忆中不大一样，连一同长大的谭又明与沈宗年都未必能察觉不一样在哪里，但陈挽太爱观察赵声阁了，所以他无限接近真相，是对方在用日渐威严的杀伐决断掩盖眼角眉梢的疲意。

赋予一个人权力的同时，也必定施加某种枷锁。

赵声阁像临危不崩的高山，那点微不可察的倦意是溪谷飘零的落叶，无足轻重，无人窥察，只有每日飞向这座山的鸟知道。

高山仰止，陈挽当那只飞鸟，经年盘旋不止。

拍卖会还未开始，周遭宾客结伴聊天，声音很低，但陈挽也能听到一些。

"是从金融大厦跳下去的，七十八楼，华荆公园的水池被血染红一片，很多人都看见了。"

"警署来了人很快收拾干净，也不准媒体记者进去摄像。麦太日日以泪洗面，还去明隆大厦喊冤抗议。"

"听说倒不是因为那笔坏账，是麦家辉不诚实，跟……耍心眼兜圈，还要跟华家联手，后头……就不耐烦了，比他老爷子还硬心肠。"

"惹不得啊……一边签署残疾儿童慈善捐助合同，一边把富豪仇家逼得破产跳楼……"

那个人像不能提起名字的伏地魔，大家都心照不宣，讳莫如深。

不远处响起一点骚动，工作人员给赵声阁那桌上茶时出了点差错，周围的人一时都收了声，敛目低头，佯装未觉。

但陈挽看到赵声阁对对方绅士地抬了抬手，平静地说没事，声音很礼貌温和。

陈挽想，即便方才那些人私下嚼舌根的非议被赵声阁本人听到了，他也不会生气动怒的。

赵声阁其实比很多人都好说话，虽然气场盛，但情绪一直很平和，温而厉，威而不猛。

不过手段凶狠又是另一回事了。

拍卖会上展了什么陈挽没认真听。

只知道赵声阁拍了个明代万历青莲花宝口瓶，因为拍卖师喊了一次价之后就成交了，不会有人跟赵声阁竞价。

结束的时候，赵声阁和一个中年男人一同往外走，对方比赵声阁年长不少，但许是身高的原因，那位名字耳熟能详的海市官员站在他身侧也失了些气势。

两人偶尔交谈，赵声阁还是说得少，听得多。

陈挽与一位同行一同走出展厅时，与赵声阁有短暂的擦肩，但并没有停留，眼神也不曾交汇。

对方不认得也没发现他，陈挽一点不意外。

即便他已经仗着谭又明和卓智轩的人情参加过几次有对方在的饭局，赵声阁也不会记住一个闲杂人等。

陈挽向来有自知之明。

也不在意，他又不求这个。

回程要下盘山公路，陈挽好好的车开在路上，被一辆突然出现在左超车道的劳斯莱斯甩了一尾巴泥巴。

下午的拍卖会在近郊傍山展厅举行，又下了雨，柏油环山公路堆积的雨水与山道泥尘混在一处，比亚迪的车身和车窗瞬间惨不忍睹。

陈挽一开始没理会，他向来是交通道路上的守法公民和谦和礼让的好好先生，只是打开刮雨刷。

但在连续两次被恶意挡道之后，再好的脾气也火了。

他来之前刚洗了车，对方在超车并行时非但没有拉开距离，反而贴得更近，水花四溅之间两辆车的后视镜甚至有一瞬撞上相互摩擦。

几乎看到火星了，但只有一秒。

对方车技高超，并没有造成任何实质性伤害——除了给开车的人造成极大的压迫感和心理压力。

这无异于赤裸裸的示威与挑衅。

完全超车之后，劳斯莱斯又仗着底盘高很疯狂地在水坑上来了个甩尾，比亚迪风挡玻璃扑面迎上呼啦啦一片水，陈挽的体感像是他本人被迎头泼了一盆水。

陈挽沉下嘴角，握紧方向盘一脚踩尽油门追上去。

夏日天色暗得晚，落霞还未沉尽，暮光中能大致看见劳斯莱斯车牌尾号，平平无奇，无奇到应该没有人能想到里面坐着一个金蝉脱壳的人——他来的时候是坐平时出行那辆迈巴赫的。

可即便就是那样一串普普通通的数字，也彰显着一种不可一世的狂妄，对方车速时快时慢，宛如狡猫逗鼠。

劳斯莱斯很新，陈挽在脑中过了一遍，确定自己没在海市范围内任何重要场合见过这辆车，也想不出以他这样低调无争的行事会得罪什么人。

有好几次，他踩尽油门，几乎要赶上对方三分之一个车身，但保密性严实的单向玻璃没能让他窥见里头半个人影。

无人大道，橘色落日悬在山头，晚霞铺天，两车一前一后，你追我赶，咬得很紧，转弯飘移，时而贴近，时而拉开距离，路边大片棕榈叶被极限车速掀得七零八落。

极限竞飙，肾上腺素激升，陈挽唇角抿紧，平时只被用作上班代步的比亚迪第一次被开出超跑的生死时速。

但在绝对碾压性的速度和硬件条件面前，车技杯水车薪，比亚迪要追上劳斯莱斯是天方夜谭。

而且因为陈挽的有意低调，这辆比亚迪还是好几年之前没更新换代的版本，他平时就开着这辆旧车上班下班。

陈挽只能眼睁睁看着劳斯莱斯嚣张地扬长而去，消失在暮色尽头。

天彻底暗下来，漫长旷寂的公路只剩下他一辆车。

陈挽索性开了车窗，风灌进来，海洋性气候的空气永远带着挥之不去的潮意，路两旁棕榈与芒草被车灯照明，蝉声、蛙叫一片。

这时候卓智轩的电话打进来，说过几日是他弥旺道那家酒店的开张吉日，请陈挽届时务必到场道贺。

陈挽刚刚生死时速还没喘过气，单手扶着方向盘，舒了口气，正了正蓝牙耳机，说："好地段。"

"求了几个月老爷子才肯出面，嘴皮子都快磨破了，"卓智轩在陈挽面前没什么好装的，读书时候他作业都是直接扔给陈挽做的，"你的红包要够诚意。"

陈挽心跳恢复平缓，换了个电台。"当然，"他对朋友向来很大方，开玩笑，"再给你请一队舞狮，从芬利东路游到太子段西。"

卓智轩被调侃了也不介意，大笑，笑了一会儿就停下来，静了一秒，说："赵声阁也会来。"

陈挽没告诉他今天自己就和对方在同一个拍卖场，语气平常："嗯。"

"……没了？"

陈挽不明："什么？"

"……算了。"卓智轩也不知道自己想说什么，换了个话题，"对了，你那天有空吗？早点过来帮我吧。"

陈挽"哈"了一声："给我当老板啊？"

"这次在我老子面前夸下了海口，不办得漂漂亮亮的就等着卓玉剑和卓生烟背后捅我一刀吧。"

"别人我不放心。"卓智轩认真地说。

在海市，他认识的人不算少了，但他确实没见过比陈挽更靠谱的人。

陈挽也清楚卓家的兄弟阋墙和明争暗斗，那天他有个重要的合同要签，不过挤一挤时间也能赶过去。

陈挽刚要应下，卓智轩又神秘兮兮地说："而且我请大师算了一卦，开张那日要找个水行命格的人坐镇，命格隆睦，喜日神临月令旺，那不就是你咯。"

"……"海市人做生意都讲点风水，陈挽表示理解，"几点？"

"阿挽好义气，"卓智轩笑嘻嘻道，"三点过来就行。"

开业那日是个好天气，陈挽到的时候，距第一批宾客入场还有很长时间。

他大致参观了一下环境，酒店背靠加多利山，南岸面浅湾，做的是最奢华的配置，还建了私人码头，入住的客人可以直接乘坐游艇到附近的丁岛看鱼群和去热带果园。

难怪一向吊儿郎当的卓智轩都这样上心，是下了重本的。

二世祖卓智轩当惯甩手掌柜，跟在陈挽身后，看他有条不紊地和经理过剪彩流程、迎宾事宜、核对宾客座席，又把晚上宴请宾客的菜品和选酒换掉一些，心跟着安下来。

陈挽突然转过头，问："看什么？"

卓智轩耸耸肩："没。"他只是觉得赵声阁挺瞎的，什么都看不到。

陈挽口干舌燥，累得摊在长椅上，随手取了杯甜利口酒灌下，懒懒地摆手："不用太感动，股份预我一份（粤语：算我一份）就好。"

卓智轩拿过他手上的空杯，又给他倒了一杯，说等他翻身当家做主了一定，目前他的权限只能给陈挽在顶奢海景房留个永久专属房间。

傍晚，浅湾日落很美，宾客陆续到达。

陈挽白天帮卓智轩把过关了，这会儿便隐到人群中去，不喧宾夺主，把风光留给好友，只有看到哪里不妥才会偶尔提点一下经理注意。

谭又明给卓智轩送了花篮，两车，三个人都搬不完，还有联幅，据说也是叫大师亲笔题字，开过光的。

卓智轩很高兴，谭又明也很满意。

陈挽能理解海市的生意人喜欢讲风水，但那红联贴罗马柱不中不洋的画面看着还是有些不伦不类，第一次怀疑他处心积虑、步步为营去够的是个什么圈子。

那个人身边好像也就沈宗年还正常一点。

赵声阁和沈宗年是掐点到的，赵声阁不轻易出场给人站台，但这次也送了还算贵重的贺礼。

他们这些人，怎么说，名利场上的利益驱使有，自小一同长大的情分也是真的，孰多孰少，就看各人心中那杆秤怎么量了。

厢房和座位是按身份分的。

陈挽被安排在谭又明他们一桌，一个单独包间，人不多，都是他们平时圈子里有来往的那几个，说俗一点，叫派系。

陈挽被分到这个桌完全是因为他跟今日的老板本人关系过硬，且他哪个关系圈都不属于，真要说实话，他在今日到场的宾客里其实哪一桌都够不上身份。

陈挽不觉得窘迫，神色坦然地坐在谭又明旁边，这次他和赵声阁没再隔着一张桌子，但也不算很近，圆桌很大，从角度来看，他可能坐在对方的视域盲区里。

再加上他不大说话，赵声阁可能都没注意桌上还有他这号人。

赵声阁今晚没动几次筷子，酒也是浅尝辄止，陈挽有点摸不着头脑。

这个菜单是他拟的，和别桌稍微有点不同。

下午卓智轩说这一桌算自己人，不用跟别桌选那些千篇一律中看不中用的菜品，要陈挽随便点，试一试他们酒店斥重金从意大利和内地请回来的七星厨师的手艺。

陈挽便不怎么客气，但赵声阁这次好似不大买账，陈挽不知道问题出在哪里。

赵声阁是很难讨好的，所以绝大多数人摸不到准脉，陈挽也不能。

赵声阁下午刚从老宅抽身过来，一般他回老宅的话，是不允许人在宅里搞大宴的，但自他回国还未抽空出来见过旁支，因此老爷子把人都叫了过来。

赵家内倒没有什么太狗血的豪门恩怨与钩心斗角，直系的几房都是吃喝玩乐娱乐至死的纨绔二世祖，全仰仗赵声阁一人供着他们后半生的荣华富贵，是以明隆集团的权力根基一直都较为集中且稳定。

除了在专断、控制欲强的赵茂峥面前，赵声阁从很小就获得了很大话语权，况且这些年，赵茂峥年纪上去，身体大不如前了。

赵声阁年纪轻，但位分高，有时候旁支里奔五的叔伯都要喊他一声小爷，倒是家族里的小孩，叫他一声大哥。

赵声阁少年老成，面上都稳重地应了，其实心里烦死了，恨不得把这一个个叽里呱啦的小萝卜头都扔到外面的泳池。

赵声阁从少年时代就是天之骄子，年节的时候直系的、旁支的都爱把小孩往他面前送，赵声阁就得给红包，按照家族仪式对他们殷殷嘱咐认真念书快高长大（粤语：快点长高长大）之类，好像得他一句嘱咐能开光似的。

回到老宅时人都已经到齐，长环形圆桌坐满人，赵茂峥也已在主位就座，不过赵声阁没到，没有人动筷。

等赵声阁坐下之后，晚餐才正式开始。

因为没有太激烈的利益争夺，氛围倒也有一种虚假的温馨，几房女眷都殷勤关怀问候赵声阁，后又打趣起家族里的年轻子弟的婚嫁大事，不过是没有人敢过问赵声阁的。

公事、私事都不敢。

没人能做他的主。

赵宅的菜那么多年了还是不合赵声阁的胃口，他掀开汤盅，垂眸扫了眼，心里叹了口气，应付完一顿饭，他便乘坐沈宗年的车来了卓智轩的新酒店。

坐陈挽旁边的一个青年叫蒋应，家中背景复杂，人却很和气，目前在海市做策展人和古玩鉴赏。

他不是商海里打打杀杀的人，但同沈宗年关系很好，便也不大忌讳问起前段时间大家都讳莫如深的事。

"我听家里的长辈说，麦太太现在还日日去明隆大厦门口喊冤抗议。"

谭又明嗤道："把她老公去夜店玩嫩模的照片拍到她面前都不信，麦家辉跳楼前还坑了她一把，把债务全转到她还没毕业的女儿名下去了。"

另一个人有些无奈地摇头，对赵声阁说："现在传得变本加厉，最新的版本是麦家辉跳下去前的最后一通电话是你打过去的，现在个个胆寒，就怕接到你的死亡来电。"

赵声阁不知是在想什么事情，看大家都看过来了眸光才重新聚焦，很多时候，应酬啊，开会啊，旁人觉得他沉稳少言，不动声色，但有时候他其实是在发呆想自己的事。

赵声阁也知道这件事最近闹得满城风雨，他自己是无所谓什么名声的，阎王也好，罗刹也罢，他拿热餐巾擦干净手，平静地跟大家解释："我没有打，只是双方选择了履行合同的不同方式。"

白纸黑字，清清楚楚。

期限届满，债权人赵声阁选择申请执行，债务人麦家辉选择永久破产。

听他是这么分析的，大家便都静了一瞬，换了个话题。

在场陈挽资历辈分最低，他主动负责给大家盛汤。转盘转到赵声阁面前时他正在跟沈宗年说话，没有拿，谭又明想吃个别的，便把转盘转走了。

陈挽手指点着酒杯，怀疑前几次是否只是自己撞彩（粤语：碰运气，走运），赵声阁挑剔他是知道的，但也没像今晚那样无从下手。

还是时间已过去太久，读书时代出现在他们学校食堂的少年赵声阁是他的臆想。

陈挽只能猜是他今日没有胃口，可是后面服务员给大家各分了一小碗鲍龙海鲜粥，他又慢吞吞地吃完了。

陈挽把杯中的酒喝尽，从剔透的杯壁上看到自己垂下的眼睛，有些迷茫。

他话很少，同在场的人也不熟，偶尔会跟主动与他说话的蒋应交谈两句，但大部分都在安静品评卓智轩重金请来的大厨的厨艺，并默默在心里打出分数。他做事喜欢有始有终，记录下菜品的味道和口感，之后可以给好友一些反馈和建议。

宴会临散的时候，大家都过来跟赵声阁喝一杯，毕竟见他一面不易，以后也只会更难。

陈挽有点犹豫，但又觉得以后或许也不会再有这样混在人群中敬赵声阁一杯的机会，所以他往自己杯里倒了诚意很足的白酒。

只是不巧，轮到他的时候，赵声阁抬手看了眼腕表，和沈宗年先走了。

陈挽迷茫地眨了下眼睛，心像踏空了一步，他的手都已经要举起酒杯。

幸好没有什么人察觉他的动作，只有坐在他旁边的蒋应怕他觉得尴尬，递过来一个安慰的眼神。

陈挽倒不在乎什么面子不面子，只是觉得有些可惜，挠挠后脑勺给蒋应回了个微笑，自己悻悻地把那杯白酒慢慢喝了。

发酵不足，后调微涩。

但酒是他自己选的，涩也得喝完。

大家陆续离开，陈挽最后一个，无论什么场合，他都是留到后头扫尾善后的。

果然就被他发现赵声阁的位置上落下的一个烟盒和佐罗打火机。

陈挽眸光微顿,像意外发现宝藏,神色倒是很沉稳,走过去站定,冷眼打量。

烟是罗密欧与茱莉叶,他以为这个牌子已经专产雪茄不做香烟了,原来是改为私人定制。烟盒花纹古典,质感很好。陈挽鼻尖动了动,橘调,很清淡。

他印象中赵声阁其实很少抽烟,也从来不在公共场合吞云吐雾。

他只在一次饭局出去透气时远远见过一次,对方咬着根细烟,峰形漂亮的嘴唇看起来很红。

陈挽站在原地,垂着眼,面无表情。

拿。

不拿。

这是贵宾包间,没有装摄像头,手指已然有些不受理智控制,蠢蠢欲动。

外头提琴乐起,人来人往,一门之隔,陈挽面色还算镇定,但心跳已经快起来,像个一切准备就绪的贼。

潘多拉的盒子就在眼前,和他的主人一样,神秘、矜贵,充满诱惑,只等着他亲手打开。

陈挽的手慢慢伸过去。

过了数秒,又收回。

陈挽果断叫来经理,说有客人落了物品,让他把烟和打火机包好交给赵声阁的助理。

经理今天和陈挽共事了一个下午,对他很是信服,陈挽特意嘱托,就一定不是什么简单人物。

过了一会儿,经理回来,为难地告知他联系不上对方。

陈挽了然:"没事,这位客人是比较难找。"毕竟是连赵本家的人都要经过二秘三助才能见上一面,陈挽拿回烟盒和打火机,说:"辛苦了,你去忙吧。"

他在灯光璀璨的宾客厅逛了好一会儿才找到卓智轩,对方看起来春光满面,看来下午的劳累没有白费。

卓智轩问:"你喝酒了?"陈挽酒量很好,不轻易上脸,但此刻看着不大正常。

陈挽不大想提自己敬酒未遂的事，含糊了两句，把牛皮纸包好的烟盒与打火机递给他，让他转交。

普通的烟和打火机就算了，这种私人定制的已算是贴身之物，被有心之人拿去，稍微查一查便能知道是谁的。

卓智轩打开包得细致的牛皮纸看了一眼，今晚上被众人捧得飘飘然那点酒意醒了些，看了一阵陈挽："你就不能自己交给他？"

"没必要，"陈挽本来没想抽烟的，但瘾有点被那包罗密欧和茉莉叶勾起来了，摸出自己的烟，咔嚓，点起火，低头吸了一口，刚刚他还犹犹豫豫地想偷一支对方的烟，现在又变得很洒脱，特地嘱咐，"问就说服务生发现的，别提我。"

"有病，"卓智轩晚上那点春风得意都被他给气没了，骂道，"没必要，没必要你图什么？"

许是因为喝了酒，又许是他自己今日志得意满看不得至交这样惨淡辛酸，卓智轩声音不自觉提高了几分。

陈挽有些奇怪地看着他，很自然地脱口而出："我不图什么啊。"

这是实话。

卓智轩是真不理解了："你真的就一点点都没有想过？那你在这儿忙进忙出地做慈善？"

陈挽心里有点好笑，也不太理解地看着他，想着怎么给自己这位从来走肾不走心的好友解释付出真的不一定是要回报这件事。

卓智轩显然还是不能理解。

陈挽被他那眼神看得简直都不知道要怎么说，他按灭了烟尾，无奈地道："你非要问，那我就图有我在的地方能让他觉得舒心顺意几分好了。"

陈挽甚至都不需要和赵声阁变得很熟，在一个圈子里能偶尔见上面就可以。

有陈挽在的地方能让对方开怀几分钟就再好不过，好像这样，他在这几分钟里就有了意义，只要几分钟即足够。

时间意义上的几分钟，也可以是陈挽记忆里的永恒。

"……"卓智轩理解不了他的思维，比了比大拇指，阴阳怪气地夸道，"行，好，陈大慈善家。"

送走陈挽，卓智轩给赵声阁打电话，赵声阁竟也还未离开，往常的应酬结束后他几乎不多待一秒。

03 红灯高碑不为人知

"刚刚碰到方家的人,聊了两句,现在在停车场。"

"好,那你等一下,我下去。"

一众靓号豪车里,卓智轩找到迈巴赫,走过去敲了敲车门。

后排车窗降下,赵声阁靠着椅背,手很随意地搁在窗沿,朝他点点头,问:"怎么?"

卓智轩微弯下腰,把东西交给他:"服务生打扫时发现的,应该是你的东西。"

烟盒与打火机被牛皮纸包裹起来,齐整、干净,不像打扫拾漏的遗失物品,像一份礼物。

赵声阁接过,拆开,看了一眼,眼眸倏然抬起,直直望着卓智轩,目光静而缓,深不见底。

卓智轩手心忽然冒了些热汗,明明这个姿势,他才是站着居高临下的那个人。

但赵声阁眉眼浓黑,平静地看人的时候也能叫人读出一种意味深长的审视和凌厉,即便也许他本人并没有那个意思。

卓智轩忽然就想起小时候大家一起玩橄榄球,他们几个在赵声阁带领的那一队,输了比赛赵声阁并不会生气,他总是很耐心地指导大家调整战术,然后说几句鼓励的话,不多,但很有分量。有些人身上与生俱来的领导力和安全感,很容易就把一群人凝聚起来。

赵声阁对做得不好的同伴很宽宥,但是有人假意越位回传,他便再也没见过那个人出现在赵声阁的身边。

不够强可以宽容,但是撒谎作弊,赵声阁不会原谅。

卓智轩真的很想知道，这世上到底有没有人在赵声阁面前撒谎会不心虚。

噢，真有一个。

陈大慈善家。

他真是上辈子欠陈挽的。

就在卓智轩想说点什么的时候，赵声阁对他很淡地笑了笑："劳烦你跑一趟。"

"……没有。"因为要同他说话，卓智轩始终维持着俯首的姿势。

赵声阁递给他一支烟，拍了拍他的肩，说："酒店很不错，开张吉利。"然后离开。

陈挽在酒店帮卓智轩送宾客，不知道自己不知不觉中跌跌撞撞逃过一劫。

他总是觉得赵声阁不会记得住他，也不知道，赵声阁的一天里可能要处理一百件事情，但赵声阁一个星期需要见的人或许都不超过十个。

何况，赵声阁是那样一个警觉敏锐、疑心重重的人。

赵声阁跷着腿坐在车后排，把玩着那只打火机，随手扔到一边。

海市的天气阴晴不定，这会儿车窗外已经飘起雨来，雨水像断线糊在玻璃上，风很猛劲，估计天文台又要准备发布红雨警告。

上一个八号风球撤离海市的第二天，赵声阁开完视频会议去了谭又明的会所。

那天晚上的灯光、音乐甚至温度都异常适宜，令人放松，和之前去的每一次有些微妙不同。

果盘端上来的时候，沈宗年问谭又明："你这儿搞服务升级？"

赵声阁靠在沙发上，扫了眼那个几乎都是他喜欢的热带水果果盘。

山竹已经被用刀划开了个很浅的十字口。

这种麻烦又娇气的水果，掰开会沾一手紫色汁水，但事先把果肉挑出来没几分钟又会氧化变色。

划了个口就方便许多，容易掰开，又能让果肉依旧被裹覆在果皮的保护之下。

还有一种叫红宝石的柚子也被剪开了口，去了核，连赵声阁这样挑剔的人那天晚上都多尝了几瓣。

不是谭又明的会所搞升级服务，是多了一个操心的人。

陈挽隐在昏幽光线里降低自己的存在感，赵声阁光明磊落地在聚光灯下审视评估他。

这样的场景不止一回。

一次饭局结束后在沈宗年的茶庄里，几个男人围坐在八仙桌旁谈生意经，陈挽就自己拎着个茶壶去烧水、泡茶。

他几乎不说话，手很白，右手食指与中指指根之间有颗很小的痣，随手指张合时现时隐。

整个人看起来温良恭俭，宜室宜家。

连烫杯的温度都被他计算得握在手里刚好。

诸如此类种种细节像精密的图标钉在赵声阁的脑中。

有陈挽在的地方，连空气的湿度都是最让人感到舒适的。

次数不多，但也足够了。

足够引起赵声阁的警惕。

平心而论，陈挽行事坦荡，他的细致体贴不显山不露水，润物无声、不着痕迹。

最重要的一点是，他一视同仁。

对身份显赫的谭又明他们不谄媚，对不小心洒了酒的服务生不责备。

他很聪明，企图将这种细致体贴的社交礼仪变作无差别的人情世故——不是在刻意对谁好，是对众人的喜好都一视同仁，观察入微，面面俱到。

这些都顺理成章，都没有漏洞，陈挽炉火纯青，陈挽出神入化，陈挽差一点就成功了，可惜，他遇到的是赵声阁。

全身上下心眼比菠萝孔多的赵声阁。

人人都理所当然、理直气壮地接受着陈挽的好，赵声阁不。

赵声阁不至于那么自恋，可谁叫陈挽那天晚上在泡大红袍的时候过了两遍水才递给他。

海市有句话叫"茶喝越浓，生意越大"，这边的人都喝浓茶，赵声阁是出国这几年吃不惯外国餐饮把胃弄坏了后才改喝淡茶。

偶尔秘书会忘记过滤两遍茶叶，赵声阁第一口就能喝出来，只是他不说而已。

赵声阁不习惯苛待别人，只要不是什么原则性的错误，他其实也无所谓。

但这是非常微小但私密的个人习惯。

赵声阁不喜欢用巧合来解释事情，他喜欢蛛丝马迹，喜欢抽丝剥茧，喜欢在偶然性里大刀阔斧抽出客观规律。

巧合是偶然的，只有规律是永恒的。

陈挽想以"庸俗""世故"标榜和掩饰自己，却漏了一点——没让赵声阁看到他的企图。

一个人看不出企图，便很危险。

陈挽是聪明，但不撞彩（粤语：运气不好），遇上赵声阁。

蔷薇遇上猛虎，无须细嗅，也香气败露。

赵声阁自小到大见过口蜜腹剑，见过两面三刀，见过太多欲拒还迎与欲擒故纵。

烟盒与打火机不过是个小小测试，什么也证明不了。

没有顺杆儿爬，只算陈挽知趣，而非无害。

他自以为神不知鬼不觉地给，赵声阁也可以不动声色地不收。

陈挽不声不响，像一团朦胧的雾气，时不时飘过来一下，又被风吹散。

赵声阁不喜欢朦胧，不喜欢未知，不喜欢不确定性，不喜欢别人跟他玩心眼。

所以拍卖会那日比亚迪遭受了无妄之灾。

陈挽第二天去店里取车。

比亚迪在不自量力和劳斯莱斯生死决战过之后就出了问题，送去店里维修。

老板是熟人，问他是怎么把一辆以耐力足著称的代步车开到引擎系统高烧不下的。

陈挽拍了拍爱车的前盖，冷笑一声："碰到了个神经病。"

那天拍卖会之后，他特意去查过，但毫无线索，那辆车牌普通但不可一世的劳斯莱斯仿佛蒸汽凭空消失在海市。

就像那日开业宴之后的赵声阁，又闷声不响地失踪了数日。

连谭又明也找不到人，赵声阁日理万机又身份特殊，前两年还在国外经历了一次凶险的枪击案，不得不谨慎，大家也都理解，或者说习惯了。

陈挽从来不主动打听，但卓智轩是知道他的，于是故意在大家聚餐时猜测赵声阁是去了加国，因为最近有个重要的经济行业密会在那边召开。

赵声阁今年刚当选上亚太贸易协会议员，出席的可能性很大。

谭又明插嘴说不是吧，说按理是去了新国，最近按明隆计划要建一批新工厂。

本来建工厂这种事轮不到赵声阁亲自去，但这是一批全智能型工厂，明隆永远走在业界前沿，这套新的AI程序首次大规模投入生产，但他也不确定，就看向沈宗年，沈宗年不知道是不是真的不知道，闭口不言。

他一向嘴紧寡言，谭又明凑过去："你没骗我吧？"

读书的时候，赵声阁搞机器人和航模就经常只叫沈宗年，他嫌谭又明和卓智轩三分钟热度坐不住。

沈宗年把自己的手机从谭又明手里拿回来："没有。"

陈挽不知道该相信谁的，看话头兜了一圈也扒不出一丝蛛丝马迹，有些失落。

他不禁想，和赵声阁做朋友也很不容易，不知以后站在赵声阁身边的那个人是不是也会这样，三年五载才能见上一次面，对方行踪严格保密，无迹可寻。

永远只能被动地等待，静默守候。

不过这些和陈挽都没有什么关系。

甘愿也轮不到他。

卓智轩看陈挽安静饮茶一声不吭的样子，心头一紧，离开时特地把人拉到一旁，左右看看，严肃地低声说："你别乱来。"

"什么？"

卓智轩打量了他一会儿，说："刚才那些只是我们的猜测，你别真的飞，赵声阁这个人真要藏，他们家老爷子都找不见人。"

"……"陈挽看他像个傻子，"我有病吗？"

卓智轩看他像个疯子，挺认真地回："你本来就有。"

"……"

周三是证券交易日，陈挽去明基中汇办理手续。

中环园区很大，以白鸽广场为中心坐标向四周辐射，紫荆花木道枝叶成荫。

像赵氏的明隆、沈家的葡黎这样敲过钟的大集团都在寸土寸金的芬利大街的大厦里，像陈挽的科想这样的新兴中小型公司只能租下太子段西写字楼其中的几层。

陈挽迈步走进冷气扑面的大厦，居然看见了赵声阁。

对方独自一人，似是在等车。

销声匿迹数日只活在大家传闻的人突然出现，陈挽脑子空了一瞬，生出一种很缓慢、无来由的快乐。

也是一种无用的快乐。

陈挽不知道对方对他有没有印象，犹豫了一瞬，本想直接装作没看到走过去，脚尖都转了方向了，忽然，对方刚好抬头往这边看了一眼，应该是看车到没到，他看起来已经等了有段时间，应该是有什么事急着去办。

陈挽不好当没看见，便走了过去。

赵声阁看起来对他有点印象，但又想不出确切是谁。

陈挽一点不意外，很简略地带过一句自我介绍，赵声阁淡淡地点了下头，随口说是自己车坏了。

陈挽淡淡微笑着，礼貌询问："您急着走吗？如果不介意，我的车就在附近，可以载您过去。"

赵声阁看着他："方便吗？"

陈挽一顿，他只是礼仪性一问，没想对方会真的答应，心中同时又马上责备自己今日怎么没有开辆好点的车。

赵声阁怎么能坐比亚迪，还是前不久被一个神经病撞过的比亚迪。

可陈挽不想放弃这个机会，说方便，问赵声阁要去哪里，赵声阁说了个地方，陈挽说好。

陈挽领路，两人隔得不远不近，标准的社交距离。

赵声阁人高腿长，走路有种内敛的气势，两人的手臂都有幅度很小的轻微摆动，扇起燥热的气流。

陈挽把手收回口袋，掏出钥匙，对隔着数米的比亚迪按了一下开锁。

"嘀"的一声，惊飞一群喷泉边上的白鸽。

陈挽绅士地为赵声阁打开后排车门，还用手虚虚护着车顶，姿势很标准。

赵声阁非常理所当然地迈步上了车，比亚迪刚修好不久，不大的空间让他皱了皱眉，一双长腿只能委屈巴巴地交叠起来。

陈挽抱歉地说："车不太大，赵先生见谅，旁边有水。"

"谢谢。"

赵声阁很疏离，陈挽问了句"温度还合适吗？"就没再开过口，专心开车，一路上没有多半个字的闲聊。

赵声阁在后排也悄无声息，安静得陈挽都怀疑车里只有他一个人。

但背后笼罩那片气场又如有实质，沉静但压迫感巨大，叫他时时保持警醒。

如果陈挽背后长了眼睛，就会发现，赵声阁就是在观察他，光明正大，肆无忌惮。

陈挽开车很利落，手落杆起，该礼让礼让，该超车超车。

赵声阁像个面无表情的考官，目光落到陈挽的手上，那只曾经为他们泡过茶的右手，此刻握着方向盘。

赵声阁移开视线。

不知怎么，今日一路挂红灯，每个路口他们都要坐在寂静的车厢中一同等一个偶然的三十二秒。

对赵声阁是百无聊赖的审视，对陈挽却是一场酷刑。

车厢里几乎听不到呼吸声，两人目光不经意在后视镜里撞上，一个沉静矜傲，一个温顺谦和，一秒，又彼此错开。

陈挽有些歉意地笑笑，红灯的错也揽在自己身上，觉得耽搁了对方时间。

赵声阁没回应那个笑容，移开视线，接起一个电话，说："堵车。"

"就来。"

赵声阁讲话很少，言简意赅。

这趟行程目的地是鹰池。

海市纸醉金迷的销金窟，以尤物多、玩得疯、奢靡无度闻名。

若是卓智轩在，定要拍手称赞陈挽好，亲自将重视的人送去十里欢场。

一路红灯高挂，转绿灯时蜂鸣声急促，摩天大楼似幢幢高碑，葬一个人静寂无名、不敢声张的心意。

抵达鹰池，赵声阁说他不要在正门下。

他跟陈挽不熟，但使唤人的语气倒是很理所当然。

陈挽没回头，从后视镜中对赵声阁点点头，边倒车边问："那需要我把您放在哪个偏门下？"

鹰池设了很多暗门，等级越高的会员可以经过的门的权限越高。

赵生好礼貌，询问陈挽的意见："你认为在哪里下比较合适？"

"……"

陈挽静了一下，摸不准赵声阁什么意思，不知他是要宾客相迎还是掩人耳目。

鹰池里头空间结构十分复杂，如四面迷宫，且会所一共分了八个门，水门、雨门、坤门……海市风水学盛行，鹰池的老板特地找大师算过，每个门都曲径幽深，四通八达。

陈挽也不知道他是要去 A 座还是 B 座，他不清楚具体的，但赵声阁要去哪

043

里，也不是他能过问的。

陈挽回答之前，赵声阁又好似很善解人意地说："你哪里好停车，我就在哪里下。"

陈挽一时头更大。

此话看似体贴，实则是将决定权推到陈挽手上。

陈挽如何选择可以透露很多东西，比如，他觉得赵声阁会去哪里，他知道多少，他是否想让别人看见赵声阁从他的车上下来。

这很棘手，陈挽深思熟虑了几秒之后，说："那我放您在水门下？"

水门算是中枢，一走进去就是私人电梯，客人想去哪儿就去哪儿。

看陈挽又把皮球踢了回来，赵声阁从后视镜里看着对方，笑了笑，语气平和又随意地说："你知道不少。"

陈挽想否认，又怕说多错多，所以还是什么都没有说。

事实上，他只有一次跟卓智轩进来过，在看到那些令人不适的表演后就先走了。

最终，陈挽还是在水门把赵声阁放下车，并且没有问对方需不需要车等着送回去就掉头离开了，车速快得仿佛逃离犯罪现场。

赵声阁一直等他的尾灯消失不见才从另外一个门进去。

鹰池的一位股东早就在门口候着，带赵声阁从专属电梯直升七十八楼。

插天楼宇在夜雾中似庞然大物，单向玻璃可以直接俯瞰下面的声色犬马，海市灯火通明，似一艘夜航的巨轮。

客厢里，年近四十岁的男子听到开门，放开了腿上男孩的手，站起来走过去，伸出手："赵先生。"

赵声阁纡尊降贵地把手伸过去，虚握了一下："邵先生。"

邵耀宗看向他身后，没有再见到人，但他知道，这幢大楼里已经布满了对方的暗镖。

等赵声阁坐下，邵耀宗招手。

赵声阁没有拒绝，对男孩说："倒杯酒。"

男孩很听话地把伸向他的手收了回来，规矩地坐在旁边。

邵耀宗一双浑浊的眼睛眯起来："我特地为赵先生选的。"

赵声阁配合地看了眼身边低眉顺眼的男孩，单手搁在沙发背上，姿态放松，说："邵先生有心了。"

又对那男孩抬了下下巴,温声命令:"袖子放下来吧。"

男孩不明所以,但还是乖乖照做,他今天穿的是件白衬衫,袖子往下一拉就盖住了腕上的痣。

赵声阁眼不见为净。

邵耀宗误读了,觉得对方也并不是一点诚意没有。

赵声阁没有搭腔。

邵耀宗也不介意,开门见山:"之前提的事,赵先生考虑得怎么样?"

赵声阁跟他打太极:"地的事再议,先看看货吧。"

"好。"邵耀宗很爽快,命副手抬出一箱,打开陈列。

赵声阁垂眸看了一眼,极淡地笑笑:"白鹤堂的货源,不至于吧。"

邵耀宗微顿。

海市除了赵、谭、沈、卓这些财力扎实的名门世家,还遗留了非常多上个千禧年的江湖帮派,他们作风凶残,罔视规矩,破坏市场,扰乱秩序,勾结官员做保护伞,屡触红线,常年游走在灰色地带。

由于势利关系盘根错节,根深蒂固,海关和警署一度异常头痛。

白鹤堂便是其中一个,前段时间传闻中被赵声阁一通致电逼得跳楼的麦家辉也曾是白鹤堂的副手。

警署那帮人和赵声阁有些面上交情,三顾茅庐请了这位商海龙头参与整治,由于明隆集团一直享受着海关优惠的政策,赵声阁便应下来,也算是借公家之力除掉这些扰乱市场的碍眼苍蝇。

邵耀宗是看到麦家辉的下场,知道上头是下定了决心要整治,白鹤堂的寿命怕是到头了。

兔死狐悲,唇亡齿寒,他反应很快,以手里掌握着白鹤堂的证据为砝码,要赵声阁帮他脱身洗白,另立门户,并承诺许以赵声阁一批暴利货源和宝莉湾的一块地。

帮派里资金流是麦家辉管,货源和地皮是他在管,麦家辉几十年的老狐狸都折在了赵声阁手上,邵耀宗已经认清时局,自认为没本事与之抗衡,白鹤堂又已是强弩之末,不可能再予他庇护,不能怪他吃里爬外,自寻退路。

暴利货源赵声阁没有兴趣,但那块地,价值很高,是当年特批的,有钱都拿不到,待码头建成后,将会是以亿万计的年航流量。

赵声阁觊觎已久。

邵耀宗自以为手头的砝码很重，殊不知赵声阁早已跟财管司谈判好，届时7号飓风雷霆行动结束，那批违禁货源和背后运转的线归海关。

而明隆集团将以投标的形式拍下那块地，赵声阁从来无利不起早，这个线人也不可能是友情演出。

"赵先生眼利，也别怪邵某谨慎，我割痛让出海外这条线也总要确认过对方是不是真的识货之人才放心。"

"那邵先生试出来了吗？"赵声阁纹风不动。

"当然，当然。"邵耀宗命人从暗门中抬出真正的货物，给赵声阁验。

赵声阁挑了两把转了下，挑了几个细节毛病。

江湖帮派，你顺着他，他反而不信你，赵声阁挑剔，邵耀宗才觉得他是真有心接这条线的生意。

"这个不用太担心，意大利人都习惯左轮，不容易擦火。"

赵声阁瞥他一眼，不置可否。

邵耀宗又说："这批只有三船货舱，如果到时候对方提了，剩下的再重新组装也来得及。"

"嗯，"赵声阁顺势问，"剩下还有多少？"

"八船。"邵耀宗也没说实话，其实是十三船，还有几箱远在天边，近在眼前。

就在鹰池里头，由于空间构造复杂，鹰池不但做欢场，地下室还做保险银行，瑞士人做保密的事很在行。

邵耀宗提前把货存了一部分，毕竟来见的人是赵声阁，不得不多几个心眼。

可赵声阁只身前来，身上也丝毫没有打打杀杀的气息，悠闲地品了品男孩递过来的酒。

"改的话工期邵先生担保吗？"

邵耀宗笑道："这个赵先生放心。"他把这条线让给赵声阁自己也舍不得完全放手，还想在运输上分一杯羹，能和对方形成长期合作最好不过。

赵声阁嗯了一声，说那可以先试几船，邵耀宗当然说好。

赵声阁看他着实有些高兴的样子，问他是不是忘了什么，邵耀宗说白鹤堂罄竹难书，指证它的证据还需稍待时日，赵声阁看了会儿他，也赞同地点点头，说那可以钱货两讫，什么时候货出港什么时候交证据。

邵耀宗马上有些为难，他原意是等赵声阁真的和他一同形成利益共同体了再交底，可看赵声阁的意思是不给证据不让货出港，没有赵声阁的庇护，现在他的货轮根本过不了海峡。

邵耀宗只好说："那我命人在货出港前整好一部分，用密讯传到贵司。"

赵声阁不太满意："一部分是多少？"

"百分之五六十吧，"这证据就像一个担保，邵耀宗也是做生意的，不能不留一手，"这么多年每笔账陈列下来也难免会有遗漏。"

"可以。"赵声阁也不为难他，反正海关也只要个师出有名的由头，警署和监察司那帮人神通广大得很，只要揭开个口，必是牵一发而动全身。

最后谈到股份转让，赵声阁想在短时间内了解他们董事会的情况，愿意收购邵耀宗手上的股份。

而邵耀宗一来想尽快脱身，一身轻松远走高飞最好，二来是存了拖赵声阁下水的意思，协议和承诺都是虚的，利益共同体才是最大的靠山。

赵声阁翻了翻他带来的协议，随手扔到桌子上，"啪啦"一声响，动静不大不小，他黑目沉着地凝视对方，说："邵先生要是出让瑕疵股份，我会启动《黄金法案》。"

邵耀宗浑身一凛，他敢肯定赵声阁刚才根本没有认真看条款，但对方一脸笃定他的股份有瑕疵。

《黄金法案》是当年赵声阁在国外反垄断法庭单枪匹马指控华尔街大鳄时提出的"黄金十二条"。

这场"以卵击石"的官司胜诉后，赵声阁声名鹊起，比利时报财经记者将之命名为《黄金法案》，这在当时的金融圈给了白人们惨重一击，一位华人青年以自己的操盘技术和难以想象的毅力让带着偏见和歧视的天平回归平衡。

赵声阁做生意，不单只做成一笔盈利，而是做成一项制度，讲究长效机制，一劳永逸。

《黄金法案》中对恶意出售瑕疵股份有异常严厉的惩罚措施，后来被海市商贸经济协会以全票通过引进市场，不具法律效力，但作为"市场规则""行业惯例"和"公序良俗"在经济诉讼中被参考和引用。

邵耀宗怕被制裁，只得答应在做完析产估值之后再拟协议。

赵声阁看起来还算满意。

会晤结束。

邵耀宗邀赵声阁一同观看他预订的一台表演，这种场合，想也知道是什么猎奇艳色戏码，为免节外生枝，赵声阁答应去看一看。

邵耀宗很高兴。

他摸不清楚赵声阁的喜好，倒也没有太出格。

赵声阁在名利场、风月场浸淫多年，再荒唐淫靡的场面都见过，他又眼高于顶，是以兴致寥寥。

但邵耀宗在声色犬马方面的确很有一套，挑的个个是顶级尤物，赵声阁看来看去，也不觉得有什么意思。

邵耀宗看赵声阁不为所动，端得很稳，打趣道："赵先生是看不上眼还是心有所属，若是心有所属那便是邵某冒犯了，还望见谅。"

赵声阁觉得对方有些可笑且冒昧，他高傲又自矜地回答："邵先生未免想得太多。"

两日后，邵耀宗如约传送了一份账目给赵声阁，赵声阁拷贝了一份，转手将账目丢给海关和监察。

在赵声阁的庇佑下，邵耀宗那批货很快就过了内港，不巧碰上季风洋流，在海上漂了几日，等风平浪静又重新出发。

直到货船真正过了吉西海峡，邵耀宗才又发来一份加密的视频，但没有直接给密码。

等刑侦处成功破译的时候，那批货已经过了国际港口，在公海追捕会更麻烦一些。

赵声阁如期拿了那块地，他要建专供码头，建立起自己的运输网络体系和海上王国。

为把帮派势力一网打尽、连根拔起，证监、银监联手刑侦查处邵耀宗在鹰池私行储存的货物和黄金、虚拟币，那天晚上出现在鹰池的人也一一排查。

因为白鹤堂纵横海市多年，各行各业都有隐藏成员，有在500强领高薪的白领，也有拿社会保障津贴的清洁工人，甚至官员政客，人员混杂。

上面早有计划取缔，只不过一直找不到突破口，赵声阁愿意蹚这趟浑水，让事情变得简单很多。

本着"宁可错杀一万，不可放过一个"的原则，警署按流程把当晚出现的人全筛一遍，列了个长名单，问赵声阁是否有自己人，抓错了闹乌龙伤和气就不好了。

赵声阁扫了一眼,说,没有。

那晚的监控里拍到了陈挽的车,还拍到了赵声阁从这辆车上下来,刑侦司的长官谨慎,多问了句这车是不是他的,是的话就免查,也减少队里的工作量。

赵声阁否认,说只是顺风车,嘱咐他该查的就好好查,别偷工减料。

谁知道会查出个什么牛鬼蛇神来。

陈挽是卓智轩的朋友,也不是个什么人物,赵声阁不至于特地去查他,他没那个美国时间。但是这类人,赵声阁见得多了,是人是妖,警署司法火眼金睛一照便知。

谭又明和卓智轩也就算了,没见过什么人能把沈宗年都哄得晕头转向的。

陈挽被传唤去审讯时是在谈判桌上,他正在和一个新国人谈最新专利的转让合同。

这是科想现阶段最重要的一个项目,陈挽为此付出了很多心血,熬了很多个夜,去了很多不想去的应酬,求了很多关系才争取到的一个机会。

陈挽在投资者充满震惊和怀疑的眼神中被警察带走。

尽管他处变不惊,表现得很镇定,但他还是从投资者的表情看出了不信任和退却。

陈挽承诺会尽快给对方一个交代。

碰巧卓智轩给他打电话,陈挽给他透了个底,卓智轩马上说联系家里的关系出面,陈挽制止了他。

卓智轩其实在家族里说不上什么话,陈挽不愿好友为自己去求多年不合的长辈。

陈挽说先看看情况,并嘱咐卓智轩不要声张,他不希望传到赵声阁耳朵里去,被警察请喝茶又不是什么光彩的事。

陈挽从头到尾都表现得很镇定,到底是从小榄山杀出来的人,这点场面不算什么。

警方倒是没有为难陈挽,只是按流程问了些话。陈挽本来就清清白白,经得起查,只是在警察提到他车上的乘客时,陈挽用巧妙的话术将赵声阁择了出去。

也不算撒谎,但明显比回答关于自己的问题更加谨慎和警惕。

警方倒也没拆穿他的文字游戏,陈挽维护赵声阁,反而更证实了他不涉嫌此事。

但阿Sir办案这么多年，鲜少看到心理素质这么过硬跟警方打擦边球的，故意恐吓他："陈生，最好不要同警察耍心眼，这是刑事传唤讯问，你所说的一字一句都将记录在案，做假供是要入刑的。"

陈挽好脾气，也长了一张看起来很让人信任的脸："阿Sir，我对我所说的每一个字负责。"

警官意味深长地审视他，在跟赵声阁打电话部署追踪那批货物的时候顺便提到这件事情。

赵声阁一边玩着那个从机场买回来的手枪模型一边听。

不知对方提到什么，他漫不经心的动作停了一瞬，而后又继续玩。

意料之外，又情理之中，陈挽被确证没有什么问题，并且展现出了一些赵声阁不太想承认的特质，比如聪明，比如嘴严，比如靠谱。

但赵声阁还是不喜欢，不喜欢不确定性，不喜欢投机取巧，不喜欢自作聪明。

陈挽因为这个不大不小的波折，在投资方那头遇到了一点麻烦，好在他头脑灵活，跟对方说他去警署是协助办案，将过变功，对方看确实没有什么后续风险，便如期同他签了合同。

几番周折，陈挽这头被缠住了，便缺席了几次少爷们的聚会，谭又明问起来，卓智轩大骂，为陈挽说话。

虽然都是一起长大，但这里面卓智轩确实跟谭又明最合得来。

虽说都长大了，心里有了杆秤，不会再像小时候那样亲密无间，什么话都往外兜，但两人都是少爷性子，吃喝玩乐，玩世不恭，成绩也不好，因此这群人里卓智轩跟谭又明话最多。

他细数阿Sir这天找陈挽麻烦的细节，又添油加醋地说陈挽项目延迟，四处奔波，分身乏术，整个人心力交瘁，脸色都不太好看。

听得谭又明也义愤填膺大拍桌子，说陈挽什么都好，就是人太老实了。

卓智轩仿佛找到知己，大呼正是如此！余光偶尔扫过主座的位置。

卓智轩当然不知道罪魁祸首此刻正被他们奉于上座，他只是单纯想看看赵声阁听到这个名字是否会有一点反应和波动。

没有。

对方一如既往，事不关己，转了转茶杯，作壁上观。

其实卓智轩一直都觉得赵声阁的真实本性是很冷漠的，他的宽和与看似的友善风度只是多年修为和涵养的表皮，带着上位者的施舍和怜悯，而非发自本心的共情。

但陈挽坚持认为对方是一个正直善良的人。

卓智轩无话可说。

赵声阁表情淡淡的，对关于陈挽的话题不是很感兴趣。

他觉得今晚有点无聊，菜不是很好吃，室内也有点闷，空气不是很流通。

这间是他们的专属包间，他们不过来平时也不会有其他客人使用，不知道是不是经理忘记叫人提前来开窗通风。

赵声阁几乎没怎么动筷，沈宗年看了他一眼，赵声阁耸耸肩。

关于陈挽的话题仍未过去，他一定想不到有一天，即便自己不在，也是这群少爷话题的焦点。

蒋应和陈挽没有和其他几个人那么熟，追问他为何这样固执，其实如果跟他们说一声，那就是一通电话的事。

卓智轩摆摆手："他最不愿意麻烦别人。"

谭又明说要好好板板陈挽这个毛病，卓智轩积极响应，蒋应还说可以帮忙打点一下警署那边，他和陈挽见得不多，但对对方印象很好。

赵声阁心想，不会那么没用吧。

警官可不是这么说的。

陈挽看起来可是那种在任何场合都八面玲珑、游刃有余的人，就算发生斗殴，他都能捅完刀子后优雅地笑着跟你说一声实在抱歉。

在卓智轩又一次视线无意识扫过这边的时候，赵声阁礼貌而坦然地与他对视，对方靠在椅背上，很放松，没有半点心虚的样子。

赵声阁今晚一直没怎么说话，直到聚餐快要结束的时候，提议："宝莉湾那块地正式签了，我请大家出海庆祝怎么样？"

很慷慨的模样，谭又明兴致勃勃。

出海说的是驾游艇出公海，想怎么玩怎么玩。

只是出海的手续比较繁杂，审批程序多时间长。

赵声阁看了眼正在和谭又明讨论到时候要玩什么节目的卓智轩，状似无意道："就开鲸舰17号吧，初航之后空置了很久。"

鲸舰号是明隆旗下重磅制造的游轮系列，型号17配置全亚洲也只有一艘，奢靡华丽的庞然大物，不随意出海的，除非有身份非常贵重的宾客或是意义重大的庆典。

谭又明表情兴奋地斥道："败家！"

"鲸舰也太大了！就咱们几个，一进去都找不着北。"

赵声阁说："那你们邀人，刚好给明隆建码头做做文章。"

卓智轩果然马上说："那我要叫阿挽。"

赵声阁没有说话。

沈宗年放下手里的酒，看了一眼赵声阁。

有谭又明在，出海事宜很快敲定。

以他海市交际花呼朋唤友的性子，叫了好些人，都是以后用得上的。

谭又明早就觉得赵声阁那样做生意不行，他是赵声阁也不行。

卓智轩通知陈挽的时候，陈挽特意问了他，这是谁的局。

卓智轩一双漆黑的眼看着他，不说话。

平时那些聚会，陈挽近乎严格遵循着一个原则，谭又明或是沈宗年的聚会，会去，赵声阁名义的，他不会去。

在陈挽眼里，谭又明算是半个朋友，能在朋友的聚会上顺便见到赵声阁，是好运。

但赵声阁不是朋友，对方没有明言、点名邀请他，他厚着脸皮蹭谭又明和卓智轩的面子硬去，不是一回事。

卓智轩脸不红心不跳地骗他说："是谭又明想出海玩，找赵声阁借了船，人也是谭又明喊的。"

陈挽这才应了。

他有段时间没露过脸，谭又明这次又叫了不少人，卓智轩在洗手间的洗手台遇上对方还话里话外给陈挽提前打点了下。

卓智轩跟谭又明说："警署的事你也知道，这段时间他不是不想来，实在是分身乏术，这次来了不少生面孔，他们不一定都认识阿挽。"话里话外希望谭又明可以帮忙牵个桥搭个线，再不济，也不能让陈挽叫人看低被欺负了。

那些人卓智轩是清楚的，非富即贵，不说好坏，总归有不好相处的。

卓智轩又不比谭又明，虽然都是纨绔子弟，他是真废物草包，要不然陈挽也不至于这么辛苦憋屈。可谭又明是真真正正手握实权的，人家只是看着不着调，但谭家长子的身份在那儿，又有赵、沈二人的交情，海市谁敢惹这魔王。

谭又明性子邪，对自己人好说话，对不喜欢的人能往死里整。卓智轩小时候跟他挺好，现在也不错，但他们生在这样的人家，很多东西长大明了事理，知晓了利益之后就会多少变得没那么纯粹，卓智轩还是觉得他跟陈挽更好。

至交知己，能得一人，就很难得了。

谭又明说，当然，陈挽也是他朋友。

卓智轩得了他的话放心了，眉眼也舒展开来，嘴上没边，不着四六哄起人来："阿挽这段时间是真忙得连觉都没时间睡了，但我跟他说了是你邀请大家出海玩，他马上就答应了，还问需不需要他来帮忙呢。"

谭又明听了挺窝心，觉得陈挽是个贴心人，这群人一个个答应他出来玩嘴上是挺快，但问要不要帮忙的那是一个没有，就连沈宗年最近也很忙，没空搭理他。

两人你一言我一语聊得挺高兴，身后传来一道温沉的声音："不好意思，借过一下。"

卓智轩回头一看："……"

他确定刚才的里间是空的，要不他不可能和谭又明说这些，哪知聊得太投入，进来人了都没发觉。

也幸好不是别人。

赵声阁压出香波，洗手，拿纸擦手，抬头时从镜子里看了卓智轩一眼。

卓智轩莫名后颈微寒。

谭又明无察，问赵声阁："年仔系边度（粤语：年仔在哪里）？"全海市敢这么称呼沈大少的也只有他一个。

赵声阁仍是看着卓智轩，目光平和，拨开谭又明想搭上来的手："我都唔知（粤语：我也不知道）。"

04 一路坦途，万事顺当

航程两天一夜，船长挑了风光很好的航线。

从白贝沙港启航，经过一片珊瑚海，海水湛蓝清浅，傍晚铺天落霞泼进海里，深海区有粉色海豚跟船。

卓智轩多虑了，陈挽根本不用谭又明打点，像是与生俱来的天赋，一一跟大家认识过后，大家很快就都下意识地去问陈挽酒窖里还有什么品类，露天游泳池什么时候开放……等你回过神来，这场面没他已经转不动了，好像这艘船是陈挽的。

这个圈子里长袖善舞的人数不胜数，多一分，叫人觉得谄媚，少一分，又不够醒水（粤语：机灵）。

陈挽不卑不亢，叫人觉着亲近，又不会看低。

进入公海辖域，大家开始玩牌。

前面几局，陈挽当荷官。

他前段时间四处奔波，身体抱恙，瘦了些许，今日穿很低调的棉麻衬衫和黑西装裤，海风鼓起白衫，勾得腰线很细，尤其是在俯身发牌的时候。

候牌时有人问起赵声阁前段时间沸沸扬扬的白鹤堂一案，陈挽全程跟完全不知道似的，认真发他的牌，众人七嘴八舌，他一句话也不多说。

不过很快，拜谭又明所赐，大家都知道陈挽被喊去讯问了，他笑着回大家话，半字不提赵声阁，话术之精妙、口风之严实令人叹为观止。

这一局，赵声阁叫牌当庄家，陈挽没给他放水，公事公办。

坐赵声阁左位的是秦兆霆，其父是股市大拿。秦兆霆人称海市股神，很会算牌，暗中出了不少次千——这是合规的。

陈姓荷官很公正，神不知鬼不觉地洗掉他的千——这也是允许的，玩家想怎么玩怎么玩，荷官想怎么判怎么判。

这恰恰增加了游戏的趣味性和不可预知性——玩家要对付的不仅仅是别的玩家，还有不知道究竟是狼人还是吉星的荷官，甚至赌注越大，荷官就越显得重要。

荷官有讨喜的，被当作财神爷，也有招人恨的，被当作鬼煞星。

他们可以不按常理洗牌、发牌，你永远不知道他发的是毒药还是金水。

几轮下来，大家都指定陈挽来当荷官。

他不像别人当荷官时那样随心所欲地耍人，尽力在这三寸牌桌上维持一个相对公允的对弈环境。

以至大家都生出他偏向自己的错觉。

即便是洗牌、发牌这样纯粹娱乐的事，陈挽也很认真，牌桌就设在露天甲板上，晚霞已经烧到了海面，落在他身上，绚丽得叫人移不开眼。

花牌在手指间翻叠，陈挽神情温和恭谦，却像是主在恩赐众人，操控手上的一张张神牌，主宰着输赢、财富和各位玩家的命运。

赵声阁打量手里对方分给自己的牌。

两张黑桃K，一个梅花J。

可真有意思。

他身旁的秦兆霆不知分到了什么牌，抬头看向荷官，莫名笑了一下。

一时桌牌上的几人都表情微妙。

赵声阁背靠在椅子上，表情淡淡的。

陈挽会记牌。

他把四个花色拆得零碎，赵声阁上一把已经拆过一次对家的同花顺了，陈挽不会再给他鬼王。

一个荷官会记牌，不出奇，但把桌上四个人的每局积分、得分点、前几局都拿过什么牌，以及各人的打法风格悉数刻在脑中，便是一件非常可怕的事情。

不过少爷们是不会发觉这些细节的，他们就是单纯觉得在陈挽的牌桌上玩得尽兴。

陈姓荷官眼利、手稳、头脑高速运转、雨露均沾，让玩家势均力敌，角逐厮杀，谁能胜出，全凭本事。

这局的大王他给了黄少。

所以秦兆霆那声意味不明的笑，陈挽也不知道是为那张小王，还是纯粹一招障眼法。

不巧，赵声阁这一局正想要一个小王。

陈挽会记牌，赵声阁会算牌。

其实打到一半的时候他已经从黄少的追牌和田骋的过牌中算出了小王一定是在秦兆霆手上。

赵声阁大可以调整顺序提前吃完分，但他不，他一张一张牌地吊，吊到那张小王提前出现在彩池里，如同缓刑。

这局牌是不好。

可谁让他积分高。

上一局的MVP（最优秀选手）是可以补牌的。

赵声阁垂眸看着自己手上一通不知所谓的牌，头都没抬，直接伸出右手反手敲了敲牌桌。

一只白净的手将一张盖着的牌推到他面前。

赵声阁掀开。

是另一张小王！

赵声阁抬眼直直地望向陈挽，荷官眉目温顺仁慈，坦然大方，半点错挑不出来。

牌桌嘈嘈，海波声浪，天光已经暗下来，彼此对上的视线直接又隐晦，一秒，又错开。

他们从头到尾未言一词，却已在脑中千百次过招。

赵声阁算陈挽分牌，陈挽算所有人出牌。

赵声阁不介意牌差，烂牌有烂牌的打法，但陈挽滴水不漏，不许半分有失公允。

分到烂牌的人，便奖励一个砝码。

这个砝码是小王，陈挽在开局前便预判出牌。

能算到基数平衡和转牌概率，以及精准预判牌序的荷官，在赌场里年薪多少？

百万起步吧，英镑。

陈挽一定是在脑中模拟、演算过数百次，从上百种可能里精确到每一张牌的组合搭配和出场顺序。

　　而发牌时间只有三分钟，其中包括洗牌、分牌、应付牌客的插科打诨。

　　在这种场面下，依旧把输赢概率精准控制在幅度不超过百分之五的差额。

　　是他太小看人。

　　赵声阁收回目光，面无表情地往池中扔出了那张小王，结束游戏。

　　这把玩完后赵声阁就罢了手，他以为陈挽是滴水不漏，明哲保身，使自己显得无可指摘，却无法知道，陈挽的确什么都考虑到了，但这些都不是最重要的原因。

　　这局给赵声阁的牌属实算不上好，看起来不小，其实很难打连牌，所以陈挽留一张小王。

　　这张底牌，其实就是陈挽本人，如果赵声阁需要，他会找到，如果不需要，那就永远不会发现。

　　当然，陈挽还是希望赵声阁永远不会用到，希望赵声阁一路坦途，万事顺当。

　　天色彻底暗下来，谭又明叫人把牌桌收到舱里，大家到顶层吃晚餐。

　　陈挽和赵声阁不在一桌，几乎连照面都没有打上。

　　游轮上几乎都是不夜场，晚餐过后，牌码声音继续响彻甲板。

　　人多，陈挽是最抢手的荷官，流连于各张牌桌之间，不慌不忙，优雅从容。

　　好不容易中场休息，他到甲板上醒醒脑子。当荷官不比玩家轻松，看似权力大，但座上四方，随便拎出都是个人物，既要绞尽脑汁维持各方那点微妙的平衡，又要使得牌局不至于无聊得一眼看穿，哄着这群少爷高兴、尽兴，着实费脑子。

　　夜里的海风很舒服，白日的燥热都被吹散，海面上波浪哗哗地响。

　　神经绷得太紧，陈挽有些头痛，点了根烟咬在唇边出神放松，什么时候身后站了个人也恍然不知。

　　陈挽有些被抓包的窘迫，即刻拿下唇边的细烟，礼貌地给对方让了位置。

　　这是最好的观景台。

　　赵声阁看他一眼，也不说话，陈挽走也不是，留也不是。他不欲刻意搭讪，但转头就走也很不礼貌。

在牌桌上游刃有余的人一时竟有些手足无措，四下无人，两人颇有些大眼瞪小眼的尴尬。

"……"

但尴尬是陈挽自己的，赵声阁从来不尴尬，甚至可以说从容怡然。

陈挽只能礼貌地笑笑，破冰："赵先生好彩头。"今天应该赢了不少。

赵声阁没搭腔，从烟盒抽出一根烟咬在嘴边，静而缓地盯着他，身后就是一片夜海，赵声阁的目光比海更漆黑幽深。

过了一会儿，他忽然开口："陈挽。"

陈挽微怔，这是赵声阁第一次喊他的名字，不是陈先生，是陈挽。

赵声阁歪了下头，说："我没带打火机。"

陈挽立刻正正经经灭了手上的烟，拿出打火机，双手给他点火，姿态恭敬，下属给上司点烟的架势。

赵声阁挑了下眉。

点烟是很讲究的，换作平时那些有心之士早就凑上来点烟了。

陈挽从头到尾规规矩矩的。

让赵声阁的又一次试探铩羽而归。

陈挽还在那儿等他，一手举着打火机，一手围拢着挡风，护住奄奄一息的火光，目光诚恳而正直，坦然而清明。

深蓝海波与月光照在他脸上，皮肤白得发亮，整个人像个从深海里游上来的生物。

他巴巴地举着一点火光等人的样子叫赵声阁想起一本童话书，卖火柴的什么鬼，赵声阁小时候不读这些，不太记得，总之整个人都透着一种光，纯洁神圣，很招人怜。

他俯首，低头，用烟尾去碰陈挽的火。

陈挽这时候忽然意识到，赵声阁的英俊是极具冲击力的，只是被他平日里那副沉稳与平和掩住了。

陈挽心里的海水和夜星都退了潮，只剩下一个垂眸的赵声阁。

那种自上而下的目光叫人极有压力，陈挽的手微不可察地晃了一下，就在海风快要把摇曳的火光吹灭时，赵声阁忽然抬手扶了一下陈挽的手，问："抖什么？"

陈挽的心都跳出来了。

"没有。"他看起来仍然是镇定的。

手心护着的火光在夜色中摇曳，在无边的漆黑中跳动，把这静谧的彼此对视的十秒定格成一幅浓稠的、湛蓝色的画。

赵声阁表情似是有些嘲笑，直接从他那只手里顺走了打火机，烟在他们无声的对视中已经灭了，他低头蹙着眉心自己重新点燃。

海风把他的衬衫吹得猎猎作响，勾勒出高大优越的身形，头发有些凌乱，像20世纪90年代某部香港影片里狂傲不羁、不可一世的大明星。

顶，咁鬼靓（粤语：啊，这么帅）。陈挽面无表情地想，不过他只看了一眼就不看了，礼貌地往后退半步，将距离拉到一个安全的范围。

但没有用。

赵声阁咬着烟，有很淡的香气，陈挽不知道那是什么，像是迷迭香。

对方手里把玩着陈挽的打火机，甚至还拿到眼前仔细打量了几眼，不太有还给他的意思。

私产被无故没收，陈挽一句多的话都没有，只是暗地后悔没随身带个更贵、更好一点的。

一个卡地亚，未免太委屈赵声阁。

赵声阁点完了烟也不理他，双肘撑在栏杆上气定神闲地看夜海。

陈挽还在想自己是不是该走了，秦兆霆就出来了，笑道："到处找不着人，原来你俩在这儿呢。"

这话说得跟他们约好出来偷闲似的，陈挽笑笑，坦然地说："来醒醒脑，恰巧碰见赵先生。"

他的语气非常客气，完全不给人造成他和赵声阁很熟的误会。

只有在单独面对赵声阁的时候，陈挽才会产生微不可察的波动，一旦到有外人的场合，意识和身体会替他自动切换成无懈可击的标准范式，微笑面具漂亮得体，叫人挑不出错来。

秦兆霆眼中玩味的笑意浓了几分，说："休息够了就回来吧，又明到处催人上桌呢。"

开牌的时辰是算好的，子时一到，下半场又要开始了。

陈挽抬步想进去，赵声阁淡淡地说："急什么，烟都不让人抽完？"

"……"陈挽就又被钉在了原地。

秦兆霆挑了挑眉:"时辰过了不吉利吧。"

出海很讲究些风水,牌桌上的文章就更多,座位朝向、吉时良辰。

赵声阁才不管这些,在绝对的实力面前,是可以貌视风水的,他就这么稳稳立在那儿不动,像洋面上的一座冰山,鲸群却步,航船让道。

他这样说,秦兆霆也不走,都不说话。

"……"

陈挽又拿出那派和和气气的笑容,和稀泥道:"赵先生今晚拿的彩头太多,这是要给大家留点运气呢。"

秦兆霆直接转头望向他:"那陈生呢?"

赵声阁也望向陈挽。

一个催人走,一个不让走。

陈挽不会得罪秦兆霆,但他偏心偏到太平洋:"我在这儿接一接赵先生的好运气,待会儿咱们牌桌上看灵不灵,怎么样?"

他都这么说了,秦兆霆也笑:"好,那待会儿咱们就看看灵不灵。"

看不出赵声阁对这个回答满意与否,他就这么倚在栏杆边不紧不慢地抽完那支烟,又看了会儿海,歪着头,很放松的样子。

陈挽就安静地站在他旁边等。

下半场,大家都更加兴奋,陈挽刚都放出话要接赵声阁的好彩头了,自然不能输,但他会做人,赢了几局后就又开始藏拙,还提前把话说圆——赵先生的好彩头很忠诚,别人分不走,他有幸接得一点点,现在算是用完了。

秦兆霆觉得他讲话有意思极了,大笑。

陈挽愿意输,大家也乐得承他的情,一个劲地赢他。

钱不钱的倒是其次,主要是个彩头,海市的生意人很看重这个。

但少爷们玩起来是没个分寸的,一个两个对钱根本没有概念,到后头几局,有人赌瘾大作上了头,像那些大声劝酒的醉鬼一般,起哄让陈挽把手上的表也脱下来。

只玩钱有什么意思,钱对他们这些人来说根本不值钱。

陈挽手上的倒也不是什么名表,但戴很多年了,贴身私人物品,脱表这个动作在赌桌上到底多少带点屈辱意味,这局他不打算再放水。

让人知道你的底线,这是九岁的陈挽在小榄山学到的第一课。

一群人叽叽喳喳，赵声阁被吵得不行，撩起眼皮，懒洋洋地把所有牌码一推，说他坐庄。

足金牌码哗啦巨响，大家都看过来，纷纷说要跟庄。

赵声阁摊摊手，请便的意思。

桌上一共四个人，对面两家上一轮已经结对，这轮是要打对家的，不能跟，剩下的陈挽，可以跟赵声阁，也可以自己立一个庄。

赵声阁半天没听见人吱声，没抬头，随口问："你跟不跟？"

陈挽愣了一下，他本来没打算跟的，他手上的码都没剩多少了，跟也帮不到赵声阁什么，但是他不会在这么多人面前拒绝赵声阁，就说跟。

赵声阁语气很平淡，话却强势直接："陈挽，我玩就要赢。"

陈挽仿佛一瞬间回到十几年前他还在小榄山里的那个夏天。

他从善如流，微微一笑："当然。"

聪明人做上下家是强强联手，陈挽和赵声阁，两个人心眼加起来没有一千也有八百，彼此心照不宣大开杀戒。

抽牌时彼此指尖不经意触到，如电流过，一瞬，又各自移开。

出牌彼此预判，你追我跟，做戏反杀，相互掩饰，惹得旁人羡煞，叹他们珠联璧合，天生一家。

陈挽是万不敢受这样捧夸的，这海市谁敢说自己和赵声阁是一家，他客客气气自谦，说是赵先生慷慨，他沾了运气才分到一杯羹。

牌桌上旁的人都红眼羡煞，只有陈挽暗自苦笑，赵声阁的庄不是那么好跟的，他心思莫测，出牌邪性，疯起来连自己人的牌都吃，没点过硬的心理素质根本接不住他的牌。

赵声阁人坏，他一直摸不清陈挽的套路，所以也不想让陈挽摸清他的。

陈挽不是无懈可击吗？他就打陈挽一个满身破绽。

在陈挽快要被下家吃牌的时候，他又跟救世的菩萨似的闪身一现，如狡猫逗鼠，是进是退，是输是赢，是生是死，全凭他心意。

打到后面陈挽脑细胞都有点不够用了，但也觉得很值，因为他感觉赵声阁打得还挺高兴的。

对面人脸色已经有点不行了，陈挽心里直想笑。

跟赵声阁的庄，烧脑是真，爽也是真的爽，思维高速运转火花闪电，明枪暗箭过招但也是彼此的强大后盾，棋逢对手针锋相对，也可以是一致对外的酣

061

畅淋漓，肾上腺素飙升后淋漓尽致的痛快几乎让陈挽脑内高潮。

夜越深，航船进入海的更深处。

赵声阁咬着烟，没点，低头扫了眼手上新分到的牌，随手抽出张黑桃，陈挽眼疾手快跟喂一张方块 A，下家还来不及算，赵声阁就直接踩着陈挽搭的桥递一张"皇后"，语气挺礼貌跟那人说："我要琼西庄园。"

他好客气，跟人商量似的。

对家立马脸色微变——是方才那个让陈挽脱手表的人。

他苦哈哈的，犹豫是否要釜底抽薪"抛底"，陈挽就马上放出自己手里剩下的最大的梅花 K 镇住"国王"，配合赵声阁的同花。

赵声阁想要的，陈挽都尽全力去争取。

两人各出各的牌，不看彼此，没有交流，各司其职，各守其位，手起刀落，牌桌恶煞，一路高歌。

有赵声阁在，陈挽放开了打也赢了不少，手表自然是仍安安分分在他手腕上住下了。

有人试探着开玩笑说跟他换望春角商行的一间铺面，陈挽圆滑地婉拒了。

那铺面不大，位置也算不上特别好，可那是前一局赵声阁造势赢下的，牌刚好到陈挽这儿，所以归他了。

虽然赵声阁只是顺手，无意为之，不过陈挽打算擅自把这当作赵声阁送他的。

牌桌一直开到一点过才收，陈挽赢了不少，请大家吃夜宵。

卓智轩同他一起去点单，左右看看，低声质问他刚才最后一局做什么不拿赵声阁那张骑士牌。

赵声阁和沈宗年这些人在外面从来不出骑士牌的。

"暴殄天物，你知不知道多少人看直眼了。"

骑士牌，得了谁的骑士牌就可以向谁提请求。

这是生意场上的人情往来，赌场也讲信义和情谊，许多合作都是在牌桌上敲成的，跟酒桌文化一个道理。

陈挽摇头："不合适。"

退一万步来讲，放在他身上那也是顺杆儿爬攀关系。

卓智轩翻白眼："你想太多了，赵声阁根本不会当回事。"

他们在外面玩这些都玩得多了，真要一件件清清楚楚地计较那没完了。况且生意场上的这一套就是为了拉扯人情的，酒桌文化、牌桌文化无非如此，卓智轩深谙此道，谭又明、赵声阁们就更是。

"但我会当回事，"陈挽停下来，转过头看他，平静的眼神中带着幽暗的偏执，"我没有那个意思。"

陈挽很坚定，拍拍他的肩以显示自己的决心。

"……"

"你不是一直觉得我脑子不正常吗？"所以 Monica 才会来到他身边。

陈挽不愿意和赵声阁之间的关系牵涉超过普通朋友的感情，病人不能控制自己，很难说会做出什么事来。

卓智轩看着他平静的神情，背后生出一股冷意。

但又觉得这是借口："哪儿就那么玄乎，Monica 说了你这情况好好配合治疗也不是没可能，你就是……"

陈挽还是摇头，让他不要再说了。

这事没什么好讨论的。

"……"

陈挽这个人，对别人都很温柔，唯独对自己残忍，看起来好说话，但自有一套坚定不移的信条和处事原则，不容打破。

卓智轩无话可说。

最极致的偏执，不是对人发疯，而是对自我言行超乎欲望极限的克制与理性，以及近乎自虐的与那些求而不得的痛苦共生。

但陈挽从来都自洽，清楚自己要什么。

气氛忽然变得有些苦情和沉重。

这是独属于陈挽的基本法，他是立法者，也是执行者，他在自己的世界里完美贯彻，坚决遵守，并且不容许他人打破。

包括赵声阁本人。

不过，这一切都是因为这个人是赵声阁，他才愿意去做这一切。

换成其他任何一个人，都不行。

吃过夜宵，大家领了房卡便散了。

房卡是随机拿的，都是一等舱上的客房，没有差别。

陈挽穿过铺着地毯的长廊，灯光昏幽，即使隔音效果再好，经过某些房间时也偶尔能听到一些动静。

少爷们玩得野，陈挽只管匆匆埋头往前走，跟赵声阁的庄很费脑力，他有些累了。

忽然，前面覆了片人影。

"秦先生，还没休息？"

秦兆霆倚靠着走廊的窗边，朝他微笑："难得出来，看看夜海。"

夜已很深，巨轮行驶在大洋的某个经纬交会点上，窗外漆黑，很远的地方灯塔传来微弱的光，海水发出波浪拍打的潮响。

陈挽点点头，想说那不打扰了，对方却露出交谈的意思："你呢，怎么这么晚？"

陈挽天生操心的人，少爷们吃饱喝足散了之后他还和游轮的船长和管家确认了一下明天的天气和航程，虽然这不是他的责任，但这些少爷哪个都不像是干这些活的人，他周到惯了，多问几句安心。

陈挽没有跟秦兆霆深聊的意思，只说："消了下食，秦先生——"

陈挽朝船头瞥了一眼。船头第一间房风光景致是最好的，别的客房至多两面窗，头间房可以做成三面环海。

秦兆霆眼中浮上几分笑意，说："你太见外了，跟谭又明他们叫我兆霆就可以，交个朋友。"

陈挽也笑了笑，正要说话，船头那间房的房门"咔嗒"一声打开了。

是房间主人本人。

大半夜也西装革履的。

秦兆霆背对着赵声阁，问陈挽："怎么了？"

陈挽恭恭敬敬地朝他后面点了个头："赵先生。"

秦兆霆这才发现赵声阁出来了似的，对他笑道："你怎么也还没睡？"

陈挽面无异色，眼观鼻鼻观心，不参与这些讨论。

赵声阁没回答秦兆霆的打探，只是语气淡淡地批评他们："大半夜的在别人门口聊天，是不是不太礼貌。"

且不说他们交谈的声音很小，不可能传到隔音效果极佳的房间，退一万步讲，他们这个位置到赵声阁那个专属房间的距离，也实在算不上"门口"。

但陈挽还是马上道歉:"抱歉,赵先生,吵到您休息了。"

由于陈挽认错态度良好,并且站得离秦兆霆有一些距离,赵声阁就不再计较,但他发现陈挽说话时根本没有看向自己,脸上的微笑像一种机械的范式。

赵声阁道:"酒池在几层?"

秦兆霆和陈挽都愣了一瞬,那语气好像这船不是赵声阁本人的资产,但陈挽还是好脾气地说:"在二层,您是想去喝一杯吗?"

赵声阁看他一眼,揉了下眼睛,语气很平静,不像是在抱怨地说:"嗯,睡意被吵过了。"

"……"那陈挽只得再次认错,"实在抱歉,不如我陪您下去选一支吧,就当赔罪。"

赵声阁颇为勉强地同意了。

秦兆霆还在这儿,陈挽当然不会晾着他,"秦先生呢?要不要也下去喝一杯?"

"不是说了叫我兆霆就可以吗?"

赵声阁看向陈挽。

陈挽笑着点了点头,他这种没背景的人,多个朋友多条路。

赵声阁应该是真的很想喝酒,没有催促,但双手插进了裤兜里。

秦兆霆扬了扬房卡,一语双关笑道:"喝酒我就不去了,春宵难得,还有比喝酒更重要的事。"

陈挽见怪不怪,礼貌道:"那祝你夜晚愉快。"

赵声阁问:"可以走了吗?"

陈挽马上说:"走吧,赵先生。"

二层的酒池二十四小时开放,名贵的酒按照年份、产地分门别类列在柜子上。

陈挽问:"赵先生想喝点什么?"

赵声阁一手撑着头,手指点点桌面,随意道:"你选。"好像方才执意深夜下楼喝酒的人不是他。

陈挽看他坐在吧台前发呆,像一只被吵醒了不太高兴的大狮子,眼皮垂着,不像平时的样子,显得放松而慵懒。陈挽给他挑了一支不太烈、易入眠的帕尔马皇后,并尽职尽责地为他醒酒。

红酒在天鹅杯里晃，被陈挽的手握住。

一股香气袭入赵声阁的鼻腔，帕尔马皇后醒了。

陈挽很贴心地围了一层干冰，口感会更滋润。

不过赵声阁还是直觉陈挽兴致不太高，虽然他永远是那副令人如沐春风的模样，但赵声阁的观察力和辨别力很强。

这会儿说的话还没有秦兆霆在的时候多，赵声阁想了想，挺善解人意地说："你要是累的话就先回去休息吧。"

陈挽动作顿了下，有点不解，也有一点失落，但他不会厚着脸皮留下来，笑道："那赵先生慢慢品尝，我先回去休息了，有事随时叫我。"

赵声阁："……"

谭又明恰好撞在枪口上，打电话过来："听说你下去喝酒了？"

"又明，"赵声阁温和地警告他，"我不太希望再在我的房间里看到陌生的活物。"

"……"谭又明大呼喊冤，"不是我！"他跟赵声阁混多少年了，怎么会冒着被他丢进海里喂鲨鱼的风险干这种蠢事。

赵声阁没有听他解释，把电话挂了。

他尝了一口陈挽醒好的酒，帕尔马皇后的香气已经完全消失了。

次日早上六点，鲸舰17号已经穿过吉西海峡，风光一下开阔起来。

陈挽起得很早，打算欣赏一番大名鼎鼎的纱岛日出。

没想到有人比他更早。

赵声阁就站在甲板上，海风一吹，像个在拍海上杂志的冷酷男模。

陈挽探了下头，又收了回来，因为他觉得现在走过去显得很刻意，不过马上又觉得自己这个动作不太稳重。

赵声阁神通广大，背后长了眼睛，知道有人自以为神不知鬼不觉像只地鼠一样缩了回去。

不过他以为陈挽走了，但陈挽其实就站在船舱的长廊尾上，透过窗户同他看了同一场日出。

陈挽一向很会自我安慰，甚至自娱自乐想到两句诗。

海上生明月，天涯共此时。

升红日也是一样的，这个共此时是他单方面赋予的，无须得到对方允许，总归他也没有惊扰到对方。

虽然他和赵声阁近在咫尺,其实一直隔着天涯,所以得共此时一刻,陈挽也觉值得庆贺与珍藏。

游轮已经到了海域腹地,受暖流影响,这个月有大量深海鱼溯迁,谭又明说中午要吃海鲜全宴。

船上可以现捕现杀,这种级别的游轮都有全套捕捞设施,捕鱼证等一系列手续也齐全,客人也可亲自海钓,再交给后厨。

一船少爷昨晚在牌桌上玩得筋疲力尽,个个睡到日上三竿,海钓是不可能了。

后厨天没亮就展开了航钓,虾蟹贝螺深海鱼,战果斐然。

陈挽去捕钓的甲板上看了一眼,虽然上船的时候每位客人都填写了自己的身体状况、病史、过敏原和忌口都很详尽,但还是要跟后厨 check(核对)一遍才安心,要是在这汪洋大海上出了什么问题,急救都来不及。

跟管家和后厨确认过之后,陈挽乘坐电梯回到三层,准备回房间洗个澡换套衣服,甲板上全是活蹦乱跳的海物,他的裤脚湿了,衣服上也沾了很淡的海腥味。

电梯门一开,迎面来了几个人,看到陈挽,打招呼。

陈挽笑着回应,余光检索到了赵声阁,不动声色地往左边挪了半分,并把手背到身后。在甲板上的时候,有条数十斤的鳕鱼蹦出来了,他顺手帮船工拿了工具。

赵声阁看到陈挽一出了电梯就不自觉站到秦兆霆身边,和大家寒暄。

走廊长而窄,擦肩时,陈挽也尽量地往另一边靠,窄道被他隔出公路大道的宽距,尽可能给赵声阁留下最大的通行空间。

非常礼貌。

赵声阁目不斜视地走过去,忽然,他回头,看了眼那个走远的背影。

沈宗年问:"怎么?"

赵声阁手插在裤兜里,摩挲着卡地亚打火机:"没事。"

午餐非常丰盛,海市人吃海鲜讲究鲜美,做法多样,清蒸、白灼、煲汤、八角烘烤,或是做成鱼生,作料不需要太复杂,只淋几滴调制的酱油和麻油,或是炸蒜米油,海物最原始的清甜和鲜嫩悉数溢出,不上火也不腻口,回味无穷。

大家都吃得尽兴，唯独赵声阁不怎么积极，陈挽心里叹了口气，起身到后厨又劳烦人熬一锅海鲜粥。

游轮沿新航线开了两天一夜，返程时在贝岛靠港。

贝岛因地理条件得天独厚，又有政策扶持，这些年不断填海造陆扩大面积，成为新的购物天堂。

陈挽物欲一向很低，对自己吃穿用度不特别讲究，平时也没有什么高额的开销，只是在免税店给宋清妙选了一块翡翠表和一套黄金首饰。

看到副卡里连着几天刷掉的大笔数额，陈挽知道宋清妙又去了赌场，心里叹了口气。

他接过柜姐刷完的卡，忽然看到一对袖扣，就摆在正中间的柜台里，不是当季的主打款式，但是做工非常精细，分量很重。

陈挽让柜姐拿出来看一看，只一眼，他就决定要："麻烦帮我包起来，谢谢。"

柜姐的介绍悬在嘴边没了用武之地，其实她想说这款袖扣不太适合陈挽，她想为这位俊美的客人推荐一些珐琅或者珍珠材质的袖扣。

但陈挽的态度很果断，所以她只微笑着说"好的，请您稍等"。

秦兆霆看到了，走过来问："你喜欢重工？"

瓦当系列的长生无极款，会不会太霸气严肃了？

陈挽年纪轻，看着脸嫩，气质也柔和，可能有点压不住。

"不是，"陈挽接过柜姐的票单签名，"送朋友的。"

秦兆霆知道陈挽很会对人好，好似天生会爱人，不过还是有点惊讶，即便在免税店这么一套下来也不算便宜，他羡慕地笑道："那当你的朋友也太幸福了，也不知道是谁这么幸运。"

陈挽笑笑没搭话。

他哪儿有什么朋友，他的朋友只有卓智轩，卓智轩从来不缺这些东西。

恐怕连柜姐都看出来这款袖扣不适合他，因为那是陈挽给赵声阁买的。

大概是关注一个人就会只要看到合适的都想给他买。

陈挽家里有一个单独的柜子，存放他平时看到的觉得适合赵声阁的物品。

北欧出差时买的纯手工领带、去内地参加论坛逛市集买的丝绸帕巾……领带、手表、打火机,他早已在想象中把赵声阁装扮过千遍万遍。

礼物像摆件一样越来越多,不过陈挽从来没打算送出去,它们的作用仅限于陈挽一个人的集邮日记……

陈挽挺开心地接过柜姐包好的礼盒,一抬眼,对上了这双袖扣那位真正意义上但不能言说的主人。

赵声阁就在附近,听见他们的对话,不太意外,陈挽看起来就是朋友很多、人缘很好的人,对不熟的人都周到细致,对朋友那就必然更是无微不至,予取予求。

那副袖扣,那样的款式,那样的风格,要送什么类型的人似乎也不难猜。

没想到,他还有这样的朋友呢,赵声阁双手插在兜里幽幽想。

陈挽察觉对方目光停在他的袖扣上,有几分心虚,拿着礼品袋的手下意识往怀里缩了缩,他可能不太知道,这样看起来像是他怕赵声阁也看上那副袖扣似的。

"……"

赵声阁就这么看着他,陈挽对他礼貌地点头示意,微笑了一下,就抬步往别的专柜去了。

05 一场就要醒了的梦

　　鲸舰 17 号在小天星码头停靠，陈挽挑了一天打电话把宋清妙约出来把礼物给她——不到不得已，他是不会主动去陈宅的。

　　自从上次中元节陈挽回陈家老宅之后他们就没有再见过面，陈挽忙，宋清妙更忙——逛街、打牌、买包、喝茶，每日都精彩。

　　陈挽会定时给她电话问候，通电时宋清妙说自己最近身体抱恙，家庭医生说是气郁伤肝，湿气过重，让他这次上岸之后陪自己去一趟天后宫上香，向妈祖问个好。

　　陈挽说好，对她前两天又在副卡上刷走的几笔大钱也没有过问。

　　宋清妙需要的钱和感情，陈挽都尽量满足她。

　　天后宫香火很旺，海市人不信观音不信佛，信妈祖，男女老少生病、考试、做生意都要跟妈祖打个招呼。

　　宋清妙一头黑瀑长发和素雅旗袍，不老的脸和娇憨气质似妙龄少女，同陈挽走在一起像姐弟，说是情侣也不奇怪。

　　宋清妙说要进内院拜天妃龙女，今日是她请人算好的吉日，月尾廿四，神女下达天听，宜祷告祈愿。

　　陈挽回头望向寺院门口，很轻地顿了一下，低声说："我在外头等你？"

　　"不行。"

　　宋清妙执意要同去，说来了不拜，天后要怪罪。

　　陈挽想起方才停车时看到的迈巴赫，很巧妙地劝她："我听人说天妃至多三月一见，多了妈祖便会觉得世人贪心。"

　　妈祖像有五座，陈挽只认得大妈祖林默娘，三妈祖庄静云，宋清妙最常奉拜的两位,一个司吉祥平安,一个司智慧德善。

"你上个月才拜过林默娘,这回可以好好同静云妈祖说说话。"

静云妈祖像设在西殿,应该撞不上。

宋清妙觉得陈挽说得也有道理,但还是不大高兴,好似今日要是见不上林默娘妈祖,她往后一段时运便要不顺。

陈挽只得再哄她说给她在家中也请一尊神女像,羊脂玉的。

内院,住持叫年轻小僧给赵声阁添茶,眼前这位是比他们殿宇里镀了金还真的财神爷。

海市的富商不少,但也不是谁都这么慷慨的,每年那么大一笔香火钱,佛祖不护佑他护佑谁。

赵声阁今日来是为那个新码头的项目动工算吉日和点香,他不信鬼神,他只信他自己。

但赵茂峥执意要他来这儿一趟。

倒不是迂腐固执,只是想磨一磨继承人的性子。赵声阁看着沉稳果决,其实本性里还是太过恣意狂狷,不懂共情,没有人味,做不了更大的事情。

时至今日,赵茂峥终于不得不承认,自己从前训练长孙那一套未免有些矫枉过正,对一个幼童来说,确实过于苛刻且严厉。

赵声阁没有正常人的感情,即便对他,大概也是没有多少亲情的。

他在赵声阁很小的时候烧过他的书和模型,手段粗暴且残忍,还有叫人一枪爆了赵声阁捡到的流浪狗。

幼年赵声阁就这么眼睁睁看着,一滴眼泪都没流。

诸如此类,数不胜数。总之,对长子不成气候的焦虑、着急和愤怒一气泄到长孙身上了。

赵茂峥也是到了赵声阁差不多长成形了才后知后觉,他好像是把人养成了,又好像是养废了。

不过现在他也管不动赵声阁了,只得说:"码头和新航线都要妈祖保佑。"

赵声阁公事公办道:"四点半至五点,我只能抽半个小时去过个眼。"

他很忙,不是他去见妈祖,是妈祖要等他开完会。

"……"

赵声阁踏入寺院不到五分钟便有些后悔，有这个时间，他新项目的图纸都能过会儿了。

住持讲话像念经，他没认真听一句，但也能彼此友好交流了数分钟。

赵声阁在神像面前也还是那副样子，淡淡的，很稳，礼貌做足，神佛都不知道他在想什么。

偶尔对住持的输出点头示意，神思已经透过镂空菱花窗飘到外院的人身上。

腕表上指针已经指向五点半，他不信那个眼观六路耳听八方的人没看到他的车。

对方今天着了件质地很软的棉麻衬衫，显得很柔和。

这里从前是南洋移民筑的寺，后来被本地人改造成妈祖庙，有些地方还保留着金像和镂檐，陈挽经过，像庭院中的水缸里那朵紫色睡莲。

又因为镏金和琉璃的建筑，清纯中多了一丝叫人说不出的意味。

他为身边的女人拿着包，表情很耐心。

赵声阁有些嘲讽地挑起眉，陈挽看起来纯情寡欲，却到佛前圣地幽会，这等癖好实在叫人不敢恭维。

住持看赵声阁的表情有些冷淡，便不敢啰唆太多，只是托他向赵老爷子问好，祝他安康。

赵声阁朝西殿抬了抬下巴，问他："那头拜的是什么？"

住持见他难得有兴趣，详细解说："西殿是静云妈祖，天宫左协侍，专司智慧。"

"哦。"

陈挽还要求智慧啊？还有比他心眼更多的人吗？

赵声阁像开会一样问："神女像什么时候修的？"

住持眼珠转了一下，很懂抓住机会："也有好几十年了，金身、镏彩都有些褪脱了，目前还在筹备资金修缮，赵施主若是有兴趣，可跟老身过去上炷香，也算是讨个好兆头。"

扬言半个小时就要走的赵声阁转了转腕表，说："也可以。"

神女像庄严，陈挽在神女像前给宋清妙翻经书，他做事专注，住持进来了都没有注意到。

赵声阁听到那位女士声音很低地叫陈挽"BB（宝宝）"，面色有些微妙。

走近了才看清，对方竟是曾经声动海市的宋清妙。

那这两人就不是什么情侣，虽然赵声阁这一代已经不太了解当年的事了，经年尘封，真真假假。

不过他听谭又明说宋清妙是江南人。

难怪陈挽身上有种山水墨画似的温柔文气。

这也不是赵声阁觉得，是秦兆霆说的。

旁边的人都跟住持问好，陈挽也抬头，看到对方身后的人，心里叹了口气。

只得硬着头皮喊人："住持，赵先生。"

赵声阁淡淡地点了点头，住持认得他们："宋施主，陈施主。"

宋清妙以前在某个晚宴远远见过赵声阁，有些意外和惊喜地侧头看陈挽一眼，她从未想到过她眼中一事无成的儿子会认识这样的人物。

"宝宝，介绍一下呀。"

赵声阁再一次听到这个叠词，眉梢扬起来。

陈挽没有心思顾这个，因为他看见宋清妙挂了一下头发在耳后。

陈挽面上维持着平静，心里有腐烂的东西被一点一点剖出来露于人前，还有一些难堪。

他太了解宋清妙，非常清楚宋清妙这个动作通常意味着什么。

这就是他一千个一万个不愿意宋清妙和赵声阁碰上的原因。

赵声阁不是见色起意的陈秉信，不是背着家室约她的谢家坚，赵声阁不是那些人，赵声阁不是任何她能看透、能算计、能利用的人。

宋清妙无论打什么心思都会显得很可笑，无论她是想凭借她自己，还是想凭借陈挽。

母亲贪婪的喜意和他俗恶的身世在赵声阁面前无所遁形。

陈挽在心中叹气，非常简略地说了句"这位是赵先生，这是我母亲"，就不打算再介绍更多了。

宋清妙说了好些话，陈挽都没有认真听进去，他比平时沉默一些，虽然脸上仍有淡淡的得体的微笑。

赵声阁第一次见到陈挽略显冷淡的一面，对方从来都是温和周到的，赵声阁有些奇怪，他也没多留，抬眸看了眼身旁的副手便先走了。

本来在寺院逗留的时间就远远超出了他的预期，不应再浪费时间。

宋清妙看陈挽既不殷切也不热络，埋怨他不懂人情世故。

"你认识赵声阁,怎么不跟妈妈说?"

陈挽的笑容消失了,忽然转过头看着她,眼神里有她很陌生也很难看懂的东西。

那种深而缓的平静,她想理解成是一种提醒,但分明是一种强势的警告,声音平和,但平和得有点阴冷:"不算认识,你不要多想。"

宋清妙莫名哆嗦了一下,声量小了些,嘟囔:"怎么不算,他都跟你打招呼了嘛。"

在海市,有几个人能让赵声阁主动打招呼的。

"没有,"陈挽垂着眸,表情有种温和的冷漠,"我们不熟,他随便应的,其实并不知道我是谁。"

这话自然是诓宋清妙的,虽然现在赵声阁和他也算不上熟,但至少人肯定是认得的了。

宋清妙秀气的眉皱起,还想说什么,陈挽在她之前开口:"妈妈。"声音轻轻的。

他很久没有这么叫过宋清妙了,叫得宋清妙一愣。

陈挽一双眼睛异常漆黑,像一潭深渊,他认真地看着自己漂亮贪婪的母亲,耐心地劝告:"阎王罗刹不是我们能招惹的,不然拜多少妈祖都没用,你说对吗?"

宋清妙想要的他都可以努力去满足,珠宝、金钱、面子,但唯独赵声阁不行。

"……"宋清妙看一向乖顺的儿子这样严肃,好似再说下去就要生一场很大的气,便快快收了声,但心底琢磨着一些别样心思。

赵声阁坐车跨过明珠大桥,副手的电话刚好传过来。

自从两年前意国那场枪击案后,赵声阁去外环的地方会着人提前打点,虽然国内很安全,但他得罪的人实在太多。

耳机里,陈挽和母亲说话的声音很温柔,也很耐心,清清楚楚,一字不漏,传进赵声阁耳中。

面无表情地听完,赵声阁对还在视频会议那头等着的副总说:"码头预算的数字不大吉利吧,你看看要不要重新做一下。"

"……"

他的语气太过温和,让副总觉得有商有量似的,他解释了几句,不过赵声阁已经没有再听了。

窗外的树木过了一棵又一棵,飞掠的残影落在宽阔但略显孤独的肩头。

无数个关于陈挽动机的猜想,原来,这就是正确答案。

阎王罗刹。

自天后宫一面,赵声阁消失了很久,久到陈挽都有点担忧了。

但这次似乎是个保密等级很高的会议,连谭又明都只字不提,陈挽自然半点消息查不到。

再次见面,还是因为秦兆霆。

那次两天一夜的航游陈挽收获了一沓名片,秦兆霆还同他交换了私人联系方式,并约他到自己新开的射击俱乐部来参观。

俱乐部就开在荷兰大道上,在寸土寸金的中环也占地近千平方米,射击、射箭、攀岩、台球一应俱全。

陈挽到得早,还带了伴手礼。

秦兆霆问他玩过吗,陈挽说没有,秦兆霆刚欲说待会儿教他,就有一辆越野车开了过来。

上边下来三个人。

沈宗年面无表情,赵声阁在听电话,所以经过的时候,陈挽的问好他应该是没有听见,所以没有应。

也可能应了,陈挽不确定。

当了一路司机的谭又明转着车钥匙走过来,指着沈宗年的背影说"没睡醒",又指着赵声阁的背影说:"没礼貌。"

秦兆霆和陈挽都不置可否。

俱乐部充满科技感,今日要玩的光电射击,十面靶。

靶壕内装有十五台抛靶机,碟靶是随意移动的,射击者可以往不同方向开枪,记环得分。

挑装备的时候有人提到宝莉湾那块地,赵声阁要建新码头的事已经在海市传开。

蒋应问赵声阁:"听说你要提预算?"

谭又明嘴快,帮他答:"他嫌那个数字不吉利。"

大家都沉默了数秒,赵声阁慢条斯理地拿下一个护目镜,试了试,纠正他:

"赵茂峥的意思,人老了,难免迷信。"

大家都对这个说法有所怀疑,因为现在明隆老爷子说了不算。

赵声阁言之凿凿:"你们也不想铁达尼号一轮游吧。"

他这么说,大家就又都没话说了。

在场之人许多家中产业都涉游轮、海运,若是宝莉湾码头真的建成,海市起码百分之八十的货轮得在这里靠港,它水深、避风,湾线还长,容货量一骑绝尘。

一个人说,到时候码头建成,他申请第一个试航。

另外的人半开玩笑说这个还是凭本事竞争吧,虽然都是朋友,但还是在商言商,这可是可以上财经新闻的大事件。

陈挽默默地听着,心里生出一些羡慕。

倒不是眼红旁人家财万贯,只是莫名觉得很浪漫。

陈挽是个很现实的人,但在涉及赵声阁的事情上会生出一些不切实际的想象。

做赵声阁海港上第一艘航行的船,很令人向往。

只是陈挽可能再努力几十年都无法梦想成真。

赵声阁毫不掩饰自己的商人本性,点点头,好商量道:"都好说,价高者得。"

他换上白色的射击服,更显得肩宽腿长,在人群中鹤立鸡群。

挑了把小型锚的虚空之翼,从瞄准到扣枪之间只用了 0.3 秒,击中 33 英尺(1 英尺合 0.3048 米)外的十环。

"砰"一声,数字模拟的硝烟弥漫中透着不可一世的张狂。

陈挽觉得自己的灵魂也在某一瞬间被击中。

秦兆霆走过来,问他玩得怎么样。

陈挽是玩枪的一把好手,但从未显露于人前。

秦兆霆作为行家,耐心地给陈挽介绍了几种枪支类型,又跟他说了一下开枪的方式和瞄准要领。

陈挽看起来文雅温和,一看就是没拿过枪的人,秦兆霆今天是东道主,理应多陪陪他。

陈挽有些无聊地听秦兆霆讲用枪的基础,笑着让秦兆霆去忙不用管自己,他先独自练习一下。恰好有人叫秦兆霆，他抱歉地笑着拍拍陈挽的肩，说有问题再找他。

陈挽低头摸索着给枪上膛，忽然像是察觉到什么似的，他一抬头，瞳孔倏然一缩——赵声阁的枪口就正正对着他。

陈挽一颗心脏迅速下沉，来不及做任何反应，只听"砰"一声，光电子弹穿风而过，正中不知何时移到他身后的靶心。

他站在原地，脑子一片空白。

墙上的靶子是移动的，只是刚好飘到他的后方。

赵声阁给枪上膛，护目镜遮住了他的脸，看不清表情，他换了个方向，又迅速补了一枪。

手起枪落，坚决果断。

机械女声连续播报十环，响彻大厅。

两枪之间间隔不到一秒，声响分别在陈挽两只耳朵边炸开，无数画面从眼前闪过。

陈挽表情未有分毫变化，实则早已满身冷汗。

赵声阁望向靶心确认环数，两人视线交错了千万分之一秒，意味晦涩难明。

陈挽惊飞的心更惊。

他几乎可以确定，这是赵声阁的警告。

即便不至于是他那点不可告人的心思败露，但也一定是他哪里让赵声阁觉得不舒服、过界了。

陈挽脑中迅速运转，逐一复盘，揣测赵声阁警告的是什么。

他自认为掩藏得还算密实，问题到底出在了哪里？

陈挽想不通。

倒不是在乎赵声阁怎么看他。

他在对方眼中是个存在感为零的路人甲最好。

这样才方便他要做的事，掩人耳目，不惊动对方本人。

但如果他的存在已造成赵声阁的困扰，那就南辕北辙了。

这是在给人添堵。

不惊动本人是底线，悄无声息是原则。

没理由，也不应该要赵声阁去承受他带来的一丁点影响。

他做错了。

陈挽嘴唇紧抿,一颗心彻底沉到了海沟。

结束的时候,他先换了衣服出去,在草坪边上等其他人。

海市的天气爱变脸,上一秒日头金光四射,一朵云飘过来,又变得阴沉沉。

陈挽看了会儿手机,走到大路边,跟在一个扛着蛇皮袋的小孩身后,帮忙捡起几个掉出来的空瓶。

小孩吓一跳,回过头来,说谢谢。

他面庞被晒得潮红,只有一双眼睛格外黑亮,整个人大汗淋淋,目光很怯,这一片是不让人拾荒的,怕冲撞了贵人,他是穿过了公路偷偷摸摸进来的,因为在允许拾荒的路段他根本抢不到。

小孩怕惊动安保,背上蛇皮袋就走。

"等一下。"陈挽打开瓶盖把红茶喝完,瓶子递给他。

小孩迟疑着打量他,陈挽又把空瓶子往他的方向递了递,小孩才露出一点腼腆的笑容,很小声地又说了一次谢谢。

陈挽太清楚他害怕什么,注视着他,不知道在看向什么,温声说:"没事,他们不会来这边。"

小孩有点不好意思,陈挽看了看他满当当的蛇皮袋,提议:"把瓶子踩瘪会不会装得更多?"

"咩也(粤语:什么)?"

他不会说普通话,陈挽就同他说粤语,从他的蛇皮袋里拿出一个示范,踩瘪,叠加,捆绑,动作娴熟,一气呵成。

小孩看傻了,陈挽说:"一起?"

小孩加入动手的行列,解决蛇皮袋里剩下的瓶子。

陈挽跟他闲聊:"你一般都在哪里找?"

小孩小声地说:"东洋街。"

陈挽将所有瓶子捆成一摞:"那边不太好找是不是?"

"系(粤语:是)。"小孩很沮丧。

"那你往黄大仙公园方向走几百米,庙街的后巷有个小门洞,你应该能钻进去,邵公馆的保安不会巡逻到那里。"

小孩看了他一眼,觉得这样派头、这般气质的人向自己传授拾荒经验非常违和……诡异，不太相信："你怎么知道？"

陈挽笑笑："你自己去一次就知道我说的是不是真的。"

"哦。"

"上学了吗？"

"嗯。"

"累吗，又上学又捡瓶子？"

小孩点头。

陈挽的裤脚蹭了灰尘，他弯下腰拂干净，就这么蹲在马路边上，平视小孩："你要不试试把它当成额外的寻宝游戏？"

"寻宝游戏？我可以寻到什么？"

陈挽在看他，也不是在看他，轻声说："我不知道，这个要你自己去找，每个人寻到的东西都不同。"

小孩有了点兴趣，说："好。"

陈挽帮他扎好蛇皮袋口，动作娴熟利落，仿佛做过千百次，嘱咐："这些量够去回收站称一次了，每次不要攒得太多，也不要等到天黑再去。"

晚上会被压价，还有老油子等着不劳而获去偷抢别人的果实。

大门开了，有人走出来，小孩怕挨骂，不舍地看了陈挽一眼，匆匆扛着沉甸甸的蛇皮袋走了，回了两次头，嘴唇动了动，到底没说什么。

出来的人是秦兆霆，走到陈挽身边，问："是乞讨的小鬼吗？"他解释道，"已经叫人加巡了，但防不胜防。"

陈挽没发表评论，转了个话题。

身后二楼，最里头一间更衣室窗前站着赵声阁，一边低头看楼下光景一边解下护腕。

秦兆霆不知同陈挽说到什么，笑意盎然，还搭了下肩。

陈挽也是笑着的，对秦兆霆的笑和对捡破烂小孩的笑有非常细微的区别。

二楼不至于能看清，但赵声阁洞察力过于敏锐。

众人换完衣服陆续出来，说着话一同往停车场走，走到一半，陈挽停了下来，说自己落了东西，回去拿，让大家先去，不用等他。

他低着头往回走，手握得很紧。

不该管的，他都已经下定决心不管了。

天下可怜人那么多,他陈挽也活得战战兢兢,当不了救世主。

但是……

小孩拖着超负荷的蛇皮袋走得很慢,陈挽很快就追上了人。

小孩满脸防备地回过头,陈挽笑了笑,说:"是我。"

对方眼睛亮了一瞬,陈挽瞥了眼他磨到出血的脚趾,说:"家里有电话吗?或者,平时怎么可以联系到你?"

小孩摇摇头,说了个黄大仙公园附近的地址,是他的一个小据点,没人知道。

陈挽没多说什么,只是点点头,说好:"脚回去包扎一下,我们下次见。"

小孩一直看着他的背影,夕阳为年轻的男人镀了一层温柔圣洁的金边,他像神一样从天而降,又渐渐走远消失。

陈挽到的时候只剩下东道主身边的位置了。

一群公子哥平日吃多了山珍,秦兆霆今日特意准备了一些地道的家常粤菜换换口味。

就连饭后甜点都是锣昌湾街边小贩才卖的钵仔糕。

许多种口味,红豆、椰子、凤梨。

这些人吃钵仔糕也就吃个情怀,毕竟是童年时代风靡海市的零食。

大鱼大肉前,清爽的甜点竟意外受欢迎,盘子里剩最后一个的时候,赵声阁和秦兆霆同时举起了筷子。

场面瞬时有几分微妙。

谭又明歪在沈宗年边上,一双看好戏的眼睛都快发光了。

这也不是再上一盘的事,就是这么个当下的事。

他人蔫儿坏,就爱看人尴尬,秦兆霆尴尬或是赵声阁尴尬,应该都挺好看的,他长这么大还没见过赵声阁尴尬呢。

可惜他好戏没看成,有陈挽在的地方,实在很难尴尬起来。

陈挽问秦兆霆要不要吃他那一份。

钵仔糕都是单独装的,服务员放他面前后陈挽就没动过。

秦兆霆性子随和,陈挽刚好坐他旁边,顺口就问了,毕竟,也不可能让赵声阁吃别人的东西。

秦兆霆问:"你不吃?"

赵声阁看到那双微弯的眼睛投向秦兆霆，彬彬有礼地说自己吃饱了，秦先生愿意帮忙解决掉最好不过，不然浪费了。

　　陈挽不爱吃钵仔糕，大少爷们吃惯了山珍海味，它是调剂口味的新鲜玩意儿，但对陈挽算不上什么好的回忆。

　　彼时宋清妙将他藏在十平方米不到的唐楼，无人看管，贫民窟鱼龙混杂，被欺凌是家常便饭。

　　大孩子会把宋清妙留下的钵仔糕扔到狗洞，让陈挽跟狗抢食，或是踩脏了几个人按住他的头逼他吃下去……

　　再甜的钵仔糕到了陈挽的嘴里都能尝出一股苦味。

　　谭又明好戏没看成，遗憾地摆弄沈宗年的手机。

　　盘中最后那只钵仔糕最终落到赵声阁碗里，不过他也只咬了一口。

　　对赵声阁好是刻在陈挽骨子里的意念，看对方没吃多少，他下意识就拿起桂花籽，想说加这个试试，但拿到一半才马上又想起来他现在不应该再这样做了，就没有递出去。

　　谭又明斜眼看赵声阁："又怎么？"

　　赵声阁看了一眼秦兆霆，放下筷子，靠着椅背，评价："不过如此。"

　　陈挽怔了一下，垂下眼，放下桂花籽，秦兆霆直接从他手中接过，问："这是什么？"

　　陈挽展露出一个谁也看不出来异常的笑容："蜂蜜酿过的桂花籽，洒在钵仔糕上吃的。"

　　秦兆霆问："直接加？放多少？能帮我弄一下吗？"

　　陈挽机械地把自己那份钵仔糕拿过来，加了少量，放到他面前。

　　秦兆霆咬了一口，笑着对大家说："我倒是觉得很合胃口。"

　　茶歇时，服务员进来在案牍上置放烟卷。

　　海市时下流行茶烟，在烟丝中加入特制的茶叶，尼古丁中渗入茶的香气，大受追捧。

　　一些有钱人附庸风雅，不抽成品要亲自动手，是以酒楼饭店纷纷在茶座添了卷烟的用具。

　　陈挽不爱出风头，也不去攀桥搭线，就安静地待在角落里卷烟，卷完了才发现，卷的是大红袍。

他觉得不妥，立刻想要销毁，却被秦兆霆看见了，惊道："陈挽，还有什么你不会的吗？"

陈挽摇摇头，笑道："随便弄的。"

秦兆霆问："卷的什么？"

陈挽还没想好怎么说，秦兆霆自己辨出来了："大红袍。"

"我试试？"

陈挽不太愿意给，这是做给谁的他自己心知肚明，即便赵声阁看不上，也不想给别人。

"这支掉到过地上了，脏，我给你卷个别的吧。"

反正闲着也是无聊，多卷几支，卓智轩爱抽铁观音，谭又明喜欢甜口的银针，别的也各卷一些，谁想试试就过来拿。

"好啊。"秦兆霆拿过他手上那支放到一边，说，"你做吧，我学习学习。"

谭又明看见了，不满："你俩偷偷玩好东西！"

他一嗓子大家都来选烟，白毫、单丛、正山小种，赵声阁扫了一圈，看到大红袍孤零零地被扔在垃圾桶里，散乱的叶片零碎，和果皮、纸屑混在一起。

赵声阁安静地站了一会儿，没人察觉。

有人没带打火机，陈挽绅士地递出自己的。

不是卡地亚，是一只佐罗。

原来，陈挽有很多个漂亮的打火机。

价格昂贵，其实很廉价。

打火机回到陈挽手里，他顺手放进裤兜。

出海回来之后，他就把随身携带的打火机换成最新的、最好的。

不过以后再也用不到了。

一切正在变得失去意义。

陈挽以前笃定，只要不惊动、不影响到赵声阁，他一个人的美梦就可以一直默默做下去。

可是好像不行，梦就要醒了。

好长一段时间，谭又明都十分不爽，陈挽不再出现在少爷们的聚会上，但总有人提起他的名字，说起他的近况，后来，赵声阁就不来了。

不算是什么重要的人，如同一片偶然飘进窗户的叶片，无法在赵声阁的心里盘踞过重的分量和过长的时间。

渐渐地，好像也就真的不再被想起。

赵声阁非常忙碌，他行事低调，但雷厉风行，宝莉湾码头工程项目很快启动，据说海市有近百家企业有意注资，但最后也只有沈家、谭家、徐家得分一杯羹，连卓家都插不进手。

其中，各人又对徐家猜测纷纷，说徐家小姐果真魅力非凡。

赵声阁一直对海市的经济体持谨慎态度，如果可以，他更愿意和内地合作。

内地经济稳定，有政策扶持和必要时管控强有力。

三个人在明隆大厦开完会，一同走出会议室，沈宗年看着手机说："何盛远答应了，下周三晚上九点，小潭山。"

何盛远是海市的船王，后来何盛远远赴荷兰开发欧洲航线。

赵声阁要在宝莉湾做码头、做港口，绕不开这个人。

沈宗年说："听他的意思，是要带些人一起过来。"

非正式的会谈都这样，有共同的朋友或是这个行业里的老人在，两边说起话来就容易得多，事情也更有余地。

"我们也得带人过去，"谭又明说，对方乌泱泱一群人，他们三两个，气势上就不像话，而且，"何盛远这人，喜欢热闹。"

"可惜……"谭又明跷起二郎腿，"他再热闹，热闹得过我？"

赵声阁回国也有好些日子了，不像一开始那样曲高和寡，只要求："你别弄些不靠谱的。"

谭又明在海市众星捧月、一呼百应，三教九流狐朋狗友良莠不齐，赵声阁眼高于顶，看不上。

"啧，"谭又明不知道赵声阁的"靠谱"是什么标准，其实他觉得自己就挺靠谱的，但对方一定会提出异议，他直接请教，"你觉得谁靠谱？"

赵声阁看向他，蛮认真地说："我以为邀人是你的本职。"

"……"

几乎不发表意见的沈宗年看了眼赵声阁，对谭又明提议："陈挽吧，怎么样？"

有陈挽在的地方，氛围都会很好，任何赤裸的谈判厮杀都会被笼罩上一层和风细雨的表象，这层表象很有用，很多话都会好说很多。

陈挽的话一直不多，但就是能起到这个神奇的作用。

赵声阁静了下，问："还有别的人选吗？"

谭又明马上从沈宗年的肩膀后探出来，应和他的提议："没有了，我就没认识比他更靠谱的人。"

赵声阁不置可否，沉默片刻，温声说："如果他忙，就考虑别的人吧。"

强人所难，没有意思。

谭又明莫名其妙地看着他，觉得他又在装模作样假仁义，谭又明不稀罕叫别人，先是给陈挽打电话，秘书说陈挽在开会。

谭又明就又直接打给卓智轩，卓智轩在他自己的酒店里，说："我待会儿问问他，不过他最近忙，不一定能去。"

陈挽这个人，看似招之即来，挥之即去，但那是他乐意，否则谁也不能逼他做不想干的事。

谭又明关心地问："忙什么，要不要帮忙？"语气里有几分真心的意思，对陈挽，以前是看在卓智轩的面子上，后来是真的认可和接纳。

谭又明交朋友不看门第、不管身份，专看人有没有意思，合不合他的胃口。

卓智轩不知道谭又明和赵声阁在一起，更不知道谭又明开的免提，他跟谭又明说话向来没那么多顾忌，阴阳怪气道："忙着相亲呗，准备当石油大亨的贵婿了。"

谭又明哈哈大笑："哎呀，许启华那老狐狸眼光真不错。"八字还没一撇的事到了他嘴里就变成真的了，"你别说，他女儿是我以前德文班同学，那姑娘可有意思了，和我们挽真挺配的，到时候让挽给我们发请帖，我一定封个大红包。"

卓智轩说："我一定如实转达。"

谭又明挂了电话，抬头问赵声阁中午吃什么，赵声阁不知道在想什么。

"赵声阁？"谭又明又唤了一遍。

赵声阁摇摇头，越过他，低声说："你自己吃，我要办公。"

谭又明不明所以地看着沈宗年："办公也不能不吃饭吧。"

沈宗年看了一眼赵声阁，没有说话。

赵声阁回到自己的办公室，没有感觉到饿，打算继续工作，这是他的常态。

陈挽近来确实很忙，科想最近在竞标一个非常非常重要的案子，遇到不少问题，他需要找关系中转。

屋漏偏逢连夜雨，宋清妙最近又开始给他找麻烦。

宋清妙是在插花房结识许恩仪的，许恩仪看她腕上的翡翠好看，问了一句，两个人就熟了起来。

宋清妙年纪不算大，长得又顶年轻，女人间要投缘起来是很快的。

"这是我儿子去出差的时候叫人做的。"陈挽去西北出差，在原石场亲自挑的玉，不算顶贵，但工艺很好。

许恩仪弯起眼："那他好孝顺，审美也好，这并不是模具的款式。"

宋清妙没有心思细细体味陈挽在她身上付出的那些时间和孝心，只把一双笑眼凝在她身上，意味双关地说："他确实是个好孩子，还蛮帅的。"

自从她知道许恩仪的许是那个许家的许便动了心思。

许恩仪倒是也不害羞，说："是吗？有没有照片，我看一看。"她是学艺术的，现在有审美的男人不多。

宋清妙就拿出手机翻开相册给她看，许恩仪很直接："很帅。"

宋清妙喜上眉梢，只说："下次有空喊他来接我，你们年轻人可以交个朋友。"

许恩仪大方点头："好啊。"

宋清妙很高兴，当晚就跟陈挽说了这个事，陈挽沉默了数秒，千言万语，宋清妙估计也听不进去，最后，他只是说："抱歉，我可能没有时间。"

这是真话，项目那头还没着没落，陈挽焦头烂额，分身乏术。

而且，宋清妙有时候离谱天真得他都不知从何说起，完全没有道理可言，还十分固执，好像陈挽不去认识许恩仪就是巨大的损失。

却不想想那是些什么人家，他们要打什么主意人家一个眼神就能看透。

最近陈家内斗得厉害，二房三房都暗暗发力，宋清妙也开始有些着急，发脾气道："让你陪我你就说没有时间！"

陈挽加班加到眼红，咬着烟，低低地问："你真的是让我去陪你吗？"他乐意在宋清妙身上花费很多时间和金钱，也提过不止一次让她搬出陈宅，和自己住或是另外购置房产都可以。

虽然宋清妙天真、荒唐、自私，但这也已经是陈挽在这世界上唯一的血缘瓜葛，所以陈挽还是想对她好。

只不过宋清妙都拒绝得很干脆。

宋清妙是很懂拿捏男人的，包括自己的儿子，她柔了声色，难得有些语重心长地说："宝宝，妈妈前半辈子怎么样，你也知道。小时候的事，你没有忘记吧。"

"我没有忘,只是……"陈挽有些失望,也有些伤心,他想了想,还是问,"你想让我重蹈覆辙吗?"

"你什么意思?"宋清妙瞬时冷了声音,"你看不起我?陈挽,当时要不是我——"

"不是!"陈挽打断她,"当然不是。"

"抱歉,我不应该那么说。"

上一辈的恩怨纠葛、是非对错轮不到他一个后生来评判,作为儿子,他也绝不能这样对母亲说话。

他只想最大限度守住他认为对的,陈挽缓了语气,再一次道歉:"真的抱歉,我不应该那么说。"

宋清妙轻轻哼了一声。

陈挽斟酌措辞:"我只是觉得,其实我们可以彻底逃离从前那种生活。"

不再为了权势和利益虚与委蛇、典身卖命,不再为了钩心斗角、尔虞我诈而终日惶惶,日子可以过得简单纯粹一点。

宋清妙恨铁不成钢:"逃离?你还是这么不成熟,你有什么本事逃离,你就只会逃避。"

陈挽苦笑了一瞬,终于不再对她抱有幻想,说:"是,抱歉,没有达到你的期望。"

宋清妙还想说什么,陈挽那边有人叫他,这通电话只好不欢而散。

合伙人进来说:"石章民那边回复了,他愿意和你吃一顿饭。"

陈挽总算露出一个微笑,说:"那太好了。"

韩进皱眉叹气:"少抽点吧,前两天喝成那个样子还不好好养养,别仗着自己年轻,身体都要搞垮了。"

陈挽按灭烟头,笑笑:"没事。"压力太大,不发泄一下脑子都要停摆了。

06 圆脑袋的人，都轴

饭局约在两天后，石章民六十来岁，两鬓稍白，人很随和，没什么架子。

他早年是两岸有名的打星，拿过金马奖最佳配角，后来年纪大了便弃演从商。

陈挽是做技术的，前期研发烧钱，亟须搭上一条资金稳定强有力的流水线，这两年海市经济萎靡，他看中内地注资的一个红头项目，只是这种香饽饽一般轮不上他这种小公司。

石章民在两岸的国民度很高，人脉也广，据说那边的一位董事是他的老影迷，陈挽同他不认识，还是一位共同的朋友引荐的，陈挽人缘不错，能帮上的人一般都会愿意帮他一把。

石章民是看陈挽三顾茅庐诚意恳切才肯见他一面，且老友再三保证这个年轻人值得见一面，事情办不成，这个年轻朋友也值得交。

石章民就见了，陈挽确实很不错，两人聊天挺愉快。

但他还是把话说得很直接："后生仔（粤语：年轻人），你怎么会想到来找我？你来找我，是最慢也是最弯的一条路。"

陈挽何尝不知道，只是这已经是他能找到的最快、最近的路了。

石章民这么说，他也不气馁，只说："石先生别这样说，就算是真的，我也不怕慢。"

石章民看他沉得住气，又问了他一些规划，陈挽一一答了。

石章民道："我说我帮不上忙，不是自谦，这种事水深得很呢。"

陈挽脸上还是没有露出什么失望的表情，石章民这才说："我只能帮你引引线，后头的还得靠你自己去活动。"

他肯答应陈挽就很高兴了，机会是很小，但陈挽从不怕扑空，拿起酒敬他。

石章民说："真的不一定能成，那边关系盘根错节，官员也很难搞，你能喝酒吗？那种喝法可不是开玩笑的，就是遭罪。"

陈挽说："晚辈酒量还可以。"

"能喝也不一定能成，到时候不但没搭上这趟顺风车，还浪费了你的时间，你这个后期资金杠杆那么长，不好弄啊。"这几年多少身家过亿的富豪都没撑过去。

"我知道，我会尽力，谢谢石先生提点。"

石章民看他非要扑黄河，也不多劝，几杯下肚后起身去了洗手间。陈挽在包厢里给合伙人发信息，说最近可能要出趟差，去那边走动一下关系。

听到开门声，他收好手机，倒好酒，笑道："石先……"

石章民笑呵呵的，后头跟着个高大的人，陈挽心里卷过一阵暴风，面上倒是很镇静地站起来。

他已经很久没见赵声阁了，陈挽很忙。

但也有可能是因为上次被警告过，陈挽故意把自己安排得很忙。

他不确定赵声阁是不是想让外人知道他们认识，所以只是很恭谦地站到一旁，没有主动叫人。

石章民热情道："阿挽，这位是赵声阁赵先生，我的朋友，很久没有见面了，在路上碰到，邀他过来喝一杯。"他是真没想到竟能在这里遇见赵声阁。

在海市，能见赵声阁一面多难呢。

陈挽像初次见面般微笑问好："赵先生。"

赵声阁看了他片刻，觉得他瘦了很多，公事公办地点了下头："陈生，好久不见。"

"……"石章民面露讶异。

他本是不想叫旁人知道他与陈挽接触的，但接触下来，他还是觉得这个年轻人很不错，就是命不太好，陈挽母亲的事情，海市的圈子里以前多少传过些耳风。

大概真的是人老了，容易起恻隐心，他想着要是能给陈挽搭上赵声阁的线，那就一切好办得多，谁知道人家本来就认识。

"阿挽，你认识赵先生，怎么不跟我说呀？"

赵声阁也转头看向陈挽。

陈挽忙低下头给赵声阁倒茶,回答石章民:"我不知道您和赵先生是朋友。"

赵声阁没有喝茶,也没说话。

石章民刚才还觉得陈挽八面玲珑,这会儿又觉得他脑子有点木,便话里话外都暗示他赵声阁才是能源方面的大拿,搭上他的路子,别说那个项目,后头的资源都不用愁。

但陈挽像是没有接收到他的信号似的,不敬酒,也不主动搭话,完全没有一点顺杆儿爬的意思,就这么安安分分坐着听。

石章民跟赵声阁谈笑风生时,他悄悄叫经理来加菜,翻开菜谱一页一页看得很认真。

大概是筹备新码头动工的事宜,陈挽注意到他眉间的疲意,人也瘦了些。

陈挽点完就让经理催一下出菜,虽然现在他已经不觉得自己能摸准赵声阁的口味,也不敢显得太过殷勤,只能算是尽一点招待宾客的礼仪。这顿饭本来就是他请石章民的,石章民的朋友来,那便也是他的客人。

赵声阁一边听石章民说话,一边看着汤和点心陆续上来,还冒着令人食指大动的热乎气,心里有点异动,又有些无语。

陈挽到底是聪明还是蠢,他觉得自己要重新评判一下。

自己来这儿坐半天了,正事一句没提,倒是忙着点了一拨又一拨菜肴。

赵声阁看新添的菜一道接着一道,终于是上完了,冷不丁问了句:"你没吃饱?"

他不凶的,语气其实算得上温和绅士。

但这话一出,余下两人都静了一下。

他没指名道姓,但这话明显是问陈挽的。

有用的半句没说,研究食谱倒是非常认真。

研究得这么认真,又不见他吃,点那么多,筷子都不伸。

陈挽只好说:"经理说这些都是当季的新品,赵先生有兴趣可以尝一尝。"

坐在中间的石章民不动声色地看着两个年轻人,心里产生一些疑问。

听陈挽的语气,他以为两人是不熟的,但听赵声阁的语气,他又不确定了。

石章民和稀泥笑道:"来,一起尝尝吧,方才我和阿挽也光顾着喝酒了,都没怎么认真吃。"

赵声阁瞥了眼几乎没动筷的人,心下叹了口气,说:"那先吃再聊吧。"

陈挽看他愿意吃饭了,还挺开心的,他位分最低,给大家打汤。

赵声阁没什么心情,看他喝下去半碗,自己才喝。

边吃边聊,石章民说得多,陈挽半天不开口,赵声阁主动顺着石章民的话半真半假地过问注资的事情。

大概是他声音低沉偏冷,谈起公事有种与生俱来的压迫感,陈挽怔了一下,脑中电光石火,脊背生出一层冷汗。

他忙委婉又坚定地表明自己没有染指能源市场的非分之想。

如今海市传统产业房地产式微,能源是经济大头,科想是做中转合成科技的,只是能源流水线里的某一个小环节,但这项技术几乎是明隆垄断的,即便陈挽有最新的专利也根本威胁不到也傍不上明隆的商业版图。

知识产权这一块,很敏感,尤其是现在市场行业规范不算完善。

陈挽越想越觉不妥,还放下筷子,给两位倒茶,很有那么点冒犯赔罪的意思。

这下,赵声阁和石章民都沉默了。

赵声阁靠在椅背上,看向陈挽,眼神平静无波,心里却想起那日在寺院里对方同宋清妙说的话。

算了。

陈挽并不是笨。

赵声阁有赵声阁的矜傲,既然陈挽视他如蛇蝎,避之不及,那他便不会再多说半个字。

新加的菜几乎没吃,他很快起身,礼貌地同石章民道别。

石章民一顿挽留,赵声阁还是走了。

陈挽心里惴惴的,也有点无措,他觉得赵声阁刚刚胃口还算不错,提了生意,就不再有什么兴致。

他默默叹了口气,认定自己在对方心里别有用心、罪加一等。

或许,这世上没有人会相信,他真的没打算从赵声阁身上得到什么。

赵声阁离开后,石章民说陈挽做人也太老实了。

陈挽笑笑,说自己嘴笨,不太会说话。

石章民一双不算太浑浊的眼看着他:"你可不是嘴笨,你是心拙。"

可心拙,也意味着心无杂念。

陈挽给他倒茶,叫服务员来打包,一大桌几乎没动过的菜肴、点心只能他拿回家慢慢吃了。

大概吧，石章民说他笨，宋清妙说他笨，卓智轩也说他笨，或许他真的就是个很笨的人，一直在做很笨的事。

赵声阁做不来自讨没趣的人，下定决心不再过问就是真的不再过问。

偶尔避不开谭又明和卓智轩他们提及，也能做到心无旁骛，不再有触动。

赵声阁不是能给自己犯第三次错的人。

生意人最讲及时止损。

幸得石章民重承诺，很快给陈挽搭了线，陈挽执行力强，非常迅速地活动起来。

石章民没骗他，这里头的水很深，深到一时间陈挽都有些心惊胆战和无从下手。

连续几个月，卓智轩根本抓不到他人影，连信息也总是有一搭没一搭地回，担心得直接打电话问："怎么，你现在比赵声阁还忙？Monica说你上周又没去复诊，不是，陈挽，非等我上门逮你是吧。"

陈挽在加班，焦头烂额，从好友的关心中感受到了一些温暖："噢噢，我跟医生请假了，我最近是真挺忙，等事办完了找你吃饭。"

卓智轩是少爷，知道陈挽辛苦，但确实没体会过没人撑腰，为了一笔生意对别人笑脸相迎和奔波辛劳，静了片刻，他叹气："你到底怎么了，有事要跟我们说呀。"

"我没事，就还是在弄上回那个项目，有的跑呢。"

"你不在好没意思。"

陈挽按了按山根："我去也不怎么说话。"

"那不一样，不过，其实赵声阁现在也不怎么出来了。"卓智轩和对方见面的次数并没有比陈挽多太多。

陈挽这些天四处奔波，废寝忘食，偶然听见这个名字，如忽然从卑躬屈膝、蝇营狗苟的奔波中抽出神来，看见一片霞光。

霞光很美，辽远壮阔，是另外一个世界，让人得到一瞬解脱。

"不说他了。"卓智轩有点不忿，陈挽这么久没出现，连后来才认识的蒋应都时不时问候起他的近况，唯独赵声阁只字不提。

此人的冷漠不在言语，不在姿态，不在表皮。

在骨血。

卓智轩已经看透他了，心冷眼瞎事还多。

陈挽却心想，怎么就不说了呢，多说点呀。

卓智轩同陈挽说了些别的事，又再三嘱咐陈挽，实在搞不定的别自己扛，一定要跟他说。

陈挽都好好应了。

晚上，赵声阁拒了谭又明的邀约，有谭又明和卓智轩在的地方那个名字就会出现。

赵声阁已经不想再听到了。

他对陈挽的事情不感兴趣，只觉得对方不聪明。赵声阁从小接受的教育是弱肉强食，胜者为王。

他不相信天道酬勤，不相信水滴石穿。

乌龟只有在龟兔赛跑里才能取得胜利，这完全是一种偶然和侥幸。

非要绕弯路的人是该吃点苦头长些记性。

直到他在银河湾的赌场酒店又一次看到陈挽。

陈挽更瘦了。

零落的叶片快要被吸干水分，赵声阁几乎不能辨认出这曾是无意飘进自己窗户的那一片。

对方穿着一件简约但很有质感的黑绸衬衫，衬得脸很奢贵，西装裤，收腰很细，顶着无懈可击的笑脸同人敬酒、陪人赌牌。

八面玲珑，左右逢源，凭借一副好皮囊和好性情游刃有余。

扑克、金币和砝码让他看起来不似平日那般温雅纯良，显得很俗，俗到生出一种无可名状的欲。

陈挽俊美，可是位低，便有一种折腰的破碎感。

华丽灯火中，赵声阁分辨不出对方真实的表情，所以擅自判定那是一种范式，一种麻木的虚与委蛇，却又迷惑人心。

他真想打电话叫卓智轩和谭又明来看看自己的好友仔（粤语：好朋友）现在是一副什么样子。

赵声阁是下过决心不会再越界贴冷脸，但又觉得偶尔发发慈悲也不是不可以，明隆每个月签一笔慈善机构的捐助基金都比这个多得多呢。

不过事实证明，是赵声阁太傲慢了。

秘书汇报那个项目在他们出手之前就被划进入围名单时，赵声阁从报表中抬起了头。

秘书为他翻开文件夹，说了几句什么，赵声阁慢慢皱起了眉。

合伙人打电话通知科想中标的那个上午，陈挽长达一个月紧绷的心终于落地，整个人有种在悬崖边上忽然得救的空滞感。

他甚至已经做好最后一步的准备，因为那天在银河湾喝了很多，对方也没有松口的意思。

但事实再一次证明，天道酬勤，功不唐捐，陈挽很高兴，准备履行诺言，请卓智轩吃饭庆贺，却先等到了对方来势汹汹地上门质问。

"陈挽，发什么神经？你去参加海关的听证了？你出席做指控？不是别人说我还不知道，谁给你的胆子？！"

要不是家里有人在海关任职，他还不知道陈挽作为第三方检测代表参与指证一宗重大外贸走私案件，案件背后牵涉一系列官员贪污受贿，影响重大，这种被推到明面上拿来做党争的靶子的角色基本上是人人避之不及的。

听到陈挽出席的时候卓智轩魂都吓没了。

"你知不知道罗乾生背后是什么人？一场听证会就想拉他下马？太天真了吧！陈挽，我告诉你，等有人把他保出来，你就是一枚弃子，没了砝码，任人宰割。"

陈挽安静地等待他发泄完，平静地解释："阿轩，做生意就是这样的，有得必有失。"

他想争取那个项目，就要付出代价，他要求的人要掰倒罗党，他有专业资质，能作为第三方出席指控，别人不愿意，他愿意，那这笔生意就是他的。

陈挽一句话又把卓智轩气得火上心门，他实在是受够了好友这种我行我素、决定了就没的商量的毛病："所以这就是你说的你有办法，你能解决？我跟没跟你说过搞不定的事一定要告诉我，说出来一起想办法，我说过的吧？你也应了的吧，你应人随便应的吗？敷衍我，还是不信任我？

"是，我是不行，那不是还有谭又明吗？谭又明不行，还有沈宗年！实在不行，我去求赵声阁行了吧，我亲自上门去求他，海市还有他赵声阁解决不了的事吗？！"

"你为什么就非得这么倔？！为什么能去求别人，就不能劳烦他赵声阁？他赵声阁就那么特殊、那么高贵吗？"

卓智轩是真气着了，嗓门都有点破："陈挽，你总是这个样子，固执己见，一点也不肯听听别人的！一点也不愿意接受别人的帮助，你以为只愿付出，不要回报很伟大吗？刀尖舔血很英勇吗？！"

陈挽早年刚起步的时候，更丧心病狂的事也做过，为抢一个单陪甲方喝到胃出血，为签个批文和官员玩枪靶连命都豁出去。

看起来那么文静一个人，貌若君子，实则疯子，对别人狠，对自己更狠，为达目的誓不罢休。

卓智轩以前就常说要是自己有本事就好了，他空有一身虚响的少爷名头，朋友受苦，他什么忙都帮不上。

他这么说的时候陈挽就会不解地看着他："胡说什么，跟你有什么关系。"

是他不甘于在陈家做被人磋磨折辱的蝼蚁，是他一意孤行。

选择了，就要自己担着。

但卓智轩这次实在是被气狠了，肺都要被他气坏，骂起人来毫不留情："陈挽，说句实话吧，我知道谭又明和沈宗年这些人在你那儿压根算不了什么朋友，你也别反驳，你以为你对别人看起来处处上心有求必应的，我就看不出来，其实你事事楚河汉界，泾渭分明。

"这些我都清楚，别人也就算了，那我呢！你到底有没有把我当朋友？！

"你扪心自问，你有吗？从那年卓生烟把我推下水所有人袖手旁观看热闹，只有你一个人愿意跳下去救我的那一刻起，我就把你当最好最好的朋友了，你呢，你心里是这么想我的吗？

"这么大的事跟我说一声有那么难吗？你以为你自己顶天立地，其实非常冷血，没有良心，你陈挽看起来最有情有义，其实最没心没肺，最刀刀分明。"

卓智轩近乎暴躁地控诉他，是为对方的固执倔强，也为自己的无能为力。

"这是个什么生意，你就非得要冒这个险，非要把自己搭进去不可吗？！"

"做不成会怎么样，科想会倒闭吗？"

"我当然把你当朋友！"

别的陈挽通通都不反驳，只这一条，他要解释。

陈挽静了静，低声说："我没有其他的朋友，阿轩。"

就这么一句话，又把卓智轩心里那簇高高烧起的火焰扑灭了一半，可还是难受。

相识十来年，陈挽没见过好友生这么大的气，他想了想，抬手按上卓智轩的肩头，用了少许力，不重，但接下来的话像山一样压在卓智轩的心口。

"你知道十六年前小榄山的一把手是谁吗？"

卓智轩眸心一震，直直地看着陈挽，张了张口。

"你……"

"对，"陈挽接住了他的视线，坦然承认，"这是我能做到的最近的一步。"即便不一定能真的成功。

不想利用赵声阁的关系做这个生意是一部分原因，更重要的是，他不想放过罗乾生。

卓智轩看着陈挽，说不出话来。

原来，他一天都没有忘记，或许，一分钟、一秒都没有。

陈挽的血液里流着疯狂阴暗的仇恨，只不过是被他的道德和品行压抑住了，这一点，卓智轩从认识他的时候就知道了。

陈挽是面不改色把欺负他的高年级学生生生踩到骨折的人。

九岁一把剪刀将廖全的手掌戳了个对穿。

十二岁在小榄山纵了把火。

十三岁帮他和卓生烟打架半点没手下留情，十几年过去，现在卓生烟看到陈挽还绕路走。

十五岁在宴会上冷眼旁观陈家大房太太脑梗发作一个人倒在花园，陈挽一声不吭，再晚一点发现对方就直接抢救无效。

人很复杂，一面魔鬼一面佛，卓智轩不知道是什么像绳子一样暂时地束缚了陈挽的阴暗、冷漠甚至疯狂，让他能披着温雅良善的人皮像一个人一样活着。

甚至很多时候，都有点矫枉过正了，陈挽是有点奉献型人格的，当然，仅限于对朋友和亲人。

可是越长大卓智轩越觉得不对劲，于是，才有了后来的 Monica。

一阵沉默后。

"即便是这样，"卓智轩喉咙哽了哽，烦躁地点了支烟，"即便是这样，这么大的事，你也不能这么单枪匹马一个人一声不吭地办了，你想过后果吗？"

但其实他和陈挽都非常清楚，要一个项目可以找谭又明他们，但牵涉到罗家,性质就完全不一样了。

世家大族,利益盘根错节,这种事对谭又明和沈宗年都不是小事情了,没有交情是深到可以做到这种地步的。

陈挽也必不可能将卓智轩置于这样危险的境地之中,求助于谭又明或是沈宗年其实是将别人推到不仁不义的位置,把难题留给别人,对方帮也难,不帮也难。

陈挽做不出这种事,这是他自己的烂账,能报,就亲手抹掉,不能报,也不要牵连无关的人。

最重要的是,陈挽绝不可能让别人知道小榄山的事情,尤其是赵声阁。

后来小榄山出过命案,监管部门来查处,越挖越深,牵涉利益过甚,十六年前的笔笔烂账早已被保密处理,时间尘封,即便是现在有人再想要调取也不太可能。

于是,陈挽的过去,也一并被封藏,这令他获得暂时的安心。

烟头掉了一地,谁也没有再说话,沉默如有实质,卓智轩不知道自己该对陈挽说什么,还能说什么。

陈挽认定的事,别人没有改变和插手的可能。

赵声阁没有,遑论他卓智轩。

直到手上的烟燃尽,卓智轩喉咙滚了滚,疲惫而无奈地说:"阿挽,可不可以对自己好一点?"

这是他想了很久不知道该说什么后唯一想对陈挽说的,也是他对陈挽唯一的要求,不,不能说要求,不过是个请求。

"罗乾生就算了,"这个他没有资格和立场说什么,未经他人苦,莫劝他人善,但是,卓智轩踩灭烟头,"以后生意上的事,不要拿自己去抵。

"这单不行,还有下一单,还有下下单,单单你都要,做得完吗?你的身体抵得住吗?你看看你现在的样子,人不人,鬼不鬼,我真的不知道会不会有一天你就……"

陈挽抿了抿唇,说:"阿轩,我没有对自己不好。"

但现实就是这样。

抛开罗乾生的事,他还是会这样做。

海市是一座繁华城,满地是黄金,处处是机会,但吃人不吐骨头,黄金之下是阴阴白骨，竞争激烈，千竿并进，百舸争流，真的安安分分、规规矩矩，哪儿还有生意可做？

陈挽能爬到现在这个位置不容易，真的很不容易。

商海沉浮，形势诡谲，这个弱肉强食，优胜劣汰格外激烈的魔港，安德鲁大道的方格间永远灯火通明，中环 CBD 园区永不打烊，金融大厦一百七十多层高楼的天台每个月都有人破产跳楼。稍事松懈，被淘汰、被抛弃、被掩埋不过是须臾之间。

连个名字都不会留下。

多少身家亿万的大亨巨鳄倾败也不过是一日兵败如山倒，是以陈挽从来不敢放松，事事深思熟虑，亲力亲为，严阵以待，生怕一个不留神就要被商海泥沙裹着卷入洪流。

千竿百尺，他要独立潮头，不必离那个人太近，但至少能像看日头那般远远眺望，这也叫人满足。

卓智轩和他出身不同，经历也不同，对他的选择和做法不理解、不认同，陈挽不强求，不介意，也不想多做解释。

这些都不妨碍他们做一对真心好友。

越是身处浮华名利场，陈挽越懂得卓智轩的可贵。

"你没有对自己不好，"卓智轩轻讽，"那 Monica 说你已经半个月没有去拿药了。"

"是，"陈挽揉了揉额角，"我已经跟 Monica 赔过罪了，约了这周末一定过去，还麻烦她重新排了班，不过这次我记了备忘录，一定会按时就诊。"

卓智轩刚下去的火气又上来："为什么你总想着有没有麻烦别人，重要的是你自己的身体，不是什么医生排班，你真的有当一回事吗？"

"我心里有数。"

"你能有什么数，"卓智轩已经不再相信他，"把新预约的时间发给我，我亲自押你去。"

复诊约在周日，Monica 告诉卓智轩复诊检测的数据并不乐观，并希望他能劝劝陈挽减少工作时间和心理压力，对自己的生活习惯多上心一些。

卓智轩说："很难。"

Monica 无奈地道："那起码让他做到最基础的——按时吃药吧。"

卓智轩叹了口气："我和他说。"

回去卓智轩开车，提了之前谭又明邀请他出席和船王晚宴的事，问他有没有空，如果太累了想休息，那边他就帮忙回绝。

虽然陈挽若是再不现身，那群公子哥很有可能要上门找卓智轩交出人来。

陈挽笑，说他太夸张。

卓智轩啧了一声："到时候你自己去看看，我是不是夸张。"

陈挽好似天生会爱人，但从未想过自己被爱的可能。

卓智轩不知道的是，没有真实被爱过的人，脑子里是不会有这个概念的。

陈挽还是笑笑，不说什么，项目的事尘埃落定，他也从没日没夜的加班中抽身出来。

陈挽想了想，还是问出了口："他会去吗？"

卓智轩道："你管他去不去，你想去就去，不想去就不去。"

陈挽也只是随便问问，说："去。"为谭又明他也是要去的。

陈挽得到过的好意太少，谁给过一点，他就会加倍还。

同何盛远的会面如期而至，定在小潭山上的一家餐厅。

还是陈挽到得最早，不是他的主场，但他做事喜欢做足万全的准备。

对方那头也到了一些人，都是在名利场上的老面孔了，很快就把场子在真正的主角们到来之前热了起来。

赵声阁这次竟然是主角里到得最早的，但也没有提前，准点来到，独自一人。

陈挽看谭又明和沈宗年都不在，主动走过来同他问好，顺便把在场的宾客介绍给他。

赵声阁分别同他们握了手。

这些人里有的是何盛远那边的朋友，有的是这个行业里的老人，都不是无名小卒，都将在今夜这个半是娱乐半是斡旋的会面中起到举足轻重的作用。

宾客们发现，传闻中位高权重的明隆集团太子爷，噢不，已经是掌权人了，掌权人并没有想象中的高高在上、难以接近，只是比他们想象中的要年轻许多，也过于英俊。

赵声阁和人寒暄完，转过来看陈挽。

陈挽刚同人隔空举完杯放下，一回头撞进赵声阁好整以暇的眼睛里。

"赵先生。"他微笑问候。

陈挽是高兴的，距离上一次同石章民吃饭见的那一面已有些日子，陈挽想起过很多次赵声阁。

在很多个中环的深夜，在最后一班离港的航船鸣起汽笛声，在身体和精神似乎都到达了极限，发出求救呼叫信号时，陈挽就会想到赵声阁。

每一次见到赵声阁本人，他都怀疑自己的身体会自动产生一些轻快、雀跃的气泡。

不过想起上次那顿氛围不算好的晚餐，兴奋的神经又镇静下来。

赵声阁看见本来挂着微笑八面玲珑的陈挽变得略微拘谨，和秘书描述中的完全不一样，仿佛不是同一个人。

那陈挽到底是一个怎样的人？

赵声阁像第一次认识他。

他每次观察、分析陈挽，都会得到很多错误的答案。

但无论怎样，赵声阁都不太赞同这样的做法，他往陈挽面前迈了一步，不过还没来得及说什么，沈宗年、谭又明和何盛远就结伴进来了，他们是在楼下碰到的。

赵声阁只能去同何盛远握手，其间，还回头看了一眼陈挽。

陈挽觉得赵声阁看过来的目光有些严肃，又回想起上回和石章民吃饭时的误会，一整晚都非常收敛。

有时候赵声阁往角落扫一眼，只能看到一个扭开同其他人说话的黑色脑袋。

陈挽的后脑勺挺圆的。

圆脑袋的人，都轴。

事情谈得算是比较顺利，何盛远虽在海市起家，根基牢固，但近年来有把主力迁移到北欧新航线的打算，同赵家、沈家交好，可减少后顾之忧。

何盛远很尽兴，这群少爷没有他想象中那样难打交道，酒过三巡，叫了些陪坐陪玩的年轻男女过来，没有太过分低俗的活动，只是玩玩桥牌骰子，喝喝酒，助个兴。

连陈挽身边也坐了个漂亮女孩，这不是他能拒绝的场合。

餐桌已经被服务员收拾干净，变成了牌桌。

谭又明私下揽着他的肩膀嘱咐："挽，今晚这个红脸只能你唱了，赵声阁和沈宗年那两张扑克脸我是不指望的。"谭又明操碎了心。

陈挽好笑地应了。

虽然不是正式的谈判桌,但到底是谈生意,面上风平浪静,实则暗流涌动,确实不能让赵声阁和沈宗年演这个红脸,那是短了自己士气。

否则也不用大费周章叫那么多人来。

荷官开签,谭又明乐死了,第一局就让他如愿把底细安到对方身边去。

不承想,何盛远也哈哈大笑,他对陈挽印象很好,咬着没点的烟,招手请他上座,爽朗道:"这是要大水冲龙王庙啊。"陈挽帮他打赵声阁,有好戏看了。

陈挽一笑,但也不扭捏,直接到何盛远那一边。

赵声阁身旁被安排了个男孩,他扫了一眼,最后并没有阻止对方坐下来。

陈挽和赵声阁打过上下家,没打过对家。

赵声阁坐在陈挽对面,周围一片吞云吐雾,只有他没有抽烟,看着陈挽,随意比了个请的手势,意思是由他开牌。

陈挽认真看牌,倒没有想放水,没必要,拙劣的演技那是不给何盛远面子,而且赵声阁牌技和他六四分,陈挽需要打起十二分精神才能应对。

陈挽琢磨着牌,桌底下不知道碰到了谁的鞋尖,很轻一下,他自觉把腿收回一点。

几张牌出去,桌布再次微动,他又不小心擦到了谁的裤腿,明明他已经十分注意了。

被碰到的那条腿,应该是下意识抬了一下。

陈挽看不到,但能感觉那是一双很长的腿,抬起来的时候不小心碰到了他的脚踝和小腿,力道很轻,稍纵即逝。

陈挽觉得很抱歉也很失礼,再次将腿规规矩矩收好,不允许自己再犯同样的错误。

桌上有观牌的人轻声提醒:"陈挽,该你了。"

陈挽回过神,抬头。

赵声阁静静地看着他,绅士地往他面前推了一张梅花K。

陈挽心中一跳,马上集中注意力出牌。

这一局还是赵声阁赢了,虽然他打得也并不犀利,和出海那次比,可称得上仁慈。

何盛远凑过来数他输掉的牌，开玩笑道："陈挽，你这是身在曹营心在汉啊！"

陈挽只笑着摇摇头道："是我技不如人，甘拜下风。"

他输了，负责洗牌。

中场，赵声阁拿出手机看，回复了个信息。

一张牌从陈挽指间飘出来，落到地上，他低声道了句抱歉，弯腰去捡。

赵声阁低着头，应该是没有听见。

陈挽弯腰，掉在地上的牌是一张梅花K，不知道和赵声阁在上一局用于掀翻他底层积分的梅花K是不是同一张。

牌面上的查理曼大帝像在桌布下若明若暗，宾客的腿在桌布下各有姿态。

即便在众多同样精致考究的西装裤和黑皮鞋里，正对面的那一双腿也格外突出。

弯曲着的、很长的一双腿，姿态随性闲散，但仍有种持重的端庄，被黑色西装裤包裹着，从大腿部分的褶皱看出来腿肌的力量与韧劲，和它的主人一样气场威然。

笔直的裤管下一截黑色袜子，包裹着突出的脚踝，延伸至锃亮的黑皮鞋。

这个人的鞋子和裤子都不是现场中最贵的，但是最招人眼球。

陈挽鼻腔一热，努力拉回不受控制的思绪，直起腰来。

直到第二轮发牌，他还在分析，从位置、距离和触觉上来看，刚才他不小心碰到的都不太可能是……

不是就好。

他的走神险些发错牌码，好在并未引人注意。赵声阁忽而抬眼，直直看过来，陈挽心停跳了一拍，对方目光缓静温和，陈挽抑制纷乱的思绪，专心发牌。

虽说牌桌上都算不得什么，但生意人最讲彩头。

从第二局开始，何盛远就直接坐在了陈挽身边，军师监战，指导战术。

他牌瘾大，陈挽第一局虽没放水，但到底是输了，不大好意思，时不时应和他，出牌亦尊重对方的意见。

何盛远应该是西关人，讲话蛮快，有些口癖和用词陈挽听不大清，只能凑得更近一点，半猜着去理解。

两人并肩坐着，一同看牌，眉头微锁。

赵声阁一改第一局的温和打法,步步进逼,还是那张梅花K,凶狠险恶,吞吃了陈挽卧薪尝胆攒下的积分。

陈挽有些不解地看了赵声阁一眼,他知道对方是要唱黑脸的,但这也太黑了。

菩萨直接变活阎王,陈挽整一个措手不及。

对方正垂眸看牌,坐他旁边那位男孩递了杯软酒,赵声阁没有拒绝,接过来抿了一口,男孩高兴地扬起唇角。

陈挽犹豫着出不出鬼王,何盛远压低声音说:"阿挽,拿出些当时在听证庭上的魄力来嘛。"

陈挽手微顿,转头,对上何盛远噙着笑的视线。

陈挽也淡定一笑:"何先生也在?"

"我在旁听席,"何盛远吐了口烟,"你一来我就认出来了。"陈挽当日冷静的模样跟今天很不一样,说是判若两人也不为过。

陈挽转头看向自己手中的牌:"是吗?"

"是为了深市那个项目?"那个项目跟他有点关系,何盛远问,"不怕得罪罗乾生?"

陈挽没否认,不入虎穴,焉得虎子,只说:"已经得罪了,怕也没有用。"

不知哪里戳中了笑点,何盛远哈哈大笑,陈挽莫名其妙,何盛远拍了拍他的肩:"不用怕。"

陈挽:"嗯?"

何盛远看着他说:"往后合作愉快。"

陈挽何其聪明,笑道:"那就承蒙何先生关照了。"

他们说话声音低,赵声阁只当他们凑在一处商量出牌,等了好一会儿,疏离又不失礼貌地提醒:"这张要不要?"

陈挽当真拿出了那日的魄力,孤注一掷,鬼王一出,连把同花,总不好连着让自己未来的半个甲方连输两局。

可赵声阁今晚成心赶尽杀绝似的,又开了上一局的底牌。

第二局结束。

何盛远输了倒也没生气,给他倒酒,陈挽无奈一笑,两次都没给人家赢一回，他实在过意不去，接过酒，他给何盛远倒："抱歉何先生，是我技不如人。"

何盛远说："你是太实心眼。"

连败两局，气氛多少有些微妙。

但赵声阁赢了，也不见什么喜色，不过他一向是那副淡淡的样子。

出完牌有人给他递烟说恭喜，赵声阁拒了，拿过手边的酒喝了一口。

那杯酒已经又被男孩添了些，男孩看之前赵声阁没拒绝，便开始同他说话，赵声阁低着头看手机，不知道有没有在听。

何盛远拉着陈挽分析上一局，非要看到底是从哪一步开始滑向对方的渔网的。

看来看去发现，每一步都说不好，赵声阁从一开始就埋伏了草蛇灰线。

"最后一局，"赵声阁漆黑的目光在陈挽和何盛远之间扫了个来回，"你们一起？"

陈挽看向何盛远，他还没资格做这个主。

何盛远还真就不信这个邪，大手一挥，钦点："阿挽代我继续。"

陈挽说好。

赵声阁却说："那我这边换个人。"

"可以，"何盛远很爽快，"赵总随意。"

赵声阁随意抬了抬下巴，示意身边的男孩："你打吧。"

宾客目光有些微妙，整个房间变得有些喧哗，窗外不知是否在下雨。

陈挽洗牌的手没停，余光里，男孩脸红了，受宠若惊道："我……我不会，赵先生，我打不好……"

赵声阁又开始低头看手机了，边回信息边道："没关系，可以输。"

语气平缓，也不甚在意，落在旁人耳朵里可能算是一种纵容。

陈挽专心洗牌，觉得有些口渴，伸手去拿旁边的酒杯。

杯壁上冷凝的水珠弄湿了他原本温热的手，浆果色液体流进喉咙产生些微刺激的体感，冰冷冷的，但令人迅速清醒。

清醒了他马上告诫自己，不要再出现像上两局那样能被人看出来的错误，那样很不专业。

其实现在也已经很不专业了。

他的脑海里浮现出了上次在公海玩牌时赵声阁点他名字的情景，他说："陈挽，我玩就要赢。"

但是现在赵声阁说，没关系，可以输。

第三局很快开始。

男孩先进牌，他对赵声阁声称自己不会，但不能真的不会，那只能算是一种示弱。

看不出来赵声阁这一局是想赢还是想输，因为赵声阁说给他打之后就真的再也没有看过桌牌上的战况，不是回手机的消息就是在和秘书说话。

以至于他想让赵声阁参谋指导的计划没有达成。

不过很快他就发现，赢不赢并不由他决定，因为陈挽很强。

他认真地打了，但与陈挽不是一个量级的。

男孩抬头看了看，很难想象对面那位温雅斯文的男人出手会这样狠辣，前两局累积下的积分已经在这一局消耗了大半。

不过幸好，一共就三局，游戏结束，万幸没有真的全败在他手上。

如此一来，尽管赵声阁连续赢了两局，但到最后，两方计分竟也相差无几。观牌者纷纷附和赵先生、何先生棋逢对手，平分秋色，要是联手便是强强联合，可见这次合作是珠联璧合。

可怜的男孩猜不透上头人的用意，陈挽看到对方有些探究地看着自己，回以一个礼貌的笑容。

何盛远看第三局看得蛮痛快，虽然心里明白赵声阁是故意扯一个不会的上，给他这个面子，但看陈挽打牌确实挺过瘾。

下一局他要亲自上，对沈宗年，邀请陈挽在旁观看。

陈挽陪了三局才从牌桌上下来。

07 富士山很远，他去不到了

走出偏厅，他扫了一眼，没有看到赵声阁的身影。走到窗边才发现，不知道何时，外面真的下起了雨。

小潭山不高，但树木密，林叶涛声，雨水像泛着白光的线条笔直落入海面。

原本被安排坐在陈挽身边的那个女孩子给他倒酒，陈挽看了看腕表，问："你们几点下班？"

女孩觉得他很温和，说了实话："没有特定时间。"

陈挽明白这表示这里的人是可以任由宾客随意带走的。

陈挽对女孩说："你先回去吧，我这边没什么事了。"

女孩愣了一瞬，低声道："陈生，是我哪里——"

"不是，"陈挽马上说，"我没有别的需要，别多想。"

女孩就安心地离开了。

陈挽自己选了杯酒，卓智轩慢吞吞地走过来，问他没事吧。

陈挽不明所以。

卓智轩支支吾吾，陈挽还以为是宴会上哪里出了问题，谁知卓智轩支吾了半天，才说："他平时也不这样……"

"？"

卓智轩低声骂道："也不知道今晚发什么癫。"

"……"陈挽听懂了，哭笑不得，"你的脑子在想什么？"

卓智轩满脸写着"没关系，你不必强颜欢笑"。

"……"陈挽说，"我真没事，你别这么……"

卓智轩不信，想着怎么跟他解释："谭又明和我在外头怎么玩的你是知道的，

105

我也不说那些有的没的骗你、安慰你，不过沈宗年和赵声阁不——"

"阿轩，"陈挽听他越讲越离谱，打断他，平静地说，"他是自由的，我也是自由的。"

他们之间没有任何关系，真要说，连朋友都算不上。

"虽然不知道该怎么跟你解释，但我还是想说，你不用可怜我。"

只要还是一个人的游戏，主动权就永远在自己手上，是可以随时喊停的。

卓智轩看他这么洒脱，只得夸讽一句"鬼才"。

他又嘱咐："今晚你不要再喝酒了，Monica 上次说了，你最近的药不能碰太多酒精，会刺激神经。"

陈挽说好吧，把手上的酒杯放下，去了洗手间，暖色调的空间，淡淡的香水味令人脑袋昏沉，他刚打开水龙头想洗把脸。

"咔嗒"，门被推开来，倏地对上一双黑沉平静的眼睛，陈挽迅速清醒过来。

"赵先生。"

"你好。"

赵声阁看了他一眼，走过来，与他并排站在洗手池旁边，开水龙头，按洗手液，冲洗，擦干。

陈挽垂眸看到他骨节分明的大手。

"怎么了？"

赵声阁问。

"没……"陈挽表面完全看不出一丝心虚，微笑着说，"我还以为您离开了。"

赵声阁把擦手的纸巾扔进垃圾桶里，抬起头，从镜子中看向他："你找我？"

陈挽怔了下，赶紧说："没有。"

赵声阁大概是出来透口气，看到他没有立刻要走的意思，那陈挽就不会让话头落到地上："赵先生今晚好彩头。"

"谢谢，不过，"赵声阁挽着袖口，缓缓撩起眼皮，认真地评价，"你退步了。"

陈挽讶异对方的直接，笑道："那次不过是沾了赵先生的一点运气。"

他们这段时间见面少，在公海上做上下家联手大杀四方的那个夜晚好像已经过去很久。

赵声阁调整了一下因为洗手挪动了位置的腕表，从镜子里抬眼，看着陈挽说："可以沾沾何总的。"

他的语气和神情都很随意，好像真的只是随口一说的玩笑话，不具有更深层的含义，眼睛却很专注地看着陈挽。

难得陈挽想不出要说什么，只好讪讪地笑了下，因为他既不能说"何总运气没你的多"，也不能说"我更想沾你的"。

他已经很久没有这么近距离地看过这张脸了。

好在赵声阁也没有真的在这件事上揪住他不放。

"你的项目怎么样了？"他突然问。

陈挽还微笑着，听到这话脑子突然清醒了许多，变慢的思维好似终于把上一句话的真实含义连接起来。

打牌的时候，何盛远说他们有缘分，还在陈挽赢下第三局之后说，看来他们注定是要合作的。

因为他是万宝航项目的背后投资人之一，他们的势力集团一直苦于找一个能指控罗乾生的替罪羔羊，碰巧半路冒出来一个不怕死的陈挽，得来全不费工夫。

但陈挽之前真的不认识何盛远，这也是打牌时无意提到，他才知道的。

刚刚喝下的浆果酒在胃里变得有些冷，大概是被当作机关算尽、奴颜婢膝的墙头草了。

酒像一块石头在胃里坠着，陈挽喉咙发紧，所以声音低了一些，尽量让自己的话显得诚恳而真实："我之前不知道何总和万宝航的关系。"

赵声阁皱了皱眉，有些疑惑，好像不太明白他为什么突然又提到何盛远。

他只是打算提醒陈挽以后不要再做出席听证会这样危险的事情，如果不想求助于他，那跟卓智轩或者谭又明说也可以。

不过这次的罗乾生也不用再担心，他翻不了身了。

但赵声阁不应该知道这件事，所以他只能隐晦地劝陈挽："万宝航里面派系很多，石章民应该都跟你讲过的，你还是要想清楚了再行动。"

其实赵声阁都已经下定决心以后不会再关注任何关于陈挽的事了，并且几乎成功，但这件事还是……太过了，是非常严肃的、危险的。赵声阁觉得陈挽根本意识不到其中的严重性，又或者，意识到了，但就是要冒险。

他大概也知道陈挽有点怵自己，所以声音和态度都不像之前打牌时那样强硬和冷漠，可称得上温和，甚至都有点……温柔了。

只是讲这个话和听这个话的人谁都没有意识到。

陈挽喉咙滚了滚："好的，我知道了，谢谢赵先生提醒，我以后会注意的。"

赵声阁觉得陈挽还是挺听劝的，虽然是圆脑袋，但是没有秘书描述中的那样倔强和疯狂，不过赵声阁又觉得他看起来有一些不对劲，很细微，想着自己是不是应该再说点什么。

这时候，有人进来了。

是之前被安排坐在赵声阁身边的那个男孩。

"赵先生，陈……先生？"似是觉得这两个人会一同出现在这里非常奇怪，男孩微微瞪大了眼，"你们怎么会在这里？"

话一出口他自己也知道僭越了，马上走过来，低眉顺眼地对赵声阁解释道："抱歉，是何先生没看到您，担心是不是出了什么事，让我出来看一看。"

赵声阁垂眸看他一眼，面色没有变化，但平静的目光看得人心底发冷。

陈挽觉得胃里那杯冰酒变成了一块坚硬的石头，堵在身体的某个位置，流动的血液因此被阻隔。

但他还是笑了笑，说："我出来洗把脸，和赵先生遇到了，何先生不用担心。"

赵声阁想叫男孩先出去，陈挽手上的手机振动起来。

因为他消失的时间确实有些长，卓智轩担心他因为被酒精刺激神经而晕在了哪个角落无人察觉。

然后是谭又明，给他发来了三个感叹号的信息，大致是何盛远这老狐狸好难对付，沈宗年也很强势，沈宗年可不像赵声阁那样给面子，眼下气氛颇为微妙，问他现在有没有空过去。

谭又明叽叽喳喳的声音传出来，赵声阁一直看着陈挽，等他挂电话。

陈挽说他要回去了。

回宴客厅的时候陈挽是和赵声阁分开走的，所以就没有听见赵声阁在进门的时候对男孩说"你不用进来了"。

陈挽继续在牌桌上待了一阵，外面的雨比之前下得更大。

宾客也陆续离席，有的人带走身边的伴，就直接住下一度春宵了。

下小潭山的路只有一条，几辆汽车首尾相接，银白色电闪雨光模糊了车牌和标志，卓智轩的陆巡在最前头，然后是谭又明的宾利，陈挽殿后，所以他知道，其中没有迈巴赫。

雨天车开不快，山中夜风大，石坡上的树木和野草疯狂摇曳。

陈挽靠着车窗，眼神迷蒙，觉得外面的风雨好像直直透过玻璃窗飘进来。

转弯的时候刺眼的远光灯照射过来，那杯冰透了的浆果酒在他胃里晃来晃去，陈挽终于想起来，噢，他今天忘记吃药了。

同何盛远那场会面很成功，各大商业财经媒体很快便流出明隆要与船王合作的传闻，官媒 TCB 更是直接宣称，如若消息属实，这在海市便是具有跨时代意义性的强强联手。

海市地理位置得天独厚，自 20 世纪 70 年代起，曾靠强大的外资引进、扶持政策成为湾区明珠，导致进出口贸易、航运物流等方面在经济和技术上都严重依赖外资，繁荣之下隐患重重。

如果明隆出手，外资市场将会被严重挤占，经济把控和技术壁垒将得到极大缓解，同时打通联结，收归经济话语权。

传闻沸沸扬扬，明隆似乎没有澄清也没有确认的迹象，当流言被抛至顶点时，何盛远亲自给各大媒体发了一封邀请函——一个品酒会暨关于新航线计划的新闻发布会。

上回那个会面是谭又明他们撮合的，两方在私下达成了协议，这次算是何盛远对公众的一个表态，也是对与明隆合作的一个回应和一份诚意。

小潭山初会后，陈挽与何盛远又见过一面，是在万宝航项目的推进会上，陈挽的资金板块消解了部分杠杆阻力，暂时松了一口气。

罗乾生的事也被他赌中，大概是何盛远的势力集团发力把人给按死，陈挽算是安全了。

推进会上，陈挽亲自给何盛远倒酒，于公于私他都该敬对方一杯。

何盛远挺赏识陈挽，没有他，和那群少爷的首次会晤未必能有这样顺利，而且，在陈挽指控罗乾生后，他们还未来得及出手，就扳倒了对方。

所以这天何盛远亲自将这次的邀请函交给陈挽，请他务必到场。

发布会并不仅仅回应和明隆即将到来的合作，何盛远同时传递出自己将重心移往北欧新航线的计划，因此发布会结束后的品酒会上还邀请了菲利佩出席。

菲利佩是挪威王室成员。

说来很巧，菲利佩是谭又明他们在皇家理工留学时的校友，当年的交情很不错，当然了，谭又明同谁的交情都很不错。

北欧人的酒会繁文缛节颇多，谭又明说当年被菲利佩邀去王室的私人酒会时,他们那个古老的家族内部有个不成文的趣味小环节,叫作 secret exchange（秘密交换）。

即每位来客必须自备两瓶美酒,一瓶要给侍应生放到盲盒里,让别人拿走,看缘分,谁拿到了就是谁的,以此会友。

另外一瓶则可以署名,直接放到酒架上供客人品尝。

每个进场的客人都有一张会标,大家可以把自己的会标贴在喜欢的酒上,最后由酒的主人来选择赠予哪位客人。

何盛远大概是想趁机为远征北欧打好基础,酒会也沿用了这一套,以显示对菲利佩的重视和礼遇。

陈挽头一次听说这个规则,觉得挺有趣的,并且费了一番心思找酒。

赵声阁不经常抽烟,但对酒和茶好像还算有兴趣。

陈挽的信息来源太少,全凭观察和推理。

最后千挑万选找到了一瓶满意的木兰朵 M218,产自宁夏贺兰山东麓。

另一支是霞多丽,产自夏布利,调性相似,但无论是发酵时长、工艺技术还是香型,陈挽都对那支木兰朵更为满意。

陈挽小心地把两支酒分别交给酒侍,并仔细嘱咐木兰朵是用于摆到展示酒架上的,霞多丽用于放入盲盒供人挑选,麻烦千万不要混淆。

酒侍小心接过,陈挽看着他一手抱一瓶的背影不大放心,欲再上前叮嘱一遍,可已经有别的客人叫住了对方。

陈挽看他很忙,便没有再纠结。这是何盛远的主场,没他什么事,卓智轩和谭又明还堵在路上,陈挽独自在酒柜旁边站了会儿,也不主动去找人社交。

忽然,一道不高不低的声音从头顶落下来:"陈挽。"

陈挽抬头,二层是高度很低的旋转台,赵声阁正靠在栏杆旁边和一个有微长卷发的外国男人交谈,对方操着一口英腔滔滔不绝,赵声阁单手搭在栏杆上认真地听着,看到陈挽抬头,很轻微地招了下手,口型是:"上来。"

他的语言和动作都轻微得陈挽怀疑是自己看错,所以他没有动。

赵声阁在楼上站好一会儿了,陈挽孤零零地站在光鲜亮丽的人群中,虽然知道他可能更倾向于去找谭又明他们,但由于他站的时间实在有点太久了,所以赵声阁还是开了口。

花灯璀璨，一人垂眼，一人抬眸，视线交触，谁也没有移开。

赵声阁的面容好似柔和，但逆着灯光，陈挽不能确定，他更倾向于那个招手示意的动作都是自己的臆想。

直到赵声阁再次无声张口："上来。"

陈挽如梦初醒，即刻迈步踏上旋梯。

赵声阁对菲利佩介绍："这是陈挽。"不说职业，也不说身份，只说这是陈挽。

好在外国人的脑回路也不同寻常，菲利佩没什么王室的架子，热情地朝陈挽伸出手，并夸赞东方出美人。

陈挽的长相的确非常符合外国人对东方传统美人的想象，温润，典雅，带一点书卷气。

陈挽虽然不太明白赵声阁为什么要给他介绍对方，但还是得体地微笑着回应。

不多时，谭又明就带着一大帮人浩浩荡荡地上来了，都是他们留学时候的老朋友，陈挽主动给他们让了位置。

赵声阁来这一趟并不是参加什么酒会的，主要是见一见菲利佩。

当年在国外留学，对方曾很热情地招待过他们，赵声阁对北欧的能源市场与航线运输板块也比较看重。

海市一直盛行留学风潮，就是留学的同期里也分门类派系三六九等。

彼时的赵声阁还不是这样深居简出只闻其名的人物，出门在外，同胞之间天然就具有一种同乡群体的凝聚力和团结力。赵声阁是华人里最具名望的天之骄子，也是可靠的主心骨，同大家的关系比现在熟络亲近许多。

但时间会改变很多东西。

当年一起留学的少爷们如今围在一起寒暄，聊起过去在莱茵河划船的春季赛、Gap year（间隔年）去大高加索山滑雪，挑最冷的月份去波罗的海探险、捕鱼、看极光……

陈挽隐在最外圈的人群里，听得有些艳羡。

他的大学时代乏味枯燥，争分夺秒修完学分，白手起家，比同龄人更早接受市场和社会的残酷鞭打，用人生最好的那几年，流连辗转于各场喝到肠胃炎和高烧的酒局和应酬。

不是觉得辛苦后悔，只是有些遗憾，遗憾自己一纸镶金文花边的 Top2offer（排行第二的学校的录取通知书），遗憾未曾得见那个赛艇滑雪意气风发的男大学生赵声阁。

大家兴致高昂地缅怀岁月，姚家楠说："当时滑雪赛国王学院那几个白人学生看不起我们，最后一场，队长带我们大杀四方拿奖牌的时候他们的脸都歪了。"

他口中的队长，自然就是赵声阁。

大家哄然笑开，忆起意气风发的少年时代，气氛一下子暖起来。

姚家楠当年就是那一批出去的留学生里年纪最小的，大家都拿他当弟弟，今年也不过刚硕士毕业，一张娃娃脸，在家里受宠，胆子很大。

他好几年没见赵声阁，时过境迁，物是人非，很多关系、交情还有那点微不足道的同期之谊都会因为时间、利益、阅历、选择改变。

今年完成课业回国后，他拜访的帖子一直没得到回复，无论是以他私人名义发出的，还是落款姚家的。

他甚至怀疑，帖子根本都没有递到赵声阁眼前。

今夜的酒会是天降甘霖，是及时雨，姚家楠的目光从赵声阁进门那一刻就不动声色地飘过去，但赵声阁似乎已记不得他。

"不过那一场春季赛之后，队长就很少再带大家玩了。"

他这么一说，大家都有些惋惜，附和，那真是一段好光景，青春年少意气风发，不似如今，汲汲营营忙得脚不沾地。

赵声阁极淡地笑笑，也不回应什么，转而用英文跟菲利佩说话。

菲利佩是个酒迷，上学的时候就没少带着谭又明一群纨绔子弟进王室的酒窖喝酒，问赵声阁："酒已经上了两轮，最喜欢哪一支？"

大家看过去，赵声阁说酒还没有上完，我不能提前下定论。

"哈哈，你还是这么滴水不漏，"菲利佩拿起一支瓶口系着同心结的干红说，"这支，喝起来像是有蝴蝶在舌尖跳舞，没想到中国的酿酒技术已经如此登峰造极。"

赵声阁目光扫过那酒瓶颈的结，赞同："是很不错，我很喜欢。"

他极少在公众场合这么直接表露自己的喜恶，宾客目光瞬时变得微妙，包含艳羡和好奇，不知是哪位宾客的酒如此幸运，获得了赵声阁的青睐。

直到有个人说："家楠，你挑的好酒！"

陈挽看过去，目光茫然，那支他费尽心思寻到的木兰朵不知何时已赫然标上了姚家楠的酒签。

赵声阁似乎也顿了顿，再次看向那个酒瓶，眼底浮上很淡的疑惑。

陈挽微皱着眉，低声招呼身旁一位经过的酒侍，询问可否看一看他带来的两瓶酒目前在何处。

酒侍很快从系统中找到登记——木兰朵被放置在盲盒任人挑选，霞多丽被摆上了酒架供人品尝。

弄反了。

放在盲盒里，谁抽到就归谁的了。

是酒侍无心混淆还是有人故意狸猫换太子，暂且无从得知，陈挽只怨自己当时没有亲力亲为，把他的酒送去它该去的地方。

不该假手于人的。

陈挽的脑子覆上长达数秒的空白，心也似被酒槽里的冰块浸透几分。

大家高声议论、称赞那瓶难得一遇的好酒，夸它热情馥郁，赞它芳香醇厚。红莓、黑李、红色浆果饱满、发酵，像陈挽一颗软烂到酸涩的心脏。

姚家楠不承想随手抽到的盲盒竟得了赵声阁青眼，喜出望外，竟是连老天都在帮他，他弯起眼睛："当年我们战胜理工夺冠的庆功会上，队长就带了一支黑醋栗香调的干红。"

这么一说，倒像是他特意为赵声阁精心准备的献礼，又唤起了大家当年意气风发醉酒当歌的快意。

陈挽隐在人群后面，低垂着头，没有察觉从人群中心压过来的隐晦视线。

精心准备的礼物冠上了别人的名姓，多少有些遗憾。

为寻这支木兰朵，陈挽跑遍海市大大小小的酒窖，亲自尝试过不下百种的酒，有几天舌尖发麻，尝不出味道，皮肤也像是腌入了葡萄酒味。

但姚家楠顺水推舟的默认也说不上错，酒会规则便是如此，盲盒谁抽到了，所有权就归谁。

那已经是姚家楠的酒了。

生意场上，合人心意的茶、酒、烟都是顶好的敲门砖。

姚家楠没理由不要这件天下掉下来的嫁衣。

陈挽没有证据是酒侍故意更换了两瓶酒，可能就是纯粹弄错了，也绝对做不出站出来说这其实是他带来的酒这样不体面的事来。

只怪自己不够细心。

但他转念一想，如果赵声阁真的喜欢就不算辜负，他的本意，也不过是让赵声阁喝到一杯好酒而已。

想要把一切好的都给他，陈挽也不能免俗。

至于是谁送的，好像也不是那么重要了。

菲利佩问："Zhao（赵），考虑上标吗？"

酒会的每位宾客都有张会标，遇到最中意的那支酒可以贴上去，再由酒的主人在这些标里反选，赠酒讲的是缘分，是双向选择。

赵声阁扫了眼角落，还是那句话："酒还没上完，我不提前下结论。"

他这么说，姚家楠就有些失望，陈挽也有些遗憾，看来他苦苦寻觅的珍品也并不能完全俘获赵声阁。

何盛远发表致辞的时候，大家都回到主宴厅，只有赵声阁和菲利佩不用下去，他们的身份不方便随意暴露在媒体镜头之下。

何盛远不是说废话的人，整个发言统共也没几分钟。

但大人物讲话，短短几句里也大有乾坤。

下面的人各有各的理解。

"要是明隆和百盛真要在北欧铺开网，那可就是姚家的机会了。"

别看姚家在海市不算拔尖，但是最早一批移民到欧洲的大家族，海外的根基很深，要是能搭上赵、何两条大船，那在海市重振荣耀是指日可待。

"百盛一般是不排斥第三方注资的，明隆不好说。"

说到底是赵声阁不好说。

"哎——赵先生跟小楠可是同门的交情，你们是不知道，当年打比赛，每次出征，赵先生都带着小楠。"

有想趁此跟姚家交好的人附和道："我记得那会儿小楠的滑雪还是赵先生教的吧。"

——如果赵声阁作为滑雪俱乐部的会长对新生们进行为期两天的集体训练也算的话。

姚家楠有些羞涩地道："是队长照顾我。"

陈挽放下酒杯，接了个工作电话，去跟卓智轩打了个招呼便先行离场。

他喝了酒，司机在别墅后面的停车场等候。

出了门，一位漂亮的年轻女士从他身边经过。

"陈挽？"

陈挽脚步一顿，微微颔首，礼貌询问这位穿衣和发饰比在场其他人都大胆鲜明的女士:"请问您是?"

对方微笑着伸出手:"许恩仪,或许你的母亲向你提及过我。"

"……你好,"陈挽想起来了,面不改色地和对方握了握手,没相成的亲,"没想到在这里见面了。"

许恩仪很开朗,说:"明仔是我德文班的同学,之前在国外也算是校友。"

他们没有见过面,陈挽不知道对方是怎么认出自己的,但也微微一笑:"那很有缘分。"

许恩仪待不下无聊酒会,也要去停车场,便跟他一道走:"我看过你的照片,陈生,你很好认。"

陈挽不知道宋清妙还抖了他多少信息给别人,心中无奈,对女士礼貌地道:"是许小姐好眼力。"

许恩仪哈哈笑起来。

何盛远发表完致辞后,赵声阁陪菲利佩去跟他聊了会儿正事,算作他给何盛远的一个人情。

结束后发现卓智轩身边已经换了人。

赵声阁走到栏杆边上,往楼下扫了一圈,回到贵宾厢取自己的酒。

帕尔马皇后。

他的酒不需要遵守规则,不参与秘密交换,不将那点缘分分摊到百分之一的玄学里,与谁共享,全凭意愿。

贵宾厢外的侍应生敲门进来请示:"赵先生,外面有一位先生问您有没有空,想见您一面。"

赵声阁正在看酒签,头都没抬,淡漠道:"别放他进来。"

"……"侍应生说,"好的。"

赵声阁关上冰柜,准备下楼。

贵宾厢连着露天台,二楼不高,落地窗很大,赵声阁看见陈挽和一位年轻女士往露天停车场走去,相谈甚欢。

女士打扮有些夸张,礼服裙摆很长,高跟鞋不好走,她被绊了一下,陈挽就绅士地让她扶着自己整理裙摆。

不知道说到什么,两人都笑了起来。

一对璧人身影消失于夜色,赵声阁把帕尔马皇后放回冰柜里,瓶壁上的冷露湿了满手,化成水,滴滴答答落在地毯上。

门再次被敲响，还是侍应生："赵先生，您要的酒标送过来了，请问给您放在哪里？"

这条本该在万千瞩目下带走那瓶霞多丽的锦带，在灯光下失去色彩，赵声阁低声说："不需要了，你拿回去吧，谢谢。"

这种想一出是一出的客人侍应生见得多，十分熟练自然地回答："好的，那我给您放回——"

"算了，给我吧。"

酒会次日是陈挽复诊的时间，陈挽将工作推后，如约前往 Monica 的诊所。

这段时间他有认真遵照医嘱吃药休息——除了迫不得已的加班和应酬。

Monica 说他状态维持得还算稳定，但是在对他的情绪测试中发现，赵声阁的副作用很大。

陈挽第一次听到这个形容觉得有些好笑，哭笑不得地道："他不是药物。"

天地良心，陈挽从来没有把他当作自己治病医疗的药品和手段。

Monica 不觉得好笑，叹了口气，说自己会帮助陈挽在他决定停止之前找到可持续依赖的替代。

他们都知道，目前这个稳定性没有可持续发展性。

陈挽点头，又摇摇头，赵声阁没有替代品，他大概也不需要。

直到此刻，陈挽仍异常固执地认为自己能够完全操控自己的感情和情绪。

Monica 没有反驳他，只是重新配了药方。

九月汇率上升，全海市第三季度经济形态整体向好。

在风暴面前，被波及的永远是虾兵蟹将，巨轮不会受影响。

TCB 大肆报道前日何盛远的酒会，何赵联手已是板上钉钉。

搞定了何盛远，明隆集团也不甘示弱，趁热打铁，将宝莉湾码头的发布会暨开工庆典择日召开。

陈挽收到邀请时有些惊讶。

他那间小庙，别人给面子称一句科技新贵，实则在这些 Old Money（老钱，指贵族世家）面前根本毫无名姓。

不过看到邀请人并不是明隆集团，而是以其集团下边一个很偏远的子公司的名义发出的，陈挽便没有多想。

科想的确和对方有过一些生意往来，但天擎这个子公司名声很不响亮，合同文件抬头落款也从不冠以明隆的名号，所以许多人都不知道它背靠明隆。

恐怕连明隆平时都不一定想得起自己还有这么个被人遗忘的"小儿子"。

卓智轩盯着那张烫金的请柬，拿眼睛斜他："你不会不去吧？"

"为什么不去？"陈挽不解。

"……"卓智轩已经完全没法预测他的思维和行为，"那谁知道你。"反正之前以赵声阁名义发出的请柬，这人大多是不去的。

"去的。"陈挽把请柬妥帖收起。

严格来说这其实是公事，天擎是他们的合作方，科想也并不是他一个人的心血，陈挽不会公私混淆，他要对整个公司负责。

晚宴就在宝莉湾举行。

因为还没开发完全，近郊傍山，黑漆漆的环海公路被前来的车灯打亮。

在晚宴上主持大局和上台讲话的是赵家里的一位族兄，也是明隆的董事——赵家为数不多能堪大用的后生。

这种场合，赵声阁一般不亲自发言，最多露个脸。

他和同样怕热闹的沈宗年坐在二楼一个不起眼角落的帷幕旁喝酒，俯瞰下边的华衣蝶影，觥筹交错。

这个位置视角一览无余，谁和谁交际寒暄，谁和谁眼神交汇，一清二楚。

沈宗年抿了口酒，看到赵声阁指根上的金属，问："怎么突然戴这个？"

尾戒镶嵌的是赵氏家族徽章，代表在明隆最高的权力地位，赵声阁以前谈生意从不用这个东西彰显背景和压人，没有必要，也不喜欢，即便是初出茅庐的时候。

赵声阁说："这种日子送人去医院不好。"

"……"他这么一说，沈宗年就立刻懂了。

是赵茂峥要他戴的，这算得上是明隆近十年来最大的项目了，不仅是沈、谭、徐几家的合作，还有重量级的红头标书，这样风头无两的场合，家族荣耀不可缺席。

这个紧箍咒赵声阁要是不戴上，老人闹脾气招来医生，鼻子比狗还灵的狗仔怕是又要捕风捉影，借题发挥。

两人俯瞰底下芸芸，人人戴着面具，撑着千篇一律的笑容，社交寒暄，忙忙碌碌。

这样隆重的场合和时刻，赵声阁和沈宗年都坐得很松弛，若是有人经过，以为那样的姿态是在聊几个亿的项目，实则不过是在说下面谁谁的八卦。

不多时，谭又明和卓智轩拿着酒上来。

"有看到陈挽吗？"卓智轩问。

谭又明倒是没觉得有什么，沈宗年把自己的手机从他手上拿回来看了一眼，平声问赵声阁："你邀请陈挽了？"

这不是平时那些私人的聚会。

虽然他认可陈挽的能力，但说句不好听的，科想要进明隆的宾客名单，那还差得远。

赵声阁面不改色，说自己不清楚。

"什么时候明隆连拟宾客名单都归我管了？"

"……"

还是卓智轩出来解释："不是，是天擎公司发的商业邀请函，之前他们一起做汀荃湾那个项目。"

沈宗年差点忘了明隆下面还有个天擎，他看了眼赵声阁，没有再问。

谭又明说："你再给他打个电话，看看到哪儿了。"

"没接，两个小时前就说出门了。"

市区到这边最多也就一个半小时。

两个小时前，陈挽从外环出发。

他今天出差。

宝莉湾作为未来十年吞吐量最大的黄金码头，此刻还未成气候，尤其是从外环过来，人烟稀少，只有些不成规模的工厂。

本来路上就他一辆车，畅通无阻，经过环道375时，前方出现几辆追逐的车子。

准确地说是两辆大吉普围堵一辆玛莎拉蒂。

玛莎拉蒂被两边夹击，东摇西晃，后备厢和车灯已经被撞坏，看起来颇为惨烈。

陈挽不清楚其中缘由，不欲多管闲事，一脚踩上油门超车。

擦肩时，玛莎拉蒂对他猛打求救信号灯，陈挽不理会，直到大灯照过来，他看清了，后排坐的是一位女士。

看不清楚脸，但双手贴在窗前，恳求的姿态。

这边靠海，又没开发，弯道只有最简单的护栏防措，经常有人被劫车，或是坠海事故的报道。

陈挽抬手看了眼时间，嘴唇抿紧，还是放慢车速，忽而杀了个回马枪，让那两辆吉普措手不及。

他今天倒是开了辆好车，耐撞。

两辆吉普瞬间被激怒，比上次那辆劳斯莱斯更癫，引擎发出怒响，恼羞成怒得甚至有些不计代价地报复陈挽的多管闲事，两车夹击把他的大众的后视镜直接撞断了。

陈挽在驾驶座上感到巨大的冲击，闪着来电提醒的手机也从口袋里掉到缝隙里。

阴公（粤语：倒霉），陈挽暗骂了句，车灯被撞碎，没有路灯的夜路上只能凭直觉控制方向。

视线变得模糊，呼吸也变重，大众跟玛莎拉蒂的耐性比不过吉普，陈挽决定速战速决。

他开了车窗，玛莎拉蒂前后排都配合地降下车窗。

陈挽看清那位女士的脸，怔了一下。

没时间多想，他朝玛莎拉蒂前排的司机比了个手势，对方马上意会，一踩油门，等拉开距离，陈挽即刻打死方向盘，横直拦在路中央。

如果吉普非要不计代价地追上前面的玛莎拉蒂，那陈挽的大众一定会被撞出栏杆坠海。

但他赌吉普不敢玉石俱焚。

吉普果然在彼此撞上的最后一秒紧急制动，但大众到底还是受到了惯性的冲击，驾驶座的安全气囊弹出来和安全带拉到极限陈挽才没有被撞飞，脑袋很重地磕了一下，发出惊心动魄的声响。

眼冒金星，不等缓过神，陈挽就凭借本能直觉启动车辆飞速离开。

玛莎拉蒂早已趁机冲出包围，跑得很远，两辆吉普深知不再有追上的可能，但清清楚楚地记下了这个半路杀出来的疯子的车牌。

大众一直护送玛莎拉蒂进入灯光通明的市区范围才停下。

陈挽不欲与对方结识，刚想打转向灯，但后排那位女士很快走下来，来到他的车窗前，礼貌地敲了敲。

陈挽只得降下车窗。

女士非常年轻漂亮，经历了这么一番惊心动魄的混乱依旧得体大方，目含感激笑着说："这位先生，很感谢你刚才愿意伸出援手，请问怎么称呼？"

陈挽脑子还是晕的，平复呼吸，也笑了笑："我姓陈。"

"陈先生，"女士拿出一张名片，双手递给他，"我叫徐之盈，可以交个朋友吗？"

她心里想补偿些什么给对方，但看对方的车和气质，不是缺钱的人，而且直接提出物质补偿很不礼貌，所以她这样说。

陈挽无法拒绝女士，只能接过名片，说："好。"

他又有些抱歉地同对方说明："不过我没有随身带名片，抱歉。"

"没关系。"

陈挽低头看了看散发着很淡香气的名片。

传闻中和赵声阁一起回国并有婚约意向的徐小姐。

徐之盈今日本来是独自去看一块潜力很大，但暂时还没什么人注意到的地，为不招人耳目，只带了一个司机，看完就直接过去宝莉湾参加晚宴。

那两辆围杀她的吉普应该是赵家的对头，信了徐、赵两家联姻的传闻，从赵声阁身上讨不到便宜，就从她身上下手，因此专门挑发布会晚宴这天挑事，最好闹得满城风雨，见网上报，搅了明隆的好兆头。

且宝莉湾的项目，徐家也有份，即便不一损俱损，也能互生间隙，一箭双雕。

徐之盈看着陈挽有些苍白的面色，担忧询问："你有没有受伤？我送你去医院吧，你的额头和手臂都流血了，需要仔细检查一下。"

刚刚的撞击这么猛烈，她坐在后排都被颠得想吐，更别说开车的人。

陈挽绅士地笑着婉拒："不用了，徐小姐，我没感觉有哪里不舒服，你不用挂在心上。"

他看对方的装束应该也是去宝莉湾参加晚宴的，善解人意地提议："你有事就先去忙吧。"

徐之盈还是很不放心地说："那你呢，有没有耽搁你的事？"

她注意到，陈挽也穿得很正式，明显是精心打扮过的，但因为刚才那番混乱的激战，他的领带凌乱，衣领和袖口都皱了，整个人显得有些狼狈。

不过那张脸仍旧是极其好看的。

徐之盈心头忽然涌上很深的抱歉，也许别人正在赴一场期待已久的约，就这样被她搅浑了。

陈挽不愿意给别人添麻烦，说："没关系，我和朋友改个时间就好了。"

"要不还是我送你到医院看一……"

"真的不用,我没事,徐小姐。"

看他这样坚定地拒绝,徐之盈也不好再坚持,只是再三强调:"好吧,陈先生,如果之后觉得有哪里不舒服,请务必联系我,我不是在假客气,否则我于心难安。"

陈挽一怔,这位徐小姐看起来斯斯文文的,讲起话来还蛮有气场,他笑了笑:"徐小姐,我没什么事,你放心。"

徐之盈离开之后,陈挽把车停在路边,撩起衣袖检查手臂。

果然有伤口,还流了一些血,沾在白衬衫上已经凝固。

方才他就觉得隐隐地疼,现在已经肿起来一大片,应该是横拦吉普的时候弯拐得太猛,撞到了车窗。

额头有一些擦伤,不仔细看,看不出来,但是脑子里昏昏沉沉。

灰头土脸,满身狼狈,宴会是去不成了,陈挽疲惫又无奈地叹了声气。

看着前方徐之盈离开奔赴宴会的背影,陈挽心里有些惋惜。

富士山很远,他去不到了。

大众停在路边像一只夜色中的巨兽,引擎发烫,狼狈喘息,红灯上方的巨幅屏幕刚播完天文台报道,转播财经新闻。

明隆董事发言后,赵声阁的脸一闪而过,即便是官方媒体,也不敢对着他多拍。

陈挽看不清他的表情,但看到了手上的戒指,其实镜头闪得太快,根本看不清他戴的哪根手指,但陈挽知道,赵声阁之前是从来不戴戒指的。

迎面驶来的车辆开了远光灯,直直刺过来,陈挽的眼睛忽然非常痛。

也大概是真的被吉普撞坏了脑子,陈挽罕见地没有平时那么理智。

其实是值得欣慰的,徐小姐是很优秀的人,和赵声阁很配。

陈挽庆幸自己打了那把回头的方向盘。

额角作痛,陈挽就这么一动不动地闭上眼休息,车厢里黑暗的二十分钟,陈挽一点点拼好身体里的碎片,攒够力气开往医院。

08　玉崝不语，宽厚不摧

宝莉湾。

玛莎拉蒂抵达前门时，已有外围的媒体大按闪光灯。

即便徐之盈方才经历了那一番动乱，也依旧优雅沉着，迈下车后，没有理会记者们的一口一个"徐小姐"，落落大方地步入宴场。

她心里惦念着正事，同熟人们略略寒暄过便找到赵声阁的秘书说要见他。

赵声阁说没空。

"……"徐之盈气笑，觉得对方的契约精神实在有待提升，便只能直接同秘书说了方才的事，"我怀疑是洪七的人，你叫他尽快找人查吧。"

洪七是白鹤堂的头目，也是上回飓风雷霆行动的漏网之鱼。

这回赵声阁倒是很快放她进贵宾厅，徐之盈向他问好："赵先生。"

赵声阁很淡地点了点头，出于礼仪对视过一眼后，又把目光放回监控上，一帧一帧看。

监控视频是刚刚安保组发来的通往宝莉湾各个路口的车况。

一共七个路口。

卓智轩说一直没见到陈挽，也联系不上，他很无聊，所以随意翻看一下。

赵声阁眼睛一直盯着屏幕，没有再转头看徐之盈。

"你说。"

徐之盈简略地把路上的事复述了一遍，一直没说话的赵声阁突然问："什么车？"

"吉普，没有车牌——"

"不是，"赵声阁打断她，"后来那辆。"

"大众。"

由于陈挽从头到尾都一副做好事不留名的态度，甚至没有和徐之盈交换完整的名字，徐之盈特意记下了车牌号。

监控不用看了，赵声阁关上电脑，直接站起来，神色没有变化，但目光里的认真和雷霆万钧让徐之盈愣了一下。

"你说他看着你离开，自己停在了路边？"

"是。"

他是不打算再来了。

徐之盈不认识陈挽，但陈挽不认识徐之盈的可能性，很小。

徐之盈察觉对方情绪细微地变动，她不知道赵声阁为什么对整件事情中并非关键的部分这样在意，怕对方是在怀疑陈挽，她斟酌着说："虽然很巧，不过我觉得真的就是个巧合，他们不是一起的。"

赵声阁已经没有再在听她说什么，径自转身，边去拿外套和车钥匙边问："对方情况怎么样？"

徐之盈摸不清赵声阁的重点，但还是如实说："有伤，流的血不少，我问他，他说没事，似乎不太想让人知道……"

"知道了，"赵声阁大步走出贵宾厅，头也没回，"徐小姐自便。"

"……"

仁济医院。

陈挽在护士的指示下，做了很多项检查，最后被医生断定为"手关节软组织挫伤"和"轻微脑震荡"，要求他住院。

"医生，"陈挽试图婉拒，"我感觉应该没有那么严重——"

"年轻人要爱惜自己的身体，"医生看着他，"不是你现在感觉不到就没有问题，很多伤口都不会立马显现的，你伤到的还是脑周和眼睛，绝对不能掉以轻心。"

陈挽只能答应。

"还要办个住院手续，没有人陪你一起来吗？"

"没有，医生你把单子给我吧，我去办。"

医生看了他一眼，放软了语气："可以刷卡，等会儿让护士直接拿到病房给你签字。"

陈挽很听话地说:"谢谢医生。"

并非读不懂医生的眼神,但这种伤放在他小时候根本不够看的。

很饿,也很累,睡过去就好了,他闭上眼睛想。

不过,即便是在这样筋疲力尽的时刻,刻在骨子的责任感还是使他想起自己好像忘记了跟卓智轩说一声。

他没有按时到场,应该不会有人注意到,除了卓智轩。

于是,陈挽用手机里最后一点残存的电量给卓智轩拨了个电话。

尽管陈挽轻描淡写,但卓智轩还是像爆炸一样跳了起来,并且执意要来医院。

陈挽说的"没什么大问题"他自小领教过的。

被国际部的学长逼到小树林打得鼻青脸肿(当然他后面打回去了)、飞车出入赌场捞宋清妙被为难,诸如此类,都在陈挽的"没什么大问题"的范畴。

陈挽很靠谱,但某些时候也很不可信——在他面对自己的事情上。

"行了,你不用再狡辩了,我现在就过去,"卓智轩骂了几句,"被我知道是哪帮孙子干的,整死他们。"

"……"陈挽的手机没电了,阻止不了他。

卓智轩挂了电话,刚好遇到从贵宾厅出来的赵声阁。

"正好找你,"他本来以为今晚会在这边住下,便让司机回去了,现在从市区过来要耽误不少时间,"借我辆车,我有事先走。"

虽然是求人给车,但语气显然已经很不好。

赵声阁没跟他计较,雷厉风行:"不用了,一起吧。"

"嗯?"卓智轩惊诧地侧头,"你……"

"冲我的,"赵声阁看他迟迟不按电梯键,就自己出手按了 B1,看他还回不过神,沉声问,"你走不走?"

他眉头一蹙,气势极盛,令人压力倍增,虽然表面上情绪依旧沉稳,但卓智轩觉得他其实已经在发火了。

卓智轩没怎么见过赵声阁发火,所以麻溜地关了电梯门。

赵声阁亲自开的车,很稳,但卓智轩还是默默地拽紧了安全带。

他都不知道,赵声阁这么有涵养的人,还有当路霸的潜质。

事关陈挽，卓智轩问题很多。

赵声阁言简意赅，掐头去尾地说了几句今晚徐之盈来汇报的事，但卓智轩还是不知道为什么赵声阁要和他去这一趟。

面对对方十分不解和充满怀疑的眼神，他正经严肃地解释："白鹤堂毒瘤余孽生事，具体的细节要问陈挽才知道。"

卓智轩立马了然，那些人想挑这种时候砸赵声阁的场，赵声阁怎么可能任他们蹦跶。

这个解释算得上逻辑严密，情理自洽，卓智轩默认了赵声阁一同前往的理由，然后在心里默默怪罪赵声阁。

陈挽是天降横祸，无妄之灾，赵声阁是罪魁祸首，于情于理他的确都应该来这一趟。

迈巴赫在环海公路上疾速飞驰，两岸的夜海一望无际，唯有车灯的光亮，像心头那股无缘由的情绪，越来越清晰，越来越明了，直至——冲破黑夜。

病房。

陈挽被护士在额角、手臂和肩上分别缠了面积不小的纱布。

"阿挽！"

"我说了我没……"陈挽顿住，微睁大了眼，确定来人后才不太确定地开了口，"赵先生？"

赵声阁没见过受伤的、如此狼狈的陈挽，眉心微不可察地蹙了一下，然后才点了头。

陈挽刚刚还质疑医生对他轻微脑震荡的诊断，现在又觉得自己不但脑震荡，还异想天开。

不知道为什么，赵声阁进门后就一直看着他。

陈挽觉得自己被看穿了表皮，看透了魂魄，输液的针口渐渐隆起，他嫌弃自己现在这副鬼样子有碍观瞻，不解又有些不好意思地问："赵先生怎么来了？"

赵声阁没能马上回答，他能对卓智轩说是因为徐之盈和白鹤堂，但他不能对陈挽这么说。

他不说，卓智轩就帮他说，实话实说："徐小姐说你救了她，那群人是白鹤堂的漏网之鱼。"

陈挽内心倏然平静下来。

是这样。

陈挽忽然为自己刚才冲昏头脑感到一点难堪。

不是难堪赵声阁会为徐之盈亲自来这一趟，而在于他自己没有在第一时间想到这一层。

赵声阁为徐之盈来是应该的，但陈挽不应该想不到。

这严重违背陈挽的意志和原则，令人羞愧难当、无地自容。

陈挽从来不觉得自己是道德感高的人，坏事、狠事、脏事都做过很多，他的双手早就不干净了。

但是这一刻，甚至有那么几秒，陈挽想找个地洞躲起来。

他不敢面对赵声阁，更无法面对自己。

身体伤痕累累，但真正把陈挽压垮的最后一根稻草是连累赵声阁的负罪感。

赵声阁不明白为什么陈挽看向自己的眼睛失去了一些光彩，大概是因为受了伤，他没有平时那样无懈可击，赵声阁隐约能从他的眼神里看到一种惋惜和决绝。

不知道惋惜什么，不知道决绝什么，但就是好像有什么要从这一刻流逝掉了，永远地流逝掉了。

赵声阁罕见地生出一点微妙的恐慌，心脏被抓了下，依旧找不到源头。

陈挽是因为他才遭受这些无妄之灾，徐之盈遭这个劫并不算无辜，海市有句话叫"食得咸鱼抵得渴（粤语俗语：要吃咸鱼就要忍得了口渴）"。

徐家和赵家联手瓜分白鹤堂的遗产，她要参与这些刀尖上的利益分配，就应该做好承受相应风险的准备。但陈挽什么好处都没有，还受了很多伤，上次鹰池也是，因为赵声阁的刁难，天降横祸。

赵声阁难得有良心发现的一天，但他几乎没有过探病的经验，所以很生疏，只是走近病床，微微俯身，温和地问陈挽："你的伤怎么样？那些人有没有带枪？"

陈挽只当他想了解具体的情况以便追踪敌情，便调整了一下心情，正色起来，说了一些当时的细节："没带枪，但应该带了凶器，或者车上有货，我注意到两辆吉普的尾厢都很压地，而且是原装车，没有车牌，这样的车一般用于非法越境。"

"……"赵声阁抿了抿唇，目光很慢、很仔细在他脸上、手上的每一个伤口上流连，说，"你观察得很仔细。"没一句是他想知道的。

"……"陈挽觉得对方的表情好像不是很满意,但这也已经是他在那样混乱危急的情况下所能记得的全部了。

陈挽张了张口,不知道应该再说什么,他到处是伤、面色抱歉的样子让赵声阁心里生出一种极其陌生的感觉,促使他要尽快地、果决地做点什么,但找了很久才找到一个看起来还算顺理成章的身份和立场,他的神色比平时诚恳真实:"陈挽,他们是冲我来的,牵扯到你,有什么需要的可以尽管和我开口——"

"赵先生,"陈挽很轻地叫了他一声,赵声阁就停下来,认真地看着他,听他说。

赵声阁大概不知道,自己的目光里甚至含着一点鼓励,好像希望陈挽多说一些一样。

陈挽诚恳认真地说:"谢谢赵先生,我没什么需要的,你不用放在心上。"

这是真话。

陈挽一直觉得自己心理素质很强,包括今天晚上,他其实也一直没觉得身体上有特别疼的地方。

被吉普猛烈撞击磕到额头不觉得疼,手臂撞到车窗流血没什么感觉,看着徐之盈走向灯火璀璨的大道也觉得还可以忍受。

但赵声阁一次次的代为感谢和许诺补偿让他觉得心脏很深很软的位置裂开一个窟窿眼。

理智上,陈挽警告、强制自己立刻终止这种连累赵声阁的疼痛,但生理意义上无法做到,他的脑子快要被撕裂,分裂出两种人格。

为了面色不显得太扭曲和难看,他甚至抿嘴挤出一点笑,善解人意又有点抱歉的样子。

赵声阁的心被攥了一下,那种他从未体会过的、不可捉摸的东西在以更快的速度流逝。

"没有吗?"赵声阁喉咙滚了滚,不知道问题出在哪里,只是让自己显得不那么难相处,希望对方知道他其实也是很讲道理、有一些人情味的人,"总归是害你受了伤,是我的责任,你应该得到补偿和感谢。"

陈挽就说:"不用,徐小姐已经谢过了。"

赵声阁皱起眉,说:"她谢她的,我谢我的。

"这是两码事。"

徐之盈和他之间不存在互为代表的关系。

大概在赵声阁看来是要十分郑重严肃澄清的事情,所以他没意识到自己声音沉下去显得有些威严,让陈挽和卓智轩都怔了一瞬。

病房里的气氛瞬间变得微妙而凝重起来,如有实质。

又大概是人在受伤时比平时脆弱和混沌,陈挽不知道对方是什么意思,只知道自己好像把事情搞砸了,张了张口,有些茫然,也有些无措。

赵声阁一直盯着陈挽单薄纤细的身影,甚至觉得对方的手抖了一下。

赵声阁自己也非常罕见地紧张焦躁起来,但又无计可施,他长到今天,几乎没有产生过这样不受控制的情绪。

但一点办法都没有。

他放缓了语气:"我——"

卓智轩刚要开口让赵声阁别吓唬人,手机就响起来。

是谭又明打电话来问陈挽情况怎么样,他本来也想跟过来,但他老子还没走,沈宗年也说一下子走那么多人太扎眼,他才作罢。

卓智轩也不断添油加醋:"手臂、腿、脸都伤了,脑子也撞坏了。"

陈挽:"……"

谭又明马上说:"你开免提,我要跟陈挽说话。"

卓智轩开了,陈挽先开口说:"谭少,是我,我这边没什么大碍,不用担心。"

谭又明又详细问了几句,让他好好休息,说出院了一起去狮子山团建,给他搞出院派对。

哄小孩似的。

陈挽笑了笑,说好。

谭又明瞥到交际场上一抹优雅明艳的身影,眼睛一亮,把手上的酒杯塞回给沈宗年。

他自己喜欢八卦,就以为讲八卦也能让陈挽吃吃瓜放松些许:"挽,你知道你救的是谁吗?徐之盈!声阁的未婚妻,太岁头上动土,声阁不会放过他们,你放心,绝不让你受这委屈。"

陈挽的头很烫,喉咙像是烧起来,努力调试出正常平静的声音,说:"没关——"

"未婚妻?"一道声音平静又强势地传进扬声器里,"你定的?"

"……"

陈挽转过头看赵声阁。

鉴于他的话很有些歧义,大家都静了一下,卓智轩看了眼陈挽,又转头看向赵声阁。

赵声阁还是那副淡淡的样子,让人捉摸不定。

谭又明哈哈大笑。"谁敢给你赵声阁定,这不是《海都晚报》写的嘛,"他学足狗仔腔调,"金融巨鳄赵生徐氏长女深夜同现身,疑似赴浅水花园7号湾共筑爱巢。"

"……"

赵声阁淡声嘲谭又明:"你亲笔写的,是吧?"

谭又明就又大笑。

卓智轩觉得自己已经算得上他们比较亲近的朋友,但依旧看不出这两个人是在开玩笑还是说真的,以前他们出去也从来没有聊过这方面的话题。

或者这种事赵声阁只会跟沈宗年说。

卓智轩故意大声说:"那个《花都新社》也写过,他们的记者有拍到你们一起在西弗登吃晚餐。"

谭又明马上起哄:"你看,你看,又不只有我一个人看到,不是我编派你吧。"

赵声阁请教:"吃晚餐就是要订婚了?"

不知道对卓智轩还是对谭又明,义正词严:"我不会和徐女士订婚,我只会保留起诉你们和狗仔杂志对我的隐私造谣的法律权利。"

谭又明笑,说他装什么假正经。

陈挽有点疑惑地皱了皱眉,稍抬起头,就直接撞进赵声阁一直凝在他身上的目光里。

赵声阁扬起眉,目光温和,挺认真地问他:"怎么,你也看过?"

"……"陈挽噎了一下,"没……没有。"

谭又明说:"不管有没有,反正都是因为你们,赵声阁,你要负起责任。"

又让陈挽大大敲赵声阁一笔,这是他应得的。

这次赵声阁没有反驳他。

他话好多,还要跟陈挽说更多关于赵声阁和徐之盈的八卦,沈宗年拿回自己的手机,拍拍他的肩,说:"好了,让陈挽休息吧。"

谭又明这才作罢，拿他手里的酒润嗓子。

手机是卓智轩的，但他一直没有机会说话，目光不着痕迹地在赵声阁和陈挽之间扫了一圈，他以前觉得自己不是很懂陈挽，现在他也有点不懂赵声阁。

护士来叫人去签字，卓智轩自认为他跟陈挽关系肯定比赵声阁跟陈挽更近，于是很自觉地跟护士出去了。

病房只剩下赵声阁和陈挽。

陈挽看赵声阁一直看着自己，不太明白是什么意思，只能礼貌地微笑了一下。

"……"

不过赵声阁觉得他面色看起来好了些，神情也没有刚刚那么破碎，放心了一些，走过去，倾身，抬起手。

陈挽下意识地往后仰了一点，呼吸完全屏住。

赵声阁就停下，看了他一眼，陈挽眨了下眼，跟他大眼对小眼。

赵声阁等他适应了这个距离，才又继续动作，陈挽才知道原来对方是想帮他的吊瓶调整一下位置，让输液更流畅。

"……谢谢。"陈挽陷入他冷冽的气息里，讪讪地说。

赵声阁抬手的时候，手上的戒指闪了一瞬，家族徽章在尾指上有种低调神秘的光彩。

忽然，那只徽章戒指伸到了他面前很近的距离。

"……"陈挽疑惑地抬起头。

赵声阁看着他的眼睛，说："你不是想看？"

"……没有。"

"陈挽，"赵声阁确认他的针口没有隆起和发紫，才重新坐下，想了想，问，"很怕我？"

他的声音低沉，但陈挽躲在被子里的手动了动。

这并不是个疑问句，是个陈述句。

赵声阁聊天都不按常理的，跟他对话像坐过山车。

陈挽看向赵声阁，微笑道："没有，赵先生怎么这么问？"

赵声阁坐着，跟他差不多高低，平视的目光平静而温和，但很直接，让人觉得很深，你无法看穿他的想法，但被注视的人所有细微心思都无所遁形。

"没有吗？"赵声阁很专注地看着他，漆黑的目光扫过他的眉毛、他的眼睛。

屋子里的气氛从方才的凝滞流动成一种无法言说的尴尬，两个人却表现得一个比一个自然和镇定。

"没有。"陈挽这次是真心地说。

他从来不怕赵声阁，无论赵声阁在别人口中是什么样子。

"没有就行，"赵声阁说，"不用怕我。"

陈挽觉得自己真的撞坏了脑子。

他这个样子钝钝的，显得不那么机灵，不那么得体，也不那么防备和无懈可击，窥见一部分铠甲和面具之外的陈挽，让赵声阁觉得很真实，生动柔软。

所以他又说了一遍："不用怕我。"语气和神情都是认真的，也显得非常可靠。

陈挽就说"好的"，很温顺的样子。

赵声阁看了一下医生给他开的药，很仔细，一边看一边问："陈挽，医生建议你住院几天？"

陈挽说："我就今晚留院观察一晚，没什么事明天就——"

"陈挽，"赵声阁轻声打断他，停顿了一下，语气有点无奈，"我是问医生的建议。

"不是你自己的认为。"

其实赵声阁语气很平和，不是那种上司对下属，倒有点像长辈问小孩，有点不赞同，有点无语，但也不会很凶，不过会让你不自觉挺直腰背诚实回答。

陈挽只能呆巴巴地如实说："一周。"

"嗯，"赵声阁觉得他老实回答的样子挺乖，不像刚才说"谢谢赵先生……你不用放在心上"那样叫人生气，他就自动忽略了陈挽自己打算明天就出院这件事，说，"我叫人来守在病房门口会不会打扰到你？"

"什么？"

"亡命之徒落网之前都有打击报复的可能，"赵声阁像煞有介事，"我担心他们找过来。"

陈挽也正色起来："噢，好，不会。"

赵声阁又说："我再叫个人来照顾你，你自己在这里不方便。"

陈挽还没开口，赵声阁就说："卓智轩也不放心。

"不过如果你想我欠着这个人情，等你想到了想要什么再来跟我提也可以。"

赵声阁太胸有成竹，陈挽是绝对不会干这种挟恩图报的事的。

果然，对方应了下来。

赵声阁唇角微不可察地弯了一下。

值夜班的医生来巡房，说陈挽身体底子亏，伤到脑周还独自就医非常危险，赵声阁沉默着不知在想什么。

医生说陈挽不宜坐立太久，让赵声阁给他调一下床头的高度。

赵声阁靠近的时候，陈挽闻到了大红袍的味道，缠在他的衣领和袖口，很淡。

幸好赵声阁调好了床头的高度后就很快直起身。

陈挽松了口气："赵先生出来这么久没关系吗？如果您有事就先回去吧，我的身体真的没有什么大碍。"

今夜是明隆非常重要的时刻，赵声阁一定有很多事情需要处理。

赵声阁说自己只需要露个脸、上台发言、接受采访、应对宾客媒体有其他人。

他猜测陈挽这样问是不是希望他快点离开。

"累吗？"赵声阁的身形高大，肩膀也很宽，挡住了一部分白亮的光线，表情陷在阴影里看不清，"累就闭上眼休息吧，等卓智轩回来我就走。"

陈挽整个人陷落在他的影子里，好像被他本人包围了一样。

可能是因为医生给陈挽开了镇定神经的药剂，也可能是赵声阁这个人天生让人觉得可靠和安心，卓智轩办完手续回来的时候，陈挽真的睡着了。

跑上跑下太累了，卓智轩一个少爷也没亲自搞过这些，又是排队又是取药，本来陈挽受伤他就急，心急火燎还差点跟人吵了一架，所以他回来的时候没注意到床头柜的保温壶已经装满，陈挽那部磕坏了一角的手机已经充上了电。

赵声阁说自己先走了，得立刻派人着手查那些人，又嘱咐他要看着陈挽手背的血管，随时调整输液的速度。

他讲话都很简短，基本是转述巡房医生的医嘱，言简意赅，语气也平淡，不掺杂什么个人感情和关切的情绪。

卓智轩虽然最近对他颇有微词，但这一刻，看着他那高大的背影，和寥寥几句话，又觉得，赵声阁变回了他小时候印象中的兄长。

其实，在卓智轩心里，一直都觉得赵声阁是大哥，小时候，海市名流圈里的小孩,谁不想要一个赵声阁这样的兄长。

闯了祸会跟你说没关系,没钱了可以刷他的卡,限量款山地车也大方借,弄坏了也不会计较。

赵声阁是不会生气的,赵声阁是永远有办法的,有赵声阁在没有什么不能解决的。

在卓智轩的记忆中,赵声阁从很小的年纪就是这样了,他一直觉得对方是山,小时候是一座小山,长大后是高山。

玉嶂不语,宽厚不摧。

他永远都在那里,让朋友依靠。

只是人越来越长大,很多东西变得不那么纯粹,大家都在变,谭又明变得越来越嚣张,沈宗年变得越来越阴郁,赵声阁变得越来越冷淡。

那种冷淡,是从骨子里透出来的,即便他仍像儿时一样温和、可靠、有担当,对朋友也很不错,大方慷慨,但不知道从哪一天起,卓智轩就是知道,赵声阁已经不再是他心里那个兄长了。

也许是从他第一次因为赵茂峥的监视而不再和他们一起打游戏的那一天起,也许是从他在路上遇到流浪狗也不会再多看一眼那一天起,也许是从他们曾经的一个朋友犯了错误后他不再手下留情的那一天起……

太久了,卓智轩也不知道赵声阁,或者说所有人,包括他自己,是从哪一天开始变化的。

他们这些人,大概很难有真心真情谊,即便有过,也很容易变。

所以陈挽就显得格外珍稀宝贵。

可是,在这个夜晚,在陈挽的病房,卓智轩又觉得,大哥回来了。

明隆会议室。

谭又明和沈宗年到的时候,赵声阁正在看病房一日流水账。

每天都差不多的内容他也看得很仔细,对俩人抬了抬下巴:"稍等。"

脑袋真的好圆。

赵声阁面无表情地关了电脑。

谭又明在沙发上坐下,本来还以为他在办公,但看他接了个电话,虽然声音压得低,但还是隐约听见"汤""营养""随他"之类的字眼。

谭又明戳了戳沈宗年的掌心,要他一起听。

133

只是赵声阁的电话很快就打完，谭又明失去了寻找更多线索的机会，但他是个刨根问底的人，在开始讨论公事之前，忍不住问："谁的电话？"

赵声阁对他的八卦很配合："家里的阿姨。"

谭又明问："怎么了？"

赵声阁拿过他手上的合同低头翻看，道："她养了只猫，都不吃饭的。"

"……"谭又明觉得赵声阁在耍他，"这是什么新式冷笑话吗？"

沈宗年也撩起眼。

赵声阁就不说下去了，直接跟他们讨论正事。

不是很正式的会，但也一直谈到了天黑，结束后谭又明问赵声阁要不要和他们一起去看望一下陈挽。

"还有蒋应，阿轩今天陪他去贝岛拍一幅画，我们在医院集合。"

赵声阁拒绝道："不了，"他不想跟很多人一起去，随便给了个理由，"今晚要回一趟老宅。"

赵茂峥已经催了很多天，估计是要为发布会和庆典那日的事情兴师问罪。

"好吧。"谭又明觉得赵声阁实在是很没有人情味，提醒他，"那到时候我给陈挽办出院派对你可不要缺席，怎么说他受这个伤也跟你脱不了干系。"

赵声阁没有当即应下，只说："到时候再说。"

"……"

司机已经在停车场候着，赵声阁坐进后排，没有像往常一样第一时间打开工作的文件，手机里有几张新照片。

陈挽在吃苹果，睫羽垂下，唇珠很红，不知道是水珠还是果汁淌到了他的手指上。

陈挽吊着针办公，脸色有点苍白，面无表情地单手打字，给人很严肃的感觉。

陈挽不好好盖被子，一只脚露在外面，很白。

赵声阁回到老宅，用人开始上菜。

赵氏夫妇也在，他们刚结束奥地利的美术展，昨日才回国。

赵闻是搞雕塑的，万荷画画，夫妻"琴瑟和谐"，是用金钱堆出来的"艺术家"。

赵茂峥从很早便意识到赵闽毫无商政天赋，怒气和希望都一股脑压在了长孙身上，自小严格训练赵声阁，以保家族大业后继有人。

万荷问赵声阁最近忙不忙。

赵声阁跟父母不是很亲近，很简略地答了。

万荷又笑着问明隆最近是不是有跟徐家合作，听说他们的大小姐非常漂亮、非常了得，问赵声阁是不是。

赵声阁说"不太了解"。

赵声阁说话有种平静的冷淡，万荷、赵闽相视一眼也就不敢再多问什么。

他们是一直都有点怕这个儿子的。

赵声阁小时候，赵氏夫妇就把儿子扔给了老人，自己周游列国，风花雪月，自然不清楚赵茂峥的种种苛刻残酷的精英教条。

等他们察觉时，赵声阁已经从高冷的少年变成了一个心思难测、高深寡言的年轻男人。

外头的人说赵声阁神秘，其实就连他们做父母的也完全不了解、不亲近赵声阁。

赵声阁不评判这对父母做得怎么样，他对他们从来没有过什么期待。

事实上，他对谁都没有什么期待，包括他自己。

赵家老宅这么多人，他身上负荷的也不过是一种虚无的、浮夸的、无意义的责任，它千斤重，戴着枷锁，赵声阁从八岁背到二十八岁，以后也只能一直背着。

如果从这个角度来说，陈挽认为赵声阁是一个善良的人，那也没错。

责任心和担当也是善良的一部分。

晚餐结束，赵氏夫妇就先告辞离开了。

他们接下来还有北美的巡展，说过年也不一定能回来。

赵声阁出于礼貌地说了句"顺利"就没有多的话了。

很客气的一家人。

赵茂峥叫赵声阁："你跟我来书房。"

他儿子不是那块料，是以对长孙异常严苛。

赵声阁这个名字，就是要他不束于高阁，不浮于虚声。

赵茂峥生杀予夺惯了，到如今的年纪，掌控欲只增不减，从工作到生活："你父母回来了你也不回家。"

如果不是他三令五申，赵声阁今天都不会出现在这里。

赵声阁的确很少回老宅，他对这里印象实在算不上好，成年后的赵声阁不喜欢出现在公众视野，不接受访谈，也不给拍照，是为了自由。

而一切不自由的源头，在这里。

"你在忙什么，连回家的时间都没有？！"

这并不是一句疑问句，但赵声阁已无所谓赵茂峥的监视和试探，风烛残年的老人如今只剩下色厉内荏的假威严，干预不了他什么。

到了今天，赵声阁想干什么，大概都不会再有人能指手画脚。

他拿起茶碗抿了一口，废话文学炉火纯青："在忙一些事。"

"……"

赵声阁对赵茂峥没什么感情，但他可以跟不喜欢、没感情的人好好说话，因为如果他真的不能忍受什么人什么事，会有更直接简单的方式。

赵茂峥噎了片刻，浑浊的眼严肃地盯着他："少在这里跟我玩文字游戏，怎么，觉得我老了，管不到你了？"

"徐家的事，你打算怎么跟我交代？怎么跟他们交代？怎么跟外面交代？"

他说得非常激动，拐杖敲得桌角极响，好像赵声阁犯了什么大逆不道之罪。

赵声阁有些奇怪地看着他："首先，我自己的事情不需要跟任何人交代。

"其次，是您在我未回国、不知情的情况下擅自对外放出婚约的风声，应该由您跟徐家交代，跟公众交代，甚至，如果我追究的话，您还得给我一个交代。"

"……"赵茂峥怒斥，"我还要给你一个交代？！我做这些都是为了什么？！"

"你别忘了，明隆跟他们签了十年计划，贝莎岛融资还在募股，荔枝角的工地刚开始筹建。"

"嗯，所以我把融资析股了，工地准备分包，至于合同，我打算和对方协商解除。"

赵声阁讲话礼貌，但很气人，赵茂峥怒极，斥骂："反骨仔（粤语：吃里爬外的人）！"

老人顺了口气："你看不上徐之盈？她哪里配不上你？"

"恰恰相反，"赵声阁毫无情绪波动，"我非常欣赏她。"

"事实上，反倒是我，对她来说，不算是个什么好选择。"在赵声阁心里，徐之盈是位非常优秀的女性,只不过这种欣赏与情爱无关。

"最重要的是,"赵声阁告诉赵茂峥,"我不打算和赵家捆绑在一处,我要合作的是徐之盈本人。"赵声阁深知,女性在名利场上能坐到这个位置,只能证明她比局中的大部分男性都更加优秀,更有能力。

某种程度上,他很佩服徐之盈。

"你不反感她,但不愿意联姻,怎么,"赵茂峥浑浊的眼睛依旧锋利,"你有人了?"

赵茂峥只能想出这一个可能,但他在赵声阁身边安插的耳目没有跟他汇报过这件事。

"是什么样的人?"他绝对不可能答应那些随随便便的人进赵家的门。

赵声阁无所谓他的试探,但他认真地思考了一下,回答:"还没有。"

"赵声阁,不要挑战我的底线,你知道的,我有办法知道,也有办法干预。"

"您应该是不能了,"赵声阁年纪轻,但说话的姿态和气势处于上位,"如果真有那么一天,有这么一个人,会被我死死攥在手里,来到我身边,这个人不属于赵家,不属于明隆,不属于任何你幻想中的一切标准和条框,只属于我本人。"

反骨仔赵声阁没什么道德和孝心,但也不想再刺激老人,说了句:"早点休息,不要操心太多,对身体不好。"便转身要走。

赵茂峥在身后叫住他:"赵声阁,你是不是还恨我?"

赵声阁脚步停下。

"是为你那些被烧掉的模型还是那只被一枪爆头的可怜狗?"

赵声阁很平静地摇摇头,居高临下,说:"我没有时间恨你。"

"但是百年之后,你可以到下面问问波珠恨不恨你。"

波珠,那只被十三岁的赵声阁从雨夜的纸盒子里捡来的小狗,出生不久,头很圆。

没带司机,赵声阁自己开了辆四四方方的陆巡,没直接回中环的公寓,绕了大半个城市从滨海大道一路飙上环道375——当晚事发地。

荒芜,靠海,没有护栏,绿化带和海边悬崖那段栏杆的毁损痕迹还没来得及修护,在夜色中像狰狞的怪兽。

陈挽是个疯的。

赵声阁再次无比清晰地意识到这一点。

吉普大切诺基的引擎发动和冲击性能是三台普通大众的张合力，在几秒的极限车速中计算出迫使紧急制动的距离，然后横插拦截，这种极限预判的成功概率，只有千万分之一，一旦失败，车毁人亡，尸骨无存。

很难说能做出极端决定的人没有怀玉石俱焚、同归于尽的决心与死意。

赵声阁面无表情地踩了脚油门，引擎发出震响，车轮狠狠碾过这一段死亡地带。

助理来电，汇报案件的新进展。

"他们想保，想要万无一失恐怕还是得亲自过去谈，再跟上边打招呼，"助理建议道，涉及刑事责任了，还是得赵声阁亲自出面，"不过这样，您之前让我空的后天晚上的时间就没有了。"

赵声阁此时有点后悔今天拒绝谭又明他们一起去医院的提议了。

但不把人按死了他是不可能放心的。

"我知道了。"赵声阁看了眼手机里收到的新照片，陈挽已经睡了，床头应该是谭又明他们带去的鲜花，桔梗、百合、康乃馨，衬着那张古典的脸蛋，又让赵声阁想起一个什么睡美人的童话故事。

他小时候真的没读过那些，赵声阁的幼年教育是没有床头故事这种温馨环节的，连他国际学校同学借他的漫画和故事书都在赵茂峥的怒火里变成了灰烬。

十岁的赵声阁觉得很抱歉，偷偷买了新的还给同学，但是此后也再没有接受过别人主动分享的漫画和游戏。

赵声阁在黑暗中又看了会儿照片，对助理说："你去准备吧，我们尽快出发。"

尽管医生强烈建议陈挽住院住满一周，但到了第五天的时候陈挽还是坚决办理了出院手续，公司离不了他太久。

阿姨照顾他照顾出感情了，劝道："陈先生多休息几天嘛，身体重要，钱是赚不完的哟。"

她之前是在老宅工作的，赵声阁回国后，她就负责给他做饭，不过赵声阁很少晚上会按时下班回家，所以阿姨也很少上门，从来没得到过像陈挽这么捧场的待遇。

陈挽长得好，性子也好，做什么吃什么，让喝汤喝汤，让吃水果吃水果，阿姨就没见过这么听话的年轻人。

陈挽之前因为万宝航的项目瘦了很多,如今被养回了点肉,人也看起来精神了许多。

阿姨怜惜陈挽,受那么多处伤,住院这么久除了卓少这些朋友也没有一个亲人过来看一眼。

偶尔听见他和母亲打电话,对方总是不是在打牌就是在逛街,陈挽说自己没什么大事,对方就很快地把电话挂掉了。

陈挽笑了笑:"阿姨,我真的没事了,再待下去要发霉的。"

他不知道阿姨是赵家十几年的老人了,只当是赵声阁临时聘请的阿姨,走的时候还给她封了大红包。

阿姨退回去:"不用不用,陈先生,这是我的工作。"她在少东家那里已经拿了丰厚的工资——少东家说他这个朋友是个工作狂,要她偶尔拍一些对方的照片以此监督他真的有在好好休养。

09 你有我电话吧?

谭又明从卓智轩那里得知陈挽提前出院,开始张罗他之前的计划——为陈挽办出院派对,去去晦气。

陈挽不好让这些少爷替他操办,主动说:"谭少,我请大家吧,算是谢谢大家这段时间对我的关心。"

谭又明说好,跟他约了时间。

既然是陈挽做东,自然也由他来邀约大家,沈宗年、蒋应还有另外几位平时玩得不错的朋友都去医院探望过他,自然是都要叫上的,比较棘手的是赵声阁。

赵声阁难约,这是圈里的共识。

陈挽想过是否可以通过卓智轩或者谭又明邀约对方,但又觉得不真诚。

这是他的出院派对。

如果其他的朋友他每一个都亲自打了电话,唯独赵声阁是托人捎话,这不礼貌,也不公平。

陈挽思来想去,还是鼓足勇气,给赵声阁的二助致电,客气礼貌地道出自己的邀请。

二助也非常客气礼貌,大致意思是她会转达,不过她非常热心和善地建议陈挽,这种私人邀约陈先生或许可以试试直接致电赵总,这样能成功邀请到他的概率更高。

陈挽一怔,虽然他不知道二助是怎么知道的,但他确实有赵声阁的私人号码。

是那天赵声阁到医院看望他的时候给的。

"那些人不一定会放过你,你要是发现有什么异常直接给我打电话,随时都可以，不要等。"

陈挽当时怔了一下。

全海市拥有赵声阁私人号码的人会超过十个吗？

他竟然也变成幸运的千万分之一？

陈挽尽量显得很镇定地说："好的。"

赵声阁看他一直低着头研究那串数字，没有后续反应，说："不过我一般不接陌生号码。"

陈挽顿了一下，雀跃像被戳爆的气球悄悄泄了气。

可是赵声阁又说："你得把你的给我。"

很公事公办的语气，陈挽抬起眼，缓缓眨了眨。

陈挽在电话中感谢了二助的温馨提示，但心里其实并没有尝试的打算。

这是赵声阁留给他应急的，要发现情况异常才能拨出，不能假公济私。

那串数字像某种密码，或是咒语，能打开陈挽情绪的开关，即便已经被他在口中、心上反复默念千万遍，他也一直没觉得自己会真的拨出去。

除了电话能够联系，陈挽和赵声阁还有一个共同的群，是谭又明拉的，不过他和赵声阁不是好友。

很多个深夜陈挽都点开过对方的账号主页，不过也从来没有想过主动添加好友。

派对定在周日，一直到周五陈挽都没有等来赵声阁二助的回信，他从一开始的每日满怀期待地 check 邮件和信息，到后来几乎挫败地认定，赵声阁不会来了。

赵声阁的时间很珍贵，按分秒计，即便是谭又明和沈宗年叫他，他也不是次次都会应邀，何况是陈挽。

这应该是他第一次以自己的名义邀请赵声阁，陈挽不免遗憾，他并不是想做什么，只是赵声阁给他请了保安和阿姨，出于礼貌，他都理应当面道一声谢。

周日在即，仍是没有任何来自赵声阁助理的音信。

按照惯例，这种邀约，无论是来还是不来，都应该会有个明确的回复。

陈挽想了想，还是忍不住再一次致电。

这次不是上回那位亲切和善的二助接的，是传闻中比较不近人情的特助。

但陈挽觉得对方的态度也足够尊重和礼貌。

他委婉地问起明日的邀约，对方说赵总的行程一般都是二助做计划表，二助最近出差了，他需要核实过才能给陈挽答复，非常抱歉。

陈挽觉得有点不太对劲，但介于对方的语气措辞都非常专业严肃，他便没有再多想。

"不过陈先生，"特助最后对他说，"周末是赵总的私人时间，很多时候我们也不一定能确保联系上他，如果您有急事的话最好亲自给他致电，这样或许会更高效。"

陈挽怔了一下，和二助的说辞如出一辙。

陈挽不禁感慨，原来连内部人要找赵声阁也这么难，大家都不容易。

两个"天子近臣"都不约而同地提出了同样的建议，陈挽开始犹豫："直接致电会不会打扰到赵先生？"

"应该不会，陈先生，"特助十分习以为常地说，"如果赵总不想让您找到，您根本打扰不到他。"

"……"是这个道理，看来对方扑空的经验十分丰富，陈挽道谢，"好的，那我试一试吧，谢谢何助理。"

"您客气了。"

通电结束，陈挽握住手机一动不动，一字一句地打好腹稿，做了许久的心理建设。

特助送文件进来的时候，赵声阁正在开视频会议。

他看到上司扫了一眼手机，但很快又把它放进抽屉。

特助汇报道："警署那边态度比较暧昧，应该是有人打过招呼，说是要等他们讯问完再说。"

赵声阁很强势："我来跟他们说吧。"

到下班的时候，特助再一次进去拿赵声阁批好的文件出来，那部私人手机又在桌面上了。

赵声阁一直在办公室忙到十点，海市CBD园区是不夜城，幢幢大厦灯火通明。

他拿上那部一直没有动静但电只剩下百分之五的手机走出门。

在走廊上碰到去茶水间的助理，是那位被特助对外声称近期去出差的二助。

对方恭敬地问："赵总，那明天晚上的时间需要给您留出来吗？"

赵声阁的时间是精确到以小时计算的，平时的计划表一直是她负责，未来一个星期的板块都做好了，只有明天晚上的空白还有待填充。

因为赵声阁迟迟没有跟她明确。

走廊里的白炽灯在夜间非常明亮，照得赵声阁的脸有些冷峻，二助直觉自己不应该在这个时候问这个问题，但是这是她的工作。

好在这时候赵声阁的手机振动了一下，赵声阁很快看了眼屏幕。

因为他的目光太直接迅速，二助也不由得下意识跟着低了下头。

但来电显示的并不是个名字，是一个什么图案或符号，她没有看清。

赵声阁没有马上接电话，对助理抬了抬下巴，示意她先走，然后他拿着手机走向电梯，直到来电提示快要断了才接起来。

接起来了也没有马上说话。

陈挽听着那头空空的白噪声，心跳得很快，但声音维持得很镇定得体："您好，请问是赵先生吗？"

赵声阁还是没有说话，一直到前一秒才开口，直接叫出他的名字："陈挽。"

陈挽觉得自己的耳朵炸了一下，赵声阁不知道是在一个什么空旷的环境里，声音压得很低，还有很浅的回响。

陈挽有些用力地捏着手机，声音还是稳的，有种温顺的冷静："是我，赵先生。"

赵声阁没有坐电梯下去，推门走进了楼梯通道里，这一层只有他一个人。

感应灯熄灭后，一片漆黑，他靠在墙上，不拿手机的那只手插在兜里，低着头，很放松的样子，淡声问："什么事？"

陈挽把打了一天的腹稿说出来："是这样，我前几天住院大家来看望我，现在我出院了，想请大家吃个饭，时间定在周日晚上的七点，不知道您有没有空一起过来。"

过了数秒，赵声阁轻声问："你邀请我啊？"

陈挽心里打鼓："是，我想邀请您，您有空吗？"

赵声阁也没说有没有空，只是一边慢悠悠地走下楼一边抬手看了看腕表，语气很平淡地说："定在周日晚七点，现在是周六晚十点。"

"……"他这么说，陈挽也觉得自己很唐突，没有诚意，邀人吃饭至少都得提前几天，何况是赵声阁这样日理万机的人。

这不合规矩。

他错在没有在最开始的时候就听从二助的建议亲自致电邀请对方，平白浪费了很多时间。

太失礼了。

陈挽有些着急起来，生怕赵声阁感受不到他的拳拳诚心，解释道："抱歉赵先生，是我考虑不周。"

他也没有说自己已经两次致电他的助理，只是说："我应该早点来邀请您的，那您……这周日晚还有空余时间吗？"

赵声阁没想到陈挽就这么默默背下这口锅，他沉默片刻，说："周二是你打电话给我的助理？"

陈挽一怔，原来助理是为他转达了的，那赵声阁为什么今晚才知道呢？

"是的，"他说，"您……知道？"

赵声阁游刃有余："她说陈先生约我，我不知道是哪个陈先生。"

"……"陈挽不知道他说的是真是假，但很好脾气地揽错，"可能是我忘记留名字了，因为没有得到回复，所以只能冒昧地再尝试打一下您的私人电话，希望您不会觉得唐突。"

陈挽总是想得很多，这个电话是赵声阁留给他应急的，他拿来邀请人吃饭，不知道对方会不会觉得他得寸进尺，贪得无厌。

赵声阁语气意味不明地说："原来我给你留了私人号码啊。"

"……"

这句话可以理解成赵声阁阴阳怪气陈挽没有及时亲自打电话邀请他，也可以理解成赵声阁真的忘记自己给陈挽留过电话。

总之可以解读成太多重意思，陈挽谨慎地解释："留了的，我住院那天晚上，您忘记了吗？"

说完陈挽又有些懊悔，这实在很像嗔怪和埋怨，他完全不是这个意思，他只是想确认和提醒一下赵声阁这件事情。

但好像怎么说都是错，陈挽希望自己尽快冷静下来恢复正常。

赵声阁好像没有发现什么异常，只是淡淡地哦了一声，悠声道："现在记起来了。"

"……"

陈挽实在摸不透他的态度，只好直接问："那您明天晚上会来吗？"

"有谁？"赵声阁举着手机走了一路，和园区里刚结束加班一边走出公司一边给伴侣或家人打电话的年轻打工人一样。

"谭少、沈先生……"陈挽说了几个名字。

"为什么叫我?"赵声阁很严格,不但询问出席宾客名单,还要审核邀约理由。

"……"大概是赵声阁觉得自己和他还没有熟到这个份上,所以才问得详细一些,以确保安全。

陈挽镇定地回答:"我住院的时候您帮了不少忙,还帮我找了阿姨,我还没有谢谢您。"

赵声阁听不出来是认同还是不认同这个说辞,淡淡地道:

"这样吗?"

"嗯。"

赵声阁对他的邀请没确定接受也没有直接拒绝,只是说:

"看情况,有空我就过去。"

陈挽很干脆地说:"好的,那赵先生再见。"

"……"赵声阁听他实在没有多要争取的意思,看着车窗外车水马龙,低声说:"再见,陈挽。"

说完,发烫的手机即刻陷入一片黑暗,电量彻底耗尽了。

对面挂得太快,陈挽根本无从猜测赵声阁的情绪。

每次赵声阁叫他的名字都好像很郑重,又好似熟稔到寻常。

陈挽当然知道这只是自己的臆想。

这通语焉不详的电话搅得陈挽一整晚心神不宁,直到第二天下午,他都不知道赵声阁到底会不会出现。

陈挽是最先抵达酒店的,每一次门被打开,他都转过头去看一下。

直到指针指向七点,门久久没有再动,陈挽的心终于像退潮的海水一样缓缓平静下来。

赵声阁不会来了,陈挽专心招待起宾客。

来的人不多,五六个,秦兆霆也来了。

陈挽没有邀请他,秦兆霆在明隆晚宴之前就到欧洲出差去了,他应该是回来之后从蒋应那里听说了陈挽受伤的事,便也跟着过来了。

"前段时间我不在海市,都没赶上去医院探望你,今晚冒昧前来,不会不欢迎我吧?"

陈挽微笑着说哪里,都是朋友,然后招呼其他人落座。

就在此时，厢厅的门"咔嗒"一声，开了。

陈挽正在给好友斟茶，没来得及抬头，以为又是服务生，说："你好，麻烦……"

他抬起头。

声音静止了。

赵声阁今天没有穿西装，一件简单的衬衫显得很年轻，面对着一屋人的目光，波澜不惊地走进来，解开胸前两颗扣子，目光没有明确落点，不知道在对谁说："不好意思，路上堵车。"

陈挽的心脏从沉入水底到跃升至山巅，不过表情仍是那副滴水不漏的微笑。

没有对他的出现感到意外的惊喜，仿佛赵声阁也不过是邀请名单上普通的一个。

谭又明懒洋洋地走过去说："哎哟，贵客啊，我还以为你又消失了，看来还算是有点良心。"说着就要在赵声阁身边坐下。

赵声阁到哪里都是坐主位的，一般是谭又明和沈宗年坐他两侧，或是他们一起坐在赵声阁的同一侧。

赵声阁坐下来，随口问："今晚你做东？"

"噢，不是，"谭又明以为他真的不知道是陈挽做东，因为之前的确是他嚷着要帮陈挽筹办出院派对，谭又明指着赵声阁身边的位置说，"来，挽，你坐这儿，今天你是东道主。"

"……"

陈挽在各种场合从来都是无名小卒，总是在无人注意的角落安静地坐着，一下被推到这样显目的位置也没有推托，大大方方走过去，还是那副温温和和的模样。

赵声阁就坐在离他不到半尺的距离，他的一举一动尽在陈挽余光之中。

不过不知道为什么，赵声阁今晚好似兴致缺缺，陈挽把菜转到他面前说赵先生有兴趣可以尝一尝，对方说了"好的"也没有伸筷，也没有看他。

陈挽抿了抿唇，刚想说话，秦兆霆就举杯敬他，说祝贺他出院。

陈挽很爽快地喝了。

谭又明说他怎么只敬东道主，又说陈挽住院的时候，在场的就只有他没有到院探望，今晚他来这儿蹭这一顿饭是沾了大家的光。

秦兆霆笑了笑，又很爽快地敬了一圈大家。

到赵声阁的时候，秦兆霆举着杯笑说："明隆最近这么忙，我还以为你不会过来。"

赵声阁拿过陈挽面前的分杯，给自己的杯子倒上酒，隔空示意，说："我也不知道你会来，"他看了眼陈挽，挺随和地说，"看来陈先生的人缘比我想象中还要好呢。"

陈挽怔了一下，从陈挽到陈先生，他抿了抿唇，突然想起一件事。

虽然赵声阁不一定记得和在乎，但他还是觉得自己有必要解释一下，这是礼貌问题。

等赵声阁和秦兆霆喝完这一轮，陈挽转向赵声阁，也没有靠太近，只是声音放低了些许："赵先生，我不知道秦先生今晚会来。"

那天赵声阁非常明确地问过他邀请了谁，他也非常明确地说了几个人名，其中没有秦兆霆。

刚刚秦兆霆敬酒的时候他才想起这一茬。

赵声阁这样的身份格外注重行踪隐私，若是人人做东都像他这样，邀请了赵声阁之后，再带一些不在他预期之内的人过来，那就会给有很多想搭关系的人钻空子。

这很忌讳，不道义，也不礼貌。

说得难听点叫社交诈骗。

赵声阁今晚第一次正式地注视陈挽，说："是吗？"

陈挽被他那一眼看得心悸，点头："是。"

他不希望赵声阁觉得自己不真诚，耍心机，诚恳解释："秦先生之前不知道我住院，我就没有邀请他，应该是听谭少提了一起过来的。

"所以上次您问我的时候我没说他的名字。"

赵声阁看了他一会儿，说："我知道了，陈挽。"

酒桌上有些吵闹，赵声阁这样说话让这一隅被隔成一个只有他们两个人交谈的空间，空气都流淌得比别处缓慢浓稠一些。

陈挽心放下了一些。

赵声阁眼神很沉静，也很直接，还有一些深沉，会让人不知道是什么意思。

陈挽一直想问赵声阁在看什么，可又不知道怎么问，只好淡淡微笑着，故作从容礼貌地应对。

上汤了，分成数个小碗份，客人们可以自己从转盘上拿。

赵声阁对于吃饭一般都很消极，陈挽眨了眨眼，说："赵先生要试试吗？菌菇淮山汤，老火炖的。"

主要是对胃好。

赵声阁看着他说："可以。"

陈挽就拿了一碗，用勺子稍微搅了一下散了热气才放到赵声阁面前。

赵声阁觉得如果可以，他甚至会像喂小孩子一样，舀起一勺吹一吹喂给自己。

他心里有点想笑。

"谢谢。"

陈挽抿着笑摇头。

大概是因为之前误打误撞帮了赵声阁的忙和住院的事，这个夜晚，陈挽发现赵声阁其实也没有想象中那么难捉摸。

他胆子大了一些，又尝试着给他推荐了几个菜色，赵声阁竟然都没有拒绝。

陈挽有些惊奇地看了他一眼，赵声阁也回视他，下巴微微抬起，好像在问他，干什么？

陈挽收回眼神，又闪出了那个念头。

狮子。

赵声阁真的很像某种大型猫科动物，威风凛凛的狮子。

矜傲、内敛、自持，看起来凶猛狠戾不动声色，但其实只要顺着他的意，他并不会真的跟你太计较什么。

他神色淡淡地独自坐在那里，很少说话，偶尔抬头看看聒噪的众人，又想自己的事情去了。

陈挽被他今晚配合的态度搞得有点晕头转向，突然感受到投喂大猫的快乐，海鲜上来的时候，他为赵声阁介绍："这是足斤的深海蟹，养够了天数，蟹子没有腥味，赵先生要尝一尝吗？"

已经吃得八九分饱的赵声阁侧头看着他，没说要，也没说不要。

陈挽还是没能完全习惯他这样直直看着人的目光，用了很大的定力才能勉强维持平静同他对视。

赵声阁抿了抿唇，似乎是在找一个什么措辞，陈挽误会他是嫌麻烦不想拆蟹，拿出东道主招待客人的礼仪说："我给赵先生拆一个尝尝吧？"

赵声阁本来是想拒绝的，但陈挽那么真诚地看着他，等着他的回答，赵声阁就说："那麻烦了。"

陈挽剥蟹的时候戴了手套，赵声阁就这么一直看着他拆。

晚餐结束之后大家移步到茶厢，陈挽还是坐在赵声阁旁边，茶台比饭桌要小很多，两人的膝盖偶尔会碰到。

陈挽不着痕迹地收腿，想挪过去一些给赵声阁的长腿让些空间，赵声阁按住他，很有涵养地低声说："我没事，你别挤到秦兆霆。"

陈挽这才没有动，只是把自己的腿规规矩矩拢好。

赵声阁不像他那么拘谨，整个人透着一种松弛感。

服务员上了茶点，经理过来说："陈先生，礼物都放到后台保管起来了，礼单您需要过目一下吗？"

大家都带了礼物来庆祝陈挽出院，少爷们送礼随手都是一掷千金，人参还有其他奢侈品，什么都有，不知道谁还带了一束很大的康乃馨，非常漂亮。

这样等级的酒店一般会提供记礼服务，和客人核对一遍再负责保管，以免遗漏。

陈挽看了一眼还给他，说谢谢。

经理走了，赵声阁忽然在他旁边用只有两个人能听到的声音说："陈挽，我没有带礼物。"

陈挽怔了一下，他根本没想过这个，笑道："不用客气，我那么迟才邀约您，您还能抽空莅临就是最大的心意了。"

赵声阁不理会他的客套，转过头看人说话的样子很专注："我不知道你喜欢什么，我不想敷衍你。"

他说这句话的语气和神态没有半点暧昧，只有坦然、直接和过分真诚。

陈挽脑子已经有点转不动了。

赵声阁有时候说话很令人揣测，但直球的时候，就会直接在人心里投下一颗原子弹。

赵声阁是真的没有什么送人礼物的经验，秘书和助理准备好的都不算，所以他提议："等你有空的时候我们一起去挑一个礼物吧，今晚我才是最该感谢你的人。"

陈挽这次住院，都是因为他，既然是庆贺陈挽出院，那么最该送礼的也是他。

陈挽不确定赵声阁是不是在客套，所以即便他很想要那份礼物，也只是很客气地说："没关系，赵先生，您别这么想，你已经帮我请了保安和阿姨照顾我了。"

赵声阁摇摇头，说："那些本来就是我应该做的，算不得什么感谢。"

陈挽还要再说话，服务员就进来了，往茶桌上摆上一道又一道工具。

是茶烟。

银针、单丛、铁观音，一字排开。

上一次过了瘾后，大家都很感兴趣，纷纷上手，只有赵声阁没动。

陈挽问："赵先生要不要试一试，他们家的茶叶还不错，烘得很干，但不会烧喉。"

赵声阁看着各种茶叶，不知想到什么，摇了摇头。

陈挽不知道怎么了，善解人意地道："是怕弄脏手吗，不介意的话我给您卷一支？"他卷烟的手艺还不错。

赵声阁终于抬眼看他，片刻，问："你给我卷？"

陈挽点点头。

赵声阁俯身看那几味茶，手肘搁在膝盖上，一只手撑着半边脸，偏向他："卷什么？"

"您想卷什么都可以。"陈挽好脾气地说。

赵声阁又转回头去看茶，隔了片刻，低着头，不知道是对陈挽还是对自己，说："大红袍。"

赵声阁看向他，用很低的声音重复了一遍："大红袍。"

陈挽微怔了一瞬。

虽然他本来就是打算给赵声阁卷大红袍的，但他问这一句话的准备是自己会得到一句"随意"。

因为赵声阁从来不透露自己的喜恶。

从前陈挽要靠猜、靠查、靠观察、靠推理、靠做梦去推测赵声阁喜欢大红袍，但这一次是赵声阁亲口说要大红袍。

陈挽笑着说好，戴上一次性手套卷了大红袍，递到他面前，赵声阁没有接，微微低头，从他的指间衔住了烟。

抿了抿，整根烟上下动了动。

陈挽有点没反应过来，赵声阁的动作太自然了，好像本来就该这样。

赵声阁咬着烟抬眼看陈挽，陈挽便掏出自己的打火机，恭敬地为他点上，神情和动作都显得大方自然。

火光燃起的那一瞬，赵声阁的脸被照亮，陈挽觉得自己是在点生日蜡烛。

不过他已经没有什么别的愿望了。

陈挽好满足，心里从来没有这样舒畅过，亲手卷的烟，亲自点的火，赵声阁一点点吸入肺里。

陈挽给自己也点了一支，含在唇间。

铁观音。

清香一直溢到了他的心肺。

赵声阁看向他的打火机："新的？"

陈挽咬着烟，没出声，只点点头。

赵声阁食指和中指夹住茶烟，说："很特别。"

陈挽想说"那送你"，但又觉得很突兀，所以他只是拿开烟，说了个牌子的名字，便将打火机放回口袋里了。

"……"

有谭又明和卓智轩在的地方，都非常热闹，热闹到都有点吵闹了，赵声阁几次要说点正事被打断后，微倾身过来，低下头轻声说："你跟我出来一下。"

陈挽不明所以。

其他人正在打牌聊天，以为他们出去上洗手间或是散酒气，也没在意。

露天台。

赵声阁靠着栏杆，双手搭在横杆上，风把他的衬衫吹得落拓，很放松的样子。

"赵先生。"

灯光昏暗，陈挽有些看不清他的神情，只能依稀看到锋利的眉眼和高挺的鼻梁。

"过来。"赵声阁轻声说。

陈挽听话地走过去。

赵声阁嘴里那支大红袍还没有灭，岩茶馥郁的香气飘散在风中，和清淡的铁观音缠绕在一起，飘向很远的地方。

陈挽不知道赵声阁要和他说什么，就这么静静地和他并排站着。

酒店建在一个山庄里，露天台外是黛山，蝉声很密，万顷松涛，月色如霜，夜风吹来虫鸣鸟叫，两个人什么话都不说，也不觉得尴尬。

吹了会儿山风，赵声阁歪过头，问："陈挽，你是做能源中转的？"

"是，"陈挽不知道赵声阁为什么突然对他的职业感兴趣，说，"赵先生这方面有需要帮忙的可以来找我。"

他们站立的距离不算远，赵声阁拿烟的时候会不小心碰到陈挽的手肘，他问："你喜欢做这个吗？"

陈挽怔了一瞬，从小到大也从来没有人问过他喜欢什么，所以他思考了片刻，很认真地回答赵声阁："喜欢。"

"偏向技术还是商业？"

"技术更多。"

但是，不会销售公关根本就没有技术可以做，所以他现在主要负责的都是商业板块。

其实陈挽的科研能力很强，本科的时候就申请了几项专利，如果可以不去应酬、不去走关系，安安静静地搞技术，他现在也是一名高级工程师了。

赵声阁又问了他一些别的，不是很正式的谈话，更像是一种朋友间的轻松的、随口的闲聊。

他们之间很少有这样的时刻，在一群人的聚会里两个人单独出来聊天。

陈挽都耐心地一一回答了，说话也很真诚，没有隐瞒。

赵声阁的每一个问题都得到了很详尽的答案，但没有接收到相同的提问。

陈挽看起来对赵声阁的事情不是很感兴趣，也丝毫不试图打听他的事情。

因此这更像是一场单方面的"面试"，而非双向的交流。

赵声阁等了一会儿，陈挽看起来是真的没有这个意思，他就说："你的履历很漂亮。"

"明隆宝莉湾要做一个衍生项目，海油隧道，需要更高速的储油生产的中转和装置工程，你有没有兴趣？"

陈挽有些惊讶地望向他，明隆这种项目对科想来说无异于老天爷赏饭碗，更重要的是这是和赵声阁的合作，陈挽很心动，但还是非常谨慎，思考了几秒，面色也变得严肃起来："赵先生，非常感谢您能想到我，不过科想是个刚成立几年的小型公司，参与这样的大工程恐怕在基金、储备、经验和后劲上都会不足，您要慎重。"

赵声阁安静地看着陈挽，多少人绞尽脑汁、处心积虑要抱上明隆的大腿，只有陈挽说"您要慎重"。

赵声阁唇角好似弯了一下，好像又没有，因为他咬着烟。

陈挽不能确定。

赵声阁手指一捻，从嘴里拿下细烟，沉声问："陈挽，你质疑我的判断？"

"……"陈挽忙解释，"不是，只是说……"

"明隆有很专业的评估团队，"赵声阁见识过陈挽的执拗和死心眼，想了想，换了种方式说，"我现在只是邀请你参与投标，中不中标由评估团队说了算，我不插手的。"

赵声阁背调过科想，典型的高精尖中小企业，低调，但实力过硬，做的都是精尖项目。

"这条线本来在白鹤堂手上，现在明隆和徐家接手，别人我不放心。"

这种项目工程大、期限长、风险高，技术是命门，赵声阁疑心重，掌控欲强，势必得陈挽这样的人品和温顺的脾性才能满足他。

"而且，"赵声阁很直接地看着他，走近一步，目光漆黑，压低声音，意有所指，"是你自己撞进来的。"

陈挽一怔，恍然，原来自己那天顺手帮徐之盈算是误打误撞搅进这趟水里去了，但还是有些忧虑："我是怕科想跟不上这么……"

"有明隆给你托底你怕什么？"

那么正常的一句话，从赵声阁的口中说出忽然就有了那么点"有我给你托底你怕什么？"的意思。

赵声阁是陈挽在这个世界上最难拒绝的一个人，但他还是没有马上答应。

赵声阁单手掐着烟，弹了弹烟蒂，风把他的头发吹乱，显得随意和不羁，像一幅电影海报。

他在夜风中歪了歪头："敢横穿三股车道和中央绿化带直接撞击巨兽吉普大切诺基，不敢接明隆的邀约？"

陈挽一怔。

赵声阁怎么知道？

当时天太黑了，那些具体的细节他自己都不是很清楚。

"嗯？"赵声阁没放过他。

出事的当天晚上他立马就叫人去查了路况和线索，那段路他也亲自开过。

陈挽有时候像个君子，有时候像个疯子，并且格外善于用温润柔软的外表伪装自己，真疯起来是不太要命的。

听证会是一次，环海高速飞车又来一次。

下一次是什么？

赵声阁不希望再看到了。

"不用急着答复我，好好考虑，"赵声阁从小在谈判桌边长大，进退张弛，恩威并施拿捏得很好，说话也举重若轻，那么大一件事从他口中说出来也变得不像一回事了，"也不必觉得我是在补偿你，我只是建议你尝试一下，如果真的中标了，明隆也是非常严格的甲方。"

"这个项目的负责人也非常难应付，合作中如果你们不能交出令人满意的方案和成果，该追究、该赔偿的一样不会少。"

他重新咬上烟，含糊地说："想清楚了给我电话。"

停顿片刻，他斜了一眼："你有我电话吧，陈挽。"

"……有。"陈挽不知道他是不是故意这么问的，脸上有些讪讪的，但心里还是挺高兴的。

要注意分寸啊，陈挽暗自告诫自己。

大红袍已经剩下很短一截，赵声阁把烟按灭了，眼前突然伸来一只手，掌心向上。

陈挽很自然地说："给我吧，我拿去扔了。"外面没有垃圾桶，一直拿着很不方便。

"……"赵声阁时常惊叹于陈挽的服务意识，很多事情他是怎么做到如此自然而坦然的。

虽然烟头烧到末尾几乎是已经不烫了的，但赵声阁还是略微无奈地轻轻把他的手拍了下去，说："不用。"

回去的时候两人也是分开走的。

陈挽留下来打电话。

出来之前宋清妙给他打了一通电话，他还没有回。

"宝宝，医生查过房了吗？"

她问这个倒不是关心陈挽的病情，只是她有话要说。

"现在方不方便说话？"

陈挽抿了抿唇，没说他已经出院好几天现在都在开康复庆祝派对了，只是说："方便，你说。"

宋清妙声音压得很低，告知他一个重大商业秘密："两天前，荣信的散股被收购了,谢家坚说方阳那几个小股东在联系他,宝宝,你现在手上能拿出多少现金——"

"你又去见了谢家坚?"

宋清妙一怔,似是没想到陈挽关注的重点是这个,还质问她,恼羞成怒道:"陈挽,我是你的母亲!难不成我见什么人还要同你汇报,经过你的批准?你懂不懂尊重长辈?"

陈挽嘴唇抿成一条线,想问她"那你有没有尊重你自己",但还是忍了下来,深吸一口气,放缓声音,是劝告也是警告:"你这是在与虎谋皮,玩火自焚。谢家坚这个人心思不正,巧言令色,你玩不过他的。"

宋清妙不以为然:"我可以不找谢家坚帮忙,那你帮我收荣信的股票啊。"

陈挽大为不解:"为什么就非要执着于和荣信过不去?"他狠狠吸了口烟,空气从肺部被挤出来,"你要别的东西,我可以帮你,这个,不行。"

没能从儿子那里要到钱,宋清妙口不择言骂了他几句,气呼呼地把电话给挂了。

陈挽心神不安,派人暗中盯紧她的账户,以及谢家坚的动向。

他调整了一会儿情绪往回走,茶已经又上一轮了,蒋应正在说一个他从族叔那儿听来的项目竞标。

他问赵声阁:"明隆没有意向?李家和谭家都按兵不动等着你出手,他们准备打价格战,并且很早就注入了外资,现在汇率上浮,他们是势在必得的。"

赵声阁抬头看着正开门走进来的陈挽,淡然道:"不急。"

他不喜欢贸然出手,他喜欢让猎物自己主动走过来。

如果对方不知道怎么走,他可以把路和阶梯都铺好,一步步、手把手教。

但如果对方是不愿意走过来……赵声阁靠在椅背上,转了转腕表,眸光变得有些遗憾和晦涩。

不会,可以教,但如果对方是不愿意走过来,那只能用他的方式来。

你最好是愿意的。

陈挽在赵声阁身旁落座的时候,看到赵声阁正看着自己,陈挽还微笑了一下,并给赵声阁的茶碗添了茶。

赵声阁也挺绅士地笑了笑。

你最好是愿意的,赵声阁再一次在心里说。

结束的时候卓智轩跟陈挽的车走。

大家都喝了酒，司机开的车。

卓智轩说："把你撞伤的那几个人已经抓到了。"

"是吗？"

"嗯，在一个免签的岛上被捕的。"

陈挽点点头："那就好。"这样他也不用时刻担心赵声阁的安全问题。

卓智轩静了几秒，忽然转过头："据说人被赵声阁直接从警方手上带走了。"

现在也没有人知道具体是个什么情况，活没活着，怎么处置，一概不知。

陈挽还是点点头，没太在意，对他来说，只要那几个人落网了就行。

"……"卓智轩看他没什么反应，挑明说，"陈挽，我觉得不太对。"

"什么？"

"虽然他和警署的交情有很多年了，但是就这么直接把人带走……

"这不合规矩。

"他很少亲自出手，这几个人还不够格，这么大费周章地搞几个明显是工具的雇用枪手，无异于打草惊蛇，"卓智轩静静地看着陈挽，"他没有理由这么做，除非……"

陈挽正忙着看手机，今晚上赵声阁坐在他旁边，他舍不得把任何时间浪费在手机上，因此这会儿已经堆了不少工作信息。

合伙人的，下属的，合作方的，一条条等着他回。

卓智轩没等到他接腔，只好自己说完："除非是给你出气。"

陈挽一边低着头快速回复信息一边告诉他："不是。"

"……你是不是有点先入为主了，我认真的。"

他觉得赵声阁不对劲的地方也不只这件事，但具体是哪里又说不上来，赵声阁本来就不是能看透的人。

卓智轩不知道两人私下那些曲曲弯弯，因为赵声阁和陈挽在人前表现得一个比一个礼貌客套。

就连陈挽今晚给对方舀汤、点烟都恭敬得像是在对待不熟的上司。

露天台谈话两人也是一前一后分开出去和回来，陈挽有意落后赵声阁半步。

旁人都不一定注意到他们是一块出去的。

卓智轩只是觉得在那天病房之后，赵声阁变得有人情味了一些，起码现在陈挽也能跟对方直接对话了。

卓智轩一直用目光催促陈挽，他这才放下手机解释："他是在找洪七的下落和把柄，这对于明隆接手的那个海油项目很重要，白鹤堂背后是一张大网，牵涉很多人物和商密。"

卓智轩狐疑地看着他："你怎么知道？"

陈挽简略将赵声阁建议他去竞标的事情告诉卓智轩，并总结道："赵声阁很重视这个项目，任何线索都很重要，那几个枪手既然能摸到徐小姐的行踪，就说明他们有内应，这种雇用枪手都是硬骨头，局子都不知道进去过多少回了，如果是由警方审，他们又不能刑讯逼供，根本不可能撬开他们的口。"

但以赵声阁的手段，总能审出个七七八八来。

没想到卓智轩更睁大眼，一时间很多话冲进脑中，最后都只被压成一句："陈挽，你真的不试啊？"

"试啥——"陈挽反应过来，没有犹豫，说，"不了。"

卓智轩："他信任你，至少是不反感你。"

陈挽点点头，又拿起手机工作："所以别辜负他的信任。"

越被信任，就越要律己。

"……"卓智轩快被他的死心眼弄得心梗，"不是，我只是觉得，都能说上话了……"

陈挽静了会儿，摇摇头说："我早已经比我原来预想的得到了太多。"

但这些都不是他应得的。

像是偷来的。

他从来没想过自己还有能当赵声阁合作伙伴的机会。

而且赵声阁不是他能拿来冒险的人。

陈挽跟卓智轩说，也是告诫自己："不招惹他，对他不好。"

云泥之别，隔着天堑，赵声阁有他那个世界的世俗评价体系和星光大道。

陈挽满身泥泞，辛辛苦苦爬天梯可不是为让赵声阁沾上污点和麻烦。

卓智轩也不知道说什么了，对自己的直觉不大死心，索性问："那万一他主动来找你呢？"

"倒也不必这样安慰我吧？"陈挽哭笑不得地揉了下山根，明显不把这种异想天开的话放在心上，拍拍好兄弟的肩说，"有这等好事我第一个请你喝酒。"

"……"

10 凝视他人亦被凝视

陈挽是个很民主的合伙人，海油工程的合作，他一回去就找自己的合伙人学长和技术班子开了会，大家听到这个消息后都很兴奋。

陈挽无奈地一笑："确实是个机遇，但挑战也真的不小，真的要做，到时候加班你们可不能骂我啊。"

"不骂你，老板，这可是明隆！"参与过这样级别规模的项目，无异于履历上镀金。

明隆这次放出的标都是针对一些高精尖的小型公司，是因为大企业不好掌控，而小公司或者实验工作室结构相对单一，人员关系简单，明隆要把技术的控制权牢牢握在手里。

科想符合投标条件，但如果不是赵声阁提，陈挽是不会去竞标的。

不过既然赵声阁提出了，证明他现在确实需要一个可靠的、信得过的人。

陈挽愿意做一切赵声阁需要的事情，这个世界上绝对不会有比他对赵声阁更忠诚的人。

只要是陈挽下定决心要做的事，不择手段也是要做成的。

那个已经熟得倒背如流的号码仍旧是一次也没有打过，陈挽甚至忙得又一次较长时间地消失在少爷们的聚会上。

赵声阁也没有打电话问，不问谭又明也不问卓智轩，他心里知道，陈挽已经接纳了自己的提议。

赵声阁建议陈挽尝试投标，并非完全出于私心。

这个项目利益巨大，牵涉到的关系太多，比起什么资金、技术、储备和经验，赵声阁更看重忠诚。

赵声阁信任陈挽的人品，不过他说不插手也是真的，如果科想不能过第三方评估团队那关，赵声阁不会徇私，该如何就如何。

投标结果出来那一天。

陈挽和明隆初步交涉后，助理建议可以联系一下他们总部。

陈挽终于名正言顺地拨出了那个电话，他给自己立的规矩，做到了这件事才可以拨出这个电话。

快断线了对方才接通。

赵声阁说："陈挽。"

"赵先生。"

赵声阁似乎是轻笑了一声："恭喜。"

陈挽不确定其中有没有欣慰的意味，他大方地笑了笑，接受对方的恭喜。

两相无言，赵声阁开口说："听说标书很出彩。"

没日没夜废寝忘食加班的疲惫和劳累在这一刻完全消解。

陈挽在赵声阁这里是不要什么回报的，物质回报和情绪回报都不需要，能真切实在地帮上忙他就很满足，额外的夸奖和认可是意外之喜。

陈挽不可能提自己呕心沥血，只自谦说是评估团队抬爱。

谈及合作，赵声阁说电话里不好说，让他来明隆当面聊。

"好的，赵先生，您什么时候方便，我到贵司拜访一下。"

赵声阁说："我开完会了。"

陈挽反应了一下，转过弯来，感慨于行业巨佬的效率和执行力，说："那我大概四十分钟后到。"

合伙人刚好在他办公室，问陈挽："现在走吗？我要出去，送你过去。"

陈挽还没有回答，赵声阁就在电话里说："我叫人去接你。"

陈挽说："没关系，我自己开车就行。"

"你第一次来，过不了核心区的安检，而且，"赵声阁很不谦虚，"你可能会迷路，也找不到地方停车。"

陈挽突然想到自己确实不知道对方的具体方位，明隆占了半个园区，几栋大厦都只是员工的办公楼，赵声阁的办公地点是保密的，有层层安检，他只好说："那麻烦您了。"

赵声阁派来的人很快就到了，载着陈挽从太子段西绕了一段中环高架，从一条非开放通行道上进入地下车场。

下了车，那位和陈挽通过电话的传闻中的二助已经在候着了。

容貌明丽的都市丽人微笑道："陈先生，我叫何芸，您叫我何助就好。"

"何助理，幸会。"

何助理从许多个一模一样的电梯中选了一个按开，跟他比了一个请的手势。

等陈挽走进去，她指纹开锁，电梯缓缓上升。

陈挽以为助理会把他带到会议室，但他们去的好像是赵声阁的办公室。

办公室在七十二楼，不浮夸也不奢靡，东西不多，开阔大气，窗外就是浅湾，海面平阔，视野极好。

"赵先生。"陈挽好几天没见他，突然见到，心里有些紧张，不过他没有显露出来。

赵声阁从办公椅上站起来，他今天穿了一件黑色衬衫，利落挺括，宽肩窄腰，挽起袖子的手臂露出淡淡的青筋。

陈挽没见过把黑色穿得这么有气势的人，有一种温和、低调的威严。

他的身后就是寸土寸金的海市地标，很蓝的海和极高、极远的天际。

"咖啡还是茶？"

"茶吧，谢谢。"

何助理出去的时候把门掩上，不知怎么，两人都没有主动说话，办公室就安静下来。

他们有好一段时间没有见过面了，彼此隔着两米的距离对视了片刻，原本稍微熟悉一点的关系好像又变得生疏了一些。

电话里只听声音还不觉得，但真正见到面了那份生疏就会显现出来。

难免的。

其实他们的交情本来就很浅薄，关系也脆弱，两个人中只要有一个不那么主动，一切就又回到原点。

尽管两人都努力表现得自然，但心里都明白这之间的变化，所以都很客气，但这变化也不全然是陌生，掺杂着很微妙的、不可言说的东西。

还是赵声阁先开了口："坐。"

他走到会客沙发前，说："这是法务部拟的第一版的合同，你看看。"

陈挽说好，脚步却稍缓下来。

会客沙发是一个宽阔的单人主座加一排稍长的客座的构造，赵声阁没有去坐主座，他直接坐在了客座上。

陈挽当然也不能去坐那个主座，但去客座与赵声阁并排又稍显逾矩。

赵声阁抬头问："怎么了？"

陈挽权衡了一下，只好佯装无事走到他身边坐下，但留出了适当的社交距离。

赵声阁仿佛没有察觉，开门见山地同他说起公事。

陈挽自诩还算是一个负责、专业的人，但今天赵声阁让他有些走神。

他忍不住想。

一定是他太久没有见到赵声阁了。

赵声阁倾身，指着第十二页的第六行询问他的意见。

陈挽呼吸都放轻。

聪明人之间的交流非常高效，很少有能跟上赵声阁思路和逻辑的人。

他是天生的谈判家，在名利场上浸淫已久，深谙如何杀制对手。

但陈挽身上有现代商人很少见的利他品格，反而让赵声阁更想对他优厚相待。

赵声阁指出："你不必处处让利，该提的要求就要提，因为我也会提。"

陈挽微笑："明隆给出的价格已经很有诚意了。"

"那你还有什么问题吗？"

陈挽看着负责人那一栏："冒昧问一下，到时候明隆会由哪位负责这个项目？"

赵声阁挑挑眉，看着他说："我。"

陈挽张了张嘴，他以为对方只是挂个名，合同签好了就会交由下面的副总来执行。

"宝莉湾的项目，一直都是我亲自跟。"

赵声阁看他愣愣的，语气蛮认真地恐吓人："我这个人，事情比较多，如果项目需要，可能会不定时给你打电话或者发信息询问进展。"

"当然，"陈挽是个很敬业的合作伙伴，"当然，这是应该的。"

两人敲定完细节已是下班，正是晚饭时间，按理来说陈挽是应该请准甲方吃顿饭的，要是换个人，陈挽早就开口了。

但这是赵声阁，今日的见面份额已经超出期许太多，再提邀请未免有些得寸进尺，贪得无厌。

他还没有单独和赵声阁吃过饭，这也许是唯一的机会。这个项目并不只有科想和明隆，沈家、谭家只注资不参与实际运营，但还有徐家和一个工程师团队，徐之盈和那位总工程设计师后续会加入进来。

陈挽准备开口的时候，赵声阁盖上合同说："陈挽。"

陈挽抬头。

"晚上有空吗？"

陈挽脑子炸了一下，说："有的。"

赵声阁盖上合同，站起来，很自然地伸出手说："那我请准合作伙伴吃个饭。"

陈挽微微一笑，也伸出手，和他很官方地握了握："那就麻烦赵总了。"

赵声阁亲自开车，陈挽坐副驾驶，有种不真实的感觉。他躲在身侧的手偷偷地、很珍惜地轻轻摸了下皮座，车载香薰很淡，但异常蛊神，他鼻尖翕动了一下，甚至想凑近去闻。

未免太失态，系上安全带，陈挽垂眸想。

暮色四合，华灯初上，赵声阁载陈挽穿过红灯落日，从中环立交一直进入海底隧道，城市森林接连碧空海域。

车厢内异常安静，诡异的氛围蔓延，赵声阁按开收音，说："你挑一个。"

陈挽随手转到一首挺老的粤语歌，一怔。

"问到何时葡萄先熟透，

"你要静候，再静候，

"就算失收，始终要守。"

赵声阁打了个右闪，问："唱的什么？"

陈挽想了想，说："唱……种葡萄？"

"……"赵声阁转回头看路况，压下一点弯起的嘴角，打了把方向盘，"是吗？"

陈挽正了正身体，点头："应该是吧，我也不是很懂。"

这么几句闲聊，倒是把一开始见面的生疏和陌生搅去不少。

赵声阁把车开到葡也街边的餐厅，靠着落地窗，外头是夜海，灯光不算太亮。

陈挽觉得不太像公事应酬的地方,但两个人,没有带团队,去那种喝白酒的应酬的地方确实也会很奇怪。

餐厅不大,人也不多,不过格调很高,小方桌不大,摆了蜡烛,有些许温馨的氛围,适合友人谈天。

面对面落座,赵声阁腿长,曲起来,并没有碰到陈挽,但陈挽觉得自己的腿被两条大长腿圈禁在小小的桌底之下,他不敢乱动。

对方浑然不觉,稳如泰山。

陈挽平下心跳,装作转头看窗外的夜海,却从玻璃上看到了一双幽幽的眼,漆黑,平静,但深不见底。

陈挽心头跳一下。

不像狮子了。

赵声阁。

是狼。

头狼很绅士地朝他举杯:"合作愉快。"

陈挽也很社交地跟他碰了一下:"合作愉快。"

菜品上齐,两个人边吃边聊,熟悉轻松的气氛回来许多。

他们没熟到谈天说地的地步,但陈挽不是会让话落地的人。

赵声阁还是和往常一样,听得多,说得少,不过他那些用在谈判桌上隐晦的试探和诱导的话术都没有如往常一般发挥作用。

陈挽看着善谈可亲,但他几乎不主动聊关于自己的私事,兴趣、日常和喜好都无所提及,对赵声阁的私事也不多加打听,更多的是表态、祝愿,以及对合作这个项目宏伟蓝图的憧憬。

赵声阁就项目后续的推进线程和他探讨了一些问题,交换了一些意见。

灯火荧荧,推杯换盏,一派正经,滴水不漏。

晚餐结束时,陈挽去洗手间,沈宗年给赵声阁打电话,让他去茶庄。

谭又明应该是在离沈宗年耳朵很近的地方,因为能听到他的笑声,甚至呼吸。

赵声阁并不在意他的偷听,直接说:"没结束。"

沈宗年顿了下,没想到签个不算太复杂的合同需要这么久,虽然这对于科想是个大单子，但是对于整个项目不过是大工程里像螺丝钉的一环。

他作为注资人并不是那么在意和重视，人可靠就行了。

沈宗年拍了拍谭又明的肩头，等他又去玩闹了，问赵声阁："怎么样？"

赵声阁："不知道。"

赵声阁静了一下，又说："他又给我剥螃蟹。"

沈宗年："……那你蛮厉害。"

赵声阁不知道是不是真的疑惑，把擦手的白色热毛巾一撂，靠着椅背，非要问："他就一直这样？"

赵声阁认识陈挽时间不够长，不足以判断和剖析对方的行为，沈宗年到底认识他更早一些。

"哪样？"

"就那样。"

百依百顺，予取予求，没脾气似的。

跟谁都这样？

沈宗年很少见赵声阁这样发神经，但也如实说："也不是吧。"

沈宗年见过陈挽客气但坚决地拒绝别人无礼的邀请，也见过他直接坦然地避开别人逾矩的接触。

陈挽看起来好说话，但不谄媚，更不软弱，这也是谭又明看得上他的地方。

赵声阁"哦"了一声。

沈宗年很难不听出他声音里的得意，泼他冷水："也可能是他怕你，并且——

"你现在是他的甲方。"

赵声阁不说话了，想起陈挽在天后宫同宋清妙说的话。

沈宗年不遗余力："你就不怕他不是？"

赵声阁的生活里只有工作。

沈宗年沉默良久，难得长了一分钟良心为别人说句话："他一直努力工作，你别针对他。"

赵声阁认真想了想，挺礼貌地回答沈宗年："应该不行。"

"……"沈宗年友情提醒，"他不是别人，谭又明跟卓智轩不可能让你为所欲为。"

赵声阁可从来不管这些，也友情回复沈宗年："所以，他最好是自愿的。"

"……"

晚餐结束，陈挽没打算让自己的准甲方再送他，准备叫司机来接，赵声阁却在他开口前问："急着回去吗？"

陈挽以为是他还想趁热打铁聊聊项目的事，说："不急。"

赵声阁说："要一起去逛逛吗？我还欠你一份礼物，记得吗？"

陈挽微怔，他记得，一直都记得，但他以为赵声阁忘了。

"我们去崇光百货那边吧，或者你有什么想去的地方也可以。"

陈挽摇摇头，去哪里都好，他只是担心："您就这样出去可以吗？"

虽然国内的治安肯定比国外好上很多，但赵声阁身份特殊，陈挽不得不谨慎，几年前赵声阁在意国遇上的枪击案报道他至今仍耿耿于怀。

赵声阁看着他很浅地笑了一下，边转车钥匙边往外走："他们认不出我。"

陈挽就这样被一个笑容说服了，或者说，迷惑了。

陈挽这时才后知后觉地注意到赵声阁开车十分老练凌厉。

可能是怕太晚商场要关门，赵声阁开车甚至有些……凶猛。

无论是起步还是超车的体感都很……熟悉，陈挽一时想不起来是哪个场景，按理来说，他应该是没见过赵声阁亲自开车的，更别说是坐他的副驾。

赵声阁在红灯前停下，手指在方向盘上动了动，转头问他："我开太快了？"

陈挽回过神来，微笑着说没有。

赵声阁移开视线，伸手去拿水，绿灯恰好亮起，陈挽忙说："我来吧。"

赵声阁把水给他，一踩油门，等车驶过十字路口，开至平稳的大道上，陈挽才把已经拧开瓶盖的水递给他。

他的手特意往瓶身的下半部分握，给赵声阁预留了足够拿瓶子的地方，非常体贴。

但可能赵声阁太专注路况，两个人还是碰到了一起。

赵声阁的手有茧，指节分明，宽大有力。

但赵声阁不知是没察觉还是根本不在意，很自然地说："谢谢。"

陈挽说不客气。

时代广场的免税店和买手店，大晚上游客依旧络绎不绝，走进百货大厦里人才少了些。

经过手表柜台的时候，陈挽一眼就看到了一款很适合赵声阁的腕表。

真的很适合，低调的月盘裱在骨节分明的大手上的画面可以成为新的美梦素材。

陈挽真想跟赵声阁说：要不你别送我礼物了，你让我给你送个礼物就行。

但他也只是想想，并打算过后偷偷将这款表买下。

赵声阁顺着陈挽的视线扫了一眼，目光变得些许微妙。

那款手表和上次那副长生无极款的袖扣明显是同一个风格。

赵声阁走过来，陈挽和柜台的视线就被阻隔了，他抬起头。

赵声阁扬了扬下巴，说："我们去那边看看。"

陈挽跟着他走到另外一区。

两人之间的距离不远不近，闲庭漫步，边逛边看。

陈挽很少有跟人逛商场的经历，赵声阁走得不快，看得很认真，好像给陈挽挑礼物是一件很重要的事情。

"来。"

陈挽走近："赵先生要送我袖扣？"

赵声阁眉峰稍抬："只能你送，不能我送？"

"……"陈挽笑了，说，"当然不是。"心里疑惑赵声阁是不是真的对那对被他先下手的袖扣念念不忘。

他低头认真看了一会儿，点了点柜台下的某一副袖扣，说："这副不错。"

柜姐很灵醒地将袖扣拿出来为客人试戴。

赵声阁说："给我吧。"

陈挽顿了一下。

柜姐面带微笑地将袖扣给了赵声阁，赵声阁说："陈挽。手。"

赵声阁的表情很平静。

陈挽有些僵硬地抬起手臂，赵声阁微微俯身偏头，为他戴袖扣，表情认真专注，手指不经意按上陈挽手腕上的青色血管。

"你紧张？"

"什么？"

"脉搏超速了。"

"……"

赵声阁诈陈挽的。

陈挽笑笑，开玩笑道："紧张不至于，但让甲方爸爸服务我，受宠若惊倒是有点。"

赵声阁语气平常，姿态慷慨大方："这些不过很小的事情，但你中标，为我和明隆省去的是很大的麻烦。

"疑人不用，用人不疑，既然明隆选择了科想成为合作伙伴，就代表信任、认可你们，科想没有出高价，但我的诚意不能少，算上上回欠的感谢，你就当我是在……"

"收买你。"

陈挽点点头，不疑有他。

赵声阁怎样做甲方他是听闻过的，明隆今日的成功不仅仅依靠掌权人的杀伐决断、果敢狠辣，更得益于他年纪轻轻便自有一种大企业家的气度风范，礼贤下士，宽怀胸襟。

这是道上公认的。

赵声阁对对手秋风扫落叶般无情，对自己人倒是非常护犊子，厚礼相待，所以无论是手下，还是合作过的人，都对他心悦诚服，衷心拥护。

仿佛过了一个世纪那么漫长，赵声阁戴好了袖扣，绅士地退后半步，说："看一下，喜欢吗？不喜欢我们再慢慢挑。"

陈挽弯着眼睛说："喜欢。"

他伸出双臂展示，有点像小孩年节试穿新衣，赵声阁静静地看着。

红宝石很衬陈挽，和他温文尔雅的气质相得益彰。

他几乎能想象，签合同那日，这双手将会戴着这副袖扣签下陈挽的名字，然后与他握手，结下契约。

赵声阁让柜姐把袖扣装起来，陈挽接了个工作电话，赵声阁想了想，又低声让柜姐请师傅在袖扣的背面刻了一个图案。

图案很简单，没有多等，所以陈挽并不知道。

陈挽只知道，赵声阁居然是喜欢逛商场的。

这和赵声阁的形象不太符。

购买了袖扣之后，赵声阁仍旧没有离开的打算，他应该是平时不太出门，因此逛得也比较认真，偶尔会跟陈挽说两句话。

陈挽很耐心地陪在他身边，并警醒地注意着周围的环境。

后来，赵声阁又看中一枚领带夹，买下来一起送给陈挽，价格不算特别昂贵,但的确非常适合陈挽。

柜姐把包装好的礼盒递给陈挽,赵声阁先伸了手:"我来吧。"

陈挽不好意思再劳烦甲方爸爸。

"没关系,"赵声阁晃了晃袋子,说,"我们还要再逛一会儿呢。"

陈挽不知道这个"一会儿"是一直逛到商场关门,组团过来购物的游客和代购大批地从扶梯上下来,人一下多了起来。

陈挽立马走到赵声阁的外侧,赵声阁问:"怎么?"

"您走里面,"陈挽为他隔着人流,"别让他们撞到。"

赵声阁看了他片刻,说:"过来,你也别让他们撞到。"

人太多了,即使再怎么护着,也会被挤到,陈挽皱着眉隔开从后面拥上来推到赵声阁的人,他大概不知道自己面无表情的样子会显出几分阴冷。

赵声阁观察片刻,温声说:"我没事,走吧。"

两人一起挤着出了大厦,空间才开阔起来。

陈挽要回公司拿自己的车,赵声阁把他送到太子段西。

十一点的园区依旧灯火通明,赵声阁停了车,陈挽恋恋地背过手偷偷摸了下驾驶座皮革。

不会再有下次了。

他一边解开安全带一边道:"谢谢赵先生,我就先……"

陈挽顿了下,低下头,再按了一下,安全带也没能解开。

赵声阁侧过头来,看着他。

陈挽有些尴尬,心里默默叹了口气,因为这实在很像一些电视上演的俗烂戏码,可安全带确实没有反应。

赵声阁留足余地,绅士地询问他的意见:"要帮忙吗?"

但陈挽很快镇定下来,委婉地拒绝了他的帮助:"没关系,我自己再试一下。"

陈挽不想吓到赵声阁,更不愿意在他面前发病。

赵声阁挑了挑眉,等了他一会儿,陈挽还是没有解开。

忽然,赵声阁按了下中控的开关。

"咔嗒",安全带解开了。

"……"陈挽讶然,第一次知道原来私订的座驾是可以从中控加密安全带的。

也许当价格昂贵到一定程度的时候,便没有什么是不可能的。

赵声阁倒是很坦荡，一只手随意地搁在方向盘上："同声锁，我忘了。"

"噢。"陈挽点点头，不疑有他，下了车，弯下腰，从车窗跟他道谢道别。

赵声阁单手扶着方向盘，侧着身体，在夜色里显得很英俊，他脸上没有太多表情，但目光很专注："陈挽，再见。"

陈挽突然觉得今天不像公事往来，像他梦中的某一帧。

不过现在要醒了。

陈挽很珍惜地弯了眼睛说："赵先生，再见。"

赵声阁皱了下眉，他不太喜欢陈挽这个笑容，好像在用那双笑眼拼命地记下什么，又像是在夜色中告别，所以他当机立断地叫住他："陈挽。"

陈挽停下来。

他提醒道："签合同在下周。"

下周还要再见面的。

"好的，"街边晚灯映在陈挽的眸心，他微笑着说，"赵先生，再会。"

正式签合同那日，陈挽并没有戴那副红宝石袖扣和领带夹。

后来赵声阁发现，其实无论什么场合，陈挽都没有戴过。

合同是四方一起签的，沈、谭两家只注资，不参与运营，因此到会的除了赵声阁、徐之盈和陈挽，还有一位工程师方谏，赵声阁在剑桥的同学，博士后，是本次项目的总工，带领着一个实验室团队。

四人分坐于会议室的四方，气氛比较正式严肃，各人轮流签字，交换合同，手续完毕，徐之盈热情地对陈挽伸出手："陈先生，合作伙伴是你，我真的很高兴，发自内心地。"

项目虽然是徐家和明隆一起瓜分，但徐家股权太少，决策权基本掌握在赵声阁手里，没想到对方选了陈挽，是个意外之喜。

陈挽笑着同她握手。

赵声阁合上文件夹，宣布："会议结束。"

陈挽便放开了徐之盈的手，又去和方谏握了下。

四个人里，赵声阁和徐之盈都是甲方，大老板小老板，方谏算是第三方，只有陈挽是乙方，向上社交要搞好，平行社交不能忘。

方谏没有徐之盈那么热情，人也比较恃才傲物，少白头显得很严肃，一板一眼，作为某国际奖项最年轻的获得者和海洋工程方面的大拿，是海市为数不多敢跟赵声阁呛声的人。

他不管你什么背景,多少身价,多大项目,反正不能违背他的科学原则。

方谦人虽较为古板固执,但对待研发高度热情。由于项目的保密系统级别很高,他创建了加密的群聊空间,直接将其余三人都拉进来,每天在里面发布工程方案思路和一些艰深晦涩的理论支撑,有时是外语文献,有时是结构图表,雷打不动,洋洋洒洒。

后面一般紧跟着一大片沉默而尴尬的空白和寂静。

两位日理万机的甲方都不大搭理他。

不过徐之盈比较会做人,开始的时候还偶尔浮于场面回复几句,后来由于内容越发高深,已如看天书,她就是想硬捧也插不进话了,便只剩陈挽还坚持捧场。

陈挽不好意思让大佬在群里唱独角戏,所以即便有些看不懂的也会去大概了解一下,然后回复。

何况,他负责的板块是和对方有交叉地带的,随着项目的推进,交涉也越来越多。

久而久之,方谦便觉得,陈挽和那两个从头发丝到鞋尖都是铜臭味的资本家不一样,对方是懂他的学术成果和科研精神的。因此方谦对他的态度改变了很多,甚至在想到什么绝佳的思路时也不管是夜里一点还是凌晨四点,就在群里直接艾特陈挽。

赵声阁从来不在群里发言,但每当方谦发了什么新消息,要报告什么事项,讨论什么新方案,他就直接去戳陈挽。

陈挽好像永远在线,只要对方一个"?"就马上兢兢业业当起赵声阁专属的、随叫随应的私人AI翻译。

明隆当然也有专门的技术组,赵声阁更多是把控项目的总体进程,协调各方统筹全局,但陈挽看他真的很重视,便尽量把方谦的方案讲得深入浅出。

"赵先生,方博依据的原理大概就是这样,冬季洋流是一个不可控变量,我们尽量在十一月之前定下来。"

"嗯。"

"好,那哪里有疑问可以随时找我。"

"打扰你吗?"

陈挽责任心很强："食君之禄，忠君之事。"

赵声阁似乎很轻地笑了一下："陈挽。"

陈挽的手紧了紧。

"我不是那种压榨员工的甲方。"

"……"

赵声阁善解人意地道："忙的时候可以不回我。"他从来不要求陈挽时时即刻回应他。

但陈挽是事事有回应的人。

开始语音是因为赵声阁不习惯低效率的交流方式，以目前他和赵声阁的聊天频率，隐隐有赶超他和卓智轩之势。

赵声阁的通话申请像他本人一样气场强大，一声一声催促着猝不及防的陈挽。

在陈挽的社交认知里，好像只有特别熟、关系特别好的人之间才会随时语音通话。

陈挽心里疑惑，声音听起来很妥当："赵先生。"

"陈挽。"赵声阁应了一声，便没再说话了。

语音忽然静下来，传递着彼此的呼吸声，时而同频，时而错开。赵声阁的气息很低，平稳，但他还是不说话。陈挽只好说："赵先生，我先给您说一下海油隧道支架的合力结构吧。"

"说。"赵声阁声音低低的，磁性很强。

陈挽勉强集中注意力，正正经经开始为甲方解说，讲到一半，赵声阁说："陈挽，有人叫你。"

陈挽说得太认真了，自己都没注意，回头一看，说："噢，是我同事，到饭点了。"

"嗯，那先吃饭。"

陈挽说："没关系，我们先把这部分讨论完吧，还是您要先去吃饭？"

赵声阁说："你去吃饭，下午再说。"

陈挽花了几秒理解这句话，意思是下午还可以再打语音吗，他马上说："好。"

赵声阁说："我下午有两个会议，分别是两点四十分到三点二十分，五点到六点，晚上没有安排。"

"？"陈挽没能即刻反应过来。

赵声阁没听到他的回复，挺公事公办地问："你什么时候方便？"

陈挽不知怎么，也开始报备起自己的行程："我两点半要去一趟证券大楼，大概半个小时，然后三点十五分和团队的小朋友再敲一遍图稿，大概四十分钟我会传到我们的群组里，四点半有个客户过来，一个小时差不多能结束，然后就没事了。"

说完他才觉得自己未免说得也太详细了，为了显得自己专业一些，他飞快地在脑中画时间轴，补充："那我们的重合时间是三点五十五分到四点半之间，还有六点之后。"

"嗯，等我电话。"

陈挽保持着专业的态度说"好的，赵先生"，并且把下意识想重复的那句"我等你电话"咽了下去。

挂了电话，陈挽发了会儿呆，内心处于一种很复杂的状态。

他当然是高兴的，能和赵声阁说上话，但也有疑惑和突然被馅饼砸中的茫然。

他从来没想过能和赵声阁有这样密切、高频的联系，虽然说的都是公事。

他们的对话基本上由大段的洋流运动规律理论、树状图和经济数据点线构成，多的一句闲聊都很难找到，更不可能有什么早安晚安之类的温馨话语。

就算有一天陈挽的手机不小心丢失，捡到的人也只会认为这是两个关系不熟、客套话一堆的工作狂同事或上下属。

但陈挽好像患上了手机翻查症，隔不了多久就要去确认一下有没有对方新发来的消息，他希望对方的任何一个疑问都得到最快、最完整的解答。

新的一周，宝莉湾项目接到了环保协会关于海洋污染指标的自检建议书。

方谏非常气愤，直接在群里表示："我能保证模型的数据都是国际标准，环保机构一群门外汉，外行人指点内行人。"

"……"徐之盈说，"他们出了自己的新规，如果不按要求整改合格，下一步就是发黄牌警示，会延误工期。"

方谏直接说："没有什么好改的，他们的新规标准才不合理。"

"……"天才总是有点脾气的，这个群平时全靠陈挽起一个缓和与桥梁的作用，他细致浏览了建议书标出的违规提示，解围道，"这个不难，有几个数据优化一下，从商业效益和技术可操作性两方面协调效率和环保的平衡是可以做到的，复盘这部分我来做吧，不需要太长时间。"

徐之盈就着他的台阶下："那我这边再叫人去公关一下。"

赵声阁等他们都说完了才提了几个问题，会议结束后，他说："陈挽留一下。"

方谏脾气硬，气性大，赵声阁觉得和一个还在情绪上的人对话效率很低，遇到问题他喜欢直面病灶，快速解决，而不去在任何与解决问题无益的事情上消耗情绪。

赵声阁说了自己的看法。

"赵先生，我不是很赞成直接就更换仪器。"陈挽和赵声阁也不是每一次观点都相同，都会直说，"海上环境本来就不稳定，监测变量不统一会造成更大的误差。"

赵声阁指出："建议书上有指定期限，这是效率最高的办法。"

陈挽有理有据："但是可能后患无穷。"并说，"其实也有办法让他们不那么死规矩。"说完陈挽又有点后悔，他不想让赵声阁觉得他会很多投机取巧的旁门左道。

赵声阁挑了挑眉，没说认不认同，让他先下线休息。

陈挽估计自己下线后，赵声阁还会继续工作，也许就是一个通宵，不过他也没有劝，他自己也要加班。

之后一段时间，为达到环保协会的指标，方谏这边出具了新型的复合型建模，语音通话基本说不明白，效率太低，陈挽和赵声阁的公事交流越来越多地变成了视频会议。

如此，陈挽便像是得到一张近距离观察赵声阁本人的参观券，虽然这样会把赵声阁形容得像个什么地球珍稀动物，但在陈挽这里，这样比喻并不为过。

参观券全球得此一张，权限包括但不限于工作上的互动环节，要非常幸运才可以拥有。

比如赵声阁在视频会议完毕忘记关掉摄像头，陈挽就可以看到赵声阁工作。

不过他只看了一会儿就假装发现自己没下线然后把摄像头关掉。

每周方谏发布新数据，两个人会连线讨论。

赵声阁和陈挽也不是经常说话，耳机传出纸页翻动和鼠标点击的声音。

陈挽偶尔可以听到他跟秘书说"茶太浓"或者是"先不吃"。

有一次视频会议，陈挽太专注，一抬头就是赵声阁那张放大的英俊的脸，对方正垂眼看着他，两个人都离摄像头太近。

陈挽退后一些，然后询问："赵先生，是不是有哪里需要我解释？"

赵声阁就会问他一些问题。

他也从来不主动和赵声阁闲聊，不借此嘘寒问暖，每次都严肃正经得像是给上司做远程汇报。

大概是自幼生长于狼环虎伺的陈家，受人欺凌惯了，便天生慕强。

赵声阁对工作近乎机器般的严苛精确，骨子里渗透的强势和野心，是明隆能在他掌权五年之内市值涨幅超过百分之六十的原因。

赵声阁当然不是完美的，陈挽早已知道这个事实，对方在很多时候也会展露出本性里的专断、掌控欲，和许多……有些奇怪的要求。

比如在一次开视频会议时，赵声阁问陈挽："你介意我录屏吗，以便过后能回听复查？"

正式的视频会议都会留下存本的，算是一个会议记录，因此陈挽没有异议。他只是在想，如果赵声阁提前告知他的话，他或许会穿得更正式一点，而不是现在身上这件过于家居的针织衫，因为今天是周末，他没有出门的打算。

再比如，赵声阁在工作这一方面很有些只许州官放火的专断。

方谏的模型是和他哥大的学生一起搭建的，由于时差，视频会议经常昼夜颠倒，赵声阁自己可以像机器一样无间隙运转，但不是很喜欢陈挽连轴熬夜。

"陈挽，去睡觉。"

如果陈挽被发现在答应了去睡觉的时间内上线时，赵声阁就会晾着他，不怎么搭理他，问也不回话，让陈挽抓心挠肺。

视频会议的时候，赵声阁似乎喜欢陈挽坐到某几个固定的位置和方位。

如果是在家里，赵声阁喜欢他到那间光照最好的书房。

如果在公司，赵声阁好像就比较喜欢他坐在宽敞的书桌前，不可以背光。

"陈挽，太远，我看不见你。"

陈挽便朝镜头坐近一些，希望对方不要介意他昨晚熬夜的黑眼圈。

"陈挽，你那边的灯很暗。"

但屏幕里赵声阁自己却坐得很远，虽然这样可以让陈挽看到他是在哪里，但陈挽还是希望他能坐近一些，能看清他的脸。

但赵声阁一直靠在椅背上，远远地看着他，没有靠近的意思。

陈挽看不清他的表情，只能听到他的声音。

"陈挽，音量调大。

"或者你凑近说话。"

"……哦，好。"

每每这种时刻，陈挽心里都会生出很诡异的感觉，难以形容。

陈挽自认为是自己在认真观察、捕捉和记录赵声阁身上的每一种习惯、特质，但他似乎忘记，如果是赵声阁不愿意让人察觉的东西，那么这个世界上就无人能窥窬分毫。

陈挽也忘记了，一个人在凝视别人的时候，自己也在被凝视。

11 你想要吗？萤火虫

新的一周，天文台紧急发布黑雨警报信号。

同时，运输署提示，受台风和暴雨影响，东区泥石流致使部分路段塌方，中环至提督街多段线路全线封闭，市政中心发布了台风假通知，要求市民居家办公，非必要不外出。

气象警告分黄雨、红雨、黑雨等级，红雨一般只是建议居家，黑雨级别就是明令企业停工、学校停业了。

此后几天，除了机关单位和其他特殊部门，海市几乎都处于停运状态，往日车水马龙的道路一片空旷，整座城市只剩下铺天盖地的雨声。

居家办公，陈挽跟赵声阁连线的时间自然不可避免地多起来，视频会议地点也不得不从公司转移到各自家中。

褪去西装和领带后的赵声阁有一种松弛感，比平时生动真实很多。

"陈挽，你昨晚又没休息？"他声音很淡，也没有任何责备的意味，但会莫名让人心虚。

"休息了的。"但没有太多，本来就因为天气增加了效率成本，只能额外加班补上，昨晚确实熬到后半夜。

"是吗？"看不出来赵声阁信没信，但他也没有再多说，只是靠在椅背上，随口问，"喝的什么？"

"铁观音。"陈挽的熬夜必备。

赵声阁点点头，翻开文件。

下午由于风力骤升，陈挽居住的区域信号中断，直到晚上才重新通电。

赵声阁应该是洗完澡头发没完全擦干，更显眉目漆黑。

"你那里安全吗？"

陈挽看着他还有些滴水的发尾，欲言又止，但还是没说什么，回答："很安全。"

虽然信号还是断断续续，延迟的对话，让这个对接上的频道有了点末世之中互相帮助的感觉。

如果没有彼此，赵声阁和陈挽就是独自一人度过这段风雨交加、期限未定的时间。

赵声阁会在家里不同的地方跟陈挽谈工作，早上还在飘窗，晚上就到书房了，木质调的装修，陈挽脑子里马上跳出一款香水。

橘调的，陈挽也真的去买了一瓶，飘窗铺的大理石看上去很凉，陈挽就又选了一条手工羊毛毯，依旧是放在那个永远不可能送出去的礼物柜里。

赵声阁听陈挽汇报了一下昨天的数据，忽然站起来说："我去拿个充电器。"

去的是房间，视频里露出一点点床单，床头似乎还有模型，不过只是一晃而过，等陈挽想再看清一点，画面就又转回了赵声阁的脸，他离镜头近，优越的五官放大之后有极强的震慑感。

"怎么？"赵声阁歪了下头，问他。

陈挽面不改色地说："没事，赵先生，我们继续吧。"

"好。"赵声阁将手机放回平时正常的位置，告诉陈挽，珍弗妮这两天因为台风滞留海市，愿意抽空见他一面。

珍弗妮是资深的海洋地质学家，在洋流运动和海底运动上有多年的研究，掌握深厚的理论经验和实地考察资料，方谏在地底基础构架上遇到了一些问题，一直想去拜访请教，但都未能成行。

赵声阁找了国外的关系辗转联系上对方，作为该领域最年轻的青学奖得主，珍弗妮的行程很满，也就是这几天她的团队在海市转机，但因为台风滞留了才空出间隙来见他们一面。

陈挽问："什么时候？"

"明早，"赵声阁打开笔电，"半个小时前收到的回复。"

陈挽看了眼窗外，担忧道："雨好大。"

从下午开始，天一直是黑的，天文台连续发布了三道警告令，未来十六小时将迎来特大暴雨，金钟一座人行天桥被冲毁，运输署同警署再次联合发文请广大市民非必要不出行。

赵声阁说:"她只能空出明天,台风离开她就马上飞英国。"

陈挽想了想,说:"赵先生,我可以一起去吗?"

赵声阁正低头看方谏发来的文件,连头都没抬,回:"不可以。"

"……"陈挽心里叹了声气,只好说,"你们一定注意安全。"

赵声阁看着他眉间深重的忧虑,低着头弯了下嘴角。

次日依旧暴雨如注,风雨摧枯拉朽,带着毁天灭地的气势,让整座城市陷入世界末日般的阴沉和静寂。

赵声阁一整天都没有音讯,陈挽度过了很不安宁的一天。

陈挽也没有吃太多东西,尤其是最新的气象新闻实时更新遇难人数在不断增加。

陈挽提着一颗心工作,大概看了不下百遍手机。

直到晚上,赵声阁才告诉陈挽结束了。

还是打的视频,赵声阁似乎不喜欢一切低效率的沟通方式,比如发信息。

陈挽已经有点习惯了。

"陈挽。"

"赵先生,还顺利吗?"

大晚上的,陈挽身上套的也不是居家服,是一件不会过于正经的衬衫,这说明他应该是一整天都在等赵声阁联系他。

赵声阁褪去外套,玄关昏黄的光线让视频里的人像一幅油画,油画里的人问陈挽:"你是指什么?"

赵声阁出行顺不顺利,还是和珍弗妮的见面顺不顺利。

"……"陈挽比较笼统地说,"您和方博今天一天的情况怎么样?"

陈挽不给赵声阁想听的答案,赵声阁也不给他想听的答案,温和地建议:"那你可能要问一下方谏,专业上的事基本是他和珍弗妮在谈。"

"……"陈挽头痛,赵声阁真的……很不好糊弄。

赵声阁走到光线明亮的岛台,陈挽能非常清晰地看到他湿了的衬衫,包裹着胸肌和腹部,线条优越内敛,有力量但不夸张。

赵声阁打了个喷嚏,倒了杯冷水。

"……"陈挽忍不住建议,"赵先生,淋雨后,喝热水比较好,如果有姜的话,最好煮个姜汤驱寒。"

其实陈挽是关心则乱,赵声阁根本没怎么淋到雨,都不知道他那湿了一身的雨水是怎么来的。

车都是直接开进地下车库的,这几天别的地下车库的确都被洪水淹了,但太子爷数亿起价的别墅防洪设施别说是台风,就算海啸来了也屹立不倒。

赵声阁说没有姜,很像那么回事地倒腾了一下,问热红酒行吗。

陈挽:"……也行。"

赵声阁从酒架上取了瓶倒了半杯,陈挽问:"赵先生喝的什么?"刚吹完冷风和淋过雨受了寒马上喝太烈的酒会头痛。

赵声阁抿了一口,嘴唇变得红润柔软,斜着眼看他:"你带去品酒会那一瓶。"

陈挽一滞。

他这么说……可以有很多种解读。

他带去品酒会那一瓶。

哪一瓶?

手机视频像是卡住了几秒,陈挽很快又冷静下来。

赵声阁不可能知道那瓶木兰朵是他的。

那就是另一瓶了。

陈挽笑笑:"霞多丽挺助眠的。"

赵声阁靠在岛台边上,单腿曲着,显得很长,他看着陈挽问:"你带的是霞多丽?"

陈挽放下的心重新提起,审慎地没有马上回答,片刻后,也算没有撒谎地说:"是有带霞多丽。"

但赵声阁是非常不好糊弄的人,不允许别人在他面前含糊其词,蒙混过关。

"哦,"他晃了下酒,观察它的颜色,"是有带霞多丽……"

"那还有什么?"

每位宾客都要带两瓶的,霞多丽是摆在酒架上那瓶。

"……"陈挽笑笑,"不太记得了。"

赵声阁看了他一会儿,说:"我骗你的。"

他对着手机举了一下杯:"其实我喝的是帕尔马皇后。"

"……"

赵声阁在诈陈挽。

但陈挽不太想多聊关于酒会的事情,便道:"帕尔马皇后也适合驱寒。"

赵声阁不想和他讨论什么酒适合驱寒,什么酒适合助眠,他直直盯着陈挽的眼睛:"你猜我们今天在科学家的客厅遇到了谁。"

"谁?"

赵声阁走出岛台,把灯关了,视频画面蓦然一暗,陈挽看不见赵声阁的脸了。

黑暗中,赵声阁意味不明地轻笑一声:"许恩仪小姐。"

陈挽反应了一下才想起来这位和自己有过一面之缘的漂亮女士,没有多想,客观地分析道:"许家的海洋能源专利过项了,估计是想尽快投入运营,上半年极端天气频发,他们应该也着急。"

手机里传来窸窣的声音,开了一盏不算明亮的灯,赵声阁应该是走到了书房。虽然陈挽没去过赵声阁的家,也不知道地址,但这些天的视频会议,他已经大致了解赵声阁的居住环境了。

赵声阁打量陈挽:"你很了解。"

"……"陈挽说,"知己知彼。"虽然他们的项目不算重合,但也有利益上的交叉竞合。

赵声阁问:"他们什么时候立项?"

陈挽:"下个月十三号。"

"许恩仪告诉你的?"赵声阁放下酒杯,提醒他,"立项时间还没有公示。"没有公示证明还是个内部机密。

陈挽不知道对方为什么这么问,这是他用自己的方式打听到的,但他怕赵声阁觉得他旁门左道,投机取巧,手脚不干净,所以很巧妙地隐匿了后面一个问题,企图反客为主,蒙混过关:"不是,赵先生怎么知道我和许小姐认识?"

好问题。

赵声阁好整以暇:"品酒会你们不是一起走的吗?"

"……"好不容易被陈挽混过去的酒会又绕回来了。

出于种种原因,心虚也好,遗憾也罢,陈挽不太想提及酒会。

赵声阁问:"她是你朋友?"

"不算。"

"那是相亲对象?"

"……"陈挽差点咳出来,说,"许小姐的才情、容貌与家世,陈某不够格高攀。"

赵声阁懒得理会他这些冠冕堂皇的外交辞令,一针见血地拆穿:"不喜欢许恩仪这样的,喜欢什么样的?"

"……"今晚的赵声阁有些咄咄逼人,陈挽不太明白地回答,"没有特别喜欢的。"

赵声阁不太相信似的,审视了他一会儿,温和地说:"没关系,闲聊而已,如果有,我可以让谭又明帮你留意。"

陈挽看了他片刻,摇摇头,目光清正坦然,说:"真的没有。"

赵声阁的侧脸隐在灯光阴影下,看不清表情,不多时,他对陈挽笑了笑,说:"好吧。"

这次拜访珍弗妮,方谏得到了一些理论上的收获,但由于不能投入实操,只出了初期的三维模型。

几天之后,黑雨警告逐渐降级为红雨、黄雨,直至彻底解除,台风假结束,市民的居家办公时间总算告一段落,宝莉湾项目各部门活动也重新启动。

由于之前恶劣天气的影响,堆积了不少要走关节的应酬和会议。

宝莉湾项目在明隆未来的五年计划中占据非常重要的地位,普通会议和应酬赵声阁不会出现,但有级别相对高一些的官员和其他重要人物到场的场合,赵声阁会带上徐之盈和陈挽一同出席。

陈挽和赵声阁也有一段时间没有见面了,但这段时间通话视频都很频繁,也不觉得陌生。

不过陈挽发现,手机里的赵声阁和现实中的赵声阁还是有些不同的,现实中的赵声阁会更冷淡寡言一些,不那么好猜测,那个头发半干就打开电脑工作的赵声阁仿佛是某种特供,又或者只是陈挽想象出来的。

视频通话一结束,那个形态的赵声阁就会消失。

纷至沓来的会议和应酬,陈挽一如既往表现得体贴但低调,并且在挡酒的时候非常有乙方把自己当作工具人的自觉。

这种事情对他这种白手起家的人来说再正常不过,可以说是理所当然,甚至信手拈来,所以他没有看到赵声阁轻微皱起的眉。

这种明面觥筹交错实则暗潮汹涌的场合,不是东风压倒西风就是西风压倒东风，陈挽不可能让明隆和赵声阁落于下风，更不会让女士挡酒。

他喝酒不上脸，青花郎和干红混着下去好几杯也面不改色，眼神清明，都是这些年摸爬滚打练出来的。

赵声阁和官员谈完话回来，陈挽已经如秋风扫落叶般无情地将好几拨人干倒。

赵声阁按住他，说："好了。"

陈挽坐得板正，转过头来看看他，笑着点点头，笑容淡淡的，仿佛一个接到指令并严格遵从的 AI。

"……"赵声阁看不出来他内里到底醉没醉，但还是示意徐之盈叫了醒酒汤。

徐之盈悄声跟陈挽说："你也太实诚了，理他们干什么，一点也不懂仗势欺人。"

陈挽："……"

"有没有觉得不舒服？"

陈挽一笑："徐小姐，我没事。"比起他去谈生意那些酒局，这些实在算不得什么。

陪同参席的人里有和陈挽之前就认识的人，看到他是随赵声阁到场，眼神一下就变得不一样了。

对方在应酬快要结束时，私下找了机会隐晦地询问他是否能在宝莉湾底下的各个小项目中为自己走动一下关系，或是帮自己在赵声阁面前美言几句，搭个桥牵个线，引荐一下。

赵声阁听见陈挽低声委婉地表明自己只是这个项目计划里无足轻重的小角色，没有什么话语权。

并且赵声阁只是他的老板，他们之间是阶层和等级非常森严的上下级、甲乙方关系，平日里基本没什么私人交情，算不上多熟，所以他也说不上话，爱莫能助。

当然，陈挽的话肯定说得漂亮得多，但落在赵声阁那儿大概就这么个意思。

应酬结束，司机泊好车，赵声阁率先上了后排，陈挽去拉副驾驶的门，没能拉动，司机降下车窗，很恭敬地对他说："陈先生，赵先生说请您坐后排。"

陈挽没多想，只觉得赵声阁大概觉得这样比较方便说话，便笑着点头："好，谢谢。"

他绕到后排的另一侧，打开车门，赵声阁靠着座椅背，正在低头回复工作信息。

陈挽坐进去，开口叫了一声赵先生，就自觉保持了一定距离，没有再打扰。

汽车开动，车内暗下，赵声阁放下手机，单手搁在车窗上看向窗外，不知道在想什么，一直都没有说话。

陈挽看到他没在忙了，问："赵先生，要不要喝点醒酒汤，我顺路下去买一份？"

赵声阁今晚也喝了酒，徐小姐叫人拿醒酒汤的时候，陈挽取了一份，但他没有看到赵声阁拿。

赵声阁不知道正在思考什么，听到他的话转过头来的时候，眼神过了两秒才完全聚焦。

不过他没有回答陈挽的问题，直直地凝视陈挽。街灯一掠而过，光影忽明忽暗，赵声阁英俊的脸像被嵌在不知道哪部20世纪90年代的复古电影里。

无论陈挽再看多少次，都这么觉得。

他被赵声阁看得脸热，以为是自己打断了赵声阁的思考，因此也没有马上再说话，对着对方略带歉意地笑了笑。

赵声阁的确是在思考，他从陈挽的眼睛里看不到任何意图和目的。

赵声阁用过很多种方法试探、诱导，陈挽都始终如一。

陈挽的讨好、热情、主动，都过于坦荡。

只有心无杂念的人才会坦荡。

陈挽想要什么，陈挽在乎什么，陈挽是怎么想的，那些圆滑的婉拒里有多少是出于社交礼仪的自谦，有多少是陈挽本人真实的意思表示，赵声阁一无所知。

陈挽看似温驯，其实来去自如。

赵声阁看似稳居上风，实则次次铩羽而归。

他以为这些天在虚拟世界走了很远的距离，在现实中不过原地不动，甚至倒退更远，落得一张"不熟"的标签。

赵声阁从未在一场角力中处于如此被动的位置。

他的对手是陈挽吗？也不是，是陈挽的无所谓和无所求。

这种无所谓和无所求，当然并不是说陈挽不在乎赵声阁的情绪、态度。

相反，他表现得相当在乎，但他真正想要什么吗？赵声阁觉得那是没有的。

无所求，就最高明。

没有人说话，车还在开，驶出皇后大道的迈巴赫像一部默剧，光影飞逝，不足以看清他们之间任何一个人脸上的表情。

赵声阁想了很多、很久，最后说："陈挽，这个项目是我们一起做的。"

陈挽不太明白他为什么突然这样说，但心里是很高兴的。

不过赵声阁已经不太相信他那些浮于表面的欣喜，陈挽的前科太多，在他面前表现得非常在乎，也许下一秒就可以对外面的人说自己在赵声阁面前只是一个 nobody（无名小卒）。

赵声阁问："你觉得呢？"

陈挽又用他惯有的真挚、诚恳的表情认真地点头，好像很赞同赵声阁的话。

科想因为这个项目获利是没有办法单纯用金钱去概括的，更多的是平台和影响力，而且他和赵声阁在工作中产生的思维碰撞是一种无与伦比的感受。

赵声阁很专注地看着他，告诉他："我们是合作伙伴。"

陈挽弯着眼赞成："是的。"

"……"赵声阁不知道他是不是真的懂了，但他不想，也不知道要怎样拆穿陈挽，就没有再强调。

只是在那位想要通过陈挽认识赵声阁的富商托别人的线邀请他到度假山庄时，把陈挽也带上了。

从对方看到陈挽从赵声阁的迈巴赫里下来的那一刻，脸上写满了"果然那天一大堆拒绝的话都是骗我的"。

今天完全是私人行程。

陈挽见到对方，微滞半秒，不过脸上仍是一副无懈可击的微笑，握手寒暄，从容有度，令人如沐春风，宛若无事发生，但心里非常尴尬。

赵声阁大概不知道，前不久他还在这个人面前信誓旦旦地表明他们之间不熟，今天就直接被当事人打脸，让对方亲眼看到他从赵声阁的私人轿车里下来。

陈挽不知道为什么赵声阁这个应酬捎上了自己，猜测应该是自己同对方之前就认识，说起话来比较容易，好起到一个牵桥搭线、斡旋缓冲的作用。

赵声阁平日的聚会和应酬其实不太接别人的酒，但今天都有来有回，并且告诉敬酒的人，他今天是和合伙人一起来的。

他这么一说，大家就都懂了，陈挽根本不是什么他自己口中的 nobody。

晚宴过后，东道主带宾客到半山别墅，顺便沿途参观一下山庄，大家会在山庄住宿一晚，第二天回去。

观光车带大家从山顶上绕一圈，上面有个已经废弃的天文台，19世纪时，由女王命名为开普勒。

导游说，加多利山山顶的经纬度，看到南鱼座最亮恒星北落师门的时长比别处长三至四倍。

因此在海市回归后，开普勒天文台即便废弃了也没有将原本的观星望远镜撤下去，不少旅客订住这个山庄便是为了到此一游。

若是遇上节假日或特殊的庆典活动，山顶还是观赏维港烟花和灯光秀的绝佳位置。海市花边小报就曾报道过许多富家公子带嫩模女星来封锁山道赛车，或是为博佳人一笑一掷千金，因一个山顶观星位大打出手。

赵声阁和东道主走在前头，偶一回头，便能看到陈挽寸步跟在身后，像一道无声的影子。

今夜风大，天上亦无晚星，只有对岸维港远远透过来零星一点光亮。

下次。

住宿别墅就在半山腰，无须再乘坐观光车，剩下的时间宾客们自行安排。

山下的酒馆、茶馆通宵营业，山中亦有天然的矿物温泉汤池供游客体验，山脚的湖泊边夜钓的人也不少。

赵声阁都不感兴趣，决定回别墅休息，徐之盈要去泡汤池，赵声阁看向陈挽。

陈挽觉得山中不安全，说："我也回去休息。"

别墅离他们的观光车站不远也不近，步行回去要走一小段山路。

不过山间奇石花木，月光如水，夜游也颇有一番意趣。

路上偶尔能遇到一两个来度假夜跑或是散步的游客，陈挽警醒地注意着周遭的情况，虽然知道赵声阁出了港岛内环一般都是有人暗中保护的，但他不放心。

在陈挽这里，赵声阁的安全是最重要的。

陈挽不远不近地走在赵声阁身边，赵声阁的身形高大，肩膀也挺阔，影子似乎把陈挽包围起来。忽然，他听到对方懒洋洋的声音："陈挽。"

"嗯？"

"有一只萤火虫。"

赵声阁指着草丛边说。

陈挽看过去，路边的乔木下种着兰草，草叶丛丛，长茎葱郁，细长花叶中微光忽明忽闪。

他走近观察了一会儿，回过头看赵声阁，问："赵先生喜欢萤火虫？"

月光落在陈挽肩头，萤火在眼里亮起，如点亮一盏灯。赵声阁静了静，没说喜不喜欢，只说："我以前有很多昆虫标本。"

不过，也是很久以前，很小的时候了，后来它们都变成了火中灰烬。

陈挽想了想，问："你想要吗？"

"什么？"

"萤火虫，我可以给你抓。"陈挽九岁之前都住在飞虫、蟑螂和老鼠很多的唐楼，这对他来说不算什么难事。

赵声阁眼睛一眨不眨地望着他，不知道在想什么，片刻后，幅度很小地点了头。

陈挽缓身凑近兰草丛边，静待时机。

赵声阁就站在他的身后，陈挽清瘦，四肢修长，这个姿势像伺机捕猎的羚羊。

陈挽很快就捉到了那只萤火虫，站起来，走到赵声阁面前，朝他伸出合十的双手。

赵声阁的童年读物实在匮乏，脑中已无童话可用于形容，又觉得陈挽这副模样像在哄小孩子，他不伸手接。

陈挽等了一会儿，也不生气，好脾气地笑笑："你想带走还是在这里看？"

他离得不算远，赵声阁闻到了兰草的清香，就沾在陈挽的发梢。他垂着眼，问："还能带走？"

陈挽说："你想的话我去前台要个瓶子。"

赵声阁说："在这里看一会儿就放它走吧。"这话说得好慈悲。

"好。"陈挽张开双手，示意他认真看，会飞的小灯笼从掌心缓缓升起，点亮两人的眉眼。

彼此目光追着萤火，触到一起，赵声阁的眸底一片平静，陈挽的眼睛像一潭秋波。

谁都能看清谁的，谁又都看不清谁的。

山色青而深，树影绰绰，模糊对方的面容与表情，风中的静谧，如同一场拉锯战，又似无声的对峙。

赵声阁黑目如炬，陈挽不明所以，但眉目贞静，以不变应万变。

赵声阁无从在陈挽眼中探到半点波澜，低声提醒他："你的萤火虫飞走了。"

陈挽抬头，目送虫儿远去，问赵声阁："还想看吗？"他可以再抓一只。

赵声阁摇摇头。

还不属于他的东西，抓住了又有什么用呢？

夜越发深，山径两旁有为夜游者准备的提灯，陈挽主动去拿："那我们回去吧？"

深山老林，他实在担心赵声阁的安全。

小径路口有一处石阶，长满青苔，因为是陈挽提灯，他下了石阶后便回身举到赵声阁面前，说："小心，这里很滑。"

赵声阁在石阶上定了一会儿，没动，陈挽就把手伸出去给他，将手很绅士地握成了拳头，只让他扶自己的手臂。

赵声阁抓好，走过了那段布满青苔的鹅卵石路。

幽园小径花木寂寂，两人影子叠在一处，如提灯夜游。

陈挽希望尽快将赵声阁护送回灯火通明、安保充足的别墅，但偶有小猫夜行，躺在路中央不走，赵声阁会给它让路，非常有礼貌。

"……"

树枝上有松鼠跳来跳去，窸窸窣窣，赵声阁又驻足观看。

"……"

陈挽发现赵声阁对人都淡淡的，对动物倒是很有几分耐心。他看对方实在认真，有些无奈地开玩笑说："赵先生，这个我没法抓给你了。"

赵声阁终于轻笑了一声。

陈挽把他送回独栋别墅，说"赵先生，明天见"。

赵声阁叫住他："陈挽。"

"嗯？"

赵声阁朝他招了招手。

陈挽走近，赵声阁很绅士地帮他从衣领上摘下一片草叶。应该是抓萤火虫时沾到的，路上太黑，谁都没发现。

"谢谢。"陈挽微笑道谢，并伸出手："给我吧。"附近并没有垃圾桶。

赵声阁没给他，说："没事，我直接拿回去扔了。"

陈挽就点点头离开了。

赵声阁捻了捻兰草叶片，回了屋。

次日，东道主送宾客下山，等车的时候，草丛来了一只很小的猫蹭在陈挽脚边，黄白相间。陈挽看赵声阁和主人在前头寒暄告别，没什么人注意到这边，小猫又一直不走，就摸了摸它浑圆的头。

这里的猫是不怕人的网红，被来打卡的游客纵容得胆子很大，它转了一圈又到赵声阁身边去了。

东道主哈哈大笑，用不太标准的普通话恭维赵声阁："内地游客都喜欢猫的嘛，看到猫都走不动道了，比什么温泉啦、美食啦都有用咯，我们这边就养了很多，不少是从流浪猫公益机构领养回来的，也算是做功德。

"福灵可是我们山庄去年最受游客欢迎小猫投票的榜首，看来它很喜欢赵先生哟。"

赵声阁垂眸看了眼身边的小猫，矜持地抬起脚，没让碰，走了。

"……"

迈巴赫到了，赵声阁朝陈挽说："走了。"

"……"陈挽只得微笑地和主人寒暄告别，上了车。

从加多利山回来后，陈挽和卓智轩见了一面。

因黑雨期间项目耽搁了进程，近日进入高强度的推进期，陈挽无论线上线下的时间几乎都被赵声阁占去，卓智轩已经很有意见，陈挽还从来没有过这么长时间没和他见面。

卓智轩找了个喝酒的地方。

陈挽提前到，卓智轩进门从后面拍了下陈挽："干吗，出来玩还看手机？"

陈挽抬头，一笑："在工作。"

"工作、工作、工作，"卓智轩大为不满，"这是周末！赵声阁是什么无良甲方，夜生活时间还让人工作。"

"……"陈挽很想告诉他，其实不是甲方追着他，是他追着甲方领工作。

习惯是很可怕的东西，如果赵声阁超过一定的时间没有信息或来电，陈挽就会不自觉焦虑，反思是不是自己哪里做得不好，事业心一上来，每一项工作都希望得到回馈。

他知道这样不好，也在尽力抑制了。

"你最近也太忙了，上回给你打语音怎么老占线，一个小时都打不进去。"

"……"赵声阁开视频会议的时间确实会比较长，陈挽给他倒酒赔罪："工作太忙了，要讨论的事情很多。"

"再忙也不能这样啊，你这么累死累活的，钱进你口袋吗？

"赵声阁怎么这么会压榨人！"

要不是 Monica 说这段时间陈挽都有按时就诊，并且状态不错，他都要撺掇谭又明去讨伐赵声阁了。

当然，卓智轩自己是不敢的，但是有谭又明啊，让谭又明去搞定沈宗年，再让沈宗年去掣肘赵声阁。

借石打石，一石三鸟，卓智轩认为自己还是有点聪明在身上的。

陈挽不同意好友的说法，认真反驳道："没有压榨我，赵声阁是我遇到过的最好的甲方。"

"……"

陈挽的确非常在乎这项工作，从某种程度来说，不亚于明隆和赵声阁。

不仅仅是因为赵声阁。

而是，这是少有的能让他觉得真正可以发挥自己抱负、体现自己价值的机会。

可以说，在陈挽迄今为止的职场生涯中，他从未得到过这样的优待。

可以不用以辛烈的酒水和殷勤的假笑去乞求一个机会，可以不用天天喝到吐甚至犯肠胃炎换资方一个笑脸，可以不用和别人尔虞我诈、钩心斗角、不择手段地恶性竞争，因为这些都被明隆，或者说都被赵声阁挡下了。

陈挽可以纯粹做一些他感兴趣的、但已经很久很久没有做过的事情，享受到为数不多的科学的快乐和工作最本质的成就感。

这些感受其实已经离陈挽很远很远，远到陈挽都不太记得是什么感觉了。

而且，对方也是一个非常尊重人的甲方，一个果断睿智、见识广博的合作者，一个可以放心依赖的战友。

只是陈挽觉得自己还不够专业，虽然和赵声阁聊天的内容基本是公事，但和他的相处令人亢奋，也会带来退潮后的落差和痛苦。

卓智轩恨铁不成钢："崇拜一个资本家，陈挽，你是有点东西在身上的。"

"……"

临近十一点的周末，赵声阁吃过药后开始继续工作，手机上收到一张照片。

陈挽在声色犬马中低着头，表情不清，明明是全场穿得最正经的一个，但好几个方向都投来了赤裸的目光，当事人毫无察觉，还在很认真地看手机。

赵声阁盯着那截手腕看了几秒，打过去。

沈宗年接起来，他没说话，沈宗年就说："这也叫给你报备了？"

是某天赵声阁在吃饭的时候状似无意地提起陈挽会报备行程，沈宗年倒是很想知道这个行程——人家有没有跟他报备。

赵声阁没理他，直接问："谁在？"

沈宗年："就卓智轩。"

照片是一个朋友发给谭又明的，谭又明狐朋狗友多，他中午用沈宗年的手机登录社交账号忘记退出，沈宗年一眼就看到了。

那朋友的本意是看到了卓智轩，想问问沈宗年和谭又明在不在，在的话拼个桌，一起喝酒。

沈宗年心眼多，有卓智轩的地方……或许呢。

他直接用谭又明的账号跟那人聊了几句，让对方拍个照过来，果然就有陈挽，沈宗年反手就转给了赵声阁。

沈宗年没听见赵声阁继续说话，了然道："看来是没报备了。"

"挂了。"

"……"

赵声阁把手机搁到一边，半个小时前吃的退烧药开始起效，脑子有些沉重和混沌，呼吸也有些烫，但他还是坚持阅览完手上的数据，然后点开老同学的对话框。

"你今天毫无进展？"

透露出些许来自甲方的审视和督察。

方谏今天没有在群里上物理课。

赵声阁又回了几封邮件，对方才回复："？？？"

"你反正又不看！今天的思维导图我已经单独跟陈总讨论过了，"方谏较为满意地告知他，"以目前的深度你和徐总恐怕都很难理解，我们决定出个简易版的和明隆的技术专员对接。"

方谏恃才傲物，不太有巴结甲方的意识，直接对老同学说："你们就不用管了，等准备落地要钱的时候我们会再做详细汇报的。"

"……"赵声阁沉默两秒，说，"你发到群里。"

方谏："没那么快。"

赵声阁："不用简化，就发原版。"

方谏："你看得懂？"

赵声阁："你可以试试。"

"……"方谏是很有自己的时间规划的，不喜欢别人打乱他的计划，"我现在在做实验，晚上一点之后才会有空。"

"……"赵声阁作为甲方，比较客气地通知他，"明天我还有会，希望十分钟后能在群里看到，谢谢。"

"……"方谏骂了几句，要不是明隆给的实在太多，自己又还有一窝嗷嗷待哺的硕博生，他马上就退群。

十分钟后，群里显示上传一份压缩文件，由于载量过大，上传时间很长。

喧嚣的噪声吵得人头疼，陈挽还以为是自己看错了，但认真对比后，他确定这和今日早上方博给他发的文件是同一份。

陈挽不知道对方为什么又改变了主意，因为早上方博和他说的是，他们把这些资料捋出简易版的方案和设计图再向两个甲方进行统一汇报。

群里依旧没有人说话，但有陈挽在的地方就永远没有尴尬，他像第一次看到这些资料一样在下面发表了几句观点。

然后就直接戳进赵声阁的对话框看，不过迟迟没有等来对方的询问。

陈挽又等了一会儿，等到卓智轩已经跟几个不同桌的姑娘都喝过一圈后，对话框里还是安安静静的。

赵声阁是还在工作没有看到吗，还是去过周末夜生活了？

好几次，陈挽都开始打字了，最后又删掉。

他是乙方，只能被动地等甲方来让他汇报，万没有乙方推动甲方的道理，这还是大周末。

陈挽谢绝了一位女士的邀酒，手机一亮。

赵声阁竟然直接把电话打过来了。

陈挽起身，在卓智轩还没反应过来的目光中走出卡座，找了个稍微安静的地方接听。

"赵先生。"

"陈挽。"

赵声阁的声音很低，比平时都沉一些，陈挽觉得有些失真，但不确定："赵先生，是想聊聊方博发在群里的方案吗？"

赵声阁没有马上回答，停了两秒，才说："在外面？"

"很吵吗？"陈挽一边捂着传声筒一边快速地找更安静一点的地方，"我在外面，不过现在没什么事，我们可以讨论一下，我也是今天下午才刚看完立体图。"

赵声阁说："你方便吗？"

"方便的。"

赵声阁很理解地表示："不方便可以以后再说。"

陈挽很坚定地表示："方便，工作重要，今天方博还跟我说——"

赵声阁很轻地咳嗽了一声。

"赵先生，"陈挽停下来，"您怎么了？"

嗓音沉哑不是他的错觉。

赵声阁静了两秒才说："没有，你继续。"

陈挽犹豫了一下，还是放低声音说："赵先生，身体重要。"

近来换季，流感来势汹汹，科想不少员工都陆续请了病假，就连合伙人学长韩进也不幸中招，基本就靠陈挽一个人在撑。

韩进怕陈挽也倒了，去吊了几天针就又来上班了，回来后说最近医院门诊人满为患。

陈挽抬手看了下腕表："如果觉得不舒服可以先休息，立体图我会尽快整理一份报告出来……"

赵声阁说："没关系，我没事。"

"……"陈挽觉得他的语气也比平时轻，称不上虚弱，但也没有平常那般沉厚有力，担忧道："赵先生，有没有量体温，吃过药了吗？"

说完又觉得语气太急切，缓了气息补充道："最近是流感季，很多人生病，还是要慎重一些，感冒早期不注意拖久了不容易好。"

"是吗？"

陈挽说"是的"，他觉得赵声阁对自己的身体不太上心，便又问得更细一些："您现在是觉得哪里不舒服？"

"发热，喉咙痛。"

"不知道有没有烧起来，"陈挽皱起眉，"您先量一下体温，如果温度高的话，要吃退烧药，家里应该有常备的药吧。"

"好像过期了，"赵声阁说，"没事，先处理工作。"

陈挽皱起眉，没顺着他的话说，而是问："能麻烦司机送一下吗？"

"请病假了。"

陈挽一句"那我给你送过去吧"脱口而出之前生生止住了。

赵声阁的行踪、住址一向都是严格保密的，他要这么问，太僭越了。

好似在旁敲侧击对方的住址。

最近他和赵声阁是熟悉了一些，但还没有熟到知晓对方住址，半夜去送药的程度，恐怕就连卓智轩应该也不能随意地去赵声阁家里。

陈挽又凭什么。

一颗心被理智和顾虑纠缠拉扯，既担忧赵声阁的身体，又怕自己显得居心叵测被拒绝。

陈挽少有这么不干脆利落的时候，这几秒就显得格外漫长，电流里的气息慢慢沉淡下来。

因为犹豫就是一种拒绝。

而陈挽犹豫的时间太久，很难不让人误会。

沉默无形，但很锋利。

直至身后传来一道女声："哎，陈生，快回来，深水炸弹上了哟！"

是刚刚卓智轩邀请来他们那一桌喝酒的女孩子，她们是玩乐队的，跟卓智轩聊得很投机。

本就微妙的气氛更加敏感，赵声阁静了两秒，在电话里说："你先忙吧，我挂了。"

陈挽一怔，叫了一声"赵先生"，不过赵声阁应该是没有听到，电话响起了忙音。

赵声阁觉得头是从这个时候开始真正疼痛起来的，但仍然坚持回到了书房工作，独自在这个孤独的夜晚完成了群里那数百页文档的阅读。

其实赵声阁从来不觉得自己是一个强人所难的人，他不喜欢勉强人，为难人，尤其是陈挽，也自诩性格还算冷静自持。

但也许真的是流感病毒太凶猛，让人容易变得神经脆弱，头脑不清，总是做出一些高估自己的错误分析。

赵声阁从小就什么都有，但是想要的，几乎不会得到，可能，以后也不会拥有。

一个性格强悍的人，心性里最后一点未被抹杀的脆弱和任性不小心露出来时，如果没有被接住，那几乎就等于永久性地被尘封和磨灭了。

电话挂断很久，陈挽还保持着相同的姿势一动不动，呼吸也变得急促起来，药却没有带在身边。

他后知后觉自己似乎做了一个错误的决定，但有些事情，就是当下那么一瞬的意识，过去了就是过去了。

想尽自己的心意，又想保全分寸和体面。

自以为滴水不漏、百无一失，其实畏首畏尾，捉襟见肘。

陈挽对自己感到失望，也有些厌弃。

搞砸了，他在心里默念对不起，不知道是对谁说，可能是对生病的赵声阁，也可能是对曾经那个是真的一腔真心想要好好对待赵声阁的陈挽说。

他没做到，他很差劲。

"你干吗去了？"卓智轩端详他的脸色。

陈挽回来后，喝了一些酒。

"喂，"卓智轩出手制止，"怎么了？"

陈挽抹了把脸，收起情绪，说："没事。"

卓智轩夺过他手上的酒，皱着眉，严肃道："说。"

陈挽叹了声气，如实告知。

"赵声阁性子本来就怪，搞不懂他很正常啊，不过，"卓智轩说，"你好像确实陷入了一个误区。"

"什么？"

"就是，怎么说，"卓智轩虽然做人没有陈挽玲珑，"你觉不觉得你有点矫枉过正了？"

陈挽摇摇头："你不懂。"

卓智轩拍拍他的肩："懂，我怎么不懂，就是走钢索、过悬崖，每一步都小心翼翼，如履薄冰。"

这么多年，他又不是不知道陈挽是怎么过来的："想要对他好，又不敢对他好，不知道怎么对他好。只是，你有没有想过，是你自己把很多事情都放大了，其实在别人看来，那就是正常得不能再正常的普通社交。"

陈挽垂下眼:"是吗?"

"你要是实在害怕,那就拿我来参照嘛,比如上次,假设是我在牌桌上说我要赢,你会帮我吗?"

"会。"

"那再上上次,如果是我在鹰池遇到麻烦,你会不会掩护我?"

"会。"这没什么好说的。

"再往前,一起吃饭,我烟盒落在酒店,你会不会亲手交给我?"

"会。"

"……"

卓智轩两手一摊:"那不就完了,你怕什么?"

"陈挽,你太小心了,"卓智轩继续说,"你那么在意、那么谨慎的桩桩件件在别人眼里其实就是普通得再普通不过的社交礼仪,你的一举一动没有一桩一件越过了普通朋友的界限。"

"你拿不定主意的时候就拿普通朋友的相处去衡量,就不说我们两个的交情了,要是今晚是谭又明说他不舒服一个人在家,你刚好在外头,顺道问一句要不要拿个药,那怎么了?那太正常了,你不问,才不是你,不是陈挽。"

陈挽一怔,心口仿佛被什么东西砸中。

放在平时,就算是个普通合作方,陈挽都会提供足够的情绪价值,客气地关心一句,需不需要帮忙。

但到了赵声阁,却因他的心虚顾忌,只得到犹豫冷淡的几秒沉默。

从某种程度来说,陈挽对待赵声阁竟然比不上一个普通朋友。

陈挽后知后觉地感到痛心和自责。

这不公平,本末倒置。

赵声阁不一定需要陈挽的嘘寒问暖和买药送医,赵声阁什么都有,赵声阁可以拒绝,但陈挽不应该沉默,这是一种表态,一份关心。

这严重违背他的初衷和意志,陈挽希望赵声阁觉得自己是被关心着的,希望赵声阁生病时不是孤独的,希望赵声阁能好好吃药、好好休息。

陈挽觉得懊悔,下定决心以后改正,但不知是否还有可弥补的机会。

12 最希望，你开心

沈宗年抵达明隆时，是赵声阁在病中连续工作的第七个小时。

夜里醒来后睡意完全退去，赵声阁没有再吃药，很多时候，对他来说，工作比药物有用。

因为司机也遇上流感，这些天赵声阁都是自己开车上下班。

桌面上堆积了许多文件夹，是赵声阁批好的，分门别类，即便是带病加班，也依旧高效，有条不紊。

烟灰缸堆了不少烟头，爆珠里浓烈的柑橘气味已变得辛辣。

沈宗年从他的脸色看不出昨晚在他发送照片后发生了什么，赵声阁的情绪永远平稳沉静。

沈宗年把窗户打开，让新鲜空气涌进来，然后自助倒了杯茶，没有多问别的事情。

赵声阁直接说公事，两个都是言简意赅废话不多一句的人，效率很高。

途中赵声阁咳了数声，不得不停下说话，手握成拳掩着唇，皱眉的样子显得有些痛苦。

沈宗年问："又生病了？"

赵声阁的身体从小就非常矛盾诡异，有时候体魄凶悍，有时候体质很脆弱。

凶悍在游泳、射击和马术考试和比赛里他经常考出令对手怀疑人生的纪录，脆弱在几乎每次流感季他都踊跃参与，胃痛是家常便饭。

沈宗年觉得是他对自己的身体太不上心的缘故，吃饭是，睡眠也是，AI 都需要定期开启修护程序，但赵声阁的生活里貌似没有这个环节，他像一架高速运转、永不停息的工作机器。

赵声阁的声音比昨天在电话里更沉哑："没有。"

手机亮起，他拿起来看一会儿，回复后放了回去。

后来屏幕陆续又亮了好几次，不过赵声阁没有再理会。沈宗年觉得后半程他的效率低了一些，像 AI 程序出了不易被人察觉的故障，看起来是完好的、运行的，但哪里坏掉了，或许只有他自己本人知道。

"我找谭又明探探口风？"

卓智轩也不是每天都不干正事，今天来这边的证券交易中心办事，就顺便找陈挽吃饭。

"不用。"陈挽放下被按得发烫的手机，表情有些严肃。

卓智轩看到，对话框里，赵声阁就公事上的问题给了详尽回复。

因为陈挽将方谏复杂烦琐的模型拆解成较为容易理解的数据和文字呈阅，看得出来是花了功夫的。

赵声阁表示了感谢，言辞得体，字里行间，毫无芥蒂。

都是成年人，谁也不会将私人情绪与工作挂钩。

不过对于陈挽关心问候他的身体状况，则是一笔带过。

至于陈挽询问赵声阁司机是否复工，如果还没有，自己刚好要到证券大厦办事，对方可以坐他的车。

赵声阁也只回了简单的："不用了，谢谢。"

几个字，陈挽也看了很久。

昨晚陈挽试图给赵声阁回电话，不知道赵声阁是睡了还是在工作，抑或出于其他原因，没有接到。

由于时间太晚，陈挽顾虑打扰病人的休息，就没有再打第二遍。

而是在今天一早上发信息询问赵声阁的身体和病情，并将群里需要赵声阁批示的事项简化处理，以期减少工作量。

工作上的事，赵声阁都认真回复了，一一批注，有礼有节。

但关于自身状况，没有多提。

陈挽无从得知对方后来是否真的发起烧来，喉咙和头痛是否减轻，而现在又是否严重，是否好转。

陈挽只能捧着手机，把一句"不用了，谢谢"读很久。

卓智轩不知道他看出了什么。

赵声阁讲话永远那么省字，别人基本无法揣测，他不知道陈挽是怎么理解的，只看见他咬着烟，垂下阴郁的眼，在对话框里发了一句："好的，那您先忙，保重身体。"

卓智轩："……"

陈挽将烟按灭，当机立断私聊了谭又明，问："谭少上次说想打保龄球，最近还有兴趣吗？之前翻修的那个球馆最近重新开业了。"

他说如果谭少感兴趣的话，他可以去安排。

当然，他会预留足够的时间等待生病的人痊愈。

陈挽几乎没有主动提议过组局，只有在少爷们要办什么的时候领任务，安排妥当。

可那通意味不明的电话一直如同一根刺哽在喉咙里。

陈挽不会认为赵声阁会因为这种事情就生气了，对方挂电话的语气都是礼貌的，除了回信息的时间比平日长些许，工作上也一如既往地耐心。

但他也分明察觉，有无名的东西在悄然流逝。

不知究竟是什么东西，明明都还没有拥有，就已经在失去。

只是那些不可名状的情绪催促着他要坚定，要给予，要落落大方地付诸心意。

谭又明自然是求之不得，大呼陈挽贴心，沈宗年最近忙，他也没怎么能出去，打保龄球好歹是有益身心健康的体育锻炼，对方不该再有阻止的理由。

谭又明呼朋唤友，大家都很给面子，响应很快，除了赵声阁。

赵声阁极少在群里说话，仿佛一个假号。

直到出发的前一天，陈挽都不确定赵声阁会不会同行。

他预订了荷里的球馆，几辆车同时从海岛出发，驶过明珠大桥，颇具气势。

陈挽能认出卓智轩的卡宴，谭又明、沈宗年的林肯，秦兆霆的宾利，但其中有一辆他没见过的路虎。

开得快而稳，路迹笔直，飘移流畅，飞速移动，仿佛要直直穿过明珠大桥驶入蔚蓝天际。

陈挽不错眼跟着，心里期望自己有一个改正错误的机会。

他不一定要追得上那辆路虎，但他不能再困囿于原地。

荷里的球馆是新开的，傍山临海，门口立着一个巨型保龄球瓶模型，四面落地窗，可以看到海面和青碧芳草地。

会员制，人不多，陈挽没有包场，只是买断了部分球道，这便是他比旁人的心细之处——少爷们不喜欢热闹，但也不喜欢太冷清，人不能多也不能少，就看怎么把握这个度了。

赵声阁前几日即使生病也上班，但还是堆积了一些工作，电话很多，因此最后一个从车上下来。

其实他今天没有打算要来，但谭又明给他打了许多次电话，并说有重要的事要说。

还讽刺他身体那么差，应该加强锻炼。

赵声阁走过来跟大家点了个头，目光经过陈挽时，也一视同仁地点了头，与其他人无异。

蒋应站得最近，顺道和他交谈。陈挽一直找不到跟赵声阁打招呼的机会，只得先去找球馆经理打点。

等他进入更衣室，已经没有什么人，放好东西关上柜门，赵声阁正在整理物品，陈挽走过去，看着他，说："赵先生。"

赵声阁在戴护腕，听到陈挽叫他，抬起眼，点点头。

不疏离，也不热络。

陈挽径直走上前，看他单手给另一只手戴护腕不算太顺手，问："需要帮忙吗？"

赵声阁自己扯好护腕："没事，不用。"

陈挽就这么站着，也不走，腰背挺得很直，一副耐心、专心等人的姿态。

赵声阁通情达理地说："你好了就先过去吧，等一下我关门。"

陈挽摇摇头，面色平静但执拗地说："没事，我等您一起。"

没等赵声阁拒绝，陈挽就主动问起："赵先生，您的感冒好了吗？"

赵声阁不甚在意地回答："应该好了吧。"其实声音还带着一点哑。

陈挽手紧了紧，觉得赵声阁似乎对自己的身体一直有种不上心的随意，想了想，他问："您想喝点蜂蜜水吗？"

经理来和他说就差赵声阁还没有点饮品，VIP 都有专属服务，点好单后由工作人员送到赛道上。他们这样的身份，经理更是重点关注，生怕哪一个细节怠慢。他不会直接去跟那群少爷说话，都是通过陈挽打点对接。

赵声阁整理好私人物品都准备走了，就说："不用了。"

陈挽也随着往外走："不会很甜，可以试一试，对喉咙好，喝完挺舒服的。"

赵声阁终于抬头看了他一眼，眼神平静无波，心里却闪过很多东西。

到底是怎么样呢？

近不得，也赶不走？

就那么肆无忌惮，为所欲为吗？

凭什么。

气氛微妙，气流涌动，仿佛一切都没有变，但又变了些什么。

谁都没有提起那天那通电话，也看似毫无龃龉，点头寒暄，与往常无异，实则心照不宣，又各自不得其解。

陈挽非常非常认真地注视着赵声阁，眼睛很黑，平静中含着一种堪称真挚的固执，大方坦然地接受赵声阁的审视。

普通朋友法则成为新的衡量标尺和行为准则。

陈挽可以对朋友关怀病情吗？可以等朋友一起走吗？可以为生病的朋友点一杯润喉的蜂蜜水吗？

既然都可以，那为什么不可以给赵声阁？

界限之内，陈挽要给赵声阁很多，最多。

赵声阁不想要的话，扔掉也可以，但陈挽还是想给。

赵声阁看了他一会儿，觉得陈挽似乎和从前有些许细微的差别，是恭谦的，但没有那么温顺柔软了，掀掉那层不真实的社交微笑之后，整个人于无声平静中露出某些真实的锋芒。

赵声阁无法具体形容。

不过陈挽在他这里的"前科"太多，也从来不在赵声阁的阅读理解之内，因此他可有可无道："那随便吧，谢谢。"

陈挽张了张口，还没来得及说话，门就被人从外面打开了。

两人之间微妙的气氛荡然无存。

秦兆霆进来拿毛巾，目光在他们之间扫了一圈，微笑着随口道："在聊事情？"

赵声阁没有回答，陈挽就微笑着说："刚准备出去。"

等于也没有正面回答。

秦兆霆笑笑，错身走进休息室，在物品储存柜前按了两次密码，门都没有打开,他不确定是自己输入密码的步骤不对还是系统出现了故障,叫住了陈挽。

"阿挽。

"可以帮我看一下吗?可能得找经理,但是我的手机也在柜子里面。"

陈挽只好走回去帮他看。

赵声阁就说:"我先出去了。"

陈挽看着高大的身影消失在门口,很快地帮秦兆霆打开了柜子,两人一起走出去。

秦兆霆和陈挽聊天期间,陈挽心里都在想别的事情,脑子仿佛自动生出另外一套独立的系统去应对、回答对方的寒暄,其实根本不知道说了什么,只能做到不出社交错误的最低保障。

陈挽走近球道的时候,就自动跟秦兆霆分开了。

赵声阁一直没有上场,在和一个陈挽不算很熟的朋友讲话。

其实赵声阁比较亲近的朋友里已经不太有陈挽不熟的了,因为赵声阁的私人交际圈本来不大,他疑心重,不社交,来来去去就那么几个人。

这位朋友是在国外工作最近回来探亲的,谭又明就把人叫过来叙旧。

谭又明第一个去选球,手不顺,没有进入状态,大屏幕排分榜被其他赛道的玩家死死压着,等沈宗年和蒋应也上场了积分才开始逐渐好看一些。

赵声阁不着急下场,和朋友谈话听得多,说得少,等那位朋友也要上场去过手瘾了,赵声阁就抱着手站在球道旁看。

陈挽走过去问:"赵先生不玩吗?"

赵声阁摇摇头,认真看几个朋友投球,看了一会儿,他发现陈挽还没走,礼貌地道:"我这里没什么事,你可以去玩自己的。"

陈挽对他笑了笑,心里叹了声气。

赵声阁看他没有再说什么,就转回去继续看球了。

新的一轮,谭又明打出了个 4-6-7-10,沈宗年有工作电话,谭又明就让卓智轩帮忙。

卓智轩搞来搞去 outside(指从球道右边出手)了,谭又明看向赵声阁。

赵声阁看了下球瓶的位置,觉得有点意思,这才肯去选球。

一上场直接来了个 turkey(连续打出三次全倒)。

陈挽看得非常认真,赵声阁手臂修长有力,侧旋使球滑过球道沿曲线滚动,产生更大角度，切入1、3号瓶之间。

角度很陡峭，是需要经过精密的核算和绝对控制的力量才有可能完成的球路。

那记凶猛的狠球冲击的并非球瓶，而是陈挽心中之墙。

一瞬间，他觉得赵声阁像漂亮迷人的花豹，动作敏捷，不动声色，可当时机一成熟，便以绝对的力量一击毙命。

一球屠榜，其他球道的玩家驻足围观，大胆的还吹口哨表示敬意。

赵声阁弯着腰，双手掌心撑在膝盖上，陈挽就站在旁边的大屏幕下数榜单排名，一行一行，非常认真。

他看完后，心满意足地回过身，和赵声阁看过来的目光不期然撞在一处。

球道两边很热闹，报分的机械女声和其他人聊天说笑的声音混杂在一起，两束视线交接宛如构建起一座隔绝外音的寂静鹊桥，所有的吵闹声都进不来。

虽然对方无声的话语，他们都未能解读，甚至就连自己想说什么也未曾想明，表达不清，但没有人移开目光。

赵声阁脸上没有表情，目光很静，很深；陈挽的心跳得快而清晰，忽然，他抬起手，微笑着慢慢地拍了几下，算是祝贺。

他的眼睛弯成月牙，看起来是发自真心地为赵声阁一球夺魁感到高兴，那种笑容和目光真诚得如同一道暖阳，被照到的人是真真正正地能感觉到热意。

赵声阁顿了顿，转过头去，不看他了。

积分一骑绝尘，机械女声全馆播报，谭又明沉默数秒，万分不解地问赵声阁："你到底是怎么打的？"

赵声阁仰头喝水，喉咙滚动，语气平淡地告诉他："可能是用脑子打的吧。"

"……"谭又明狠狠从果盘里叉了块凤梨，"好了不起。"

赵声阁礼貌地点点头。

蒋应狂笑。

卓智轩积分被虐，大败而归，质问好友："刚我三连投都快渴死了，你怎么不叫人上果盘？！"

陈挽的目光从赛道上收回来，问："你上场了？"

"……"

赵声阁放下水杯，喉咙淌过甘润，带走干渴和感冒弥留的痒意。

是被他拒绝过的蜂蜜水。

温度和甜度都刚刚合适。

这个场上，谭又明要了菠萝啤，卓智轩点了运动饮料，蒋应喝的是冰水，只有他手上这杯蜂蜜水是陈挽亲自从前台拿过来的。

赵声阁看见了。

想不看见都难。

那种赤诚、温暖但不掺一丝杂质的目光让赵声阁想起陪伴过自己的波珠。

陈挽像一个无声的影子，也不去打扰你，他就远远看着，等着，好像你一叫他就会过来，好像那天晚上沉默的数秒只是生病的赵声阁头脑不清的幻意。

没有经验的赵声阁曾笃定，陈挽自愿最好，如果不自愿，那就按照他的方式来。

但是他现在发现，可能不行。

陈挽不是别人。

如果他真的不愿意，赵声阁竟然真的想过要说服自己接受再失去一个"波珠"的可能性。

也不能说失去，说来或许没有人相信，赵声阁身份显赫，却从未拥有过一样完整的、都属于自己的东西。

陈挽当然不是波珠，赵声阁从来没有搞错过，可是他的眼睛真的很黑，目光那么真诚。

赵声阁只能告诉自己，他愿意再给眼睛很黑的人一些机会。

如果陈挽还是不能及格……那还是得按照他的方式来。

至于结果会怎么样，再说吧，他都承受，赵声阁冷漠地想。

蜂蜜水已经喝完，赵声阁去拿一杯冰镇的果汁。

正在试球的陈挽看见了，果然很快走过来说："赵先生，刚运动完最好不喝冰，那边还有一些蜂蜜水。"别人可能可以，但赵声阁的胃不允许这样冒险。

赵声阁没有放下果汁，礼貌婉拒："不用了，这个就行。"

陈挽没有放弃，继续给出建议："茶也有的，是大红袍。"

赵声阁看着他，不说话。

是害怕得罪他吗，还是觉得那通意味不明的电话里表现得不够体面，有点愧疚？

赵声阁这个人，对别人都很宽厚，但对陈挽很恶劣，但凡对方显示出一丁点退让和讨好，他就要得寸进尺，骨子里那点权衡算计、锱铢必较的商人本性在陈挽这里体现得淋漓尽致。

陈挽的底线在哪里，留给赵声阁的区域范围有多少，是否和别人一样？

赵声阁不会再对他那么宽和。试探，越界，如果不行，就摧毁，再拼起来。

他总能拼好的。

"陈挽，"赵声阁垂眸注视着他，轻声说，"我现在已经不喝大红袍了。"

陈挽顿了顿，问："那您最近在喝什么茶？我叫人沏一杯，不会太久。"

赵声阁盯着他的每一个细微的表情，随口说，太平猴魁。

刚才蒋应点单的时候，赵声阁听见侍应生抱歉地说今日绿茶暂时售罄。

陈挽作为打点一切的人，不会不知道，但他也只是点点头。

稍许时候，便真的给赵声阁端来了一杯清淡的太平猴魁。

赵声阁很少喝绿茶，但也觉得很香，他用双手去握住茶杯，不知道陈挽怎么做到的。

极其酸胀的涩意和不太多的悔意从坚硬的心脏渗出，不多，但丝丝入扣，缠绕神经。

陈挽未免太霸道、太猖狂了，可称得上为所欲为。

赵声阁许久没有说话，用漆黑的、沉默的、又没什么办法的目光凝视着他，一字一句，缓而轻道："谢谢陈挽。"

陈挽微怔，不知他怎么想，说"不用的"。

沈宗年打电话回来后，谭又明又催着赵声阁上场，还要陈挽也一起加入。

陈挽说自己才刚打了好几局，现在先观战。

后半场，积分榜上最后剩下赵声阁、沈宗年和秦兆霆，三足鼎立。

几人轮番上阵，巨幕排分榜名次滚动，后来沈宗年自动弃权，他又有个重要的工作电话进来，气得还指望他帮自己雪耻的谭又明要砸他手机。

沈宗年边接电话边腾出手拍了拍他，算是歉意，也是安抚。

谭又明就算了。

只剩下秦兆霆和赵声阁，他掂了掂球，笑道："声阁，怎么说？"

赵声阁低头扯好护腕："我没问题，你累了？"

"那继续。"秦兆霆选球。

赵声阁走到休息椅找自己的毛巾，陈挽递过去，说："刚才阿姨过来清理垃圾。"他就先放到一边了。

赵声阁看着他，突然想起以前读书时代打篮球的队友。

球道上猝然响起一阵极重的闷响，是秦兆霆的球出了，秋风扫落叶，噼里啪啦。

"吓我一跳。"谭又明抓着沈宗年说，沈宗年电话没讲完，往那边瞟了一眼。

赵声阁还跟那儿不紧不慢地擦汗，轻微喘息，汗水浸湿的头发和眉目格外漆黑，黑色眼睛注视着陈挽，显得很年轻，男大学生似的。

陈挽也没被吓到，他没有退后，笑容很温柔："加油。"

赵声阁微顿，表情有些不自然，淡淡地嗯了一声，把毛巾交给他，转身走了。

陈挽拿着赵声阁的毛巾，想退到远一点的位置不干扰投球。

但赵声阁选了球后很轻微地往这个方向侧了下，那个动作太轻太快了，不可能有人发现的，但陈挽的脚步就定在原地，看他完成了投球。

还是STRIKE（全中）。

排分榜名次不断上升，隔壁球区的男孩过来邀他排分，他的排名离赵声阁很近。

赵声阁无甚兴趣地说了句不方便。

这是真正的大学生，不知赵声阁身份，他那样板着脸，气场又盛，都不怕，被拒绝了也不走，笑意盈盈地继续看球。

陈挽看他行头，又能请一群同学来这里打球，家里条件应该很不错。

青葱少年，心里想什么眼神都藏不住，至少还未沾上利益与算计，只有单纯天真的钦慕。

陈挽见惯了这种神情，高中的时候赵声阁在学校的体育馆打球也是引得几个年级的学生全员出动。

球馆是限制人数的，陈挽也不是本部生，只能跨两个校区去体育馆门口喂蚊子，碰巧的话能看到少爷们张扬肆意地从里头走出来。

其中一个身影，比同龄人都稳重内敛，但比现在放松慵懒一些，还有现在几乎不可能再看见的笑容。

陈挽看到男生拿出手机拍照，走过去提醒他："你好，未经允许不能拍照的，希望理解。"

赵声阁连财经重刊都不让拍。

男生"啊"了一声："对不起。"他胆子大，但不骄纵。

应该没人能比陈挽更理解他，谁的青春里还没有过几个忍不住想要拍赵声阁的瞬间。

陈挽不会为难一个小朋友，只说："把之前拍的删了吧。"

男孩立刻当着他的面就删了。

陈挽确认过没有备份，请他到旁边吃水果。

男生有点愣地看他，搞不懂这个人，看着好说话，其实态度很强硬，但其实……还是好说话。

然后他说："那可以跟你加个Chat（社交软件）吗，哥哥？"

"……"

卓智轩狂笑。

赵声阁才打两局，忽然下了球道。

陈挽看见了，借机婉拒了男生的好友申请，走过去，问："赵先生，怎么了？"

赵声阁看了一眼吃水果的男生，说："护腕脱手。"

陈挽说："我帮你吧。"

赵声阁抬眼看他，片刻，直接把手伸到对方面前，陈挽很快为他重新戴好。

保龄球不算太消耗体能的运动，更注重技巧性和观赏性，但打到后面，保持击中率主要靠耐力，秦兆霆勉强维持高分。

就在大家都以为赵声阁会继续毫无悬念拿全中的时候，球道上出人意料地出现了2-7-10残局。

秦兆霆微讶，赵声阁连双重高峰都打得出，怎么会犯这种错误，但又挺高兴，意味着最后的赢家是他。

2-7-10算得上死局，沈宗年球技不错，但技术流非他长项，在场的人里恐怕也只有赵声阁自己能解，不过他已经失去了补球的资格。

本来一局有五轮，每轮有两次投球机会，但这家新球馆为了增加趣味性和对抗性吸引球客，采用了最新的俱乐部积分赛制，进入高分局后不允许二次补球，只能选队友，让另外的人来补球。

陈挽一直关注着赵声阁，怕他没全中不高兴，赵声阁被他的目光看得回过头来，陈挽适时地给出一个略带安慰和鼓励的笑容。

"……"

秦兆霆走过来，笑着说："生疏了？"

赵声阁淡淡地笑了笑，秦兆霆希望自己赢得更有风度也更名正言顺一些，说："要不你还是指个人来把球补全了吧。"虽然他们都心知肚明，不会有真的能解局的人出现，只是程序上象征性走完最后一步。

赵声阁似乎没有这个打算，无所谓道："直接按吧。"

每个赛道旁都有个算分键，按下意味着比赛结束。

秦兆霆耸耸肩，说那好吧，他伸手去按清算。

"等一下。"

陈挽走过去看了下球瓶的位置，转过头对他们说："让我试试可以吗？"

秦兆霆一愣，陈挽今天打得不多，他以为对方不会打，或是不感兴趣。

秦兆霆看向赵声阁，这是赵声阁的球，只有他有决定的权力。

陈挽也看向赵声阁，又问了一遍："可以吗，赵先生？"

赵声阁看了他片刻，退开几步，绅士地比了个请的姿势。

陈挽接过他手上的球，身形交错时，用只有两个人能听到的声音说："应该不会输。"

赵声阁挑了挑眉。

陈挽说不会输就是不会输，保龄球是他忙碌疲惫的大学生涯里唯一参加的社团活动。

他在脑中默算着投球的角度和速度，摆臂选了个奇峭的路线进球。

"咚！"

春雷暴鸣，电光石火，白球以无可抵挡的速度进击，周旁围观玩家顿时爆出低呼——

Christmas tree（圣诞树）！

2-7-10号瓶因将打剩下球瓶的球路连成线好似一棵圣诞树而得名。

纷繁电闪的球轨撞击观众眼球，球瓶四散，清瓶入库。

"好浪漫！"一位女玩家小声对男友说自己也想要，"打出一次圣诞树会交一整年好运。"

谭又明"腾"地起身给陈挽鼓掌,又大声指责赵声阁:"你开外挂!"

"嗯,"赵声阁看了眼正在仰头看大屏幕认真数积分的陈挽,对他点点头,平静地道,"你尽管骂我。"

"……"

沈宗年看着赵声阁。

全场都称赞陈挽技术了得,一球打出千万分之一概率的圣诞树。

但技术了得的真的只是陈挽吗?

这样的残局打一百局球可能都不会出现一次。

需要如何缜密地计算才能让球刚好留下固定号数的球瓶,形成这棵"圣诞树"。

赵声阁淡然回视,沈宗年对谭又明说:"你骂吧。"

"……"

秦兆霆最后虽然输了球,但也很大度地过来说恭喜,又笑着说陈挽深藏不露。

陈挽笑笑自谦,说是赵先生前头的积分够厚,不然他再怎么也无力回天。

赵声阁早已对他的恭维免疫,只是在洗浴间叫住对方。

"陈挽。"

"嗯?"

"经常打圣诞树?"陈挽的球风太漂亮,而且一球打出圣诞树的概率太小了。

"没有,我第一次打这个。"能成功大概是他心诚,真的不想让赵声阁输。

"是吗?"

"是。"

赵声阁就说:"我也是第一次收这个。"

陈挽微讶,赵声阁从学生时代就打保龄球了,这么多年居然没有人给他打过圣诞树。

陈挽有些惊喜道:"我的荣幸。"

赵声阁不想再听一些听起来很贴心其实什么也不能代表的话了,直接问:"为什么给我打?"

是因为那通谁也说不清的莫名其妙的电话,还是觉得得罪了他,给一点补偿,做出一些挽回?

陈挽觉得他并不是随口问问，就也收起笑容，神情变得认真起来，他说："因为希望你开心。"

赵声阁一顿，一动不动地看着他，心脏很清晰地跳着。

陈挽脸上又是那种赤诚的、不含一丝虚假的表情，好像他人生中最大的愿望真的就只是希望赵声阁开心。

球馆很吵，赵声阁没有做出回应，陈挽以为他没有听清楚，就又很正式地说了一遍："希望你开心，赵先生。"

希望你一直赢，希望你交好运，希望你健康不生病，希望你有很多人挂念。

最希望，你开心。

良久，赵声阁低了低头，终于露出今天，不，这些天以来的第一个笑容，那种无奈的、认命的，又实在有点不知道怎么办好的笑容。

但因为很浅，很淡，很快就消失了，所以陈挽都未来得及反应，秦兆霆就走了进来。

他半认真半开玩笑道："你们二对一是不是也太过分了。"

赵声阁伸手去拿陈挽手上自己的毛巾，说："你也可以找外援。"

盥洗室是单独的，赵声阁没有带沐浴露，就用了陈挽的。

陈挽没怎么打球，洗得快一些，在外面等。

球馆外烟霞铺天，金色日光照在芳草地上，更远的海开始涨潮。

赵声阁出来的时候，陈挽正在回工作信息，相同的沐浴露味道袭来，陈挽收起手机，说："赵先生。"

赵声阁垂眼扫了下手机屏幕，说："走了。"

到了停车场，各自去拿车。

谭又明和沈宗年的林肯就停在赵声阁的路虎旁边，谭又明说想开赵声阁的车。

在他停车时将几个路边的垃圾桶撞坏还差点将车开进绿化带之后，沈宗年就没再让他开过底盘高的车了。

谭又明人菜瘾大，对赵声阁这辆新的庞然大物觊觎已久，赵声阁很大方地说："接着。"将车钥匙抛给他。

谭又明大呼："唔该大佬（粤语：谢谢大佬）。"

赵声阁嘱咐他："注意安全。"

谭又明觉得赵声阁今天终于有人情味了一些，和前段时间冰冷寡言的样子截然不同，不过那时候对方生病了，可以理解。

沈宗年冷笑："你车给他了你坐哪儿？"

陈挽走过来解围："赵先生不介意的话，可以坐我的车。"

他今天特意开了一辆丰田霸道出来，和少爷们的豪车比算不上什么，但胜在空间开阔，舒适度高。

赵声阁看着他说："不方便的话我坐蒋应的也可以。"

陈挽忙说："没什么不方便的。"

"那好吧。"

"……"沈宗年有些冷地看着赵声阁。

赵声阁拍了拍他的肩，像兄长一样嘱咐："你看着又明，没问题的。"

"……"

陈挽稍稍快步一些去为赵声阁打开后座的车门。

几乎在同一时间——赵声阁径自打开了副驾。

"……"

空气有一瞬的静止，两人皆是一顿，面面相觑。

陈挽先开口说："赵先生，后边宽敞，坐得舒服。"

赵声阁看了他片刻，伸手去把他还拉着车把的手拿下来，将人拉到自己身后，"啪"一下关了后排的车门，说："我坐前面，视野好。"

陈挽也随他："好。"

赵声阁大概真的没怎么坐过副驾，也不熟悉他的车，他腿长，座椅调试了好一会儿，提示音一直响。陈挽看前面几辆车已经出发，侧头询问他："赵先生，我帮你吧。"

赵声阁看向他，双手举起，示意他来。

陈挽倾身过去，虽然留了足够的社交距离，但赵声阁依旧能闻到他身上和自己一模一样的沐浴露味。

陈挽很快调好，踩上油门，方向盘一打，追上前边几辆车。

赵声阁手肘搁在车窗沿上，坐陈挽的车很舒服，让赵声阁觉得像回到了一个十分私人、可供身心放松的安全区域。

赵声阁十分宾至如归地调小了音响，又去拿车门边上的纯净水，弯腰时瞥到车座下的一抹丝绒红。

赵声阁捡起来,是一支口红,应该是掉在后排滚动过来的。

他举起来,没有多问,只道:"放哪里?"

陈挽抽空从路况中侧头看了一眼,下意识嘟囔:"噢,我妈妈的。"

赵声阁挑了挑眉,不知道笑没笑:"陈挽,我是问——放哪里。"

"……"陈挽反应过来,有些赧然,好在声音还是沉稳的,"噢,抱歉,我听错了,就放在抽屉里吧。"

赵声阁善解人意地说:"那给你放这里。"

广播频道是陈挽最常听的港乐电台,正在放《终身美丽》,陈挽不知道赵声阁想听什么,就说:"赵先生,广播随便调。"

"没事,就听这个吧,"赵声阁对广播频道没有意见,不过,他转过头看着陈挽说,"陈挽。"

"商量个事?"

"嗯?"突然被点名,陈挽不自觉挺直腰杆。

"我的休息日不算多,"赵声阁很坦荡地提出异议,"你一直这样称呼我会让我以为我还在上班。"

卓智轩暂且不论,十几年的时间和交情摆在那里,陈挽叫谭又明谭少,叫沈宗年沈总,叫秦兆霆秦老板,叫蒋应蒋先生。

那赵声阁也没什么不同。

放在之前,赵声阁愿意给陈挽一点时间缓冲和适应,但是如今,赵声阁已经意识到,陈挽是会为他妥协的。

一而再,再而三。

那通电话算不上什么愉快的记忆,但莫名其妙因祸得福,让赵声阁占尽道理,如同获得一张底牌,在这场势均力敌的拉锯战中渐占上风。

不管陈挽是出于何种心理,但凡有一丁点弱点和缺口被赵声阁抓到,赵声阁就会物尽其用,绝不心慈手软。

陈挽转过头看他,目光漆黑,好似思绪万千,又好似黑得什么也没有。

他握方向盘的手紧了紧,压抑心中的汹涌,轻声问:"那我该怎么称呼您?"

"不介意的话,叫名字就可以,"赵声阁很随意的样子,仿佛只是不值一提的小事,他说,"没那么多繁文缛节。"

陈挽喉咙滚了滚，短短几秒，脑子里滚过很多想法，但一切以赵声阁的心意为主，他郑重地回答："好的。"

放在从前，陈挽会顾虑很多，思考很多，觉得不够尊重。

现在，陈挽以赵声阁的意志为最优先级原则。

赵声阁，陈挽在心里默念，海市能直接叫这个名字的人很少，谭又明、沈宗年他们是自小一同长大的情分，陈挽用十几年的毅力也走到了这一天。

丰田霸道沿西环行驶，经过苛士甸道，是那条陈挽曾经载赵声阁前往鹰池走过的路。

又是红灯高挂，可是沿途风景早已不同。

13 少年心事

他们到餐厅比前面几辆车迟一些,但陈挽提前安排了人接待,其他人已在厢厅就座,主位照旧空了出来,留给赵声阁的。

陈挽抬步走向卓智轩那边的位置,却发现赵声阁路过了主座,走在他身后。

赵声阁掩唇轻咳了两声,对着主位抬了抬下巴,言简意赅:"空调。"

主位正对着空调,风劲很大,赵声阁感冒刚好,不宜对风直吹。

但是陈挽觉得自己旁边这个空位也很大风,索性往旁边让出一个位置:"赵先生,你坐这里吧,我坐这边。"

赵声阁看陈挽和自己调换的位置,本来他旁边是陈挽,另一边是秦兆霆,他夹在中间。

现在变成了陈挽坐在他和秦兆霆之间。

赵声阁没说什么,依他的话坐下了,旁边的卓智轩还跟他打了个招呼,赵声阁缓慢侧头看着他,淡淡地嗯了一声。

"……"卓智轩又开始觉得他很冷漠。

秦兆霆离门近,经理拿了菜单进来,他递给陈挽,意思是一起看看选什么。

但陈挽好像有点没意识到他的意图,接过菜单对他说了声"谢谢"便朝赵声阁那头转过去了。

"……"

餐厅是陈挽选的,这家菜品应该挺多是赵声阁喜欢吃的,基本的菜色他都已经提前选好,也照顾了每一个客人的口味,经理拿菜单来是给各位客人单独添加。

陈挽将厚重的菜单摊开在赵声阁面前:"赵先生,您想吃点什么?"

赵声阁眉峰稍动,看着他,歪了下头,说:"你重新问,我告诉你。"

陈挽反应片刻,转过弯来,无奈又好笑地道:"这里人太多,不合适啊。"

赵声阁说:"名字就是给人喊的。"

"……"陈挽投降道,"那您也得给我点时间习惯一下。"

赵声阁想了想,说可以。

大餐厅的菜单又厚又大一本,半竖起来差不多挡两个人的脸,谭又明在桌对面问:"你们两个点好没有?"他打半天球,快饿死了。

赵声阁抬头说:"手机上也有,你自己看看吧。"

谭又明只得从沈宗年的口袋里摸出手机。

赵声阁看半天,千挑万选就加了道豆豉蒸鱼。

其实比起花里胡哨的山珍海味,他的口味更偏普通的家常菜,大概是从小也没有太多机会吃到的缘故。

陈挽看到甜点他竟然选了钵仔糕,有些奇怪道:"点错了吗?"

"没有,"赵声阁看着他,说,"可能当时不知道自己喜欢。"

赵声阁即便不坐主位,也是话题的中心。

"汀岛地界最近不太平,谁上来还说不准,宝莉湾二期的考察要不要考虑推迟一些?"蒋应问。

蒋应看起来斯斯文文,家里却是耳目遍布海市。

这也是谭又明今天非要赵声阁出来,说有重要的事要说,虽然宝莉湾项目他不参与运营,但谭家和沈家是注资了的,项目安全涉及多方利益。

陈挽手上停下来,看向赵声阁。

赵声阁说:"不考虑。"那么大一笔现金流滞在那儿,杠杆会被成倍拉长,一旦资金链断裂,其他的项目也会受影响。

陈挽抿了抿唇,欲言又止,蒋应说的考察他知道。

海油隧道工程要穿过大洋中脊,势必要以周围岛屿延伸出来的大陆架做依托,汀岛是海市周围天然面积最大的岛屿,又经过20世纪90年代的填海造陆计划,地理环境得天独厚,距海岛60多海里(1海里等于1852米),是最适合作为海油隧道承托的支点。

但由于海底探测仪器反馈回来的地形地势环境情况复杂,方谏必须亲自带队去一趟，对当地洋面条件和海底环境进行检测评估，而汀岛靠近公海，岛上原生态居民多民族分布，门族派别林立，政局复杂，赵声阁也必须亲自去一趟，京官压不过地头蛇，不一次谈妥，今后的项目开展起来也会被使绊子。

其中又涉及进出口，海关世家出身的徐小姐也得出马。

于是预定了下周三的行程，从海市出发。

蒋应提醒赵声阁："那你最好多带些人，多黎族这些年人口外流严重，来海市的基本进了白鹤堂，现在洪七和邵耀宗倒了，原部下逃窜回多黎地区，警署都拿这些流匪没办法。"

陈挽听到白鹤堂，嘴唇抿得更紧。

"他们去年换了血，新上来的黎生辉和黎家明，"秦兆霆说，"最后鹿死谁手，不好说。"

赵声阁看向沈宗年，沈宗年很轻地摇了下头，表示两边他都不熟，只道："黎家明之前在海市得过邵耀宗不少好处。"

赵声阁点点头，没有太惊讶的样子，道："我有分寸。"

他这么说，大家便不再聊这个话题，赵声阁说有分寸，那便没什么可担忧的。

只有陈挽心绪不宁。

赵声阁和朋友们说完话，凑近了些，压低声音问："怎么了？"

陈挽一怔，像是没想到赵声阁能在和这么多人的聊天中注意到自己。

赵声阁看他欲言又止，温声道："没关系，你说。"

"汀岛……我能一起去吗？"陈挽左思右想，实在不放心。

赵声阁从一开始就不想让他碰这些，想了想说："你想去玩岛？到时候一起去斐灵岛怎么样？我很快回来，就当团建了。"

赵声阁这么讲就是不让他跟去的意思。

换作以前，陈挽肯定直接就见好就收不再强求了，然后自行跟踪，反正他办法多的是。

但这一次势态严峻，他很直白地说："我不是想去玩岛，我是想跟你们一起去汀岛。"

赵声阁直直看着他，问："为什么？"

陈挽忽然有些心虚，如果赵声阁知道从他回国那时候自己就跟踪过他会怎么样。

所幸他这次师出有名："我这边需要确定和估算潮汐能量的转化率和确定中转方程。"

赵声阁没问出想要的答案，淡淡地道："方谏那么多学生会检测的。"

陈挽眨了眨眼："专业方向还是不一样，否则赵先生也不用多花一笔钱雇我了。"

赵声阁看着他，仍旧没有松口，陈挽就说："我可以自费。"

"……"

他这么胡说八道兜圈子，赵声阁竟也没有生气，平和地望着他，眼神里无端有种纵容的耐心，颇为无奈地叫了一声他的名字："陈挽。"

陈挽直直地迎上他的视线。

目光已是直白得不能再直白的语言，还是想去。

这一趟充满不确定性和危险。

赵声阁都已经想好如何应对陈挽接下来的种种理由和措辞，可陈挽只是安静地看着他，漆黑目光中是平静的、无声的坚持和固执。

赵声阁的心很硬，并不为此动摇。

然后，他看见陈挽垂下眼，用一种很轻的、他不懂如何形容的语气说："赵声阁，我想去。"

为了达到同行的目的，他此刻这一声叫得那么心甘情愿。

赵声阁移开目光。

彼此僵持着，饭桌上的觥筹交错和谈笑风生都被隔绝在外。

陈挽抬起头，赵声阁沉默，看不出来在想什么，也无法窥出任何情绪。

这一隅的气氛非常微妙，像他们曾经无数次那些说不清道不明的拉锯和对峙。

不过，陈挽觉得应该没有什么希望，因为每一次他都没有赢过。

这个世界上，赵声阁决定了的事，没有商量的余地。

他只好讪讪地笑了下，心里迅速做出许多 Plan B（备选计划），没有关系，他还有很多办法。

陈挽给自己搭台阶下："不过，如果真的不方便……"

"会用枪吗？"

陈挽一顿，眼睛又黑又亮："会。"

赵声阁很深沉地看着他，沉声说："去了得听我的。"

陈挽露出笑容："我听你的。"

赵声阁移开视线，说："吃饭。"

陈挽从现在就开始听他的，拿起筷子认真吃饭。

出发那天是个晴日，他们要先坐车到一个私人码头，然后坐赵声阁的游轮过去。

早上，迈巴赫抵达时，陈挽直接去拉开副驾的门，后排的车窗降下，赵声阁腿上搁着台笔电，叫住他："陈挽。"然后为他打开了后排的车门。

"赵——"他对上赵声阁漆黑的眼，顿了一下，说，"赵声阁，早。"

赵声阁欣慰于他没有过河拆桥，以陈挽的前科，在被允许同去汀岛之后他又变成"赵先生"的可能性很大。

赵声阁点点头，朝他伸出手："来。"

陈挽也不忸怩，直接坐到他身边。

不知道为什么，那通让两个人都难受的电话，竟然莫名其妙让他们变得更亲近了。

赵声阁递给他一杯咖啡。

陈挽接过来，应该是二助一起准备的，不是外面打包的样式，杯壁上是明隆的图标，陈挽去他们公司开会时用的一次性杯上也有同样的Logo。

赵声阁将腿上的笔电移到一边，问："你喜欢吗？"

陈挽尝出燕麦的香气，放在以前，无论什么陈挽都会说喜欢，但是现在，陈挽已经知道了赵声阁是真的把自己当成朋友，喜欢平等对话，所以他愿意和对方说一些关于自己的真话。

"喜欢燕麦，不过平时喝再低一个甜度。"

赵声阁看着他说好，拿出手机。

"我跟秘书说。"

"嗯？"

赵声阁一边发信息一边说："以后你来明隆的机会还很多。"

陈挽看着他，突然不知道说什么，他从小到大，也没怎么被这么郑重认真地对待过。

最后，他只轻声说："谢谢。"

赵声阁打字的手慢了些，抬起头看了他一会儿，才慢声说："这些算什么，才哪儿到哪儿。"

"吃的呢，喜欢什么口味？"赵声阁略微侧身转向他，很随意的姿势，颇有点顺势促膝长谈的意思。

陈挽从来没有跟谁谈论、分享过自己的真实喜好，因此认真地想了想，说："比较喜欢粤菜，江浙菜也不错。"宋清妙是姑苏人，陈挽小时候口味随她。

赵声阁点点头："我知道了。"

陈挽笑了笑，问："赵声阁，你喜欢什么？"

赵声阁眉梢微挑，以前陈挽就是认认真真回答你十个问题也绝不会多嘴反问一句。

他收了手机，手臂搁在车窗上，单手撑着头看他，似笑非笑："你不是知道吗？"

"……"陈挽心虚，也有点无奈，摊开双手笑道，"我不知道啊。"

赵声阁不逗他了，说："可能比较喜欢吃家常菜。"顿了顿，他补充："最普通那种。"

"什么都行。"

陈挽张了张口，心里掠过很多想法，认真地注视着他说："好，我也记住了。"

赵声阁移开眼，车窗玻璃映出他脸上放松而愉悦的神情。

陈挽忽然觉得赵声阁离自己很近，近到可以像朋友一样聊最普通的天，分享喜好，说很多从来不会对其他人说的真话。

赵声阁一点都不冷漠，赵声阁是个很温柔、很慷慨的人，陈挽想。

忽然，赵声阁从保险箱拿出一支伯莱塔BU9递到他面前。

陈挽："给我？"

"嗯，"上次陈挽半路飞车截杀吉普大切诺基救徐之盈的事迹已经荣登赵声阁的黑榜，他看着陈挽说，"该用的时候你直接开枪，别的不用管。"

这句话的意思是，陈挽的安全是第一位，别的不用管，无论发生什么，都由赵声阁来兜底。

不过陈挽是绝不会这样去理解的。

他只是接过那支枪，枪身棕褐色，摸到手柄上的一点凸起时，手指微顿。

心脏瞬时仿佛有千百只蝴蝶扇动翅膀。

一个不起眼的地方刻了一个很细致繁复的花纹，还有字母 G。

这不是普通的枪，陈挽听卓智轩讲过，以前在明隆，这个图腾是权限的象征，达到一定的权力和地位才配刻。

但无论什么权限，都不能拿 G 字头的型号。申请持枪证也需要经过极其严格的审查程序。

这是赵声阁的专属。

枪柄上还留着赵声阁掌心的余温，被陈挽紧紧握在手里，暗中摩挲了很久，他感激对方的信任，很珍惜地收好，郑重地说谢谢。

赵声阁不觉得这有什么，但陈挽看他的目光实在是太黑太亮了，赵声阁想了想，问："喜欢玩枪？"

"用得不多，一直想练。"赵声阁在意国遇到枪袭一直是陈挽的噩梦。

赵声阁看了他片刻，点点头。他随手切掉财经频道的电台，随意换着，换到 FM40 就停下了。

港文金曲电台，在放《暗恋航空》。

"赵声阁，"陈挽现在和对方说话已经不那么礼貌客套了，"就听财经新闻吧，不用迁就我。"

"不听，"赵声阁慢悠悠地说，"换换脑子。"

赵声阁乘坐陈挽私人轿车时曾得到过非常舒适美妙的体验，他希望陈挽也能在自己的车上度过一段放松愉悦的时间。

听他习惯的电台和音乐，聊他感兴趣的话题，不用以别人为中心。

不知道这辆迈巴赫是不是定制的，空间比市面上的大一些，陈挽看到摆架上有棋盘。

"赵声阁，你玩国际象棋？"

难得陈挽会对别人的事情感兴趣，赵声阁沉静地看着他："你会吗？"

陈挽如实说："不太会，只知道规则。"

赵声阁点点头,去拿棋盒:"还有你不会的东西呢。"

"……"陈挽小声反驳,"我也没有会很多。"陈挽也不是天生就会那么多东西,只是很多时候,不得不会。

赵声阁抬眼看他,说:"够多了。"

陈挽就笑。

赵声阁扬了扬棋盒,说:"玩一局吗?"

陈挽说好。

"后"和"王"分别在赵声阁和陈挽手里,攻守进退。

临近海口大转盘,陈挽隐约察觉到后面的几辆普通的车陆续汇入,他分了心神,手被人抓住。

"陈挽,你要耍赖?"

陈挽低头一看,他拿错了赵声阁的皇后。

"……"陈挽说抱歉,面色却有些严肃。赵声阁看着他,把自己的"后"从他的手里拿走,落在一个彻底击败的陈挽的位置,说,"没事。"

赵声阁身上有种与生俱来的安全感,陈挽略放下心,但仍保持着警惕。

赵声阁看着他,又说了一次:"没事的。"

抵达码头,徐之盈热情地和陈挽打了招呼,方谏拉着他说自己最新的工程架构图。

赵声阁走在前头,听安保组长报告这次出行的部署,临近上甲板的一段路,云被风吹开,太阳忽然变得很大,陈挽去给徐之盈和方谏拿了伞,然后自己撑开一把宽大的,走到赵声阁身后默不出声地举着。

头上忽然覆了一层降温的阴影,赵声阁停下来,回头看了一眼,继续边往前走边听安保组长说话。

手上却直接把陈挽拉到自己身旁,推了一下陈挽的手,将大半面积都往自己身上倾倒的伞挪正。

陈挽的手臂麻了一下,因为赵声阁在摆正伞的时候,直接覆上了他的手背。

陈挽低声说:"我不用。"

赵声阁懒得跟他废话,按了按陈挽的肩膀。

陈挽就安分不动了。

船长和安保组长看到陈挽过来,都默契地保持了沉默,远航的安全状况和风险是机密，向来只能向雇主汇报。

不过赵声阁对他们说："你们继续说。"也没有放开陈挽，就让他和自己一起躲在伞的荫翳下。

随行登船的人不多，游轮显得很空旷，不是上回出公海那艘鲸舰17号，庞然大物像是去示威，就是一艘标准的公务用船，丝毫也不声色犬马。

几个人坐在舱内，游轮进入深海区域，方谏坐不住，走到甲板上大致观察洋面环境，潮汐、波能、海水温差能和海水盐差能都对他们的工程建造有举足轻重的影响。

明隆财大气粗，有专门作业的海洋科考船和无人艇，如果这一趟交涉顺利，探索号会在两日之后从海市启航抵达汀岛，进入深海。

不过现在，一切仍未可知。

赵声阁和徐之盈谈了会儿公事，两家有深度合作，陈挽自觉不该窥探太多，欠身说去帮方博的忙。

赵声阁很自然地按住他的肩膀："不用。"他不避讳地对徐之盈说："你继续说。"

徐之盈看了他们一眼："左右绕不过黎家明，邵耀宗倒台之后的手下基本投靠了他，本来宝莉湾那块地皮他势在必得，你半途出手，抢了够他们吃上几十年的粮仓，这是新仇旧恨等着一起报。"

赵声阁靠着椅背，说："我没想绕过他。"

"那你是打算彻底解决他？"

赵声阁："敌人的敌人，未必不能做朋友。"

徐之盈："你要扶黎生辉，让他们狗咬狗？"然后自己稳坐钓鱼台。

"看他的选择吧，"扶不扶的，赵声阁恩威并施惯了，"他最宠的那一房姨太和儿子都在海市。"

徐之盈一怔，赵声阁做事总是这么不动声色，你想到一步的时候他已经做好了九十九步。

在海市，那就是在赵声阁的地盘。

赵声阁早查得清清楚楚："他还开了私人银行、黑市，要断他的后路不难。"

"私人银行？"徐之盈是稳坐徐氏长房的女人，面色不变，"那证监这边我们徐家倒是可以贡献一份绵薄之力。"

陈挽："……"

一会儿，方谏进来了，赵声阁和徐之盈便不再多谈。

方谏不爱同名利场上的人打交道，虽然陈挽也是商人，但没有那股浮躁虚华的铜臭味，做事的时候甚至有些书生气，性格也沉稳，实在是个做科研的好苗子，他甚至问过好几次陈挽要不要来自己门下读个硕博，陈挽都婉拒了。

陈挽是个很容易让人产生倾诉欲和分享欲的人，方谏不自觉又同他讲了许多自己的构思，比对自己带的研究生还慈祥一些。

下了船是黎生辉派人来接的，陈挽不算意外，之前他就猜测赵声阁或许在他们出发前就同对方达成了某部分共识。

接船的人态度很恭敬，赵声阁随行的人看起来也很随意，不过陈挽依旧能明确感受到双方一举一动暗含无声较量的意思。

海面风平浪静，水下波涛暗涌，一切不过是暴风雨前的宁静。

抵达庄园，黎生辉亲自迎接，赵声阁同他握了手。

陈挽隐在一行人里不起眼的角落得以平直地观察这位汀岛地头蛇之一，四十岁出头，个子不高，壮实，肤色是这边多黎族渔民典型的黝黑，笑容显得很淳朴热情。

大家一起吃了顿饭，气氛还算热络。饭后黎生辉说为大家提供了休息的房间，不过想邀请赵声阁单独品一品他们这边热带茶园特有的茶。

这个"单独"显得颇为微妙。

茶室在另外一幢别墅，坐观光车也要几分钟，陈挽不自觉碰了下腰间那把玫瑰伯莱塔。

他想跟着去。

可是不行，这是要密谈的意思，连保镖都只能跟到门外。

赵声阁看了他一眼，就这么跟人走了。

陈挽被送回供他们休息的房间，心一直悬着，无心欣赏田园山黛，也无心享用奢靡豪华的单人浴泉，全神贯注耳听八方，但凡方圆十里有点动静他就要第一时间到赵声阁身边。

但整座庄园都异常安宁，甚至能听到几声悠闲的猫叫，和不远处海岸绵长悠缓的拍浪声。

临近傍晚，蝉声欲浓，陈挽到底坐不住，去了离那座茶室最近的花园，来来往往的侍仆问他有什么需要，他只说自己是下来散散心。

他在花园转了几圈，落日沉下山头，赵声阁还没从那间隐秘的茶室出来。

时间实在有些过于长了。

远远望去，似乎还有人在门口把守，陈挽又一次摸上腰上悬挂的那支小巧精悍的伯莱塔。

掌心凝了一层冷汗。

明明也知道那么多暗枪手隐藏在各处，赵声阁自己也是个中高手，且黎生辉没理由砸自己的饭碗，大概率不会有他担心的事情发生，但陈挽还是无法安心，他不能容许赵声阁有一丝一毫受伤的可能。

半个小时。

陈挽的眼神变得坚硬而阴冷。

最多半个小时，半个小时后赵声阁还没从茶室里出来，他就直接过去看。

赵声阁和黎生辉聊着天走出来的时候，洋紫荆下站着一个修长挺拔的身影，气质如玉，一截修长的颈在黄昏的晚霞里白得发亮。

表情却隐在树荫里看不清，即便站在金色夕阳中亦显得冷清。

"陈挽。"

陈挽一抬头，直直撞进赵声阁漆黑的眼睛里。

在这一眼短暂又漫长的对视里，陈挽迅速而细致地描摹了赵声阁的眼睛、脸、身体……直至确认对方完好无损，才淡淡微笑起来打了个招呼。

没有人能看出片刻前那双漂亮眼睛里还藏着怎样阴冷的杀意——如果赵声阁再晚几分钟出来……

黎生辉也笑了笑，用他不大标准的普通话说："陈先生是来这儿等赵先生的吗？"

陈挽一笑，天边的晚霞都亮了几分："是来欣赏一下黎先生的后花园。"

黎生辉颇具意味地看了他几秒，忽然说："陈先生，我们以前是不是见过？中午的时候我就觉得你蛮眼熟的。"

陈挽微笑不变，从容镇定道："黎先生若是经常到海市去，见过也正常，海市不大的。"

黎生辉还想说什么，赵声阁不着痕迹地上前半步，作势要往前走，堪堪挡住他看陈挽的视线，道："进屋，太晒。"

黎生辉邀他们一行人共进晚餐，大概是下午的会谈颇具成效，能明显感受到，晚上的氛围比刚下船时轻松许多，气氛到了，连徐之盈和黎生辉喝了几杯，只有认为酒精伤脑的方谏滴酒不沾。

不过徐之盈喝的也都是红酒，白的自有赵声阁和陈挽挡着，轮不到女士。

次日，徐之盈就留在庄园和黎生辉的夫人还有几房姨太打麻将。

方谏要开始做他的洋底监测，陈挽和赵声阁需要一同前去讨论之前方案的遗留问题。

他们的科考船和无人艇还没到，黎生辉派人护送他们入海，还让当地的原始住民陪同，以便更好地了解周围环境。

今日阴天，风浪较大，适合收集风险防控的承压数据和测量阈值。

大洋深处一览无余，毫无遮蔽，波涛涌荡起伏更大，但海油隧道工程涉及面积很大，游船需要逡巡上百平方海里，室内信号传送会有一定误差，他们只能在甲板上观测再即时收集。

学生和工作人员都佩戴了专业的防护衣。

赵声阁正在看探测显示仪器上实时传送的彩屏图，听方谏讲要从哪里打通海脊，或是填平海沟，还有工期和预算。

海的更深处，风渐大了些，这不是专业的探测科考船，吃水不深，一个高浪打过来，船舱就会大幅度地摇晃颠簸起来。

紫外线伞被掀翻，不约而同地，陈挽和赵声阁都在第一时间抓住了彼此——

陈挽力气很大，下意识将人护到自己身后，赵声阁被他抓得有些痛。

赵声阁则是将他拉过来禁锢在自己和桅杆之间，不允许风浪将陈挽裹挟带走。

突如其来的风浪持续了一两分钟，整条船都乱动起来，暴露在甲板上的人都下意识地三两抱团挤在一处抵御风险，赵声阁和陈挽一直很紧地靠在一起，像洋心风暴里两棵相互依偎、屹立不倒的树木，树干并立。

等这阵大风过去了，陈挽才发现，赵声阁已经像一堵墙一样将他围了起来，抵挡刚才几分钟里威力不可预知的风浪。

赵声阁的手很有力，有种不容置疑的气势，像铁链一样禁锢着陈挽，陈挽也把他的衣服抓得很皱。

"……"

他们对视了片刻，陈挽先撒开手，眨眨眼，说："风好大。"

但赵声阁没有退开，只是略微低头，垂眸静静地凝视他，低声说："嗯，你不要乱跑。"

陈挽点点头。

持续作业，方谏收集完部分数据后带着学生回到船舱休息，赵声阁看陈挽真的一副寸步不离的架势，说："陈挽，去休息一下。"

"没事，"到底还是在别人的地界，陈挽总觉得不大安心，他要百分之两百确认赵声阁是安全的，最好是一直在他的眼皮底下，寸步不离。在顺利返回海市之前，他都不想离赵声阁太远，他说，"我觉得不累。"

赵声阁靠在桅杆边上，身前是一片蔚蓝的深海，海风将他的衬衫吹得鼓起来，他盯着陈挽看了一会儿，忽然说："你昨天想干什么？"

正在看海的陈挽缓缓回过头，好像没听懂："嗯？"

赵声阁的眼睛黑而平静，语调也温和："昨天下午，茶室外面，你想干什么？"

陈挽沉稳而自然地道："我到园子里散心。"

海的远处泛着起伏的波涛，好像又有一阵风浪要来临。

赵声阁缓静地望着他，轻声说："是吗？"

陈挽的目光很坦然，清凌凌一汪，像一览无余的海面，没有任何秘密，说是。

那赵声阁就相信他，点点头，说好，不再多问，只道："陈挽，可以保护好自己吗？"

陈挽暗自惊心，腰上那把没离过身的伯莱塔透着金属的冰冷，他微微一笑，回答赵声阁："可以。"

天暗下来，游艇返航，晚上没有安排，黎生辉诚意很足，招待很到位，准备了许多当地的特色美食，四个人还算放松地一起吃了顿饭。

方谏颇具激情地向两位甲方汇报近两日的成果与收获，并就关于如何升级海石油平台栈桥管线和管道浮式施工程序系统发表了一番演说。

其间只有陈挽比较热情积极地响应，并适时地充当翻译与解说，才没有让晚餐的气氛冷下来。

累了一天，晚餐结束，大家各自回房间休息。

陈挽给宋清妙打了一通电话，依旧处于无人接听的状态。

自从上次对荣信散股的讨论不欢而散后，陈挽给宋清妙发信息和打电话对方都没有回复。

陈挽依旧按时给母亲汇钱，也暗中关注着她的用款去向，既怕她真的误入歧途，又怕她在陈家受了委屈。

调查的人说资金流向无异，那便是宋清妙真心不愿再和他说话了，虽然对母亲也早已不抱什么期望，但心情仍不免有些落差，陈挽决定出门散步，不打算走远。

别墅有个空中花园，经过的时候，听见一阵水声，有人在游泳。

蓝色水域波光粼粼，男人身形高大，腹肌隐在池水下，水珠从冷峻漆黑的眉目滑过，哪怕站在月光里不动，也自有雷霆万钧的气场。

陈挽有些被震慑，欲悄然退走，一转身裤脚却被撩了几滴水。

背后响起散漫的声音。

"去哪儿？"

陈挽一顿，慢吞吞地转过身去。

"陈挽，"赵声阁指责他，"偷看完就走？"

"……"

赵声阁靠着池壁朝他招了招手。

陈挽面上还算沉静，走到泳池边，他不习惯用居高临下的姿态面对赵声阁，蹲下，扯着嘴角笑着恭维他："赵声阁，你游得好快啊。"

他挑了挑眉："你看了？"

陈挽心虚，讪讪一笑，说："赵先生怎么来游泳了？"毕竟是黎生辉的地盘。

赵声阁看了他片刻，低声说："他送了两个人到我房里。"

是巴结，也是试探，如果赵声阁收了带回海市更好，有了情人的耳边风，他们的合作关系也能更加稳固和长久。

赵声阁没收，因此来泳池游泳算是通过另一种方式表示自己对他的信任和放心。

很多事无须言明，一举一动彼此都接收得到背后隐藏的讯息。

陈挽静了片刻，理解地点点头："哦。"

"……"

赵声阁的眉目被水浸湿，更显得漆黑如墨，他挑了挑眉，显露出少许平时根本不可能窥见的少年气，理直气壮地要求："帮我计时。"

陈挽单手撑着头，说："好啊。"

赵声阁从腕上摘下表，隔空一抛。

陈挽稳稳接住。

赵声阁甩甩发尖上的水珠，戴好泳镜，沉入水面，像支离弦的箭。

他皮肤白，陈挽只觉得幽蓝色水面下闪过一道白光，魅影一般，赵声阁已游出很远，来返百米，去时自由泳，返程蝶泳，更显露出腰腹的力量感和爆发力。

陈挽的脸隐在夜色中，看不清表情，灵魂在某一瞬间，被急速拉回高中二年级春季期的运动会。

陈挽不是英华本部生，本部比赛和他们是分开的，蝶泳一百米决赛时陈挽千方百计地混进了本部的游泳馆。

下半学期卓智轩去交流了，陈挽根本弄不到票，英华向来等级森严，本部和分部泾渭分明，只有少数区域的设施是共用，分部的学生根本混不进去。

本来陈挽是打算在网上发布有偿租借学生卡的帖子，但本部就没有缺钱的学生，于是他把主意打到志愿者名额上。

不过他没想到的是，有赵声阁在的比赛，也根本不缺志愿者。

最后，陈挽冒着被处分的风险在网上定制了一张本部款式的学生卡，并花了他小时候捡瓶子攒的积蓄，在黑市找了个缺钱的计算机专业大学生仿制卡里的芯片，一路混进了决赛现场。

游泳馆里人满为患，陈挽的手臂甚至被旁边过于激动的女生用美甲划出了两道红痕，不过他没空管这个，因为陈挽自己也很激动，只是他的激动藏在了心里。

天之骄子不负众望夺冠，赵声阁矫健完美的躯体和身姿留在了无数少女的梦里。

陈挽在高中时代就擅长不动声色地暗度陈仓，他神不知鬼不觉地潜入赵声阁的更衣室偷偷放了一束花，白的芍药和粉的绣球，还有一张卡片，写着普通得不能再普通的一句"比赛加油"。

颁奖典礼结束后，陈挽想确认自己的花是否被对方收到，等人潮散得差不多，他再次混进内场，刚好碰上有人向赵声阁告白。

毫无疑问地，赵声阁拒绝，态度疏离冷淡："抱歉，我对你暂时没有产生这种感觉。"

陈挽认为，把自己想给的给出去就可以了，无论是祝福还是花束，赵声阁都不必知道是谁，只需要知道自己备受欢迎和爱戴。

可赵声阁显然误会了，他拿起那捧陈挽笨手笨脚亲手插了三个小时的花束，递给面前的告白者，说："花也拿回去吧，谢谢，不过以后不要再送了。"

温和，礼貌，也残忍。

隐在暗处的陈挽着急地张了张口，什么话也说不出，没有制止的身份和理由——本来，他也是不该出现在这里的。

告白的人不知出于什么心理，也没有澄清，陈挽看着对方抱走了他的花。

过了几天，陈挽听到本部那边传出消息说赵声阁送了别人花。

陈挽像是吃到一颗没熟的梅子，酸中含着涩，在吞下肚之后仍在舌底存留很久。

那是他送赵声阁的花。

但陈挽是个很会和自己和解的人，至少他知道了这是个误会，否则也许听到这个消息的他会比现在伤心。

少年心事已离他太过久远，十七岁的陈挽寄人篱下，狼环虎伺，忍辱负重，夹缝生存，无论如何也想不到有朝一日他能在空中泳池里看赵声阁游泳。

全场没有其他观众，只有他一人。

赵声阁已经游到岸了，抬起头把头发捋上去，露出英俊冷峻的五官，像只打赢胜仗的雄狮甩了甩头发滴着的水珠，在夜色里有种勾魂摄魄的英俊。

他问陈挽："多少？"

陈挽一顿，有些心虚，他忘记按停计时。

陈挽低下头，看他，随口说了个时间。

赵声阁几分微妙地挑起眉，直接戳穿他："陈挽，你没按表吧。"

前不久他才和沈宗年他们比了一场，那会儿状态最好的时候也没有突破一分零八秒，今晚喝了酒，这个一分零五秒一听就是陈挽随口诌的。

"你没有好好看。"赵声阁摘下泳镜，锐利的眼异常漆黑，声音沉沉的，陈挽却无端听出一点他说不出的意味——他不敢理解为那是一种亲近的埋怨。

陈挽陷入一种燥热的无措中。

"嗯？"赵声阁催促他解释，像在责问他为什么不好好帮自己计时。

陈挽在岸上，位置略高，但低头看向他的眼神赤诚，他恳切地说："我有认真看的。"

赵声阁歪了歪头，好似很喜欢欣赏他这副无措又诚恳的模样。

白天那样冷静镇定、杀伐决断的一个人，腰边还悬着一支玫瑰伯莱塔，此刻却像某种很忠心的小动物一样任凭他发落。

陈挽在紧张，池面的水波好像直直漾进了他的眼睛，叫他生出一种无措。

他的笑容显得非常沉静自然，眼里却写着：拜托拜托放过我吧。

陈挽一直滴水不漏，可就是这点偶尔的紧张和脆弱像一颗子弹正中赵声阁的心口。

赵声阁冷静，沉声问："看了为什么没有计？"

陈换扯着嘴角，讪笑："就是看得太认真，所以没有计时。"

他觉得对方有点不高兴，下意识哄道："你还想继续游吗？再游两圈吧，这次我一定会认真计时。"

赵声阁看了他一会儿，问："你想看？"

陈挽点点头。

赵声阁就说："不想游了，下次吧。"

"……"陈挽有点遗憾。

赵声阁问："有水吗？"

陈挽左右看看，没有看到水，硕大的太阳伞下倒是有水果。

"椰子可以吗？"

赵声阁说可以。

陈挽站起来去拿了个椰子，放好了吸管，拿到泳池边，蹲下来双手递给他。

赵声阁没有伸手接，微微撑起身体直接就着陈挽的手咬住了吸管。

陈挽捧椰子的手不太稳。

赵声阁忽然伸出手，让陈挽稳住，他懒懒地抬起眼，目光自下而上，淡声问："怎么了？"

陈挽轻声笑着调侃："赵先生饭来张口。"

话是这么说，赵声阁却看到他为了让自己喝得更方便些，甚至单膝点地，眸心沉得更深。

他穿着简洁的白衬衫和黑裤子，就这么跪着，眼神专注温柔，甚至有些虔诚,仿佛有无限耐心等着赵声阁。

好像只要赵声阁不说自己喝好了,他就一直捧着不离开。

赵声阁逐渐发现了,陈挽对他,似乎是没有底线的。

14 保护你是一种本能

赵声阁的嘴唇被水光润湿，很红："陈挽，返程的时候就直接去斐灵岛吧。"

陈挽一怔，斐灵岛是当初赵声阁婉拒他跟来汀岛的借口，没想到对方真的作数，陈挽问："你真的要搞团建啊？"

"……"赵声阁闭了闭眼，睁开，说，"这几天的数据方谏有的班要加了，徐之盈是工作狂，你去问她愿不愿意跟你去度假。"

陈挽眼睛微睁大，那是他们单独去的意思？

"为什么？"是赵声阁自己想去找不到人陪吗？

"不想和我去？"对上陈挽略微疑惑的眼神，赵声阁问。

斐灵岛是海市有钱人的度假胜地，但鲜少人知道，这座岛，是赵声阁私人的。

赵声阁垂下眼睫，遮盖住眸底的幽暗。

"没有！"陈挽眉眼弯下来，说，"我想去的。"

刚好目前他手上只跟着明隆这个大项目，没有什么其他的工作。

赵声阁看着他这张显得略微开心的、一无所知的脸，绅士温和地笑了笑。

他抓住陈挽的手腕，轻轻推了一下，说："不游了。"上臂一撑，"哗"地从水里跃上来，动作利落漂亮，真像是个从海水深处游上来的海妖。

赵声阁赤脚沿着岸边走，陈挽迈大步先走过去把鞋拿过来，弯腰，放到他的脚边。

赵声阁居高临下看他俯首称臣，一把将他拉起来，自己穿上鞋。

陈挽怕他着凉，小径也偶尔有用人经过，他顺手拿了一条白色的浴巾张开，说:"披一下吗?"

赵声阁皱皱鼻尖,似乎是有点嫌麻烦,可是陈挽一直展开双臂举着浴巾,他就微微倾了身,陈挽反应过来,举起来给他披上。

赵声阁垂着头,像一只沉默温顺的大型猫科动物任他摆弄。

披好毛巾,陈挽去帮他拿了随身的物件,一起走回别墅。

别墅区的用人更多些,赵声阁目不斜视,旁若无人。

陈挽送他到门口,赵声阁问:"进来吗?"

陈挽摇摇头:"很晚了,明天早上还要和方博出海。"

科考船和无人艇将在次日凌晨抵岛,要进行最全面的数据采集,工程量颇大,一清早就出发。

赵声阁就说:"晚安,陈挽。"

"晚安,赵声阁。"

陈挽目送他进门才回了自己的房间。

在汀岛的最后一天,探索号出航,天气比昨天好,风浪不算大。

科考船的体量虽不特别大,但在海上作业很显眼,黎生辉多拨了一些人任赵声阁差遣,虽然赵声阁的手下个个精锐,但到底对这一片不熟悉。

今日航程是昨天的两三倍,会途经各个港口、码头和部落,为保证他们能顺利出行,黎生辉还建议让自己最信任的副手之一林连陪同,各部落渔船和居民见林如见黎,不会阻碍和为难。

不知赵声阁许了黎生辉什么好处,自在茶室密谈达成共识后,对方颇有些向天子称臣的意思。

赵声阁也领情,远交近攻,汀岛不成气候没有威胁,他愿意以怀柔实现双赢。

陈挽没有异议,黎生辉的几个副手都快要被他查清祖籍十八代了。

探索号是明隆近年来除鲸舰17号外最大的手笔,由明隆和内地合作研发,内地制造,算是两地科研交流合作的首创之举,在亚太乃至世界范围都引起了巨大轰动。

洋面风平浪静,方谏采集完最后一项数据,探索号往回行驶。陈挽想到明日他和赵声阁即将前往十九号海滩,也就是斐灵岛,心里生出有些难耐的激动和雀跃。

两个小时后，科考船发出靠岸的信号，引擎声比往日稍大一些。

赵声阁正在听方谏说海岩表层的填移预想，陈挽对比实时监测到的潮汐能差，偶然抬头一瞥，眯了眯眼。

科考船虽然发出了停靠信号，但船头根本没有转弯，再往前就要进入暗涌带，某种预感直直从心底生出，陈挽没有惊动任何人，手放在腰上那把伯莱塔上，走到窗边观察。

一整天都把守在甲板上的林连似乎也意识到不对，对陈挽异常轻微地点了头。

黎家明！

这些天赵声阁许诺给黎生辉的利益几乎要将黎家明逼得退无可退，他们也一直在严阵以待防着黎家明。

但防不胜防，居然在最后一天出了纰漏，陈挽暗自复盘，实在想不出来是哪一个环节出了问题。

今天他们的船只靠岸过一次，而船上每个地方都有人把守。

黎家明的人很聪明，目前船只处在一个信号薄弱的险湾带，所以很难感受到航行轨迹是否在靠近海岸。

可陈挽是从小在小榄山杀出来的人，对危险保持天然的敏感与警惕。

他走到赵声阁身旁，只需一个眼神，对方就迅速领会他的意思。

赵声阁一句话也不多说，直接让人带走方谏去地下舱，随行保镖是配足的，里面有赵声阁的人，也有黎生辉的人，但不知道……现在混进了多少其他的人。

他们在明，敌方在暗，船只还在大洋中心漂着，天气变化，船舱掌控在敌方手上。

赵声阁不动声色地联络副手，同时把定位发送给黎生辉，直接拉起陈挽走进需要他本人人脸验证才能进入的区域。

陈挽反手拽住他，声音还是低而沉稳的："赵声阁，你去密舱。"

验证区域只是暂时安全，但如果林连无法在第一时间揪出和解决黎家明的人，那么船上的系统都会有被破坏的可能。

探索号虽然只是一艘中小型科考船，好在综合性能极强，能完成虚拟锚系、深海基站、垂直定域巡航、多波束扫海测绘等海底作业，并配置了密舱。

密舱就像一个紧急避难的挪亚方舟，抗低温高压，别说子弹，即便炸弹在这艘船上爆炸都无法损坏密舱。

紧急状态下，密舱会自动脱离母舰在海平面下五十米以内的层流保持运行，能在飓风骤浪中持续运转七十二个小时，并且有定位系统，足够里面的人等到救援。

但这种小型密舱是新型密压材料全封闭型制，固若金汤的同时也意味着密闭性极强、储氧率低，且这一层已经属于海面以下，两个人进去根本无法耗到黎生辉的救援机到来。

一艘船舰一般只能配备一两个密舱，否则会阻碍整艘船的正常功能运行。

赵声阁看了他两秒，说："你送我过去。"

看到赵声阁没跟他争，陈挽松了口气，从舷梯护送他到海平面下层。

密舱门一开，身后的人忽然一把将陈挽推进去，陈挽极其迅速地用枪抵住门框。

他留了一手。

可惜，陈挽了解赵声阁，赵声阁也非常了解陈挽。

赵声阁一点不意外他会留后手，头顶上的甲板开始响起不正常的震动，他直接掏出一把柯尔特蟒蛇左轮。

赵声阁手大，枪也威风霸气，轻而易举就把陈挽那支小巧精悍的伯莱塔拂下，冷静地道："陈挽，我不想用枪对着你，你说过听话的，这种时候别让我生气。"

探索号两个密舱，一个给了手无缚鸡之力的方谏，另一个，赵声阁擅自决定给陈挽。

很不巧，陈挽也擅自决定给赵声阁。

头顶的舱板响起略微急促的脚步声，赵声阁一只手像铁链一般死死禁锢陈挽的两只手腕，抬了抬下巴，温声命令："进去。"

他用另一只手扯了船舷的麻绳捆住陈挽的手腕，毫不留情地绑起来，不容许他半点反抗。

"听到什么都别出来。"赵声阁语气不算凶，但气势很强。

"赵声阁，"陈挽叫住他，举起被拴在柱边的双手，说，"你绑得太紧了，我够不到调温的按钮。"

如果事情真的恶化到密舱离舰那一步，那么在洋面上漂泊的时间就说不准了，如果漂到冰山附近，那就需要调高舱内温度，至少要给舱内的人留下一些基本活动的自由。

"别耍花招，陈挽。"赵声阁淡淡地警告，但还是返回去给他调节了一下麻绳，预留的长度足够他在这个窄小空间里移动。

赵声阁非常谨慎，手劲极大，几乎不给陈挽留任何反抗的余力。

陈挽虽然从小打过不少架，但体格、体魄和赵声阁根本不是一个量级。

赵声阁为防他反击。

陈挽看起来没有要反抗的样子，只是垂着眼帘轻声说："赵声阁，我觉得手腕还是有点疼。"

赵声阁皱了下眉。

赵声阁沉声说："安静。"

他不想再让陈挽说话，因为会轻易扰乱他的思绪。

看见陈挽白皙的手腕真的被勒出很明显的红痕，赵声阁面色没有丝毫动容，但还是略微给他松了几分。

陈挽并没有安静，像是认命自己技不如人一样让他绑自己的手，平复了一下思绪，问："待会儿你打算从哪里出去？"

赵声阁没理他，低头认真五花大绑。

陈挽又凑过来说："从右边的船舱吧，那边的逃生梯比较隐秘。"

赵声阁后仰一点，低着头动作，不看他，"嗯"一声算是采纳他的意见。

陈挽在他打最后一个死结的时候嘱咐了一些话，不过赵声阁不想再跟他说话了，就没有应。

"你听清楚我说什么了吗？"陈挽突然晃了一下。

赵声阁皱了皱眉，他刚要跟陈挽说安分一点，下一秒，指节上的麻绳就忽然从他觉得很痒的手里溜走了。

绳子被一股突如其来的力巧妙地绕了圈，套上了他自己的手腕，赵声阁的眉狠狠蹙起。

在说话的时候，陈挽已经偷偷解开和牵走了麻绳。

论身手和体格压迫，陈挽比不过自小受过系统训练的赵声阁，但论玩不入眼的阴招和伎俩，赵声阁比不过从小栖身于鱼龙混杂大染缸里的陈挽。

陈挽会的东西，可比赵声阁脏多了。

就算赵声阁真的绑住了他，他也会想尽一切办法逃脱，小榄山那种炼狱里的恶魔都无法制服陈挽，何况那样一个绅士和君子的赵声阁。

和君子交手，赢的总是小人。

现在，换他来绑赵声阁。

陈挽吸取赵声阁的前车之鉴，把他的手腕捆得极紧，样式之繁复令赵声阁眼花缭乱。

但赵声阁身形高大，体格并非陈挽可比，在绝对的力量差距之下，所有的技巧都是花拳绣腿。

赵声阁即便被绑着，也能举起一双手直接掐上陈挽的脖颈。

陈挽颈项修长，赵声阁的大手轻而易举地环住，拇指指腹在他的喉结重重一按，沉着声说："陈挽，马上解开。"

陈挽呼吸渐重，喉咙在对方带着威胁的摩挲中不断滚动。赵声阁应该是真的生气了，手上用了力，陈挽有很微弱的窒息感，但摇摇头，就这么任对方掌控自己最脆弱敏感的命门，手上却将人捆得越来越紧。

不知舱外发生什么，船身忽然颠簸起来，两人齐齐往一边跌去。

赵声阁趁势伸出一条腿压制陈挽，高大的身影压下来，如玉石倾落。

陈挽眼疾手快，一不做二不休，直接翻身坐上赵声阁腰腹，两条长腿压在他两旁，绝处逢生，反攻为守，居高临下，用尽全身力气死死按住他，两个人剑拔弩张。

"下去！"赵声阁眉目阴沉，不怒自威。

陈挽充耳不闻，自说自话："待会儿你听到什么都别出来，我会把密舱锁上。

"他们的目标不是我，不会把我怎么样。

"我一出去就会马上找地方藏起来。

"你不用担心。"

赵声阁目光像刀刃一样凌厉，沉下声音："陈挽，别让我说第二遍！"

他身上有种与生俱来的威严与气场，压得人心头一颤。

但陈挽压根不管他说什么，面容阴戾，目光偏执，跟平时温柔顺从的样子完全像是换了个人，果决、武断、偏执，极其强势，发号施令一二三四："警报响起你立刻启动脱离母舱。

"我会在外面配合密舱的脱轨。

"如果到时间被我发现你还没有启动脱离模式,我会在上面用母舱紧急制动,直到它成功脱轨为止。"

赵声阁眸心一缩,整个人都静住了,心口上仿佛被提前开了一枪。

陈挽威胁他,用整个船舰包括自己的安全确保他能成功逃脱。

核心区的警戒信号灯亮起……陈挽动作迅速地掏出一梭子弹塞进赵声阁的西装口袋里。

"你干什么?!"赵声阁怒声呵斥。

"我还有。"陈挽不放心,早有准备,出发的时候多揣了几梭,"我用不了那么多,你拿着,以防万一。"

陈挽不接受赵声阁有任何发生意外的可能,凭他的枪法,身上的够用了,如果不够用,那也已经不是一支枪能解决的情况了。

"陈挽!"

赵声阁怒不可遏,海平面以下的光照阴暗,让他五官深刻蕴含怒气的脸显得格外凶悍和凌厉。

陈挽怔了一瞬,他还从来没见过赵声阁这样愤怒的样子。

赵声阁一直是稳如泰山、从容松弛的,他几乎不敢直视那双洞悉一切的眼睛。

保护赵声阁是一种本能,人不可能违抗自己的天性和本能。

陈挽竟然笑了笑,说:"没有时间了,我们争取一个小时后陆上见,好吗?"

他说完就转身在舱门上设置系统关闭的密码,之后密舱就会进入紧急保护状态。

他听见赵声阁已经恢复冷静的声音从身后传来:"陈挽,你敢出去一步,我们以后就不要再联系了。"

陈挽极其轻微地顿了一下。

"你这个人毫无信用可言。

"不守承诺,不服命令,不听指挥,明隆要不起这种乙方。"

赵声阁是在谈判桌边长大的,总是能在无望的劣势中敏感地察觉,迅速地分析出自己微妙的优势和筹码。

在这样危急的时刻,赵声阁才突然发现了一件之前他从未意识到的事——陈挽对他的在意远比他想象中多得多。

陈挽在意他,这是肯定的。

从前陈挽隐藏得很好，赵声阁要猜这是不是出于修养的礼仪，要猜这是不是他与生俱来的温柔，要猜这是不是他多年摸爬滚打出来的世故，要猜是不是因为身份的忌惮。

现在他知道了。

都不是。

是陈挽的心。

陈挽的偏心。

只要陈挽在乎赵声阁，赵声阁就永远占上风。

陈挽果然按门键的指尖慢了一些。

"你知道的，我说到做到。"赵声阁又开始变得游刃有余，胜券在握，"从来。"

陈挽说："好的。"

陈挽有条不紊地设置密码，转过身，整个人平静到有些无情："我可以不和你联系，但我一定要保证你的安全。"

赵声阁的安全在他这里是优先级最高的、第一顺位的，不可冒险、不容侵犯的。

这是原则，谁也不能破坏，包括赵声阁本人。

赵声阁眸心微震，深呼吸，耐着心循循诱导："陈挽，你想清楚。"

语气冷静也残忍："什么时候我的事你说了算？

"你凭什么，有什么身份？

"你是不是太高估你自己了？"

陈挽无动于衷，继续低着头专注设置密码。

"陈挽，"赵声阁说话直接到有些伤人，"不要给别人添麻烦。"

"你这样我不会感激你，只会觉得你坏我的事。

"别让我讨厌你。"

陈挽安静地听完，没有辩解，整个人还是冷静而镇定，不为所动。

但他自己可能不知道，他的眼神里还是不经意流露出了些微的茫然和失落，令赵声阁感到难受和刺眼，不过赵声阁没有心软，继续说："没有必要弄成这样，对不对？"

又有枪声响起，陈挽便不再管赵声阁说什么，他只自己说自己的："密码是我随手按的，你不用企图在我离开之后尝试，我自己都不知道是什么。

"等进入安全环境它就会自动开舱。

"我能在舱外看到它的状态,如果你执意破解,我也说到做到。"

赵声阁没有在谈判桌上遇到过此类完全没有基本法的对手,方才的理性和冷静失了几分:"陈挽,我说的你听不懂?"

陈挽根本不听他说什么,平静而冷酷地打断:"再见,赵声阁。"

"陈挽!"

陈挽连头都没有回,也不再看赵声阁一眼,完全没有留恋的样子,果断地关闭密舱。

赵声阁看着他的背影干脆利落地消失在缓缓合上的门后,整个密舱彻底安静了。

门隔绝了赵声阁的目光,陈挽把密舱周围的电路全都拉下闸,避免杀手发现密舱的位置,确认过万无一失,他猫着腰往船舷走。

船舰的最底层是维持船舰运航的大型器械厂间,他们要想找到陈挽,也没有那么简单。

船在沿着不能确定的路线行驶,"砰砰"几声急响,枪声从不知道第几层响起。

急促的、混乱的、持续的。

林连在上面阻止更多人下渗到核心区,黎生辉的救援机预计最快也要四十分钟才到,不知道他们的人还能撑多久。

陈挽屈腿窝在一个夹板之间,几乎和机器融为一体,齿轮转动发出巨大的轰鸣,耳膜饱受折磨,但这样刚好掩饰他的呼吸和无法避免发出的声响。

枪声更近了。

陈挽从巨大的轰鸣声中冷静分辨来者的方向,手指扣紧枪支。

对方动作迅速地一寸一寸找寻密舱和他们的藏身之处。

陈挽只能无限贴近正在运转的机器,可也不能再近了,高速运转的机器产生吸附力,会把他整个人都卷进去。

"陈生,看到您了,出来吧。"

陈挽心一窒,又迅速冷静下来,对方应该是在诈他。

说话的不是个普通杀手,应该是黎家明手下备受信任的胡鸣。

陈挽把这些人的底细都摸得很清楚,说起来胡鸣曾经效劳过黎生辉,后来才投到黎家明的门下。

"您知道的，我们要找的人不是您，如果您配合，我们黎先生必会礼遇相待。"

陈挽冷冷地勾了下嘴角，这天底下居然还有人劝他出卖赵声阁，等黎生辉的人到了，他出去一定第一个崩这个人一枪。

机械的声音太响，无法确定陈挽的位置，胡鸣干脆直接拉断了电闸。

底舱很快安静下来。

陈挽第一反应是，幸好密舱的电路是独立密闭的，影响不到赵声阁。

可失去了噪声的掩饰，被找到也是迟早的事，外面的人估计不会很多，毕竟能从森严戒备的安保中混进来难度很大，但显然，只要能混进来的，就个个都是高手。

胡鸣开始地毯式搜索，忽然，一颗子弹堪堪打在离陈挽只有几寸的钢板上，硝烟的气味刺得他鼻子发酸。

陈挽依旧岿然不动，赌对方只是试探着引蛇出洞。

事与愿违，脚步声越来越近，陈挽在对方即将进入他藏身之地的最后一刻，精准扣动伯莱塔。

"那里！"

陈挽迅速翻过引擎，进入逃生梯内，引人离开核心区。

"追！"逃生梯已经合上，杀手即刻从楼梯上去，等他们到了上层舱，发现电梯里根本没有人。

金蝉脱壳！狡猾的陈挽不知在第几层下去了。

副手捏紧手枪，斥骂了一声，甲板上空远远传来直升机的轰鸣声，黎生辉的人来得比他们想象中快。

胡鸣咬牙道："分层找，一定要抓住他！"

黎家明的目标当然是赵声阁，但他们自己也知道，赵声阁不是那么好抓的。

那退而求其次也抓方谏，不过经过他们这几天的观察，或许这个陈挽是更为有用的筹码。

这一次，胡鸣不再找人，直接用剩下所有的子弹扫射每个角落，逼陈挽主动现身。

陈挽左躲右闪，远程射击解决了副手的左膀右臂，剩下一个是主枪手，甩的长狙，论枪力，他几乎没有胜算，只能周旋。

头顶上传来巨大的直升机轰鸣声，是黎生辉的人下来了。

　　上空无数枪口对准黎家明的人，黎家明的人强弩之末死守围攻陈挽，陈挽勉力撑着，已很吃力，"砰砰砰"几声连响在耳旁，只差几厘便擦到脸颊。

　　胸口起伏，陈挽喘着气往水压窗逃。

　　杀手穷追不舍，逼得越来越近，陈挽一边回枪一边用救生锤敲碎窗，潜入水中或许还有一线生机。

　　对方的枪不但准，且快，就在子弹直直对准陈挽的命门的一瞬，忽然，一股巨大的蛮力一把拽走了陈挽。

　　陈挽的头被人紧紧按在怀里，他像溺海的人又得到了氧气。

　　赵声阁的蟒蛇左轮更快更准，直接击中杀手的手腕。

　　"砰！"

　　赵声阁单手按着陈挽，枪对准副手。对方双手举起："赵先生——"

　　赵声阁根本不听他说，直接崩了一枪他的左肩。

　　胡鸣一倒，残敌自四方围拢，赵声阁低头说了句"抱紧"，便迅速抱起陈挽翻越舷窗，两人纵身一跃，栖身于减震器之下。

　　赵声阁的手臂一直将陈挽勒得很紧，仿佛要把人按进自己的血骨中。

　　陈挽能闻到赵声阁身上很浓的血腥味，他伸手去摸赵声阁的后背，手心变得黏糊，是血，不可遏制的杀意瞬间冲上陈挽的头脑，他紧紧握住了手上的伯莱塔。

　　赵声阁定住他的后脑勺，胸腔震动，沉声说："别动。"

　　残敌追来，前后夹击，腹背受敌，陈挽在赵声阁的拥抱中探出头来，往赵声阁背后的方向举起枪。

　　"咔嚓。"

　　玫瑰伯莱塔与柯尔特蟒蛇几乎同时上膛，下一秒，急声枪鸣，响彻云霄。

　　一望无际的洋面上，硝烟四起，火光电闪，伯莱塔与柯尔特在混乱危机中彼此掩护，互为支撑，相互响应。

　　柯尔特主狙，伯莱塔寸步不离，如最忠心的守卫和骑士，击射点遵循着某种心照不宣的默契，以及旁人根本破译不出的防守规则，兵荒马乱中亦有条不紊，无懈可击。

　　直至海水开出一片血花。

树倒猢狲散。

直升机迫降。

黎生辉亲自带人下来，乌泱泱一群保镖排满了底舱。

黎生辉四十出头一个壮汉，带着手臂也受了伤的林连，像孙子一样对赵声阁点头哈腰地道歉，赵声阁面色极冷，一言不发。

他一直很紧地扣着陈挽的肩膀，无论是方谏从密舱出来还是黎生辉跟他说话，都丝毫没有放下的意思。

赵声阁一身血腥气，红血黑衣，眉目冷峻，活像个刚从地狱血场里走出来的阎王罗刹。

陈挽就这么在很多人面前被阎王不知道拎着还是提着，那只按在自己肩头的大手用了十足的力，捏得他非常痛，痛到了骨头里。

陈挽一声没吭。

阎王的手指偶尔会抖一下，但陈挽觉得大概是自己的错觉，因为那只手是很稳的，能从光线幽暗的五米之外精确地击中别人的肩膀。

他抬起头看赵声阁，对方也低下头，没有表情地凝视他，目光又黑又冷，深不见底。

"……"感受到冷静之下汹涌的震怒，陈挽这会儿倒是很识时务，安静如鹌鹑任对方钳制拿捏。

忽然，他猛地挣开赵声阁的禁锢，浑然不顾流血的手臂，抄起伯莱塔挡在赵声阁面前开了一枪。

那个已经被剥了枪的杀手，身上竟还藏着片刀，趁人不注意挣开押解。

冲向赵声阁。

来的杀手都是死士，本就没有想留着命回去，没完成任务就是烂命一条，完成了任务亲属能拿到一笔丰厚的雇佣金，值得他孤注一掷去冒险。

其实还有些距离，但数年前赵声阁意国遭袭报道的画面瞬间涌上脑海，陈挽冲过去，踩上那人的手，开了一枪，目光猩红："我送你去死。"

"陈挽！"

应激一般，陈挽没能停下，手也有些抖。这段时间在 Monica 的引导下，陈挽几乎能像个正常人一样生活了，但这一刻，功亏一篑，故态复萌。

"陈挽，冷静。"赵声阁一脚把那人踹开，强势地将陈挽圈在怀里，安抚，"没事了。"

"陈挽，我没事。

"我是赵声阁，你看看。

"我没事。"

陈挽如同陷在噩梦中，无法苏醒，赵声阁将他整个人包围起来，一下一下抚着后背，安抚："陈挽，放松，我没事。"

人很快被拖下去，陈挽恢复了少许意识，平静下来，赵声阁就把安抚他的手放下去了，也没有再对他说话。

上了机舱，医护人员为他们检查伤口，赵声阁几处关节受了伤，陈挽多处软组织挫伤，头部也有撞伤。

赵声阁一直在和医生交谈，询问注意事项，陈挽看着他，好几次嘴唇动了动，欲言又止，想起密舱的对话，一颗心像潮退般低落下来。

医护人员离开，赵声阁径自翻看药物和医嘱，一件一件，看得非常仔细。

体外伤的药不多，镇静神经的品类倒开了好几种。

陈挽等了一会儿，对方还在看，眉心皱着，他声音很轻地叫了一声："赵声阁。"

赵声阁终于抬起头，面色很淡，目光深沉而平静，平静到透着一丝无情，说："什么事？"

陈挽张了张口，问："你还愿意和我谈谈吗？"

"陈挽，我说的话，说到做到，从来。"这是赵声阁在密舱上的原话。

陈挽顿了一下，点点头，然后轻声说："那我先出去了。"

赵声阁忽然起身，挡在他面前，居高临下，垂着眼，问："觉得很委屈？"

陈挽一怔，马上说："没有。"

这是真话，他的确没有觉得委屈，相反，他是非常理解赵声阁的。

陈挽也是个管理者，虽然不大，但如果下面的人个个都像他这样"兵谏"，以下犯上，那根本没有纪律可言。

陈挽既然这么做了，就承受后果，委屈没有，遗憾和舍不得有一点。

舍不得已经能和赵声阁当上还算熟悉的朋友又变成陌生人，舍不得还未来得及成行的斐灵岛，舍不得那些能随时随地的电话和视频……

这些都是陈挽处心积虑、努力了很久、一点一点攒起来才得到的东西。

以后应该就没有了。

不过还是赵声阁的安全更重要。

重来一次，陈挽还是会这么选。

无论重来多少次都不会改变的东西，其实就是命运。

保护赵声阁的安全，是陈挽的命运。

陈挽笃信。

赵声阁走得更近一些，陈挽说"不委屈"，但赵声阁看见他的眼睛很黑，黑到像是湿了一样，赵声阁淡声道："我怎么觉得不是。"

"没有委屈。"陈挽坚持说。

赵声阁皱起眉，冷淡而严肃："陈挽，你觉得你做错了吗？"

陈挽说做错了，脸上有一些歉意，但完全没有要悔过的意思。

赵声阁冷声拆穿他："你没有。"

赵声阁的气场与威严太盛，面无表情的样子让人心底发沉。

"是不是在想，我是怎么出来的，"赵声阁冷漠地拷问他，"想你明明万无一失，算无遗策，我还是出来了。"

"想你下次应该如何更加严谨行事。"

陈挽脊背一僵。

密码的确是陈挽随机设置的，赵声阁在最短的时间内用各种公式方法尝试了上百次也无法破译，他只能庆幸对方不知道，密舱关闭之后，是有自毁模式的。

这是用于科考船被劫持或进入他国领海遭遇不测时防止国土地理机密被窃取的预备机制。

但这个模式预留了三十分钟的反悔时间。

这意味着，这三十分钟里，赵声阁什么都做不了。

是赵声阁迄今为止顺风顺水的人生中最提心吊胆、最无望的三十分钟。

"你不觉得自己错，那是要跟我谈什么？"

陈挽张了张口，觉得对方看他的眼神非常……失望，于是也不敢再多说什么别的话。

他低着头说对不起。

赵声阁不说话。

他又道歉："对不起。

"对不起。"

用命去护着一个人,流很多血、受很多伤之后还要说对不起,赵声阁心脏一时被揪紧。

要罚陈挽这样的倔骨头,赵声阁有一万种方式,最有效的都不是身体上的禁锢和惩罚,而是诛心。

赵声阁这样恶劣的人,在洞悉了陈挽的在意后,就如同得到了无上的权力。

他只要说一点点难听的话就够叫陈挽难受很久的了。

可是赵声阁低头凝视着那只因为他流了很多血的右手,心又开始酸胀。

大概没人知道,那么有仇必报的一个人,从枪口下救回陈挽,心中也只剩下庆幸。

良久,久到陈挽又开始觉得自己呼吸不畅要犯病了,赵声阁才开口:"陈挽。

"能对自己好一点吗?"

陈挽怔住。

卓智轩也问他,能对自己好一点吗?

他不知道为什么大家都这么问他,陈挽意识有些缓顿,还是像上一次那样回答:"我没有对自己不好。"

这是真话,陈挽真的没有觉得对自己不好,他竭力守住了自己最重要的,觉得幸运,也没有遗憾。

"是吗?"赵声阁居高临下,眸子又黑又沉,问他,"没有对自己不好,那为什么要把密舱留给我?"

陈挽脊背微僵,身体里的血液从指尖开始冷却。

赵声阁无论是体势上还是气场上都完全压制住了他,静而深的目光直直刺进陈挽的眸心,一字一句警告他:"不要再企图对我撒谎。

"到这一刻,你还撒谎,那我们之间是真的没什么好说的了。"

陈挽眼睛里的光亮完全熄灭了。

赵声阁已经知道了。

经年处心积虑地掩饰隐藏功亏一篑。

短短一瞬间,陈挽脑子里闪过很多东西,悲从中来,无法抑制。

赵声阁声音没有之前那么严厉,但非常迫人:"说话,回答问题。"

今天他一定要得到一个答案。

赵声阁像分析数据一样罗列出自己掌控的证据："你把唯一的生路留给我。"

陈挽沉默，赵声阁的目光从手臂游移到他的嘴唇、眼睛，陈挽任何一个细微的神态都被一览无余："身上为数不多的子弹也强塞给我。"

陈挽垂着眼，整个人像风中一根摇摇欲坠的竹竿，透出一种死寂的平静。赵声阁气场压人，语气温沉，却让人心神大溃："宁肯接受绝交都要牺牲自己去保全我？"

他每问一句，陈挽的心就下沉一分。

一切都太明显了，明显到陈挽想说假话都觉得显得很蠢、很可笑。

赵声阁像高坐法庭的法官，目光冷静，义正词严，逻辑清晰，每一句都诘问至他的灵魂深处。陈挽是投机取巧的小偷，是处心积虑靠近赵声阁的罪犯，每一件罪状都无所遁形。

赵声阁好像狠了心似的要他当堂供认，深深地看着陈挽的眼睛，语气轻轻的："陈挽，你为什么这么在意我？"

15 富士山不远，月亮也真的可以私有

陈挽的心跳从这一刻开始停止。

海明明已经离他很远，可他又像是重新溺进了深渊。

整个人都短暂地失去思考和意识，可是好像药不在身上。

陈挽一直不说话，赵声阁渐渐紧张起来，仿佛又回到被围追堵截、命悬一线的探索号上。

只不过这一次，握着枪的不是胡鸣，是陈挽。

赵声阁很快听见陈挽说——

"抱歉。"

赵声阁握紧了拳。

陈挽惨淡地笑笑："我是在意你。"

赵声阁又得救了，不过他很快又听见陈挽用低而平静的声音说："对不起，虽然知道我在你这里的信誉大概已经为零，但我真的没有什么别的企图。

"以后不会再打扰你，这次一定信守承诺。"

赵声阁听懂了。

陈挽关心他，但也就只是关心，多的就没有了。

赵声阁心下滞顿。

沉默在两人之间凝滞太久，久到陈挽已经开始忐忑和无措，他平复心情："赵先生如果实在很不想看到我，回程我自己坐船就——"

赵声阁不想听他说了，打断："你怎么证明？"

陈挽想了想，垂着眼，像做错事一样做出保证："我不会再出现在任何你有

可能出现的场合,也会删除你留给我的所有社交联系方式,你可以叫人检查,"他真的想得很认真,很深入,且方法可行,备案齐全,仿佛下一秒就可以交上一本计划书,"我会打申请报告离开宝莉湾项目组,科想的事宜以后就由我的合伙人对接。"

"研发、专利还有路演名单可以删除我的名字。"

语气平静得像是早已想过无数次这个备案。

想了想,他补充:"如果你实在不放心,我可以离开海市。"

其实,对陈挽来说,这个世界上,哪里都是一样的。

他轻柔的声音像锋利的刀刃,剖开自己的真心的时候,同时把另外一颗心戳得稀巴烂。

赵声阁往前走半步,离他很近,声音低下来几分,耐心地、完整地重复问了一遍:"你在意我,要怎么证明?"

陈挽顿了一下,抬起头,好像没有听懂,眼神露出一些迷茫。

证明什么?

赵声阁居高临下,垂着眼看他,冷声质问:"难道连在意我,也是骗人的?"

"不!不是。"

赵声阁命令:"那你证明。"

陈挽不解地抬起眼,对上赵声阁幽深的目光,抿了抿唇,很为难也很着急地说:"我……我不知道怎么证明。"

因为从来没想过要表达,也不需要一个结果,所以无须证明。

赵声阁声音低沉:"那你想一下。"

声音听起来很冷酷无情:"如果你能证明,我就相信你。"

他要陈挽亲自承认,要陈挽主动证明,要陈挽亲自打破他那一套令赵声阁听了就想发火的原则,做出选择。

陈挽全身僵着,脑子一团糨糊,他很认真地想了,然后还是有些丧气地如实道:"我不知道。"

"……"赵声阁心里叹了声气。

"……"

就像曾经一片已经飘走了的落叶,又自己飘回到了赵声阁手边。

从而得到了一整个圆满的秋天。

陈挽深呼吸，捋了捋思绪，心情有些激动起来，又觉得不可置信。

在他漫长的生涯中，从未有过这个可能性和选择权。

陈挽眸色变得很沉，很黑，带着隐晦的偏执，请求："赵声阁，我可以和你成为朋友吗？"

"……"赵声阁沉默，目光有些古怪地看着他。

陈挽尽力让声音维持平静而稳定，语气很诚恳："能不能让我试一下？"

赵声阁还是用一种比较复杂的眼神看着他，好像听不懂他说的话。

陈挽觉得他的表情不是很想答应的样子，心里很着急，想了想，又面不改色做出一些虚假承诺："但我不会随便打扰你，也不会死皮赖脸地缠着你。"

赵声阁："……"

赵声阁语气淡淡的："之前也没有想过要和我做朋友呢。"

"之前……不合适。"陈挽正色道。

赵声阁不置可否地笑笑，不是很相信的样子。

陈挽很认真，好像这对他来说是人生里最重要的事情，连眉心都皱起了些许，等了会儿，依旧等不到答案，他就又固执地问了一遍。

赵声阁没有说话，就这么看着他。

赵声阁看了他一会儿，才说："可以，但是陈挽。"

陈挽刚松一分的心又马上提起。

赵声阁说："一码归一码，有件事我要先说清楚。"

陈挽眼睛一眨不眨，呼吸也不敢用力。

赵声阁说："我不希望我们之间有任何的误会。"

陈挽的心脏经历巨大的震动，呼吸起伏，心跳加速，有什么东西从死寂荒芜的心田疯狂生长出来。

海水很蓝，像暖流，涌进陈挽的眼睛，即将把他淹没。

"不过，"赵声阁语气较为严肃地声明，"你这一次确实非常让我生气，我没有办法轻易地说没关系，这件事在我这里很难过去。"

密舱无望的三十分钟，一千八百秒，赵声阁大概这一生都很难再忘记。

陈挽脑子还不是很清醒，也无话可说，就抿了抿唇。

赵声阁抬起下巴，平静地看着他，看起来很冷酷地说："你要很认真、很用心，我才有可能考虑和答应。"

陈挽就很用力地点头。

赵声阁在汀岛遇袭的消息不胫而走,夜里,谭又明和沈宗年一同致电。

赵声阁说目前安全,并且很快会返回海市,谭又明听到他说没事就去玩游戏了,沈宗年还留在线上。

"你还有事?"

沈宗年说:"你没有事?"

赵声阁静了一瞬,说:"我没有。"

大概是那场意外让陈挽后怕,黎生辉宴请他们一行人赔罪时,赵声阁出去打了个工作电话,时间稍微久了些,陈挽绷着脸往外走,他现在就像一个水中捞月的人,每一步都踩不到实的感觉。

赵声阁远远看着,没有叫他,就这么抱起手臂安静地观察。

陈挽不笑的时候真的很冷酷,好像下一秒再见不到赵声阁,他就要马上抄起那把伯莱塔。

直到陈挽神色变得非常严肃,赵声阁才从背后走出来拍了一下他的肩膀:"找我啊?"

陈挽后知后觉自己追得太紧,不知道赵声阁会不会嫌他太黏人,就说:"我出来找个地方散散酒气。"

赵声阁抬了抬下巴:"那儿不就有个天台。"

"……"陈挽不想让赵声阁觉得他别扭、不诚实,无奈一笑,如实说了,"我出来是找你的。"

不过他又马上解释:"不是故意要跟着你,只是又怕万一。"

他对上赵声阁冷静的视线,正色道:"如果让你觉得不舒服……"

"没有。"赵声阁站得离他很近,"不过……"

"嗯?"

大概是喝了酒,赵声阁觉得有些闷,松了下领带。

"陈挽,"赵声阁说,"对我不用太礼貌。"

陈挽什么都好,细心,体贴,温柔,但是很礼貌,太为别人着想,凡事都以赵声阁的感受为先。

但赵声阁不需要这些。

"啊?"陈挽至今还是觉得很不真实。

赵声阁很少在他的脸上看见这种表情,很生动,很灵。

他看了陈挽一会儿,声音很沉:"我喜欢真实一点的。"

陈挽一顿。

赵声阁等他消化了一会儿，还是没等到什么行动，就不等了，直接说："比如说想给我打电话就打电话，想什么时候给我发信息就什么时候发信息。

"也可以提要求。"

陈挽表情有些呆滞，也有些怀疑。

但赵声阁很确定地低头回视他。

陈挽想了想，很认真地说："好，行。"

陈挽有些恍惚，真的很想知道，自己不过是仰望富士山的千万人之一，却真的触到了山顶的一捧雪，是因为他最执着、最努力、最不怕苦吗？

富士山不远，月亮也真的可以私有。

远远看着赵声阁的十六年，陈挽没有过想哭，但这个夜晚，陈挽有一点鼻酸。

赵声阁离岛之夜的话让陈挽感到非常内疚。

陈挽求助卓智轩，吓死卓智轩。

"我说什么！我说什么！我说什么！"他百感交集，不知感慨什么，想了想，只能问，"怎么样？"

"……"陈挽忽然说，"卓智轩。"

那边静下来了。

陈挽垂着眼轻声说："我想找 Monica 戒断了。"

"我陪你去一趟。"卓智轩想了想问，"你要告诉他吗？"

"不。"即便已经离开汀岛数日，陈挽依旧有些恍惚。

"我经常觉得是幻觉。"

"不是幻觉。"卓智轩马上反驳。

"智轩，谢谢。"陈挽笑笑，看着办公室窗外的高楼明灯，眼底一片漆黑。

"……"

二助抱着一束花进来的时候，赵声阁从堆积了一周的公文里抬起头，挑了挑眉。

白的芍药和粉的绣球。

赵声阁观赏片刻，说："帮我找个瓶子。"

芍药和绣球香气幽芳。

赵声阁在汀岛受伤的事多少走漏了些风声，只不过没有人知道具体的，因此一时谣言甚嚣尘上，说什么的都有。

赵声阁为此出席了一次宴会，直接堵住传谣者的嘴——太子爷近来无恙，别想着趁乱浑水摸鱼生事端。

他太久没有露面，来敬酒的人比寻常都多，毕竟下一次再见到深居简出的赵声阁不知道又是猴年马月了。

赵声阁也不推拒，但都浅尝辄止，他向来话少，旁人也不敢过度扰他，陈挽自己那边也有应酬，但一个晚上都陪着他发信息解闷。

陈挽："还没结束？"

赵声阁回得不快也不慢："快了。"

"头还痛吗？可以喝一点热的醒酒汤。"

根本没喝多少的赵声阁："一点点。"

"我去接你好吗？"

"太晚就算了。"

陈挽拍了张车窗外的路灯发过去："来着了。"后面附带一张"小猫飞奔"的表情包。

陈挽喝了酒，司机开车，很快抵达地下停车场，就停在一个不起眼的角落里。

陈挽的车停得实在太不起眼，赵声阁找了会儿才找到，拉开车后排，陈挽温柔地笑着说："赵声阁。"

赵声阁脸上表情很淡，站着没有动，本来他是打算在很多人的面前上陈挽的车的。

赵声阁侧过头笑了一声。

他没有喝醉，但眼神也没有往日沉稳，有种闲散的野性，像只懒散的猛兽。

回来数日，陈挽头发长了一些。

赵声阁想起自己小时候有过很多手办，不过都被赵茂峥毁掉了。

但他记得每一个手办的样子。

陈挽收了笑，忽然说："赵声阁，我拿到了盛汇历年的资质评估报告。"

赵声阁挑了挑眉，意思是继续。

陈挽自上而下的目光无限忠诚:"送给你。"

"股权变动我也可以找来。"

陈挽看不懂他脸上的表情,顿了顿,补充:"如果你需要的话。"

赵声阁一言不发地看着他,觉得很有意思。

盛汇是做原油化工的,方谏需要他们的一个专利,国外有类似技术,但方谏认为不安全。

明隆去谈,盛汇坐地起价,超出了国际市场平均报价三倍,那天陈挽听到徐之盈跟赵声阁汇报说正在想办法啃这块硬骨头。

其实用其他手段挟持盛汇也可以,但时间久,长年游走于规则边缘的陈挽说:"他们吃过好些行政处罚。"如果这些尘封的丑闻爆出来,会对企业形象有很大影响。

只不过以前没联网,但陈挽总有自己的办法。

赵声阁心里有点想笑,点点头,问:"那你这是……邀功?"

陈挽一怔,忙说:"不是。"

他正色道:"不是为了让你答应我的。"

这些天陈挽很认真,早晚问候,出门接送,有求必应,他的关怀备至不会叫人觉得有压力,分寸感、妥帖得体是长年累月塑造起来刻在骨子里的,并不会因为要做到承诺就完全失准,突破自己的行为规范和基本准则。

但只要赵声阁一回头,一伸手,甚至不必开口就会得到回应。

在冬天里晒过太阳的人大概能明白那种感觉的千万分之一。

赵声阁从小被置放在天寒地冻的冰雪中,拥有太阳的时间大概比地球上绝大部分的人都少。

"是希望你开心。"陈挽认真地说。

赵声阁看着他,没有说话。

陈挽有些讪,转移话题,问:"你的头还痛吗?"

赵声阁今晚喝了酒,说一点点。

"我给你按一下好不好?"

"陈挽,"赵声阁盯了他几秒,说,"你真有礼貌呢。"

自汀岛回来,两个人都很忙,因为在科考船上出了事故,怕黎家明卷土重来,因此斐灵岛度假也搁浅了。

卡宴已经出了海底隧道，驶过中环，维港今日在放烟花。

灯火璀璨，缤纷烟花如一场盛大的梦在海港的夜空中铺开，绚烂光影在赵声阁的眼睛中映出。

烟花很美，但是可能不会燃烧得太久。

陈挽不知道能拥有多久，所以迫不及待抓住这稍纵即逝的流光溢彩。

卡宴停在地下车库。

赵声阁名下的房产很多，宝山半腰这一处陈挽早已在视频会议中见过很多次，落地窗很大，地毯上散落着一些书，落地灯感应亮起来，台几上有没喝完的茶，太平猴魁。

大概是从汀岛回来后工作堆太多，他每天都工作到很晚。

赵声阁没有情人，连谭又明他们都极少能来这里。

赵声阁很强势，但也不是没有温柔。

他亲自放了很多场烟花。

比维港的烟花更璀璨，陈挽很珍惜，仿佛他的生命只有这一个夜晚的绚烂。

燃尽了，就没有了。

陈挽脑中掠过很多个画面和场景，甲板上深蓝色的夜海，英华本部的橄榄球场和游泳馆，加多利山的萤火虫，小榄山的栅栏……时光错乱，但终点都是赵声阁。

赵声阁早上没有行程，但是方谏在群里说有事找赵声阁和徐之盈，约在下午。

汀岛科考的模型已建立起来，方谏给陈挽也分配了任务。

陈挽提醒他。

楼下已经有人做好午餐。

陈挽看着阿姨出门的背影，后知后觉且不好意思地小声说："原来阿姨是你们家的人啊。"

"嗯。"

"你那时候就让阿姨去医院照顾我？"他很惊异。

赵声阁平静地望着他："你觉得是为什么？"

陈挽说："我不知道。"在他的认知里，彼时他和赵声阁只能算得上是认识。

"找我不了解的人照顾你不行，"赵声阁看了他一眼，很直接地指出，"陈挽，你很会照顾别人,但不会照顾自己。"

陈挽一怔,突然觉得身体变得很温暖,是倒推回他住院那个时间的温暖。

也有可能是昨夜维港那场烟花一直留在了他的身体里,烘着他的心脏。

方谏已经在群里发了很多文件,陈挽送赵声阁去明隆。

还是走昨夜的中环立交。

白日的维港没有烟花,但层层光影已经镌刻在了陈挽心里。

一路蓝色双语路牌高立,皇后大道是右拐,直走是提督大教堂。

海市的秋天很短暂,海没有夏天清澈,但天空很蓝,海底隧道没有堵车,港文金曲电台今日放《邮差》。

卡宴抵达明隆,赵声阁在那句"看着蝴蝶扑不过天涯"中下了车。

陈挽单手握着方向盘,透过降下的车窗微笑着和他挥手道别,秋后的日光懒洋洋地洒在他的身上,让他整个人连眼尾眉梢都沁出一种金黄色的温柔。

赵声阁走了几步又折回来,弯腰,透过车窗,说:"陈挽。"

"嗯?"

电台里唱到"你是千堆雪,我是长街,怕日出一到,彼此瓦解"。

陈挽一怔,不过面上倒是装得很平静。

他对赵声阁一直百分之一千地坦诚,很听话,唯独这一次,他抬了下眉梢,问:"什么话?"

赵声阁也挑了挑眉,看他片刻,站直了身,手插着兜,说:"没听到的话那就下次再说吧。"

陈挽无奈地笑了笑。

回科想的途中路过花店,不过只有绣球没有芍药,现在已经不是它们的季节。

陈挽又去下一家。

幸好下一家花店有芍药,陈挽挑了一束,还要了信纸,所有想告诉赵声阁的事情都写在了里面,赵声阁一定会大吃一惊。

他这么想着,捧着花走出来,恰逢紫荆广场上一群白鸽飞起,飞向自由的蓝天。

陈挽弯起嘴角,上了车,钥匙一旋,电台已经播到《奇洛李维斯回信》,但已不再悲情。

如今信已写满,就快要到寄的时候。

陈挽细细理了下花纸,手机响起,他拿起看了一眼。

良久,陈挽将车火熄灭。

车窗外成群的白鸽已经盘旋落下,并没能飞往更高的地方,他有些遗憾地将花放到副驾,打开车厢翻找了一下,拿出药盒,吞下几片"安定"。

16 楼台风急，山雨将至

秋天的日光不热烈，但是干燥，花没有被陈挽带下车，就放在副驾，阳光一晒，很快就卷起一点枯黄的边。

那封信也随着药盒被匆忙塞回了车厢柜。

陈挽走进泰基大厦，在大堂等了近两个小时，等得前台都有些不好意思，又为他再添了一杯咖啡："实在不好意思，葛总最近比较忙。"

陈挽好脾气地笑笑，说："没事。"

葛惜是不是真的忙他不知道，但晾着他是真的。

陈挽并不生气，是宋清妙有错在先，和葛惜的上门女婿孟元雄勾搭在一块。

翻完廖全发到他邮箱里的照片，陈挽脑子有一瞬的空白。

两人同进皇后大道奢侈品店，还有一些是在邮轮上喝酒，自以为隐蔽，实则一目了然。

陈挽一心盯紧了宋清妙的账户和资产流动，盯紧了她和谢家坚的行踪，却万万没想到是孟元雄。

谢家坚是荣信的股东，但孟元雄从未出现在陈挽的视野里。

更重要的是，孟元雄是泰基集团葛家长女的丈夫。

这一刻，陈挽终于意识到，宋清妙也没有他想象中的那么天真，她的精明全都用来对付陈挽了，至少知道对他使障眼法。

这么想来，他们这对母子做得真是可悲，陈挽找人监视宋清妙，宋清妙把陈挽当狗仔。

陈挽来泰基之前先见了发邮件的人。

"我听说宝莉湾码头和海油隧道的项目有意定在年底上市，阿挽也会在路演团队里。"廖全笑眯眯地为他倒茶。

陈挽没碰，靠着椅背冷声说："廖全，还想被剪一遍手指？"

廖全感慨地叹了声气："你还是没有变，脾气和小时候一模一样。"

陈挽忍住那些回忆带来的恶心和呕意，点了支烟，点点头："对碍眼的人赶尽杀绝，这点确实。"

"可是小孩子发疯，只用拉去小榄山关几年，长大了还发疯，"廖全很直白地威胁他，"那就请股民免费观看自己投资的新项目主创团队成员母亲出轨的绯闻。"

"惯三和凤凰男，出轨偷情，豪门恩怨，现在的人最喜欢吃这种瓜了。"

陈挽的目光像刀刃一般冰冷，廖全却觉别有风情。"陈挽，"他的眼神微妙，在他身上来回扫，"你看赵声阁也用这种眼神吗？"

"你是怎么得到这个项目的？"

陈挽捏着烟，直直地指着廖全，只要几厘米，烟头就直接插进他的鼻孔："嘴巴给我放干净！"

廖全吓一跳，往后退，举双手投降，没皮没脸地笑道："你这么金贵，别人都不行，只有你行？赵声阁知道你被关进过小榄山吗？"

小榄山是海市的疯人院，关的都是些身份特殊的病人，比如官员的情妇、私生子和精神失常的明星。

这里面有多少人是真疯，有多少人是假疯，还有多少人是进去后才"疯"的，说不清。

说是疯人院，但海市的人说起它语气都颇为微妙——屡次传出性丑闻的恶臭温床，里面又都是些上不了台面见不得光的人，更为这座封闭的孤岛添加了神秘暧昧的气息。

药片的苦味在舌底泛起，陈挽却没有失态。

廖全看着他仍是小时候那副冰冰冷冷、高不可攀的模样，转了转眼珠："你说要是因为你母亲的绯闻舆论影响了宝莉湾和海油隧道项目的上市和路演，赵声阁还会选你吗？他要如何向股东交代？"

陈挽始终很冷静，没给他更多的反应。

但廖全非要戳破他这副沉得住气的面具，陈挽对他从来没有别的脸色，连出格的情绪都没有。"噢，孟元雄还送了你妈妈一块中古的鸽子血，17 世纪的，价格能拍下中环的一块地了，是通过瑞士人的银行拍的，他怎么可能有这么多钱，到时候他夫人葛惜追究起来，你让资方和官方怎么相信你们的财务报表没问题？"

陈挽将照片掷到桌上，轻蔑地勾起嘴角："就凭你这些？几张照片能说明什么？"

又不是酒店裸照，一把锤死的证据。

"这种事，需要说明什么？只要引起舆论就够了，"廖全笑，"你妈妈的名气，你是知道的，这个照片流出去，你爸爸会处置她，孟元雄的夫人可是泰基集团的长女，葛惜什么人，她的手段你比我更了解，到时候赵声阁的项目会因为桃色丑闻信誉扫地。"

"一石三鸟，这些足够了。"

陈挽懒得跟他废话，直接问："这是你的意思还是陈家的意思？"

廖全没想到他脑子转得这么快，眯起眼："的确，你爸爸也想和你聊聊。不过，被我早了一步，我以为我手上的筹码比他的更多那么一点点。"

陈秉信手上捏着陈挽的死穴宋清妙，他手上可是捏着宋清妙的死穴。

陈挽抬起下巴："你想如何？"

廖全也不绕弯子，摊牌："我要做你们的建材。"

近日陈家内斗越来越激烈，大房收权垄断，二房股权被蚕食，地位日渐边缘化。现如今经济不景气，蛋糕本来就小，他们只能外扩资源，否则要被大房和三房玩死了。

明隆就是海市最大的那艘船，说什么他也要傍上去。

陈挽嗤讽："痴人说梦。"

"阿挽，你不用跟我装，能做他们的中转运输，这点权限还是有的，还是说，你不行？而且，"廖全优哉游哉地给他续了杯茶，"我现在不来找你，你爸爸也准备来找你了。"

荣信现在不行了，任人唯亲，争权夺利，金玉其外，外强中干。

汀岛的事瞒得再好，多少也会传出风声，陈秉信知道陈挽搭上了赵声阁是迟早的事。

"但是，他不会给你任何东西，你知道他那个人的，还不如和我合作对吧。"

陈挽淡定得不似一个被威胁的人:"跟你合作,我能得到什么?"

"我能保证这些照片只有我手上有,只要中标,即刻销毁,不留备份。"廖全游说他,"而且,你想保证这件事彻底压下去的方法就是把我拉上赵声阁的船,有了利害关系,一荣同荣,一损俱损,我总不能砸自己的饭碗吧。"

陈挽目光幽幽,不反驳也不说话,直到对方沉不住气了,才道:"你这些东西不值这个钱。"

廖全面色沉下来,又听陈挽说:"我还要荣信百分之六的散股,不要期权。"

"百分之六?!"廖全声音提高,"你要股份做什么?"陈挽从来都游离在陈家的内斗核心之外,也不见他显露任何对荣信的野心。

"没有好处还想找人办事,做什么青天白日梦。"陈挽按灭烟,直接说,"照片和股份,不行就全都免谈。廖全,好好掂掂自己的分量,你有多大能耐,真觉得自己发了这些东西后还能置身事外?你影响到赵声阁的项目,他动动手指头就能把你捻死。"

廖全静静地盯着他,狼崽长大了,比以前牙爪更加锋利,明明是他来威胁陈挽,却每一招都被制伏。片刻,他说:"百分之六太高了,我手上没那么多资金,收不到这么多散股。"

"那就不谈。"陈挽起身就要走,廖全在董事会里暗箱操作多年,真要想做不可能做不成。

廖全急喊:"你等一下。"

陈挽自顾自拿外套。

"百分之四可以试试。"

陈挽看着他,无动于衷,廖全让步:"百分之五。"

"你拿到再说。"陈挽经过廖全身边,忽然用伯莱塔的柄抵着他的后背,陈挽的指腹抵在那枚象征着赵声阁的徽章图刻上,枪很冷,但陈挽的手是暖的,像被某一双手握着,源源不断地传来力量和底气。

他目光森冷地警告:"你敢跟我耍半点花招,子弹会像十九年前的剪刀戳穿你手背一样穿过你的后背。"

廖全顿时一身冷汗,举起双手,连声说:"我不会,我不会。"

陈挽比小时候疯得变本加厉,大庭广众之下就敢掏出武器来威胁人,廖全丝毫不怀疑,要是自己不答应,即刻就会血洒当场或是身首异处于某个深夜。

"我……我来想办法。

"股份，我来想办法。"

廖全看似是在威胁陈挽，实则是自己穷途末路，不然谁会没事找死去碰赵声阁的蛋糕，但他没有想到，陈挽转头就直接杀到泰基去见孟元雄的太太葛惜。

陈挽耐心地在大堂等了很久，只为给葛惜消气，直到前台终于请他上去。

葛惜出自名门，海市一代女杰，四十岁出头，气场强大，倒也没继续刁难他这个后生。

"陈生非要见我一面最好是有顶顶重要的事。"

陈挽恭谦地把礼物放在她的会客桌上："想和葛总谈谈收购荣信股份的事。"

葛惜看他的眼神从不屑多了几分认真："陈生在说什么，我听不懂。"

陈挽笑笑。

只有廖全这种蠢货才会真的以为宋清妙和孟元雄的私情能瞒天过海，孟元雄一个靠老婆、倒插门的软饭凤凰男胆子再大也不敢直接拍巨额的鸽子血送宋清妙。

如果他没猜错，孟元雄是葛惜故意放的钩，至少是纵容，她盯上了荣信的股份，陈家几房斗得厉害，宋清妙倒是成了一个很好的突破口。

宋清妙现在不得宠，但早期陈秉信追求窈窕淑女的时候也是给过些股份的，这也是宋清妙一直觉得自己还有机会的原因。

据陈挽所知，葛惜和孟元雄的婚姻早就名存实亡，葛惜在外的蓝颜知己也不少，她根本不在意一个没什么本事的窝囊丈夫，她在意的是葛家的商业版图。

但不管怎么说，这事是宋清妙的错。

所以陈挽来致歉，态度恭敬，但也一语双关，暗示自己知道其实对方是在放钩钓鱼，意有所图，也没有那么"无辜"："孟先生拍下的那颗中古鸽子血第一手收藏人是一位瑞典女士，卡梅尔女士曾经任过葛家的家庭教师。"

葛惜语气轻蔑，意有所指："如今是你母亲的囊中之物了。"

即便陈挽已经做好了充足的心理准备，但还是感到了一丝难堪，这些年他收拾过很多宋清妙的烂摊子，上门道歉、还债、内斗外争，熟能生巧，心理素质也被练出来了，可终归不是什么光荣的事，他也是个人，也有最基本的道德底线和耻辱自尊感。

"是，为表歉意，陈挽愿意尽绵薄之力帮助葛总。"

葛惜打量他，宋清妙这个人不怎么有脑子，倒是生了个聪明又孝顺的儿子：

"你的目的？"

陈挽看着她说："希望葛总能在那些照片曝光之前，就以泰基的名义发个报道，就说是您邀请我母亲到泰基新开的旗舰店参观，以及到邮轮庆祝，孟先生作陪。"

那些照片都没有非常露骨的动作，较为亲密的也可以解释为友好绅士的热情。

先发制人。

没有不透风的墙，陈挽从一开始就不相信廖全，即便他如约销毁证据，这件事也绝不可能瞒天过海，必须从源头上拆解这个潜在的危机，只有先下手为强，无论出入奢侈品店还是海市两夜狂欢都是世家名媛间的友好往来，孟元雄不过陪同，往后再爆出什么，定了性的事，也掀不起什么风浪来，不会影响到项目。

这种模棱两可的事情，很大程度上是看原配的态度。

"就这样？"葛惜不觉得这个条件值得用荣信的股份去换。

"就这样。"陈挽大大方方任她审视。

"你还真是孝顺，不过，"葛惜审视他，笑了，"年轻人，你不是只想捞你母亲吧，你只是想借刀杀人，你好坐收渔翁之利。"

陈挽不否认。

任何打赵声阁主意的人，在陈挽这里都是死路一条。

葛惜也不在意："但我凭什么相信你，你并不在荣信权力中心。"之前她连陈挽这号人都没听说过，也就是最近传赵声阁在汀岛的事这个名字才飘出江湖。

"凭我比孟元雄有用，"陈挽说，"晚辈愿意先过手两个点以表诚意，届时葛总再决定是否要与晚辈合作也不迟。"

葛惜在狼环虎伺的海市屹立多年不倒，心眼颇多："我是老老实实的生意人，违法犯罪的事可不做。"

陈挽说："晚辈也不做。"

那是廖全该操心的事，与他何干，他只要保证葛惜是善意第三人即可。

葛惜："我只给你一周的期限。"

"谢谢葛总。"

科想开完研讨会已经是下班，这些天方谏又发布了不少课题，项目越推进，任务越重。

陈挽走到韩进办公室，把门关上。

"退伙？！"

"嗯，"陈挽给他分了支烟，安抚，"不是什么大事，后续的研发我还会幕后继续参与，就是专利和项目书上不要再出现我的名字。"

韩进震惊地看着他。

陈挽将事情说了，他咬着烟，神情漠然，也有些残酷："釜底抽薪，是最好的。"

韩进摆摆手："赵声阁在海市只手遮天，对付这些人还不是……"

"进哥，这两个项目涉及国资、民生，钱的事小，公众信誉和社会形象事大。"

"而且，也不是这一次的事。"陈挽按了按烟灰，"这些事因我而起，本来就应该由我来解决。"

不用太久，陈秉信肯定也会来找他了，既然他搅进这趟浑水里，无论廖全怎样承诺，也无论葛惜帮不帮他，其实陈挽都无法彻底放心。

陈挽当然知道赵声阁很强大，这些魑魅魍魉小人伎俩在他面前都不够看的，别说廖全真要掀起什么风波，到时候有没有媒体敢发敢报都是个问题。

但陈挽在关于赵声阁的事情上不会怀一丝侥幸，留一点漏洞。

最万无一失的方式就是，釜底抽薪。

在事发前陈挽直接退出项目，彻底撇清关系，无论之后发生任何事，都与明隆和项目无关。

"多事之秋，以防万一，我不允许出一点差错。"

"而且，"陈挽吐出一个烟圈，烟雾遮掩了阴沉的神情，"我这一次，是要按死他们。"

像把残叶按进淤泥，把蝼蚁踩死在鞋底，斩草除根，赶尽杀绝，他才能彻底放心。

他们既然敢威胁陈挽，有这一次，就有下一次，那就谁都可以吸赵声阁一口血，啖赵声阁一块肉，没完没了。

但只要退了伙，就是光脚的不怕穿鞋的，他陈挽做什么，跟科想没关系，跟宝莉湾项目没关系，跟赵声阁更没关系。

敢打赵声阁主意的人，在陈挽这里就是罪无可赦，死不足惜。

"进哥,我要按死他们。"陈挽语气轻轻地又说了一次,眼底一片漆黑。

韩进看着他的神色,暗自惊心。

陈挽的手段他是知道的,但仍是不同意:"科想是你一砖一瓦亲手建起来的大厦,你全部的心血,这些年有多难,你自己心里清楚。"

陈挽为他们的第一单生意喝到胃出血,两天赶了四个展会,中暑到休克也没去医院,对故意刁难的甲方曲意逢迎、笑脸相向,对恶意打压他们的竞争对手忍辱负重,一步一步,杀出一条血路。

陈挽看他这般苦大仇深,无奈一笑:"进哥,我只是暂时退出,又不是甩手不干了,等解决完这些,一身轻松地回来,不好吗?"

现在这些利害关系和牵绊,反而变成他任对方掣肘的软肋。

陈挽非常固执决绝,在关于赵声阁的事上从来不听别人的意见。韩进与他对峙半响,只能低声说:"那科想的位置永远为你留着,还有你的分红,虽然不能走账面,但我一定用别的方式一分不少你的。"

"好意我心领了,不过不用了,"陈挽提醒自己的准前合伙人,"千万别乱做假账,要遵纪守法。"

"……"

韩进神情复杂地看着他。

陈挽倒不感到如何可惜,反觉心里放下一块巨石,只要不牵连到赵声阁,他要做任何事都没了顾忌。

手机忽然振动了一下,陈挽打开,界面显示——"对方撤回一条消息"。

陈挽这两日都有些紧绷的神经忽然就放松下来。

陈挽发了个"猫猫探头"的表情包。

赵声阁没有回,陈挽便又问了一句:"发了什么?"

还发了一个"猫猫想知道"的表情包。

赵声阁说:"发错。"

陈挽抿了抿唇,问:"还在工作吗?"

过了一会儿,一张没头没尾的照片传进来。

木制办公桌,台签的一角,应该是某个会议室。

陈挽说:"在开会?我去接你好不好?"

赵声阁说不用。

但是陈挽心里已经打定了主意要去，他将照片放大，台签的Logo和文印页眉透出了会议的时间、地点、楼层，甚至会议室号，不过还是意思意思征求了一下意见，于是发了一个"猫猫拜托"的表情包。

大概是会还在开，赵声阁过了好一会儿才回："会很晚。"

陈挽在表情包里一直往下滑，其实他以前根本不用表情包，现在这些全都是卓智轩友情贡献的。

陈挽找了很久，终于找到一个合适的"猫猫没关系"。

赵声阁："……"

过了一会儿，又发了个："嗯。"

表情包到用时方恨少，陈挽翻来翻去觉得每一个都不能精确表达他要说的话和心情，就勉强发了个"猫猫可爱"，发完觉得有点不够沉稳，他想撤回，但最后还是没有。

临走的时候，陈挽说："进哥，你手机里有什么表情包吗？"

"什么？"还在情绪中的韩进蒙了一下。

"有的话都发给我吧，"陈挽推开门，还很挑，"最好是什么小猫之类的，谢了。"感觉发猫猫头赵声阁会回得比较多。

"……"

赵声阁开完会走到楼下的时候，陈挽靠在卡宴的车门上等着。

他没有玩手机，手插在兜里，就这么静静地等待，不知道在想什么，眼神平和，没有一点不耐烦，秋叶的风掀起他长风衣衣角，几朵桂花在他身后落下，一瞬间，天地万物都静了。

赵声阁仿佛隔着这个距离也能闻到丹桂在他衣服上留下的香气，他默默看了一会儿才走过去。

陈挽弯着眼说："开完了？"

"嗯。"

这些天宝莉湾准备进入方案结项期，方谏天天来折磨人。

陈挽绅士地为他开了车门，说："上来吧，送你回去。"

赵声阁看了他一眼，说："我开车。"

"嗯？"

赵声阁目光静静的，歪了下头，轻声说："觉得你有点累。"

陈挽微怔。

手指动了动。

廖全威胁他的时候他没有感觉，葛惜让他在大堂等几个小时的时候他也不觉得委屈，宋清妙打电话来跟他声嘶力竭大吵一架的时候他已完全麻木不再伤心。

可是赵声阁在见面不到一分钟就说：感觉你是不是有点累。

陈挽忽然就觉得有一点，有一点，无法形容，非要说，可能像是心头被一只手轻轻握了一下。

类似某种温暖的安慰，很安全。

他不太有过这种感受，觉得很陌生，更别说来自赵声阁。

陈挽低头笑了一下，又抬起，说："赵声阁。你对朋友都这么好啊？"

"没有朋友。"赵声阁看着他。

"哦，"赵声阁又说，"唯一一个看起来还不怎么会做朋友。"

陈挽就又笑了："好，给你开。"

他从口袋拿出钥匙一抛，赵声阁单手接住，按了开锁。

陈挽上了副驾，递给赵声阁："这是凉茶，热的。"

秋天干燥，海市人讲究一个润肝润肺。

赵声阁没有伸手，低头尝一口，嘴角一滞，似乎有点僵住，很快面无表情地将他的手推远了半分。

"……"陈挽笑着叹了口气，像看一个誓死不吃胡萝卜的小孩。

但也没什么办法，他只好自己把剩下的喝了。

陈挽和赵声阁都是工作狂，方案结项之后马上就要准备路演事项。

赵声阁打了把方向盘，说了几个有意的活动赞助方。

明隆当然也不缺什么赞助，不过是为了造声势，这不是他一家的项目，上面自然想做得有声有色，越大越好。

陈挽分析："谭氏和明隆商业关系太紧密了，可能不会再产生额外声量效应，其实真要说，"他停顿片刻，看着赵声阁，"我觉得姚家比较合适。"

海洋资源涉及政治地理因素，姚家在海外根基深厚，非扎根于海市的土著大亨们可比。

赵声阁微妙地抬了下眉，饶有兴味地看着陈挽。

陈挽心里乞求他不要再提起那场狼狈的酒会，无奈一笑："我认真的。"

赵声阁放过了他，正色点点头，陈挽的观点他是赞同的，说："徐之盈偏向泰基，他们诚意很足。"

陈挽的眸心很轻地停了一下，实事求是地分析："泰基有外资成分，是优势，也是劣势。"

葛惜准备入场收购荣信，意味着泰基资本将在较长一段时间内处于不稳定的状态。

陈挽说："他们野心不小，前一个季度立了很多项目，上半年更是收购了不少中小企业，引入的话要谨慎。"

他停顿片刻，补充："当然，这只是我个人的建议，还是看你们风控评审团队的意见。"

赵声阁看了他一眼："你很了解。"

陈挽看着路的前方说："公示的时候看到了。"

赵声阁打了个左转，说："文件袋里是最新的测绘图，你要看吗？"

陈挽拿出来展开。

海底地形图上布列大陆架、岩石、海脊……每一处数据、等高线、潮流方向陈挽都看得非常仔细。

车窗外流光掠过他的侧脸，他眼里露出隐晦的憧憬的光。

其实廖全那些关于什么小榄山的威胁，陈挽完全不放在眼里。

但他确实非常、非常、非常在意这个项目，这是他们共同的心血。

宝莉湾码头和海油隧道是明隆未来几年的头部项目，而且和官方有深度合作，利益交错，是不能有任何舆论危机的。

陈挽虽然只是这个巨大工程中很微小的一环，但这里面凝结了许多他和赵声阁共同的回忆。

夜班三点的工作通话、并肩和官方斡旋磋商的谈判桌、忘了续过几次杯用来醒神的蓝山……还有在汀岛的考察，他们跟着方谏勘察海底地形地势。

就是那一天，他们一起决定将这条海油隧道命名为"满月航道"。

因为隧道的中段要穿过世界最大洋的海沟，地心引力作用大，潮汐受月亮的影响也更大。

在这片海上，能看到超级黄金月亮的次数比这个世界上其他任何一个地方都多，所以陈挽提议可以将海油7号隧道命名为满月航道。

赵声阁评价："寓意很好。"

他念满月这两个字的时候，陈挽在他的眼睛里看到了浩大的宇宙和星辰闪烁。

赵声阁本身就是海上的满月。

项目是他、他们、所有人付诸了无限心血的成果，陈挽不能容忍它有任何被影响的可能。

陈挽看得有点久了，赵声阁提醒他："陈挽，你的手机在响。"

是宋清妙，陈挽当着他的面接起来，简单说了几句，就挂了。

后来陈挽手机有信息进来，他没有再看，一抬头发现，车停的地方是他住的公寓。

赵声阁抬了抬下巴，说："车我开走，你回去睡觉。"

陈挽眼下有些青黑，看起来没有得到很好的休息。

不过他下车的动作真的有些慢。

可赵声阁就静静地看着他，想了想，然后不算是解释地说："明天方谏考的就是你了。"

这两天他和徐之盈又被搞得够呛。

陈挽这才死心下车，说："好的，那我回去了。"

赵声阁知道他要目送自己，就直接驱车离开了。

陈秉信的电话来得比陈挽预想中快。

德信园隐在高高的树丛后，楼阁构造保留着民国时期移民的南洋风格，圆窗尖顶又掺入女王时期的英式特征，远远望去，如一个陈旧年代的怪物，不伦不类，龇牙咧嘴，侵吞囚禁一代又一代在这里居住的人的血肉和灵魂。

陈挽上一次被召回来还是中元节时，年中到年尾，半年竟然这样快就过去了。

那只庞然怪物和他远远对峙着，陈挽以为自己已经逃出去了，原来没有。

陈挽回陈宅，宋清妙竟然不是第一个发现的。

"阿挽好威风，开了新车回来。"二房廖柳一双媚眼扫过他，往牌桌上扔了张

"万"。

陈挽看了眼她,没有说话。

埋头看牌的宋清妙这才抬头,笑眼盈盈,眉飞色舞:"BB,你回来了。"

陈挽很久没见她了,心里仍是不可抑制地动了一下,心情有些复杂。

孟元雄的事情,宋清妙始终不觉得自己有任何过错,眼下正是荣信内部争权白热化时期,各房都铆足了劲明争暗斗,她在外头找靠山何错之有。

这些天他们在电话里吵过,冷战过,如今宋清妙又对他这样热切,陈挽一时有些恍惚。

而且,宋清妙已经很久没上过陈家的牌桌,二房三房联手围防,最好这个看不出年龄的漂亮女人永远困在四层那间灰败的小佛堂里登不了厅堂。

如今因着陈挽,她又能在牌桌上占据一席之地了,叫人切齿。

因而宋清妙笃定,她的转运,就要到了。

陈秉信在人坐齐之后才下了楼。

大房舅招了招手:"来,阿挽,你好久没回来,坐你爸爸旁边。"

陈挽淡淡地道:"我坐这里就可以。"

宋清妙给他使了个眼色,陈挽低头坐下,当作没有看见。

三房内侄笑:"阿挽现在可是太子爷面前的大红人,大功臣,哪儿有时间经常回来吃饭啊!"

陈秉信浑浊的目光审视着陈挽,从他听到陈挽傍上赵声阁这艘大船的风声到如今有一小段时间了,只是他不相信这个从小脑子不正常的弃子真有这个本事。

直到不知何时开始,外面的人谈起陈挽已经是"小陈总"了。

"没有的事,"陈挽冷漠道,"我和赵先生不熟,都是看在卓智轩的面子上。"

"阿挽,你这么说就太谦虚了。"

"听说你也去了汀岛。"

"那也算是护驾有功。"

陈挽说:"只是跟着一群人——"

"确实,"宋清妙打断他,颇有些翻身的得意,道,"上次阿挽陪我去天后宫拜妈祖,赵先生还过来打招呼,聊了好一阵子呢。赵先生好英俊,一点都不凶,对阿挽很和气呢!"

陈挽一僵,眼底彻底冷下来,心里对她最后的一点温情也烟消云散。

陈秉信摆出一家之主的姿态,筷子敲了敲,说:"先吃饭。"

饭桌一如既往地热闹，从荣信的股价谈到三房长女的婚事。

井底的人好像真的已经乘上一帆风顺的巨轮，做着一些不知所谓的青天白日梦。

陈挽沉着眸心，被按压在心底深处的邪恶念头和暴戾因子又开始蠢蠢欲动。

人人都想通过他吸一口赵声阁的血。

这个房子如同承载着痛苦记忆的牢狱，无论陈挽离开多少年，在外面已经修炼得如何得体，一回到这里，都会变成那个面无表情拿着剪刀扎人的魔鬼。

墙壁凿空挂着几尊佛，金的、玉的，还有檀木的，仿佛个个都看透他邪恶疯魔的灵魂，叫人压抑，陈挽的手极其轻微地颤抖，放进兜里。

药盒没摸到，倒是手机忽然振了一下，陈挽打开。

是一张图片。

"掉在我家了。"

暴戾的神经忽然就放松下来了，心脏像是被一双手稳稳托住，这个沉暗大宅里的无论是人、佛还是什么小人阴魂、魑魅魍魉都无法伤害他分毫。

陈挽如得到一个金钟罩，手没有再抖。

他点开图片，仔细辨认，是他的袖扣。

陈挽说："今天可以去接你吗？顺便带给我。"

赵声阁答非所问："材质很一般。"

"……"陈挽有些不明所以，这双袖扣虽然不是非常昂贵，但也是一个还算有名的牌子的经典款，他想了想，福至心灵，说："下次我戴红宝石的。"

赵声阁不说话了。

陈挽就又发了一个"猫猫rich（富有）"的表情包。

"……"

"阿挽现在生意做得大，手机都离不开身呢。"

陈挽收起手机，听几房太太钩心斗角含沙射影，或是谈论赵声阁，做一些不着边际的美梦。

其间，宋清妙还给他夹过一次菜，陈挽没有吃，掌心里传来手机的热度，心里很平静。

曾经空缺很多年的一块已经被填上了。

其乐融融的晚餐结束，陈秉信命令陈挽："你跟我来书房。"

荣信现在不行了，任人唯亲，争权夺利，金玉其外，外强中干。

明隆这艘大船，来得正是时候。

陈秉信没有别的本事，但他手上还有个宋清妙，用宋清妙敲打、拿捏陈挽，足够了。

也无非是旧事重提，宋清妙从前沾赌、出轨等"黑历史"。

陈挽心头忽而卷起强烈的愤怒。

宋清妙或许是天真、愚笨，可这些所谓"黑历史"难道就不是他们的手笔吗？男人要将一个女人，尤其是一个漂亮的女人推入深渊，让她成为一个玩物太容易了，不费吹灰之力。

宋清妙纵有她的错，但亦有她的可怜之处，最为可恨、最该去死的是作威作福的陈秉信，是这些如同巨山无可撼动的父权夫纲。

陈挽抬起眼，平静地问："你想要我做什么？"

陈秉信不满意他这副置身事外的冷漠模样："什么叫我想要你做什么，是你应该想想自己能为家里做什么。陈挽，我养你二十几年，你就这个态度？"

陈挽觉得可笑，他来陈家总共就没几年，三年小榄山，一年半狗房。

但他没把话说死，只周旋道："那你未免也太看得起我，外面的人随便说两句就是真的了？别说卓智轩在卓家不当权，就是现在的卓家又能在赵声阁面前说上几句话？"

陈秉信也不指望他真的能跟赵声阁有多深的交情，这种人物，能搭上一根线已经很了不得。

"过几天高新区的活动，宝盈会跟着你大哥过去，到时候你给她做个引荐。"

陈挽眸心一冷。

陈秉信，真了不起，这么多年不改本色，以前卖老婆，现在卖女儿。

陈秉信算盘打得响："你带着她多交些朋友，当然，最主要还是赵声阁。"

长子陈裕一直敲不开那个圈子的那扇门，如今他听闻那些个富家子弟倒是还看几分陈挽的颜面。

陈宝盈是三房的二女，是陈秉信女儿中出落得最漂亮的一个，今年刚从澳洲的大学毕业，陈秉信十分器重她。

"还有你现在做的赵声阁的项目，我看制材那两个板块跟你大哥新接管的子公司很对口，这个你不应该让肥水流到外人的田里。"

搭上了赵声阁的关系，即便只是微不足道的一条小支线，那也相当于开了一个矿藏。

陈挽诧异人老了之后竟会如此天真，简直异想天开："赵声阁是什么人，我算什么，能插手他的事？"

"至于其他人，"陈挽虽与陈宝盈关系冷淡，但对这种拉皮条之事深恶痛绝，"也都是公事往来，私下根本没有联系，沈家、蒋家、谭家，哪一个人是我能说上话的？"

"陈挽，你这样推托是什么意思，没有一点兄长的责任和担当，你妹妹若是进了个好人家，往后于你、于家族是个大帮衬。"

陈挽目光森冷地看着他，没有说话。

已显老态的陈秉信无端脊背生凉，他从这个从来都不争不抢、不声不响的儿子眼中看到一种诡异的平静。

陈秉信叱咤半生，不容父权夫纲被这样挑衅，彻底沉下脸："陈挽，你翅膀硬了，想飞，可你母亲还在这里，你能飞到哪儿去？她从没到二十岁就在这儿了，她的桩桩件件都握在我的掌心里，你要真在乎她，就别总是忤逆我。少跟我玩阳奉阴违、虚与委蛇那一套，否则，她和你小时候那些事抖出去，别说赵声阁还会不会跟你合作，就是海市也没有你们的生路。"

陈挽从头到尾都显得很镇定而冷漠，沉默片刻，点头说行。"那我要股份，你把准备转手陈裕的给我。陈宝盈的事我帮不了，至于陈裕，"他顿了一下，钓陈秉信，"那得看他的造化。"

陈秉信眯起眼，浑浊的目光扫过他。

陈挽大大方方任他审视："你给每一房都分了股份，想让我帮你做事，总该给些好处。"

陈秉信怒斥："那你这好处未免也太漫天要价了。"

陈挽转了转腕表："你什么也不给我，我怎么去办事？"

陈秉信苦于手下的儿子没有一个堪当大任，荣信如今大不如前，要不然他也不会把主意打到陈挽身上："我可以先给你两个点，后面的看你表现。"

陈挽没说好，也没说不好，陈秉信说："不要总想着和我玩花招，陈挽，你那点套路都是我当年玩剩下的。你再怎么恨我，我们也终归是一家人，只要你还在海市，你就永远摆不掉你姓陈。"

陈挽不掩饰自己的功利，不和他多一句废话："股份什么时候转手？"

陈秉信一噎，冷声道："你跟你母亲一样，真是掉钱眼里了。"

陈挽又问了一次："什么时候？"

"你！"

陈挽有些不耐烦了："先拾钱后办事，陈总做生意这么多年，这个道理也不懂？"

陈秉信怒道："孽子！"

陈挽未予理会，转身出门。

下了楼，宋清妙还在牌桌上醉生梦死，陈挽看着她依旧纤细宛若少女的背影，静默了片刻，终是没有走过去说一声再见。

可是已经在心里和她彻底告别了。

陈挽很小的时候，就希望宋清妙在那个永远充满嘲讽、算计和冷眼的饭桌上能站在他这一边，哪怕一次。

但一次也没有。

这一次还触碰到了他的底线。

幸好他早已经决定不再为这个人伤心。

陈挽在一片桥牌声中走出门，今日没有太阳，外头很暗，阴沉沉的，他被一根绳子绊了一下，低头一看，是一条陈旧的狗链，上次中元节被召回来也看到了，不知是用人的疏忽还是某种威慑和警告。

陈挽额角发痛，点了根烟，在车上发了好一会儿呆，察觉到呼吸有些困难，从车厢里拿出药盒吃了几片"安定"。

其实自从回来之后，他的情况好了很多，Monica 已经逐渐在给他减量戒断了。

但他不想在赵声阁面前失态，还是吃了几片。

17 他的苦都吃完了

赵声阁和沈宗年开完会，说就不一起吃饭了，拿起手机又听了一遍语音。

"……"沈宗年看他一眼，说你等一下，把电脑转向他，"你上次问我的事情，没有下文。"

赵声阁终于放下手机。

沈宗年："倒也不能说违规，只是更像接手的一方凭空起楼，查下去就是个空壳。"

荣信近期几桩散股交易程序蹊跷是赵声阁发现的。

明隆不会关注一个江河日下的腐朽家族企业，但宋清妙还在陈家，之前赵声阁见过几次宋清妙给陈挽打电话。当然，也不一定就是说的这些事，而且陈挽都是当着他的面接的电话。

但赵声阁心眼太多。

他这个人，道德水平不高，即便是母亲，赵声阁也不喜欢陈挽花太多心思在别的人身上。

荣信现下外强中干，泰基的葛家和徐之盈都有吞并它的野心，赵声阁不允许因为宋清妙牵扯到陈挽。

沈宗年叫他别白费力气："他是科想的隐名合伙人，就算变动也不会公示。"

"但他没必要这么做，而且——"沈宗年低头给谭又明发了一个自己的定位，才继续对赵声阁说，"他现在不是对你言听计从吗，你想知道什么还不是易如反掌？"

赵声阁摇摇头："你不了解他。"

"……"沈宗年合上电脑,"反正目前来看,跟他没什么关系。"

赵声阁拿上外套起身,说:"那就好。"

陈挽又买了花。

还是芍药和绣球,其实已经到了深秋,这两种花都不再是当季,好在海市地处热带,供花货源很充足。

中环高峰,残阳被硕大的棕榈叶剪得斑驳。

橘色的光穿过车窗停在陈挽耳垂上,赵声阁伸手去碰了一下,像捉住一只金色蝴蝶。

陈挽的长相,戴耳钉应该也挺好看的,他心想。

路上车堵了很长时间,但赵声阁没有觉得不开心,下车的时候还抱上了花。

"不放在车上吗?"

赵声阁说:"花就是让人看的。"

陈挽觉得他有点一本正经的……可爱,笑:"好。"

提督街上免税店很多,游客人来人往,赵声阁抱着花,有人看他,他面不改色,旁若无人。

陈挽走在他身边,不让来来往往的人碰到他和他的花。

陈挽恍惚想起读书时代。

吃的粤菜,陈挽看菜单,赵声阁看着他,说:"陈挽,你都不休息?"

"嗯?"

他伸手按了下陈挽的眼圈,说:"很重。"看起来很累的样子。

陈挽摸摸自己的眼睛,边倒茶边开玩笑说:"嗯,努力工作。"

"……"赵声阁目光沉静地看着他,陈挽被看得心虚,赵声阁才淡声道,"陈挽。其实不需要很多钱。"

"要的,"陈挽放下茶壶抬起头,不太赞成,又很认真地说,"要很多钱。"

"……"

赵声阁看了他片刻,等服务生走了,说:"过来。"

陈挽很听话地坐到他身边,想了想,先开口说:"赵声阁,我不能只是口头说说。"

赵声阁看着他,不说话。

陈挽就继续说:"我知道你什么都有,什么都不缺,但我还是应该把我最好的东西给你。

"这是我应该做的。"

陈挽说:"你不喜欢、不需要也没关系,但我一定要有。"

"你生病那一次的错误我不会再犯第二遍。"陈挽真真切切地看着他。

赵声阁手指微不可察地动了一下,他听见陈挽说:"其实一直想说对不起。"

他自嘲地笑笑:"当时是怕让你觉得反感。

"希望你不要放在心上。"

陈挽缓缓摇头,看着他,很后怕的样子,说:"以后再也不那样了。"

赵声阁表情还是很淡,其实手心变得很热,被陈挽这样的目光看着,如坠入一片冬阳中。

赵声阁移开目光,淡声说:"早原谅你了。"他又不是什么很记仇的人。

"你的罪状罄竹难书,可能记不过来。"

"……"陈挽一噎,又有些揶揄地看着他,笑说,"那就好。"

"打保龄球的时候,你也不怎么理我,很怕你讨厌我了。"

赵声阁就这么看着他。

陈挽没得到回答,就笑问:"是因为打了圣诞树才原谅我吗?"

赵声阁说:"你觉得呢?"

其实不是,拿到太平猴魁的时候就已经原谅了。

陈挽想了想,说:"应该是吧。"

他弯着眼,叹了声气:"赵声阁,要是以后我再惹你生气,就打圣诞树给你道歉好不好?你原谅我。"

赵声阁眯起眼:"意思是还有下次?"

"……"陈挽无奈地笑笑,"我只是说如果。"

赵声阁说:"看情况。"

陈挽这种人,是不能给免死金牌的,没有尚且嚣张至此,有了岂不是无法无天?

陈挽摸摸鼻尖,说:"好吧。"

想了想又说:"但我还是会给你打圣诞树的,不原谅我也可以,本来它也只是我希望你开心的祝福。"

这句话我也送给你,赵声阁不动声色。

他很客观地指出:"理智上,我觉得你应该对我祛魅。"

但是,赵声阁没有再说下去。

"祛魅?"

赵声阁讲话很直接,无论是评价别人还是剖析自己都有一种残酷的客观冷静:"其实我们已经相处了一段时间,你也应该发现了,去掉那些身份、名头和光环,我就是一个很普通的人。"

寡言和沉稳使赵声阁显得高傲冷漠,但其实,他很清醒,今日的一切,个人因素所占比例不大。

"如果不姓赵,我今天可能也不过是一个每天朝九晚五赶地铁的年轻人,或是因为房贷、车贷苦恼焦虑。"

"可以挤地铁,"挤地铁没什么不好,陈挽说,"你挤地铁,我们就会在地铁上相遇,但是,"陈挽看他的目光认真又郑重,"赵声阁一点也不普通。赵声阁挤地铁也不会普通。"

"……"赵声阁不想跟他说了,就抬了抬下巴,说,"吃饭。"

陈挽没动,笑了。

晚餐结束,车子停在不远处的露天停车场,要走一段路。

陈挽很高兴,维港夜晚很多人,city walk(城市漫步)的市民,游轮的乘客和打卡的观光客,今晚没有灯光秀,但是附近一个体育会馆在开演唱会,歌声清楚地传过来。

"如果心声真有疗效,

"谁怕暴露更多,

…………

"就算牙关开始打震,

"别说谎,陪我讲,

"陪我讲出我们最后何以生疏……"

两岸有人遛狗,陈挽会主动让开。

有些人将链子拴在树根上,让狗自己玩。他们经过公园的时候,就有体型庞大的德牧从树后面冒出来蹭到他们身边,被赵声阁斥走。

陈挽不动声色地看了赵声阁一眼,可能是赵声阁不喜欢狗,陈挽想。

次日，两人都要参加高新区的一个商业活动。

赵声阁很少出席这些活动，但项目马上就要造势和路演，需要适当露面以增加股民的信心。

沈宗年、谭又明和卓智轩都到了，陈挽跟在一群人后头也不显眼。

进了会场，赵声阁下意识想看一下时间。

他等会儿还要回明隆跟高管开会，可能待不了太久，不过手腕上空空如也，很有可能是昨晚脱下来不知道扔在了哪个角落，他不确定。赵声阁停下来，回头问陈挽："你记得我的手表放在哪儿了吗？"

陈挽自己也顿了一秒，下意识地笑笑说："可能刚刚落在车上了，稍等我去帮您找找。"

如此，周围人的神色才正常了一些。

只有赵声阁面色淡淡地看了陈挽一眼，但也没有说什么。

陈挽走到前台去取了内场座位名单，一路上看了看周围的宾客。

等拿到了座位名单，才确定了荣信几个高管和陈裕还有陈宝盈都无法进入内场，他们是见不到赵声阁的，陈挽心里松了口气。

赵声阁没有多留就走了。

但不知为什么，和昨晚截然不同，赵声阁的温柔体贴都不见了，又变回了很凶的赵声阁。

上车的时候，眼皮跳了一下，陈挽没太在意，今天行程很满，见已经被他晾了两天的廖全和陈秉信办理股份转让手续，再去泰基与葛惜签个阴阳合同……

他拿起手机拨出个电话："阿轩，可不可以帮我个忙？"

他说完，卓智轩静了半响，说："陈挽。你还想在赵声阁跟前吗？"

"想，"陈挽说，静了片刻，又说，"清清白白地。"

"你干这种事，他只会弄死你。"

陈挽将药放好，说："我会跟他解释清楚。"

卓智轩没答应，很重地把电话挂了。

陈挽叹了口气，片刻后，对方发了长长一串粤语夹杂国骂的语音过来。

陈挽听完，无奈地笑笑。

清晨的中环很冷清，明隆傲立于林立的高楼之间，除了前一晚加班太晚直接在公司休息的员工，还没有人来上班。

核心区的独栋办公楼是最先亮灯的。

赵声阁扫了眼手机，很安静。

日头从明珠大桥的方向升起，赵声阁短暂休息几分钟后，给沈宗年致电。

上一次查到的空壳公司一直没有下文，昨日活动中，泰基掌权人葛惜过来和徐之盈交谈，两人相谈甚欢。

赵声阁听得多，说得少。

徐之盈应该是非常看好引入泰基赞助的，陈挽则提议姚家，但其实赵声阁对两边都不算满意，姚家的确在海外根基深厚，但这也意味着不好掌控。

沈宗年一直不接电话，赵声阁又打了一次。

这次电话响了一声就直接被挂断。

"⋯⋯"赵声阁大概知道是谁了，就没有再打。

日头更高，园区里陆续有人来上班，明净的大厦里升起日复一日的苦咖啡味。

秘书进来向赵声阁汇报："目前来说，宋女士的资产和陈先生几乎是没有交互，除了一些不动产转让或是一些高价保险的受益牵连，宋女士近期股权的持比也没有太大变化，这次抄底应该跟她没有关系。"

赵声阁点点头。

荣信的股价一直呈现出某种虚假繁荣，入仓抄底，赵声阁在金融街的时候就用过的招数，但是国内规则不同，这种擦边球可大可小。

不知道是葛惜还是徐之盈胃口这么大。

"不过她近年来的股权变动流水还需要一些时间，荣信的管理很混乱，公示也不算透明。"

秘书回话时有些心虚，赵声阁不是苛刻的上司，虽然和人情味一点边都沾不上，但情绪稳定，就事论事，从不为难人，可这件事已经是赵声阁第二次交代，他办得不算好。

赵声阁没说什么，只说："继续查吧。"

这里面应该是有几方势力浑水摸鱼，荣信这种未改制的家族企业，内斗严重，各房打各房的算盘，查起来是要花时间的。

秘书松了口气，出去了。

周三，最寻常的一个工作日。

临近下班，明隆高层班子扩大会议即将结束，秘书匆匆走进会议室，被特助拦住。

秘书面色极其严肃："是陈先生的事情。"

特助微怔，迟疑一瞬，放行。

秘书大步走进会议室，于众目睽睽之下走到赵声阁身边耳语了几句。

赵声阁波澜不惊，沉声嘱咐副总继续主持会议，便起身和秘书一同离开。

赵声阁步履生风，语气冷静，边走边吩咐秘书："立刻联系何毅德。"

何毅德是海市监察司委员。

就在刚刚，陈挽被监察司发牌了。

限其二十四小时内到场接受询问。

赵声阁面无表情，走得很快，有条不紊，逻辑分明："打电话给韩进，告诉他，如果他敢给陈挽签解除合伙协议，明隆将以违约为由对科想追究到底。"

赵声阁跟沈宗年说他不了解陈挽，直到这一刻，他发现，原来自己也并没有那么了解。

赵声阁近来心里那层朦朦胧胧的雾气从来没有那么清晰过。

原来这个惊险的擦边球，不是葛惜也不是徐之盈。

上千万的融资，不算小数目了。

赵声阁只怪自己对陈挽的道德水准有过高的预估，移花接木，祸水东引，的确带着显著的陈挽风格。

还没到晚高峰，立交不算拥堵，秘书从后视镜看到赵声阁一直在通话。

还是镇定稳重的，有条有理，但多少失了一分往日的游刃有余和气定神闲。

等他挂了电话，秘书亲手递上一份档案。

"赵总，这是在调查陈家几房持股比例，以及宋清妙女士这些年个人资产转移记录的时候意外发现的。"

宋清妙进入陈家后，加剧了荣信的内斗，几房的持股比重和权力更迭此消彼长。

但在某一段时间，宋清妙频繁转移财产给二房廖家，秘书觉得很可疑，抽丝剥茧，意外发现，这些财产或许是"赔款"，但更大的可能是——

"赎金"。

复印件很模糊，但加红的"密"字和繁体字"小榄山"还是刺痛了赵声阁的眼睛。

秘书从后视镜看到赵声阁很久没有动作，就这么拿着信封，沉默地坐着。

静止的时间都有点久了，直到迈巴赫过了明珠大桥才打开。

赵声阁清晰而缓慢地感知到，心脏正在一寸，一寸，沉入一潭黑色的死水里。

其实档案也不过一页纸，毕竟真的已经太过久远，时间长河尘封一切，留下冰山一角。

赵声阁看了很多遍，拿起手机拨出一个电话，对面很快就接起来。

天边红日就要落尽了，残阳如血，赵声阁声音很沉："卓智轩，你帮陈挽做的那些事，我都知道了。"

卓智轩一滞，事情败露得实在比他预期中快得太多，他都还没有想好如何应对，但他听见赵声阁说："接下来，我的每一句话，每一个问题，都请你务必认真、诚实、详尽地回答。"

赵声阁天生气场威严，卓智轩被冷硬和强势的语气吓得大气都不敢出，因为他自己也明白，娄子太大了。

可是他没办法不帮陈挽，在这个世界上，如果连他都不帮陈挽，就没有人帮陈挽了。

但卓智轩很快又听见赵声阁的声音从手机里传出来："这不是命令和威胁，是我的……请求。"

卓智轩怔住，那一刻，他知道，陈挽赢了。

他像是找到了底气和后盾，斟酌片刻，回答："小榄山……我知道的很有限，我只听他说过，从在那里相遇的第一面算起，今年是他认识你的第十六年。"

赵声阁表情顿时变得不是很好看。

他敏锐地皱起眉心，脑中忽而闪过很多无法理清的线头，仿佛只要抓住一扯，就能牵出一段无法想象的过去。

"你还记得毕业后你们提前飞加国，谭又明叫了一些朋友到机场送你，在入关的时候，我问你能不能再等一分钟吗？"

赵声阁毫无印象："不记得。"

"是陈挽在赶来机场的路上，他是逃出来的，那阵子他被陈秉信关在地下室。宋清妙赌钱赌得很大，陈秉信震怒，把他们打得很厉害，本来陈挽也申请上了你的学校——"卓智轩没有细说,"他知道你提前起飞,或许很多年也不会再回来,所以想再见你一面,当然,是从廊桥外面远远看一眼,他不会追过去打扰你。"

太阳就要彻底下山了,像在尽最后一丝力气发光。

"高二下学期你选了橄榄球课,我说自己带多了的护腕是他准备的,很多时候饮料也是,你肯定也都没印象了。

"陈挽看过你每一场演讲和比赛,除了他根本进不去的保龄球馆和击剑馆,那个学期我出去交流了,所以他一次也没能看到。

"高三,你获奖的机器人模型被陈列在逸夫楼的空中展馆,那个学期刮了好几次八号风球,每次台风假回来后他都偷刷我的学生卡到本部把模型一点一点擦干净。

"还要清理落叶,扫垃圾,你的模型永远是最干净的。

"为了避开人,他都等下自习后很晚才去,或者很早就起来。

"他去跟那个机器人模型说话,"也就是在那段时间,卓智轩开始意识到好友的举止异常,"说很多……我听不懂的话。"

赵声阁一直以为这场追逐和圈套是他的蓄意和逼供。

但原来那片飘进窗户的落叶并非偶然。

被没收的打火机不是,过两遍的大红袍不是,句句有回应的信息和电话不是,月光下的萤火虫不是,千万分之一概率的圣诞树不是,所有的细枝末节都不是。

卓智轩还在说着什么,赵声阁已经有些听不进去。

"多少?"

"一分零五秒。"

"陈挽,你没按表吧。"

"……"

"你没有好好看。"

"我有认真看的。"

赵声阁在这一刻想起来,陈挽脱口而出的"一分零五秒"是他高中校运会时的最高纪录,因为破了体育生的纪录,所以还有些印象,但也并不是很深刻。

没有人能这样快速、精准到分秒记住十年前一个校友的游泳决赛纪录,毕竟连赵声阁本人都不能。

赵声阁眼中的偶然与巧合，是陈挽的万水千山。

红灯一路高挂，四维立交似壮观的礼堂，沉日最后一丝光亮也暗淡下去，赵声阁眼睛里只剩下一片沉默的黑色。

"我拉不住他了。

"他不在乎任何人。

"赵声阁，你大概是他唯一的缰绳，也是他最后的理智。"

卓智轩不知道陈挽追赵声阁追得怎么样，他们现在到哪一步，也不准备越俎代庖，况且，其实他知道的也是非常表面的冰山一角，因为——

"陈挽是非常能吃苦、非常能忍耐的人，他能走到你面前，真的很不容易。"

夕阳最后的霞光落在赵声阁侧脸，他垂着眼，沉声说："他的苦都吃完了。"

陈挽没有接到赵声阁的电话。

宴厅的乐声很大，人声嘈杂。

陈秉信六十九大寿，逢七开头的最后一个寿辰，半个海市有头有脸的人物都捧脸到了场。

陈挽算是首次被允许在陈家正式的场合露面，着了身低调白色西装，发梢微长，温文俊秀。

海市年轻一派大多对宋清妙在 20 世纪末的风月秘闻只是隐约听闻，了解不深，是以凭空天降的陈挽显得神秘，不少人来与其攀谈。陈挽逢场作戏，穿梭于光鲜亮丽的男男女女间，在高杯喷泉后被廖全拦住。

"陈挽，你耍我？"

不过大半个月，廖全脸上多了肉眼可见的疲态，整个人显得苍老狰狞。

陈挽没有分出半分眼神，隔空不知和谁举了个杯，才转头看他，一言不发。

廖全眼神凶恶，咬着牙关："你唆使我收购散股，趁股价下跌抄底。

"还有北贸的贷款，你骗我是融资，其实是变相挪用公款和套取资金。"

陈挽放下酒杯，他刚刚如约拿到了陈秉信承诺的最后一手股权，心情不错，还有那么一点耐心跟这枚弃子说话："你有证据吗？字是你签的，股份是你自己收的，也是你亲手转的。让我搭线，我搭了，但明隆选择谁，我无权左右，你自己的决定，你也要负责。"

廖全胸口起伏："我要负责，你也别想逃，你知不知道北贸和黑九他们有联系？！昨天他们十几个人抄着家伙去砸荣信顿利街的分店，还闯入我度假的私宅！"

并且扬言这笔钱还不上就砍掉他的右手，寄到他二姐和姐夫面前，让陈秉信看看他吃里爬外的嘴脸。

陈挽点点头，事不关己道："那希望廖总尽早把这窟窿填上，保住这只不干不净的手。"

廖全惊愕："你知道？！"随即，眼中露出一丝惊恐，"你……你跟他们串通好的，你是想让我死吗？"

陈挽眼中露出很淡的、怜悯的笑意。

廖全脊背生凉，对方的记仇和睚眦必报远远超乎他的想象："你还记着当初……我不过是碰了你的脚一下……我也没真的对你做什么吧。"

"但这只手就是让我觉得恶心。"陈挽歪了歪头，目光平静但阴冷，声音轻得诡异，叫人心慌胆寒。

廖全慌了："你就不怕我把那些照片——"

"你发吧，"陈挽抬了抬腕，看表，"不过发之前建议你阅览一下今日下午七点的《港岸晚间》。"

虽然只有很小的版面，不过那些照片已经变成了哑炮。

葛惜因为陈挽办事得力，以及额外的股份转让，甚至愿意邀请宋清妙重新拍了一些照片，放在版面。

男人对她来说，远没有钱重要，孟元雄在她们葛家，什么也不是。

"你耍我！"

陈挽平静地看着他，如看无力回天的将死之人。

心中涌上迟来的畅意。

他平静地点点头："我说了讲话要讲证据。"

"你恶意诱导交易，泄露商业机密，一件就够你吃一壶的了，陈挽，你等着收证监的罚牌吧！"

"不劳烦，"陈挽气定神闲，内心毫无波澜，"他们的黄牌我已经收到了。"

无所谓。

况且，陈挽是在为葛惜办事，葛惜就算不想保他，新到手的股权也还在他手上。

陈挽愿意费工夫同廖全周旋不过是为了连同陈家斩草除根。

藏弓烹狗，过河拆桥，陈挽出类拔萃，无人能及。

廖全目光森然，胸口起伏，说不出话来。陈挽勾唇一笑，优雅转身，重新换上一副如沐春风的完美面具，如翩翩蝴蝶潜入花花灯火之中。

"四少，老爷请您过去一趟。"

陈秉信还没有正式承认陈挽的身份，但下面的人是最会见风使舵的，连称呼都很及时地改了。

陈挽端着酒杯过去，陈秉信由大房和二房姨太一左一右搀扶，身后跟着一群二房和三房的子侄。

这些天荣信在陈挽的暗中操作下，股价持续走高，陈秉信可谓满面春风，根本不知，山雨欲来风满楼。

陈挽冷眼看这歌舞升平的一切，竟然有种无法形容的亢奋。

最后一块拼图已经到手，很快，他就要亲手将这艘早已千疮百孔的轮船送入大海深渊，陈挽感到一种久违的畅快。

几房子侄都来奉承陈秉信，说了好些吉祥话，甚至有人彩衣娱亲，陈宝盈演奏了提琴，陈裕写了长长一篇祝贺词，唯独陈挽不冷不热。

陈秉信从前小瞧了这个一直冷落的儿子的能耐，如今不满于他的不受控制，敲了敲拐杖吩咐："今晚的宾客很重要，等宴席开始，你先去敬许叔一杯，酒倒满。"

虽然荣信近来势头不错，但后劲不足，陈秉信一直想拿下烟草出口贸易这张长期饭票，许继名是个关键人物，陈裕一直搞不定。

陈挽平静地看过去，眼底染上凉意。

许继名的癖好在海市是出了名的，六十好几的人，前不久刚进了一房小妾，比他小四十来岁的大学生。

此人阴险油滑，和许多企业的高层都关系不清，因此手上资源不少。

陈秉信也存了借机驯化陈挽的心思，在隆重盛大的场合建立自己的威严是每一个中老年男人的本能，且陈挽如今插手荣信事务，如不可控，后患无穷。

几房姨太投来微妙的目光，旁的后生间传出轻蔑的窃笑，这些天陈挽抢了他们不少风头，也拿了他们不少东西，但到头来，还不是个陪人酒的东西。

和他的母亲一样。

陈挽胃里翻搅，岿然不动，出言讥讽："原来荣信已经至于此了吗？那您就是让我典身卖命，怕是也无法起死回生。"

"胡说什么！"陈秉信低斥，他最不喜人提荣信受创，不肯直视自己一手缔造起来的基业已是明日黄花，正江河日下，拐杖重重打在桌角，"不过是敬个酒，普通的人情往来，就与我扯这些不三不四上不得台面的东西。"

二姨太圆场："阿挽，今日是你爸爸的生日，你不要气他，不过是喝个酒，你妈妈年轻时也陪你许叔喝过的，"她精致的脸上有种海市有钱太太特有的精明与恶毒，话说一半，不清不楚，故意惹人猜想，"那会儿，可不只喝喝酒呢……"

知情的人脸上都露出暧昧的笑，陈挽心头像被大火燃过。

陈挽自认为这些年来心理素质被磨炼得尚算强韧，但在这一刻仍是像被当众撕去衣衫般难堪。

这些人毫不遮掩地在公众场合用轻蔑的语气、恶臭的言语羞辱一个女子。

宋清妙一开始并不是这样的，她的本性并没有那样轻浮，只是被人按进染缸里太久，从挣扎到麻木，逐渐忘记自己原本的模样，也忘记了抵抗，最后被浮华遮了眼，成了权势漩涡中心的泡沫。

她有她的天真，亦有她的可怜，罪魁祸首，是把她推进深渊的男人。

男人用女人当棋子换取利益，最后女人被笑风尘，何其歹毒和可笑。

陈挽冰冷镇定的目光扫过去，事到如今，无须再忍辱负重，他不卑不亢，字字句句，震得人头皮发麻："二太太不必说这种引人遐想的暧昧话，那些都并非我母亲自愿，是你的丈夫诱导、逼迫她去做的，你自己也知道这些年他逼迫我母亲去做交际换了多少东西，不是靠我母亲去交际、斡旋、笑脸迎人，他能有今日的身价？二太太，你也不过是他手下的牺牲品，和我母亲同是棋子，何必相互为难，他从前卖女人，如今卖儿女，二太太，你也要当心，陈宝怡今年也十六岁了，你可要好好护着她。"

二姨太脸色大变，陈秉信气得面色涨红，正要出言训斥，许继名端着酒杯走过来。

许继名身材虚瘦，面色浮肿，说特意来跟陈秉信喝一杯。

陈秉信手上有几条烟草线要托许继名以最低的税率出关，和他碰了杯白的，说："当初一起从九龙湾出来的伙计里你就是酒量最好的，一眨眼就这么多年了，往后荣信也要仰仗老兄弟多多关照。"

许继名半真半假地推了下他那杯酒，没喝，指指他，皮笑肉不笑地说："老陈,这就是你的不对了,现在有阿挽回来帮你,你这个做爹的还要代劳,怎么给年轻人锻炼的机会。"

他拿了瓶高度的烈烧酒把那三分之一杯酒全满上,递到陈挽面前,笑道:"来,阿挽,你和许叔喝,以后荣信烟草这块,有许叔护着你。现在外贸不好做,你们年轻人,没有经验,得跟对了人才不摔跟头。"

这话几分利诱,几分威胁,陈挽刀枪不入:"不必了,以后烟草这块就不麻烦许老板,荣信另有打算。"

烟草原料出口算是荣信目前为数不多的盈利板块,许继名不再帮忙搭线真是再好不过。

陈秉信一滞,气得面红,将拐杖狠狠一敲:"陈挽,你胡说什么!"他才把股权转与陈挽,如今心下涌起隐隐不安。

陈挽眼带怜悯的笑意,心中畅快,越发肆意火上浇油:"噢,不仅烟草,物流这头也是如此。"荣信倾倒在即,还有什么产业可言。

许继名反而饶有兴味,一双吊稍眼微眯起来:"老陈,你这四少爷蛮有意思的,你看清湾港那几船没过检的是要回航还是——"

陈挽不等他说完便直接扬声打断:"我看连回航都不必,许老板就是要销毁都无所谓。"

陈秉信正欲张口,忽而,陈挽看到,他和许继名的脸色不约而同地变得有些不对劲,非常明显。

他有些不明所以,但是很快,这种微妙的、复杂的、明显的不对劲,像涟漪一样从他们的脸上扩散到几房姨太、旁室子侄直至场内所有人的脸上。

陈挽眉心微蹙,转过身,眼睛倏然睁大。

18 做人总要公平一点吧

赵声阁西装革履,应该是从什么正式的场合过来的。

他沉稳从容地走在最前头,身后跟着哈腰点头的陈裕、陈营和几个陈家子弟。

陈裕如若不是早在年少陈氏最鼎盛时得以见过对方一面,他都绝不敢说来人是赵声阁。

海市各大门族办大大小小的宴会必定是照例给赵家递帖子的,但一年里能拿到回函的也就头部那几家,去的也不会是赵声阁本人。

谁也不知道他来干什么。

赵声阁身高腿长,眉目冷峻,有种目空一切的冷漠,后面几个人紧跟上他的模样显得略微紧张和慌乱。

离他最近的陈裕几次赔笑着试图搭话,都没有得到回应。赵声阁眼神睥睨如看蝼蚁,对全场各式各样的目光更是视之无物,从头到尾表情都很淡,目光扫过每一个角落。

直到看见了陈挽,面容才有了微不可察的松动。

像巡视领地的狮子锁定猎物,赵声阁阔斧大步,直击目标。

陈挽一动不动,心如擂鼓,随他的距离越来越近达到阈值极限,几近静止。

几十米的距离,陈挽觉得赵声阁的目光在他身上停留了一个世纪那么久,幽黑平静,叫人战栗,刮过他的每一寸皮肤,直直看进了他心底的每一个角落,陈挽所有的心思都无所遁形。

他甚至从克制中看到了罕见的压抑,但只一瞬,又似云雾般飘散开了。

不过，赵声阁什么也没做，只是径直走到他面前，掏出一把钥匙，放到他的掌心，温和地道："落在我办公室了，打你电话你可能没听见。"

"……"陈挽方才还振振有词、气势十足，此刻心中只剩一个念头，赵声阁知道了，他只能心虚道，"谢谢。"

赵声阁"嗯"了一声，全然不在意自己寥寥几个字如春雷掀起林哗，惊起无数揣测、猜疑和试探的巨浪。

陈秉信最先反应过来，拿了杯红酒送到他手边，话还有些说不利索："赵先生，您……怎么来了。"

语气激动也惶恐，既觉得有面子，但也不自觉紧张。

赵声阁深居简出，心思难测，忽然直闯入他的寿宴，是福是祸，叫人不安。

赵声阁没伸手接酒，睨了他一眼，又把目光转回陈挽脸上，淡声道："我以为有请帖的就可以进来。"

"是是，这是当然，"陈秉信殷勤地笑着应和，"赵先生莅临，荣信园蓬荜生辉，我这老骨头自然求之不得，有招待不周的地方您请见谅。"

他把赵声阁没接的红酒又递了一遍。

赵声阁看起来仍没有接过的意思，反倒指着那杯摆在陈挽面前的白酒问他："这是你的？"

"……"陈挽一个人惯了，不是很习惯突然有人站在身边的感觉，摇摇头，但也没有开口说是谁的。

赵声阁便没再问，似是在等人主动认领，他高大威严，不说话时亦有雷霆万钧之势，目光淡淡扫过，使人压力骤增。

许继名同陈秉信都不明所以，虚虚对视一眼，实在顶不住这焦灼的压力。许继明面上挂了笑，低声和气上前认领："赵先生，这酒是我敬陈公子的。"

赵声阁没有看他，他就这么和陈挽并肩站着，平静地说："那你喝了它吧。"

一语惊起千层浪。

陈秉信皱起了眉，但不敢太明显，他逐渐咂摸出点味来了，却又万分不敢确信。

他望向自己从未正眼瞧过的小儿子，浑浊的眼目不由得蒙上一层惧意。

许继名在海市也算有头有脸的人物，赵声阁年纪比他小好几轮，但他也没有忤逆的胆子，忍着屈辱喝了，整个人头晕目眩，面红浮肿。

赵声阁微抬下巴，示意侍者再倒满，说："这杯也喝了。"

并没有指名道姓，但许继名一僵，周围的声音也静了，一开始的议论窃笑都停下来，优美的乐曲还在飘荡，诡异的欢乐气氛染上可怖的气息。

赵声阁说话并不多么严厉，甚至可以说是平和，但只一沉眼敛眉便叫人觉得肃杀威慑。

瞬时间，许继名被酒精灌满的脑子竟能清晰掠过许多关于赵声阁的传闻。

前日汀岛被围剿重创至今尚未完全缓过气来的黎家明，曾经声势浩大只手遮天，如今溃败流窜如过街老鼠的白鹤堂，再往前一点是从前富可敌国，但最后负债百亿从七十二楼纵身一跃的麦家辉，更遑论从前多少人的基业在商海厮杀中被这位太子爷毁于一旦。

赵声阁似乎从来没脏过手，可是和他作对的人都下场惨烈。

所谓兵不血刃、翻手为云都不是什么夸张的形容和恭维，赵声阁的地位和权势根本不需要用任何方式来彰显。许继名知道，赵声阁这是真的要整他，并且整得光明直白，毫不掩饰。

人在碾压性量级的权力压制之下，尊严便不再是什么重要的东西，顺从是伤亡最小的办法。

众目睽睽下，许继名忍着屈辱，慢慢将手伸向了那杯酒。

他喝完，赵声阁轻轻说："再喝。"

数杯之后，许继名面红涕流，几近休克。

赵声阁没再看他，转而问陈挽："回去吗？"语气熟稔平常。

"还是再玩一会儿？"

"……"陈挽看他的眼神很复杂，赵声阁这是来逮他的。

他只好点头，说："那回去吧。"

赵声阁说好，微微俯身拿过他手里原本的红酒杯，放到一旁的长桌上，说："走吧。"

"……"他越是这样平和体贴，陈挽心中便越心虚无措，这才是真正的山雨欲来风满楼。

陈挽无视全场各异的目光，转身时，陈秉信试图叫住他，赵声阁像一座沉稳的山挡住陈挽，完全隔绝陈秉信的视线。

他居高临下，告知在场："陈先生，明隆的项目即将上市路演，陈挽作为明隆诚意聘请的工程师兼技术顾问，接下来的行程很满，没有经过我本人的批准，陈挽大概都没有时间。"

陈秉信面色一白，想起下午那份股权转让书，心下愤然，后悔莫及。

赵声阁一字一句，是对陈秉信，也是对陈挽说："要找陈挽，先找我。"

这倒不是恐吓陈秉信，赵声阁是真的这么打算的，既然陈挽无论如何都学不会保护自己，那就由他亲自"监禁"。

话音落毕，宴厅像一个被点燃又迅速捂上的火柴盒，无数声音暗涌，找不到风口炸裂。

任何场合，就没有别人走在赵声阁前头的，并肩的都少，从来都是他身后跟着人。

但此刻，赵声阁略微低头，让了陈挽小半步，距离不远，他人高大，宽阔的肩膀足以遮挡所有投射在陈挽脊背上的视线。

陈挽的背影优雅挺拔，任旁人多好奇也丝毫瞧不见他的表情，像被沉默骑士护卫的年轻王储，只露出一小截白皙的后颈供人张望。

赵声阁就这么贴身走在陈挽身后，像押解，亦像护卫。

不过出到门口，赵声阁的手就从他后背放下了，陈挽的心也随之沉下来。

失去了赵声阁掌心的温度，脊背有些凉，陈挽看向对方，赵声阁没有回视他。

夜间风很大，看起来是要下雨了。

赵声阁按了一下车锁。

司机和秘书都已不在，赵声阁一直没有开口，陈挽等了一会儿，左右张望，没话找话，讪讪地道："赵声阁，原来这是你的车啊。"

劳斯莱斯幻影，拍卖会把他比亚迪逼得走投无路那一辆。

赵声阁转过头，看着他："对啊，怎么了？"他语气很平静，但语速稍快，以至于根本无从猜测是否在生气，从而给人更大的心理压力。

"赵声阁，"半小时前还那么强势无畏的陈挽，此刻有些小心翼翼，"你是不是在生气？"

赵声阁没回答他的问题，只是冷静地问他："你是从什么时候开始筹划这些事的？"

利用廖全，拉拢葛惜，退出合伙，做空荣信，这么短的时间内，一桩一件，严丝合缝，令人叹为观止，拍手叫绝。

陈挽一怔，也不再撒谎："从廖全拿我妈妈做威胁开始。"

赵声阁点点头，像聊天一样问他："科想是你一手创立起来的？"

陈挽："是。"

"辛苦吗？"

"什么？"

"创立科想。"凭陈家对陈挽的态度，他只有白手起家这条路。

"辛苦。"陈挽本来想说不辛苦，但也知道此刻要是再说半句谎言会有什么后果。

"那为什么退出合伙？"

陈挽顿了一下，说："只是退出合伙，但是项目会继续跟进的，而且我本来也是隐名合伙，没有很大差别。"

赵声阁不理会他的文字游戏："是因为我。"

"不是，"陈挽否认，"不完全是。"

赵声阁置若罔闻，自说自话："退出科想，无论之后发生什么变故，都不会牵连到明隆，因为明隆签的是科想，不是陈挽。"陈挽可以随时退出，无论是明隆还是赵声阁的人生。

被这样直接戳穿，陈挽只好说："对不起。"

飞蛾扑火、奋不顾身的人还要说对不起，赵声阁喉咙滚了滚，还是那么冷静地问："你是指什么？"

陈挽已经完全没有在宴会上的刀枪不入和无坚不摧，显得些微低落和无措："给你和明隆带来了麻烦。"

"你不是都解决了吗？目前明隆没有受到任何影响，"赵声阁实事求是、有条不紊地分析，"绯闻和照片危机已经解除，廖家不可能东山再起，荣信正在一步步走向毁灭，证监大概率也拿你束手无策。"

"还不满意吗？"

陈挽掩下眼底的阴郁："终归是个隐患。"

赵声阁顿了顿，问："那你打算做到什么地步？"

他的语气中并无质问与责怪，反而像一种客观的发问，是那种真要跟陈挽探讨这个问题的认真。

陈挽习惯了自己的责任自己担，说："做到我所有能做到的。"

赵声阁张了张口，片刻，问他："陈挽，记得我说过什么？"

陈挽低着头没有说话，赵声阁就说："说让你不要拿我当个摆设。"

拿他当个摆设去喜欢，拿他当个摆设去保护，拿他当个摆设去想象，拿他当个摆设去爱。

陈挽只好又说："对不起。"

赵声阁没有说话，就又听到陈挽好声好气地解释说："但我觉得这是最好的办法，项目利益牵涉太广，你身份特殊，多事之秋，还是不要卷进来比较好。"

"……"赵声阁就闭了口，沉默，思考该如何同陈挽讲清楚。

赵声阁不知道自己缄默不语时自带一种审视的压迫感。

这时候雨真的下起来了，砸在车窗上，两个人像是被困在了黑色的雨里。

赵声阁双手放在方向盘上，目视前方，没有看他，声音平静，却听得陈挽额角青筋直跳："陈挽。你是真的想在我跟前吗？"

陈挽一僵，眼神变得茫然无措。

赵声阁说："应该不是吧。

"不是我理解的那种可以公开的、长久的、坦诚的并肩前行。"

陈挽顿了顿，眉心一蹙，马上否认："不，不是。"

他感到一丝痛苦："我从来没有那样想。"

"赵声阁，"他有些着急，好像不知道如何把自己的一腔心意表达出来，只会说，"是真的。"清清白白、干干净净。

赵声阁的脸隐在黑暗里，看不清楚表情，说："可是我不想有这样的合作。"

陈挽一静。

呼吸和心跳都在这个时刻停止，连血液流动也变得缓慢。

赵声阁说："我不喜欢。"

他这样说，陈挽就静住了。

他想了又想，片刻后，还是只能小心翼翼地问："那我还能继续追随你吗？"

赵声阁没有回答，也没有看他，双手放在方向盘上，手指点了点，自说自话："陈挽，你很聪明，会观察我喜欢吃什么，喜欢喝什么，什么时候在想什么。

"那我也藏起来怎么样？"

陈挽如坠冰窟，冷汗涔涔。

赵声阁目光沉静,不凶,也不含什么情绪:"不让你知道我的心情、我的习惯、我的想法。"

他每说一个字,陈挽的心就下沉一分。

赵声阁歪了下头,轻轻说:"做人总要公平一点吧。你觉得呢?"

赵声阁本身就够难看透的了,在这个世界上,如果赵声阁真的要隔绝一个人,那对方便永远不可能再靠近他半分。

陈挽能区别于其他人知道赵声阁的习惯、爱好和想法,并不是因为陈挽本身多么聪明、细致、善于观察,即便是,根本原因也绝对是对方的纵容、默许和坦诚。

失去特权,等于泯于众人。

陈挽的呼吸开始急促。

赵声阁看着失常的陈挽,无动于衷,也不凶,没有责怪,平静地说:"陈挽,你不用难受。

"你就是这么对我的。

"给我抓萤火虫,打圣诞树,送芍药和绣球,你说希望我开心。

"我没有觉得开心。

"陈挽。

"今天是我最难过的一天。"

陈挽的眼眶一红。

赵声阁说他不喜欢,陈挽没有哭。

但是赵声阁说他不开心。

他不开心。

陈挽的心脏传来清晰而具体的痛感。

赵声阁没有安抚的意思。

要拿他最在意的事情戳他的脊骨,不痛怎么行。

赵声阁说:"小时候,我觉得我可能无法得到别人那些轻而易举的快乐。

"后来,又觉得,信任应该也很难。

"现在看来,原来是连一点信任也不会有。"

赵声阁没有看也知道他哭了,陈挽连流泪都是无声无息的。

他又说了一次对不起。

赵声阁一句没关系也没有回他。

雨越下越大，像浓黑的墨，斜斜打在车窗上，让人看不清楚外面漆黑的世界，也让陈挽看不清以后的路，就又问了一次："赵声阁。那我还能追随你吗？"

他好像别的话都不会说了，只来来回回重复这一句。

夜空非常阴沉，云很厚，蓄满雷电，风声呼啸。

赵声阁转过头看了他一眼，淡声说："不了吧。"

陈挽一静，眼球转得很缓慢，整个人抖得像外面被雨水打湿的白鸟。

"这样啊。"他慢吞吞地回答，脑中掠过无数个疯狂阴暗的念头。

但显然此刻他的意识已无法控制身体，病症显现，手和嘴唇发抖。

赵声阁就这么看着，等他呼吸越来越困难，表情越来越痛苦，才说："换我来。"

陈挽的头还低着，隔了几秒，胸口重新注入氧气，很慢地反应过来，很小声地问："嗯？"

赵声阁没有马上回答，就这么看着他，等他稍微平复和反应过来些许，才又说了一次。

片刻后，陈挽的哭终于有了一点声音。

"陈挽。"

陈挽的心刚放下来又被他提起："以后我会像你对我一样对你。"

赵声阁声音温和也冷酷："以后你瞒我一件事，我就瞒你十件。

"你瞒我十件，我就瞒你一百件。

"瞒来瞒去，我们就远了。

"我也不搞委曲求全自我牺牲那一套，利益共享风险同担，同意吗？"

"嗯。"

"你在我这里前科太多，有恃无恐，我很难再相信你。"

他抬了抬下巴，冷静地轻声命令："陈挽，你发个誓吧。"

雨夜中，赵声阁的脸显得几分阴冷森然，如同地狱来使，高高在上，一字一句："如果陈挽再犯，赵声阁就永远不会再开心如愿。"

夜空中轰然响起一声巨雷，闪电将天空割得四分五裂，陈挽大惊失色，拼命地摇头。

可是没有用，赵声阁非常紧地抓着他，白光掠过他的脸，宛如无情鬼魅，宣告："上面听见了，誓言已成立。"

他语气庄重，神情肃然，好像这件事是真的，陈挽的眼泪又涌了上来。

赵声阁心里叹了声气，说："陈挽，你真爱哭。"

陈挽并不想表现得如此失态，但紧绷了太久突然松懈下来，一个晚上情绪大起大落，躯体化症状比往常都显得更严重。

赵声阁知道他是发病了，但也只是问："怎么了？"

陈挽顿了顿，终于还是诚实地说："赵声阁，对不起，我有病。"

赵声阁还算满意，摸了摸陈挽的口袋，把药盒拿出来，说："那就吃药。"

陈挽无法从他脸上看出什么，只好又说了一次对不起。

赵声阁故意很奇怪地看他一眼，淡声道："吃个药也要说对不起？"

陈挽一噎。

赵声阁把药拿出来，拧开矿泉水："谁会不生病？"

好像任何事到了他这里都变得不重要。

陈挽吃过药，平静许多，他看了一会儿赵声阁这副什么都不在乎的样子，终于低声说："谢谢你。"

赵声阁也没说不用谢，只是稳稳接住了他。

雨后夜鸟们又成群出动，一只停在了后视镜上，赵声阁觉得陈挽的情绪还是不怎么好，他没哄过人，想了想，指着窗外说："陈挽，它看得见你吗？"

"让它别看了，"陈挽后知后觉地不好意思起来，抹了把脸，叹气，"快三十岁的人哭成这样。"陈挽一个大男人从没在人面前这么失态过，感到羞耻起来。

"没有规定三十岁就不可以哭，"赵声阁告诉他，"六十岁你也可以哭。"

赵声阁沉稳的样子，像一位可靠的兄长，陈挽的心渐渐踏实下来。

窗外的雨已经完全停了，冬雾之中，陈家的别墅在朦胧中像海市蜃楼，摇摇欲坠，岌岌可危。

"陈挽，你在这里长大？"

陈挽的头点了点，指着一个方向说："那里是陈家的狗房。"

"嗯。"

"里面之前有三只西伯利亚犬和一只博纳犬。"

"嗯。"

"我在那里住了一年半。"

赵声阁静了许久，掩下黑沉的目光，轻声问："在去小榄山之前吗？"

陈挽顿了一下，但也不是很惊讶。赵声阁要查一件事就不会浅尝辄止。

他低头看着赵声阁，很轻地说："你现在是不是有点可怜我？"

赵声阁缓慢地摇摇头，说："不是可怜，如果非要形容——我希望你将它理解为怜惜。"

陈挽弯了弯唇角，说："你不用觉得我可怜，我每天都给他们添非常多的麻烦，到后面，都分不清楚到底谁折磨谁更多，而且——

"我在那里第一次见到你，不过，你应该不记得了。"

赵声阁说："能告诉我吗？"

"我被送进去的第三年，有官员去选人，"陈挽说，"我趁机逃出去了，他们派了很多人找我，那天你正好到小榄山二期那边的福利院出席慈善活动。"

多么讽刺，福利院同疯人院竟毗邻而建。

赵声阁眼底浮起一层很冷的杀戮之意，声音仍是温沉的："我碰到你了？"

"我乱跑闯入了你的休息室，因为我从窗外看到桌子上有一把刀。"

虽然只是水果刀。

"你当时正在假寐，被我吵醒后，看了我一会儿，你以为我盯的是水果，就随手给我拿了个山竹。"

少年时代的赵声阁还没有长成一个冷漠的人。

"我没吃，你以为我是不懂怎么吃，就告诉我掰开外面黑色的果皮，吃里面白色的果肉就可以。"

赵声阁沉默半晌，哑的声音像重墨在黑暗中晕开："我们说话了吗？"

"你可能以为我是福利院的小孩，问我怎么跑到这儿了。"

"那你有告诉我吗？"

"没有。"

"为什么？"

"那是我高烧的第四天，扁桃体发炎，喉咙烧坏了，已经很久没说过话了。"

而且——陈挽也说不出口，他不是福利院的小孩，他是隔壁精神病院的疯子。

"你很快就被人叫走了，说慈善典礼就要开始，你走之前跟我说桌子上的水

297

果都可以带走。"

但陈挽没有,连那只掰好的山竹也没有,他只拿了那把水果刀。

十二岁被困在精神病院的陈挽不需要香甜可口的水果,只需要一把可以正当防卫的水果刀。

也正是用那把刀,陈挽刺伤了企图强行把他拉入深渊的禽兽。

虽然,那把刀最后被没收了。

赵声阁已经忘记自己发表完演讲是否有向福利院的工作人员询问这个小孩,大概率是没有,赵声阁不是多管闲事的人,赵茂峥这种时间就是金钱的人也不会给机会让他去做这种"没有意义"的事,即便有,名册上也不会有陈挽的名字。

可是,赵声阁第一次为自己的冷漠和傲慢感到悔恨。

但陈挽抬起头,眼睛很亮,对他说:"我本来觉得自己不能活着出小榄山了,出去了也是另一个牢笼,但是……

"我还没来得及问你的名字。"

赵声阁很久才"嗯"了一声,眼底涌起很深的情绪,说:"我叫赵声阁。"

"好的,赵声阁,"陈挽释怀一笑,"我叫陈挽。"

赵声阁想了想,告诉他:"没有人会讨厌你,陈挽。你的存在本身就是答案。"

这个评价分量太重,也太笃定,可称为终身赞誉,陈挽张了张口,什么话都说不出来。

他的手机响了很多次,廖全的、陈秉信的、宋清妙的,都被赵声阁直接按了,放到自己口袋里。

赵声阁对陈挽的"监禁",从这一分钟开始。

陈挽变成了赵声阁的"人质",被劳斯莱斯搭载着穿过黑夜的城市森林,又如同被迟到的马车载回家。

车载广播是陈挽最常听的港文电台,深夜频道在放千禧年天后合辑。

陈挽现在缓过神来了,眸心闪过光亮:"赵声阁。那次拍卖会,你认识我吗?"

赵声阁打了把方向盘,右转,目视前方:"什么拍卖会?没印象。"

陈挽笑着哦了一声,手搁在车窗边,转头看着他:"就是我们一起参加过一场拍卖会，你可能没看见我，那天我被一辆劳斯莱斯别车。"

赵声阁点点头，踩一脚油门："那你的车尽早换了吧，明天我们就去选。"

"……"

劳斯莱斯停在浅湾。

赵声阁第一次来陈挽家。

大平层，有视野绝佳的海景露台。

陈挽把赵声阁带进来说随便看。

他去烧水的时候赵声阁没有乱走，不过还是一眼就看到了偏厅那个金丝楠木的百宝柜。

因为真的很大，很……华丽，像时下年轻女孩子专门花大价钱置办的周边展柜。

赵声阁扫了一眼，眉梢扬起。

瓦当系列长生无极款袖扣、百达翡丽腕表、限量版香水、土耳其手工羊毛毯……

上层奢靡华丽，下层天差地别，一个旧网球，一支脱了漆的维斯康蒂，还有一张枯叶标本。

东西很少，破旧，但竟然也心安理得地占据了这个奢华宝柜的二分之一，让上层摆放拥挤的奢侈品在它们面前都显得失了牌面和气势。

任珠光宝石多华丽，它们才是这个百宝柜的主人和灵魂。

赵声阁一件一件，看了很久，低着头，不知在想什么。

陈挽将木兰朵热好的时候，看到赵声阁正拿着一张泛黄的草稿纸。

陈挽的脸腾地红了起来。

赵声阁挑了挑眉。

陈挽头皮发麻，忙说："我……我没有偷，是你从考场出来后扔在垃圾桶的。"

"嗯，"赵声阁点点头，把已经很脆弱的草稿纸放好，安抚，"没有说你是小偷。"

他拿起那个旧网球，温和地问："这个呢，可以跟我说说吗？"

陈挽的脸更热，他无路可逃，只好说："就是高二和内地联赛训练的时候，你可能是嫌本部的球馆和球场太多人看你，就挑饭点时间去分部逸夫楼后面那个球场自己打一会儿。

"我一般在逸夫楼附近温书。"

"你每天都看我打球？"

"……嗯，"但陈挽还是郑重声明，"不过真的是它自己滚到我脚边的，我不会去偷你的东西。"

赵声阁马上说："没关系。"

只是问："怎么不拿去找我？"

"这应该是你不要的，你看这里，"陈挽指着球面上的某一处，"凹进去了。"

拿着一个坏的球去找人，实在很像心怀不轨，况且赵声阁来分部本来就是为了避免打扰。

赵声阁看着他，想透过这双漆黑的眼睛去看十六岁的陈挽。

十六岁的陈挽眼睛也这么黑吗？

心中如同闷了一场无法宣泄的暴雨，赵声阁在不知情的年岁里被这样巨大、饱满、妥帖地关注了这么多年，终于在今日迎来了回声震耳的反噬。

少年时代遗落的碎片，被陈挽一片片捡回来珍藏。

这里捡一点，那里捡一点，捡着捡着就熬过了这么多年。

赵声阁声音低了一些："袖扣也是给我的？"

"是，"陈挽没有什么苦大仇深，这是他一个人的寻宝游戏，只是在今日等来了主人和玩伴，他无奈地笑笑，"那次在贝岛，我还以为你要跟我抢呢。"

"不过本来就是送给你的，你开口的话，我一定会让给你。"

"这样啊，"赵声阁歪了下头，盯着他，"我以为你要送给什么朋友呢。"

"……我没有什么朋友。"

"羊毛毯也给我？"

"是的……"陈挽有些没办法地看着他，"你家的飘窗贴的大理石看起来挺凉的，你又喜欢在那里办公，特别是台风天或者换季的时候。"

陈挽的目光非常恳切："真的不想你再生病了。"

赵声阁目光缓慢地扫过架子："为什么给我买这么多？"

陈挽却很自然地说："没有什么理由，我就是……看到了，就想给你买。"他的愿望很朴素，不过如此。

赵声阁小时候没有收到过什么礼物，也不对任何节日抱有期待，但原来送礼物和收礼物都是不需要特定的时间和理由的。

陈挽看他都知道了，索性毫无保留地袒露："手表是你给我买袖扣的时候看上的，本来还想多看看，不过你好像不怎么感兴趣的样子，后来我就又去了一趟。"

"……"

"不过这些都只是我的审美，你不喜欢也没关系。"

赵声阁说不计较陈挽捡他的东西，还说谢谢陈挽的礼物，说他很喜欢，从头到尾都很宽容、很感念的样子，但之后完全不是这样，非常凶，指令陈挽为他将这些差一点就永不见天日的礼物一样样戴上。

"陈挽。手表。"

赵声阁很绅士，只不过凶悍的动作和体贴的语气判若两人。

"我可以试试扳指吗？"

他好礼貌，又商量着问："项链也戴一下吧？"

"还买了耳钉啊。"蓝宝石和黑曜石，赵声阁把玩片刻，有点遗憾地低声说，"我没有耳洞。"

赵声阁居高临下，没什么表情地问："陈挽，你凭什么擅自扣押我的礼物？"是不是差一点，他就永远收不到了。

陈挽摸了摸他汗湿的脸，想了想，也只能说："以后会给你买更多的，更好的。"

19 我要一个知情权

赵声阁一改之前神龙见首不见尾的作风——连续两个晚上被海媒狗仔拍到前往太子段西。

陈挽开会开到很晚，一直没有出来，狗仔似乎不挖出这个能让赵声阁耐心等两个小时的"神秘密友"誓不罢休。

赵声阁看到有人在蹲他，让司机开门下车给狗仔送了瓶水。

狗仔似是没想到自己藏得那么隐蔽也会被发现，哆哆嗦嗦地接过，想起曾经得罪过赵声阁的人死法有不下十版的传闻，抱着"大炮"撤了。

赵声阁问："他怎么走了？"

司机猜测："大概天太冷了。"

赵声阁就继续低头在笔电上工作。

不过赵声阁去得多了，还是有幸运的狗仔拍到，但夜色模糊，正脸不清，"密友"身份众说纷纭。

外头的人看不出，熟人不可能认不出来，在一次陈挽因为加班缺席的聚餐上，谭又明大骂赵声阁禽兽。

陈挽是他认定的朋友，不是什么可以随便对待的 nobody。

"……"赵声阁平静的目光在他们的脸上扫了一圈，沈宗年表情淡漠，谭又明义愤填膺，蒋应明显还在状况外，卓智轩大概是上次闯了祸，整个晚上缩着脖子一声不吭。

赵声阁反手敲了敲桌面："这就是你们对我的态度？"

"我们应该是什么态度？"谭又明问，"你是不是觉得陈挽性子软好欺负？"

"我不是，"赵声阁无所谓旁人的态度，他只是发出告知，谭又明这种脑子不好的可以不予理会,但卓智轩也在,他是陈挽不多的亲密朋友,赵声阁双手搁在台上交握,说,"你可以相信我。"

"……"

聚餐结束,大家一同前往地下车库,赵声阁说:"智轩,留步。"

卓智轩一滞,心想,这一天还是到了。

赵声阁看着他的样子有点无语,不吓他了,说:"要是家里难为你,就跟我说。"

印象中,卓智轩还是那个没钱了或闯祸了就跑到他和谭又明背后告状的小孩,现在就敢帮着陈挽做那些事了。

卓智轩一愣,和他预想的秋后算账不太一样:"你……不怪我吗?"

赵声阁:"我要一个知情权。"

卓智轩突然觉得,这一次,小时候的那个兄长是真的回来了。

不过,赵声阁又说:"这些年谢谢你,但下不为例。"

他威严很足,卓智轩马上点头说好的,然后麻溜去上了谭又明的宾利。

这次因为帮陈挽惹了祸,家里断了卡和车,卓智轩只能蹭车回去。

是沈宗年开车,他转着方向盘,问:"赵声阁训你了?"

卓智轩的"没有"还没出口,副驾的谭又明就转回头说:"该!"陈挽和卓智轩一个比一个没心没肺,赵声阁不骂他也要骂的。

卓智轩虽然被停了卡和车,但还挺高兴的,对着沈宗年笑了两声:"嘿嘿,没挨训。"

"……"谭又明惊恐地转过头抓着沈宗年的手臂说,"完了,这孩子被训傻了。"

"……"

陈挽一连缺席了好几次谭又明的聚会,终于在十二月正式到来之前顺利完成了足额股权的收购。

依旧沿袭了他本人一贯剑走偏锋、游走边缘的风格,只不过这一次,是他主动和赵声阁坦白的。

赵声阁听后,没有说话,就这么看着他。

陈挽就好脾气地笑笑,但语气坚持,说,这一刀他必须亲手斩下。

他眼睛弯弯的，赵声阁就大发慈悲没有干涉了，还是那一句话："我只是要一个知情权。"

陈挽哭笑不得，发自内心地觉得自己做的事情并没有这么危险。

荣信年底最后一次股东大会，从未在公司出现过的陈挽首次露面，引起一阵议论。

这也是在寿宴惊起一片波涛后陈秉信第一次见到陈挽，无论之前他是派陈裕还是亲自约见，都遭到了毫不留情的拒绝，赵声阁将人看得滴水不漏。

任目光各异，陈挽喜怒不惊，纹风不动，稳坐在仅次于陈秉信的席座，不知从何时起，竟已颇有几分赵声阁平日唬人的气场。

在董事会做完汇报后，陈挽提出由于股权份额变动，陈秉信已经失去一票否决权。

陈秉信自从那晚，人一下子颓败十岁，血压飙升，气急攻心，在公众场合也不再能控制自己的情绪："孽子！荣信是我一手创建起来的，我最了解，也最有话语权，你投机取巧、坑蒙拐骗坐到这里，什么也不知道，少在这儿指手画脚。"

陈挽不卑不亢，较为冷漠地朗声劝道："创始人也要遵纪守法，突破《公司法》的决策无效，希望陈董明白，今非昔比，董事会不可能再是你的一言堂。"

陈秉信目光沉怒，陈挽视若无睹，在他开口之前又道："据监事会的议案，陈裕和廖致和两位董事的股权出现瑕疵，并且在烟草出关之时存在挪用资金、假公济私的行为，我希望两位引咎辞职。"

被点到名的人面露震惊，一身冷汗，陈挽不等他们狡辩，发出最后通告："如不采纳，我将援引《黄金法案》申请证监启动监察程序。"

此言一出，举座哗然。

陈挽从陈秉信颓然失色的瞳孔中，看见一个旧时代王国分崩离析，无力回天，他异常清楚地感知到，那座压在自己背上十几载的巨碑也在这一刻轰然倒塌。

十二月中旬，海市头部各大财经周刊版面热闹非凡，标题浮夸，天花乱坠，吸人眼球。

"醒！陈氏三十载巨轮沉毁中环港，荣信鹿死泰基之手惨遭分尸。"

"时隔三年《黄金法案》再现商海,太子爷陪同密友会晤商会主席。"

"荣信创始人鬓边生白发显颓容,对媒大骂扑街衰仔行开(粤语:该死的人走开)!(附图附视频)"

"荣信廖姓高层肢残似人彘,半月失禁遭万人嫌。"

海市正式进入了冬令时,港岛终年无雪,只是风大,昼短夜长,天亮得晚。

赵声阁将陈挽送到泰基,靠边停下。

天气略显阴沉,大叶紫荆已经掉光,光秃的枝丫在冷风中摇曳。

天桥上走过许多上班族,光鲜亮丽,仔细看神情冷硬尖锐,像年轻但并无生气的血液一点点流入空旷的园区。

这是陈挽连轴转的第十二天,荣信已成一盘散沙,但不趁机斩草除根,陈挽始终无法彻底安心。

赵声阁从后排拿围巾围到陈挽脖子上。

经典的英伦格子款式,他亲自选的,大概是骨子里掌控欲的一种延伸,陈挽从领带夹、皮带到袖扣、打火机都出自赵声阁之手。

当然,赵声阁非常公平民主,今天戴的那对长生无极款袖扣就是陈挽选的。

"葛惜催促股权过手的事可以适当放缓,分期最好,如果条件允许,甚至可以由你母亲适当出面。"这样既会减少外界对陈挽暗地手段的猜测和警惕,也能佐证宋清妙确实和葛惜交情匪浅,那些照片和报道并非作秀。

"当然,"赵声阁压了压他的围巾,说,"这只是我的建议,你自己决定。"

"好。"

从去荣信园逮人的那一夜起,这些天赵声阁几乎寸步不离。

赵声阁看他一眼,平静地说:"我没做好。"如果他再警觉一点,再强硬一点干涉……

赵声阁的标准是陈挽,所以他永远迟一步。

"……"

赵声阁看着他的背影消失,驾车离开泰基,没有直接去明隆,而是右转穿过西区隧道抵达荃湾。

赵声阁陪陈挽来过两次 Monica 的诊所,今天第一次单独前来。

有些事他需要单独问 Monica，Monica 似乎也有意要单独和他聊一次。

不过因为早上还有会，聊得不算久，没到十一点赵声阁就回到了明隆。

宝莉湾项目即将进行长达一个月的路演，地点覆盖内地和海外，赵声阁需要把明隆其他的项目都提前做好部署，沈宗年和谭又明今天都过来开会，还有其他的一些注资人和合伙人。

会从中午一直开到下午，只有短暂的休息，赵声阁看了眼手机，没有新进来的信息。

陈挽今天一整天都在泰基开会谈判，葛惜对一部分瑕疵股权提出了异议，陈挽则提议分期过渡，双方磨合很久，最终求同存异定下了初步方案。

他手机调了静音，中场休息的时候，从口袋里摸到一支维斯康蒂。

和他收藏柜里的那一支不是同一款，但是同一个系列，应该是定制款，有很低调的私人 Logo。

陈挽把钢笔拍了照发给赵声阁。

过了一会儿，赵声阁回："怎么在你那儿？"

陈挽回了"猫猫不知道呢""不关猫猫的事"两个表情包。

"……"赵声阁知道，这是卓智轩又给他发新的表情包了。

陈挽经常在自己的口袋里发现不属于自己的东西，包括但不限于手帕、钢笔、手套或是打火机。

不是正式的礼物，是赵声阁私密的贴身之物，就像随手在口袋里放一块糖果，陈挽随手就能掏到惊喜。

也像某种圈地和标记，时刻陪伴、提醒和回应。

从前寻觅的宝藏，如今已唾手可得。

会议一直到近四点才结束，陈挽从泰基回科想时下起了雨，他发信息跟赵声阁说不需要来接自己："我过去找你就好了。"发完信息后又发了一个"小猫飞奔"的表情包。

赵声阁只回了一个字。

"不。"

"……"

一整天的会谭又明听得头昏眼花，把沈宗年的会议笔记本画满了王八和老虎，终于等到散会。

回到赵声阁办公室，关上门他直接瘫倒在沙发上，大呼累死，并提议一起去好好放松一下。

"你们去吧，我要去接陈挽，下雨你们不想出去也可以在明隆吃。"赵声阁关上抽屉，对上沈宗年的目光，坦然回视。

谭又明把笔记本还给沈宗年，看了看窗外灰黑色的天："这鬼天气，肯定要来一场大暴雨，你让司机去一趟？"

"……"

走进电梯的时候，赵声阁收到一条信息，来自沈宗年。

"0659型号芯片已经停产了。"

赵声阁关抽屉的时候他一眼看到了，一个半成品，很像当年他们一起做的气象感应机器人模型，获奖后被学校放置在逸夫楼展览，不知道现在是否已经撤下。

赵声阁回复："那就做一个可持续更新的。"

永远不会停止运转。

天暗得早，雨已有渐歇之势，赵声阁拿了把长柄伞穿过中央花园，没有走进写字楼的大堂里。

没有等太久，陈挽就和合伙人一边说着话一边走出大厦，西装革履，外头披着件长大衣，看起来是在讨论公事，偶尔点点头，身后跟着组里的两三个年轻人。

看得出来陈挽是要道别了，但是几个年轻人似乎还在缠着他问问题，陈挽也都耐心地回答了。

几乎是在门口感应玻璃打开的那一瞬，陈挽就看到了紫荆树下的赵声阁，落叶停在他的肩上，彼此目光穿过昏黄灯光和雨幕，静静地对视。

陈挽和下属道别，加快步伐走过来，少了几分方才的稳重端庄之态。

赵声阁跨步上前。

"久等了。"近来科想名声大噪，陈挽又要协助葛惜瓜分荣信，工作一下忙了许多。

"没有。"赵声阁自然道。

风和雨都被赵声阁和伞挡住了，陈挽到车上整个人还是干干净净的。

他从上学到工作,没有什么被人接送回家的经验,看了一会儿启动热车的赵声阁。赵声阁递给他一个牛皮纸袋,说:"先吃。"

离饭点已经过了一些时间,陈挽在"按时作息饮食"方面非常"严于律人,宽以待己",在合理范围内赵声阁不会干涉他,因为他本人也是一个工作狂,但陈挽最近属实有些过分。

纸袋还是温热的,陈挽打开,眨了眨眼:"你怎么知道的?"

他偶尔吃的那家店的杨枝甘露和鱼蛋,菠萝油的冰黄油是加厚的。

小时候还住在外环唐楼的时候有人在街边卖鸡蛋仔冰激凌、红米肠还有煎萝卜糕,陈挽没有钱,就一直站在旁边看着,等快收摊了,老板看他可怜,把剩下的边角料烤一烤,给他一份。

冬天热气腾腾的咖喱鱼蛋,让陈挽觉得很满足。

陈挽已经很久没有吃这种小孩零食了,以前倒是拐卓智轩去吃过,卓智轩没有什么少爷架子,吃了三碗咖喱鱼蛋,陈挽摸着自己所剩无几的零花钱袋欲言又止。

陈挽笑着感慨:"你居然知道,我都以为你应该没见过这些东西。"

"……"赵声阁打了半圈方向盘,倒车,"你知道我多少,我就知道你多少。"

就算现在他知道的还是比陈挽少,但也一定会有多的那一天。

赵声阁现在最常用的两辆车,电台频道、皮革、香薰、茶饮、抱枕……很多次陈挽打开车门都恍惚以为是上了自己的车。

菠萝油在舌尖化开,陈挽觉得比小时候的都要甜。

晚餐结束后,赵声阁说:"我们去个地方。"

陈挽没有问哪里,说:"好啊。"

车程行驶到一半的时候,陈挽就认出来了,赵声阁放慢车速,转头问他:"介意吗?"

他询问过Monica,不过如果陈挽表现出一丁点抗拒,赵声阁就立刻掉头。

陈挽这些年已经被打磨得刀枪不入、百毒不侵,这个地方再不能伤害他分毫,何况有赵声阁在,所以他说:"不介意。"

小榄山和十几年前没有太大变化,虽然已经改成疗养院,但黑魆魆的丘陵和不太高大的树木,每天有人修剪维护的草坪和白色栅栏让这里显得更像一个高档静谧的牢笼，穿山风的呼啸掩盖无数声嘶力竭的眼泪和挣扎。

大概是赵声阁提前打过招呼，一路上都没有看到其他人。

407病房。

当年困住陈挽的坟墓，幼小的他被押在这个五十平方米的小房子里吃药、打针、电击和强制治疗，日复一日，意识和灵魂被一片片剥碎，变成一个人不人鬼不鬼的怪物。

陈挽心里并无太大波动，只是有些疑惑地看向赵声阁，不明白他们回这个地方来做什么。

赵声阁直接打开了门。

房间不是陈挽印象中的样子，没有病床，没有输液吊架，甚至都不是一个病房的样子，空气中混着一股难以形容的味道，非要描述，陈挽只能想到血肉模糊几个字。

光线很暗，陈挽看不清楚，他往赵声阁身边靠了一点。

赵声阁说："陈秉信就在隔壁，你要见吗？"

陈挽在那日的股东大会上，亲自将陈秉信从董事会驱逐出去，并联合一些小股东剥夺了陈裕和大房子侄们的实权。

短短数日，陈家哀声一片，深宅大院笼罩着一片死寂，像一座活坟，在门口立一块墓碑，都可以直接上香祭拜。

陈秉信被剥夺权力如同被抽走魂魄，突发过一次脑出血，被赵声阁顺势接到这个"疗养院"来。

陈挽还没有开口，赵声阁就说："算了。"不必再见。

他将陈挽带出了这幢白色大楼。

不知不觉走到当年陈挽第一次见赵声阁的地方，今夜月光和十六年前似乎没变，但又好像变了。

赵声阁正低着头看手机，应该是在吩咐下面的人处理廖全的事。

陈挽凑过去，他没抬眼，一直发信息。

树木的落叶和山谷的夜风都没有落在陈挽身上，他被保护得很好，只露出一双眼睛，在黑夜里尤为明亮。

山路蜿蜒而下，劳斯莱斯副驾车窗被降了一半，海风灌进来，陈挽大觉心中轻松畅快，倒不是因为陈秉信的下场，而是因为赵声阁。

陈挽头发被吹乱，伸手去拿烟盒，被赵声阁按住。

"白天再抽。"

陈挽眠浅，Monica 不建议睡前抽烟喝酒。

"好。"陈挽笑笑。

"明天我们再去找一下 Monica。"赵声阁递给他药和温水。最近的疗程进展顺利，Monica 认为陈挽的病灶在于始终认为自己能完全控制一切、承担一切，如果能让他愿意去相信和依赖别人，就是很大的进步。

"好。"

"是因为今晚去了小榄山？"

"不是的，"陈挽回头，很诚实也很信赖地说，"是突然想起我妈妈。"

其他人不再能扰乱他的半分心神，但在从小榄山回来的一路上，宋清妙的脸便一直浮现在脑海中。

见宋清妙是在上一周了，陈挽在荣信股东大会改朝换代后，赵声阁开车送他去的。

荣信园建于 20 世纪末，原是一位英国商人的府邸，后被征收拍卖。

时值陈秉信乘上改革东风，在海市声名鹊起后，一掷千金拍下，大肆装潢，雕梁绣柱，飞阁流丹。

如今只剩人去楼空的萧索，陈秉信退位，几房大难临头各自飞，仆人也被遣散大半。

"你就在这里等我，"陈挽拉住赵声阁，说，"我不要他们见到你。"

赵声阁挑了下眉梢，咂摸出点别的意思来，点点头，很配合地说："可以。"

他靠在劳斯莱斯车门上，抬了抬下巴："我在这里看着你进去。"

陈挽说："你进车里坐着等。"

赵声阁声音温沉："陈挽。"

陈挽就说："那好吧，我很快出来。"今天的风不算大，但太阳也不大，淡淡的，一点不暖。

赵声阁的手插在大衣的兜里说："不着急，慢慢说。"

把该说的都说完，这次之后他大概不会再让陈挽经常去见宋清妙了。

陈挽点点头。

大概是因为知道有人在等自己，这次走进这个不中不洋的深宅大院，陈挽心中很平静，很踏实。

记忆中的麻将声响、靡靡之音都已消失，那条每次来都横亘在路中央的狗链子不见了，池塘边上的花卉应是有好一段时间无人修理，杂草长起来，穿堂风从对廊吹来，发出空洞而荒芜的声响。

几个三房子侄正在瓜分清算房屋内的古董藏品，荣信短时间内市值缩水，被人收购，这些蛀虫没了粮仓，连嵌在墙上的佛像都要挖下来带走。

门口光线一暗，阴影中显出一张脸，几人吓一大跳，惊惧地看着突然出现的陈挽。

他们恐惧的眼神，不知是在看十几年前那个手执剪刀的疯魔少年，还是前些天在股东大会上杀伐决断的青年。

陈挽掠过他们，直接上了阁楼，敲门。

"谁？"宋清妙警惕地问道。

"我。"

"宝宝？"

"……嗯。"

门开了，十几个敞开的珠宝盒映入眼帘，任外头如何兵荒马乱，天塌了宋清妙也还在数珠宝。

柳木盒子，大的小的，桌子地上，摆得满满当当。

"……"陈挽不算太意外，去帮她开了窗，散去烟味，问，"你在收拾东西？之后……有什么打算？"

无论历经多少事，宋清妙身上永远有一种没心没肺的天真，她将头发挂在耳后，仍是很美："叫了车，先搬到香江那边，过段时间约了人出去玩一阵子。"

香江那套房子是陈挽给她购置的，她一直没有去住过。

宋清妙一件件叠着她的香衣华服，忙得不亦乐乎，一会儿说澳洲现在好天气，一会儿说意国正是时装季。

"……好，"来之前陈挽心里想了很多话，但最后也只是说，"注意安全，钱不够的话跟我说。"

"你不是叫人看着我吗？"

陈挽愣了下，说："你怪我吗？"

宋清妙嗔道："我哪儿敢怪你，你长大了，翅膀硬了，我也管不着你呀。"

陈挽心里叹了声气，去帮她叠衣服，说："那就不用管我，现在你自由了，过好你的生活就行了。"

宋清妙看起来不太在意，胡乱应了就又去数一次她要带走的珠宝，只是在陈挽准备走的时候，喊住他："宝宝。"

陈挽身形一顿，心里很微妙地跳着。

宋清妙低头点了支细烟，咬在唇边，风情万种，瞥了眼窗外。

紫荆木下，赵声阁的身影高大挺拔，没看手机，就这么站着，神情耐心平静。

宋清妙眼底淡漠："他们都是一样的，没一个可靠的。"

陈挽久违地感受到一点关心，看着她，缓缓地摇头，告诉宋清妙："不，不一样，而且——

"我会对自己的人生负责。"

陈挽想了想，又说："希望你也是。"

宋清妙哼了一声，看起来也没有太听进去的样子。

那次之后，宋清妙出游，陈挽忙工作，他们就没有再见过面了。

但不知道为什么，在这个失眠的夜晚，陈挽却反复想起她的脸。

娇嗔的，流泪的，顾盼生辉的，楚楚可怜的，十六年前的，前不久的……

"我还在唐楼没被接回去的时候，有一次被人打得很厉害，生了一场大病，很久没有好起来。"

赵声阁"嗯"了一声，安静地听着。

"她那时候应该是刚进陈宅不久，也没有什么钱，偷了件首饰当掉，带我去看医生，给我买了一袋糖，我后来才知道，她回去之后也被打了。

"陈秉信打了一次，管账的大房也打了一次。

"我知道的那天很伤心、很愤怒地哭了，恨自己没有用，但是不敢让她发现。

"还有一年生日，其实我都不知道那天是我生日，从小就不知道。

"她突然来看我，那时候她好像已经帮陈秉信做了挺多事的，在陈宅也站住了半个脚跟，给我带了蛋糕，还有一个积木飞机模型，陪我拼了一会儿，摸着我的头说很快就可以带我走了，去住大房子。

"我没有跟她说，其实我不想住大房子，我只是想跟在她身边。

"她每次来看我都带着不同的伤，我就想，如果我在就好了，谁也欺负不了她。

"说出来你可能不相信，在遇到你之前，我有好几次动了杀陈秉信的念头，这个我连卓智轩也没有说过，不过他应该是后知后觉感觉到了，所以后来给我找了 Monica。

"还有我申上了你的学校的那个暑假，她去赌钱，陈秉信把我们关在地下室，我不知道她去赌钱是不是有想把我送出国的原因，我不敢问，我怕她说有，又怕她说没有。

"陈家看起来锦衣玉食，但如果没钱，其实日子很难过下去。打点用人要钱，不能得罪管家，不能得罪厨娘，每房太太都出手大方，你要是不给小费，吃的、用的、穿的就都是坏的。

"记仇的还会背地里动手脚，几房太太派系明显，下面的人也跟着明争暗斗，其实陈宝盈后面还有个宝字辈的小妹，就是因为发烧了用人故意拖着不叫医生来看没的。"

陈挽情绪忽然有些激动，赵声阁只是安静听他说话，陈挽就平静下来一些。

"交际也要花钱，平日吃穿用度大房要记账，她把我从小榄山赎回来之后，身上就真的没什么钱了。

"那么爱美的一个人，在我刚从小榄山出来那一年里，几乎都没什么首饰戴。

"大概是素怕了，后面她就有了收藏宝石的习惯，可能珠宝首饰能给她一些安全感。

"我毕业之后她一直想要我争夺荣信的股权，我也能理解，她所有的股份都用来赎我了，本来就是我欠她的。

"她也曾经是一个很好很好的妈妈，小时候，我真的……很喜欢她，只是……"

现实很残酷，天性中的那一点爱敬不过夫纲父权的压迫和命运弄人，人在自身都难保的情况下，不能再要求她去爱别人。

所以即便陈挽被伤过再多次，但想起宋清妙也始终带着不可割舍的柔软。

那是他来到人世间得到的第一份温柔。

没有人天生会爱人，如果会，也一定是因为被爱过。

即便不多。

赵声阁听他没什么条理、絮絮叨叨地说着，也不打断，平静地说："没关系，我帮你看着她，不会再出事的。"

本来赵声阁都不打算再让陈挽多见宋清妙了，但看着他孤单的身影，还是说："等你想见她了，我就带你去。"

赵声阁和陈挽不同，如果是他，就绝不会再在放弃过他的人身上抱有一丝期待。

所以他和父母，和赵茂峥再也没有任何纠葛和羁绊。

但是陈挽本性柔软，值得呵护，不应对他太过残忍。

陈挽转回头看他，黑色的眼睛那么明亮。

远处的建筑和灯光已经添上了新年的红色元素，赵声阁又说："你想的话，新年就可以。"

陈挽觉得他把自己当小孩子哄了，闷声笑开。

"不用，"他说，"这种事，顺其自然，不用强求。"

陈挽心里叹了口气，问："赵声阁，其实你没有不喜欢狗对不对？"

"嗯？"

"我看见了，那天。"

在宋清妙的房间里，透过窗户。

赵声阁靠着劳斯莱斯等他，一只小狗从路边歪歪扭扭地走过来，它不算很干净，但赵声阁任由它在脚边打转了很久也没有驱赶，脸上的神情也没有任何不耐。

和那次他们在维港遇见德牧的时候很不一样。

"嗯，"赵声阁如实说，"不讨厌。"

赵声阁从来没有跟沈宗年或是谭又明他们提过波珠的事，但对陈挽可以说。

"小时候捡到过一只有点像的，不过被人处理了。"

陈挽沉默了一会儿，即便赵声阁这样轻描淡写，他也想得到前因后果，心里不由得难过起来。

陈挽提议："那再养一只怎么样，小一点的，跟那天路边的那只一样，头圆圆的，这种我不怕。"

"有空可以带它去维港散步,或者周末去爬太平山,你游泳我就带着它一起看,帮你计时。"

赵声阁看了他一会儿,说:"不用了。"

20 奇洛李维斯，真的回信了

十二月正式结束，新的一年，海市老牌权威财经报道新年首刊封面头条金字闪闪——宝莉湾码头灯火璨似明珠，赵生携密友海外路演招眼红。

路演首站是曼城，徐之盈和方谏到机场跟赵声阁和陈挽会合，一起乘坐赵声阁的庞巴迪飞越大洋彼岸。

新的一年，方谏还是老样子，沉迷学术，不修边幅。陈挽听说赵声阁特意让秘书带他夫人量身定做了这一整个月路演的行头，方博士无意听到花费零头，痛心疾首，大呼腐败，这些钱若是花在科研上该是何等美事。

徐之盈近来凭借宝莉湾项目风生水起，在家族争权中独占鳌头，将两位兄长赶下堂后，越显意气风发。

大家在贵宾室候机，赵声阁突然偏头低声问陈挽："你怎么知道我回国会从B3口出来？"

陈挽一怔，反应过来，无奈笑道："智轩到底是把我卖得有多彻底？"

赵声阁挑眉："看来你们牢固的友谊也不过如此。"卓智轩那张嘴，甚至连威逼利诱都不用。

"……"陈挽意会出别的意味来，心里好笑，索性直接说，"不止这一次，媒体报道你在意国遇袭那一次，我差点就直接飞了。"

赵声阁没有说话，但表情写着"请继续"。

放之前陈挽还会有点不好意思，好像什么吓人的痴汉跟踪狂，但是现在，他就大大方方地告诉赵声阁："你也知道，海媒狗仔有多不靠谱，标题夸张，模糊真相，恶意扭曲，哗众取宠。"

陈挽有些气愤："一会儿说你身受重伤需要截肢，一会儿又说你是左胸中弹性命堪忧。"

当时只是手臂擦伤，赵声阁："……"

"而且应该是明隆很快就把新闻压下去了，后来这帮狗仔就直接闭嘴了，对此事只字不提，我实在寝食难安，"陈挽想起那时候的煎熬，眉心还是皱了起来，"要不是在我去办签证的时候卓智轩说你很安全，我真的要飞过去了。"

赵声阁说："这些媒体确实不靠谱。"

徐之盈本来跟赵声阁也就是个普通合伙人的关系，赵声阁寡言，他们平时除了公事也不怎么聊天，不过每次有陈挽在的地方，气氛都很好，赵声阁也会变得不那么严肃，她说话就随意多了。

"我妈的麻将搭子知道我们一块做宝莉湾这个项目，我不做这个人脉都没有太太愿意跟她打牌了，说她藏私不地道。"

赵声阁和陈挽："……"

方谏看不惯这几个人关键时刻还在闲聊八卦，就拿着测绘图过来，老师揪学生仔似的说："哎，你们几个别说这些有的没的了，关于污染指标的问题我要再给你们说一下，到时候那些环保卫士肯定抓住这个不放……"

"……"

临近登机，赵声阁突然道："毕业那次出去，我是从前面那个登机口出发的。"

三十七号，国际航班登机口。

陈挽看着他，头皮有点发麻，喃喃道："知道智轩卖我，但没想到卖得这么干净。"

赵声阁看着他的表情，终于满意了。

在飞机冲上云霄的轰鸣声中，闭着眼养精蓄锐的陈挽听见赵声阁低声说："以后我给你送飞。"

陈挽弯了下嘴角，在万米高空之上。

赵声阁经历过很多场路演。

他照旧居于幕后，目送陈挽走到聚光灯和镜头前，陈挽一回头，就能看到他沉着的目光。

首场路演说顺利也顺利，说曲折也曲折。

先是商海中巾帼不让须眉的徐之盈女士怒撑了一个问她能成为宝莉湾这样巨头项目公关负责人是否因为和赵生关系匪浅的加国记者，又毫不留情讽刺了一个问她未来婚嫁后工作生活如何平衡这类无聊问题的大胡子。

陈挽莞尔。

然后是方谏为质疑他们科研水准未达到国际标准的美国记者上了半个小时的洋流学高阶课，从洋流测控技术讲到深海作业自动化……

"……"

不依不饶的记者碰上方谏，就是秀才遇上兵，所有的含沙射影和胡搅蛮缠都被方博士高深艰涩的物理课堵住了。

于是记者又把突破口转向徐之盈。

外媒这般咄咄逼人和故意刁难，陈挽不意外，未来的对抗很大程度上就是资源战，宝莉湾项目不仅在国内是头部手笔，即便在世界范围内也是一个令人瞩目，甚至是警惕的浩大工程。

同时，由于明隆同内地联手，严重打压了外资的生存空间，股市浮动，牵连外汇。

轮到他的演讲时间，另一位外媒记者延续上一个记者的敏感问题，请他就明隆的技术专利和其他某国的一项独家技术进行一下优势比较，并且提问这个项目对海洋生态和邻国环境有什么影响。

场面一时有几分微妙。

特助弯腰询问赵声阁："需要跟上面打点一下吗？"

赵声阁看着陈挽，说："没事。"

聚光灯下，陈挽从容地接过话筒："这位记者朋友，我们国内的深海勘测技术是最先攻克高位、低位、动力定位主流浮托难题的，无论是模块化建造技术还是海底作业，都已经全面进入'超深水时代'。

"全天候、全海域浮托施工的能力、作业难度、技术复杂性等更是连续十年居国际排行榜榜首，并且已经投入使用。近年来，和多个海洋开发保护成员国进行了深度合作，取得卓越成效，这是各国有目共睹的成绩，不容抹杀，也请不要张冠李戴。"

他说话的语气不重，但异常笃定。

隔着长枪大炮的闪光灯和肤色各异的人群，陈挽的视线和赵声阁的目光相遇。

十二年前，他站在台下仰望赵声阁，认真听他的每一次比赛和演讲。

十二年后，异国他乡，赵声阁在台下看着他，目光沉着专注。

他心里不由得微微一动，在这一刻，一切都无可言表。

聚光灯为陈挽镶上一层金色的光圈，他代表赵声阁告诉世界："宝莉湾项目，不仅是推动、深掘海洋科学技术发展的契机，更是保护海洋生态屏障的助力，以及亚太经济交流合作的桥梁。

"我们始终遵循共同协作、合作共赢的原则，致力于海洋资源的科学利用和保护，这是宝莉湾项目义不容辞的社会责任，也是我们科创团队矢志不渝的目标。"

话音落下，国内记者带头鼓起掌来。

至此，陈挽一战成名。

万千掌声中，陈挽只能看到赵声阁那双沉静的眼睛。

镜头、闪光灯、长枪短炮，他们在人群和掌声中对视，没有说什么话，但也已经什么都说完了。

为期一个月的路演，陈挽在大洋西岸声名鹊起，这张江南水墨画般的东方面孔迅速成为国际财经媒体镜头的宠儿。

每一场，赵声阁都坐在台下为他鼓掌。

少年时代没有得到过的鲜花和掌声，都由赵声阁为他补齐。

最后一场路演结束，方谦被献上一束红掌，寓意学术长红，徐之盈收到一束惠兰大礼花，象征事业红火。

陈挽抱着属于自己的芍药和绣球，看着其他人的花，弯了弯眉眼，问赵声阁："你挑的？"

"嗯。"

陈挽没回答，看了他片刻，突然走近一步，收了笑容，低声说："既然这样，赵声阁，我就再告诉你一个连卓智轩都不知道的秘密。"

赵声阁挑了挑眉。

"高二那场游泳比赛，你突破了纪录，我送过你一束花。

"没有别的意思，就是单纯的祝贺。

"白芍药寓意真诚，粉绣球代表美满。

"是希望你以后做什么事都能成功、圆满。"

赵声阁沉静地看着他,不知在想什么。

陈挽又有些好笑道:"不过当时刚好有人向你告白,你以为是对方送的,就把我的花给人家了。"

"……"赵声阁看着他的笑容,说,"对不起。"

"不需要,"陈挽举了举手上的鲜花,说,"我已经收到了。"

从金融街走出来,曼城在下大雪。

陈挽和很多南方人一样,喜欢雪,但港岛不下雪,四季常夏。

赵声阁就没有让司机把车开过来,公寓不算太远,他把陈挽用围巾裹紧了,撑开一把深色大伞,一起走过林肯公园。

"这是你第一桩跨国收购案开新闻发布会的地方。"

陈挽指着不远处的一栋大厦说。

赵声阁勒了下他的围巾,低头看他,没有说话。

"那里,"走到一个会堂,陈挽说,"你在这里被偷拍过。"

"是吗?"

"是啊,"陈挽很肯定,"你应该是去参加那一年的环太平洋经济合作论坛。"

发生意国枪袭案之前,赵声阁的行程踪迹还没有那么神秘。

陈挽想知道的事情,也总能弄到门路。

"那你呢?"赵声阁淡声问。

"什么?"

"那时候,你在干什么?"

"我当时在……"陈挽回忆,"跟卓智轩旁敲侧击地打探你的消息。"

"每天关注财经杂志和新闻。

"然后,构思准备创立科想。"

为融资日夜奔波、应酬宿醉这些陈挽都没说,但赵声阁也能猜到。

有雪落到伞上,伞下万籁俱寂。

回到公寓,陈挽把花插好,赵声阁走到他面前,递给他一个东西,说:"看看?"

不过他先声明了:"不是用来祝贺路演的成功。"

是本来就打算要送的，只是之前忙得脚不沾地，现在忙完了。

陈挽展开，怔住。

"你知道？"

赵声阁挑了挑眉。

"你在秦兆霆的射击俱乐部外面帮他整理瓶子，我看见了。"

再后来，陈挽开始资助那个男孩。

所以，赵声阁成立了一个基金会。

陈挽拿着文件材料看了一会儿，不知道赵声阁是从何时开始筹备这件事的。

为遏制利用基金会洗钱的现象，海市金融新规出台后，成立基金会已经很麻烦了，光有钱是不行的。

陈挽心里微微一动，说："你当时在哪里啊？我怎么没看见你呢？"

赵声阁点点头："可能是和秦兆霆聊得太认真了，正常。"

"……"

"……"赵声阁指着另一个盒子说，"你看看这个吧。"

"……"陈挽揶揄地看了他一眼，配合地拆开第二件，手指猛然收紧。

没有人比他更熟悉这个机器人模型，逸夫楼上的那个原版曾听过他无数心事，容纳他年少的彷徨和无望。

陈挽仔仔细细看了好一会儿才伸出手，轻轻地抚摸着机器人的头，心里涌上一点久违的酸胀，有点感慨地说："你重新做了一个呀？"

"嗯，"赵声阁为他演示使用方法，说，"那个是给学校的，这个专门做给你。"

"不过，"赵声阁等他看了一会儿，说，"虽然这个送给你，但是以后你想要说话可以和我说。"

陈挽目不转睛地看着这个拥有数年前样式的机器人。

在一堆外媒面前那么游刃有余的一个人，此刻像个得到新玩具后爱不释手的小孩。

曾经供所有人观赏的优秀作品，现在变成了他一个人的礼物。

他看得都有点久了，赵声阁就说："以前跟它说的，也可以跟我再说一遍。"

陈挽紧紧地握着机器人，抬起头。

陈挽笑着说："我那时候应该是压力太大了，也不是很习惯和现实中的人说，在那个机器人面前，心里觉得很平静，其实说了什么，这么久了我自己也忘记了。"

"但是记得每次说完了心里就好受了，只是可怜了卓智轩，"说起来陈挽还有点抱歉，"他第一次看见我跟一个机器人说话，看我的眼神……很震惊，但是又想掩饰，装作这也没什么大不了的。"

"你能想象那种眼神吗？真的很……用心良苦。"

陈挽说完，终于舍得将爱不释手的礼物放下，笑叹道："谢谢你，礼物我真的很喜欢。"

"不用谢，要还的。"

海外路演正式结束后，项目组开始筹备庆功宴，需要邀请当地的名门贵族，还有答谢这些天打过交道的媒体记者。

作为注资人的沈宗年和谭又明也必须到场，以表示对这次任务的充分认可和高度肯定。

宴会当日，陈挽从领带到袜子都是赵声阁的特别定制。

陈挽低着头，露出自己的红宝石袖扣底部，笑着问："赵生，能请问一下这个是什么意思吗？"

"……"赵声阁看着那个圆圈，面无表情地站起来，沉着道，"没什么意思，不用在意。"

陈挽哭笑不得，拉住他，说："赵声阁。"

赵声阁就停住了，只好说："就是，你很轴的意思。"

"……"

"快迟到了，走吧。"

"……"

宴会定在一处庄园。

沈宗年和谭又明是前一天晚上落地曼城的。

从四季常夏的热岛一下穿到大雪纷飞的洲际，谭又明快冷得头脑都不清晰了，十分后悔自己为了扮靓穿了很好看但并不保暖的长大衣。

但这款长大衣真的很好看，把他衬得风流倜傥。

沈宗年冷着脸拆下自己的围巾手套把他裹得异常严实。

"啊,这都看不见……"

沈宗年抬了下眼,谭又明就不喊了。

四四方方的高顶老爷车在雪地上碾出车辙,进了庄园,总算暖和了许多。

谭又明一朝翻身,过河拆桥,把围得严实的围巾和手套一气儿脱下来扔回给沈宗年,又变回了那个名利场上如鱼得水的贵公子。

正在招待宾客的陈挽远远听见一声:"阿挽!"

他一抬头,嘴角染上笑容,拿了杯香槟迎上去:"这么早,过来顺利吗?"昨天天气不算好。

谭又明接过香槟,抿了一口,皱起眉:"不顺利,沈宗年的ACJ(空中客车公务机)颠簸死了。"

"……"

他抱怨也绘声绘色:"我睡到一半,还以为飞机在对流层翻跟斗……"

不过沈宗年一走近,他就不说了,陈挽心里好笑,叫了声:"沈先生。"

沈宗年朝他点点头:"恭喜。"

陈挽十几场路演的精彩表现,海市都有所耳闻。

陈挽谦虚道:"是大家一起努力的成果。"

谭又明把手机塞回给沈宗年:"秦兆霆说大雪封路了,要午后才到。"

秦兆霆是年底过来探亲的,他母亲早年移居盛城,盛城距曼城不算远,以他们之间的交情,今日这种场合不过来一趟说不过去。

谭又明代为转达:"为表歉意,他说送份大礼。"

陈挽笑道:"秦先生太客气了。"

沈宗年看了他一眼,没说什么。

"走吧,"谭又明对陈挽说,"和我去见见老朋友们。"今日来的虽然是陈挽邀的宾客,但谭家海外根基深厚,这些当地有头有脸的人物很多都是他的旧识。

赵声阁、徐之盈和当地的一位官员交谈完出来就看到了沈宗年,走过来问:"什么时候到的?"

"昨天。"

赵声阁点点头。

两人一起到露台上喝酒，聊了一会儿海市的公事。

露台在二层，可以看到下面的宴厅，上一次两人这样聊天还是在宝莉湾发布会的宴会上。

也是同样俯瞰全场的高位和角度，那次赵声阁还戴了家族徽章。

一眨眼，就已经来到了宝莉湾项目路演的尾声。

赵声阁看着楼下正和一位英国商人谈笑风生的陈挽。

陈挽在楼下收到不少名片和请帖，他有时候无意中多看谁一眼，赵声阁也跟着望过去。

目光缓而慢，平静而随意，谁也不知道他心里想的是什么。

秦兆霆到的时候，陈挽正在和一位当地名流交谈。

"Keats。"对方隐约透露出想邀请陈挽参加两天后的音乐会。

陈挽借机委婉地结束了这场过于热情的谈话："约昂先生，我的一位朋友到了，我得先过去打个招呼，招待不周的地方，还请您包涵。"

秦兆霆朝他挥手打了个招呼："赵声阁呢？"

"跟沈先生聊天呢。"

秦兆霆接过陈挽递的酒，举着杯看他，似乎是想说点什么，但最后也不过化为一个笑容，说："陈挽，祝贺。"

祝贺的东西很多，事业，理想，一切尽在不言中了。

陈挽不是不知道，他这样八面玲珑的人。

但成年人的体面是，有些事情，不必说破，不必回应。

他回以一个微笑："谢谢。"

秦兆霆说本来卓智轩也想飞过来，但近了年关，他们家是传统大族，规矩多且严，没有大过年的还放小辈到处跑的。

这个陈挽知道，昨天卓智轩还在线上跟他哀号，说只缺他一个太不公平。

无论陈挽多忙，他们都是常常联系的，即使相隔一个太平洋，也和以前没有什么不同。

秦兆霆外家在洛市，对这边还算熟悉，两人便说了些生意上的事情。

没有说两句，赵声阁和沈宗年就过来了。

几人打了个招呼。

谭又明天南地北地转了一圈回来，春风得意，见到赵声阁，热情举杯："好久不见。"

赵声阁点点头，也举了下杯，问："你在跟徐之盈比谁更抗冻？"

徐之盈女士今天在零下十摄氏度的天气穿了身黑色的镂空丝绒礼服，戴着帕拉伊巴宝石皇冠，在一众名媛中如同女王，气场十足，仿佛下一秒就能直接登基。

曼城冬日天暗得早，下午宾客就差不多散了。

比宾客撤得更早的是方谏，来让记者拍了张照就带着学生直奔机场，出来这么久，已经严重耽误他的科研大业。

徐之盈走的时候，雪更大了些，她的细尖高跟鞋到了室外不好走路，新雪都松软，踩不稳。

陈挽放下酒杯，走过来说："徐小姐，急着走吗？不急的话我让人送双平底的雪地靴过来吧。"

徐之盈看着他，笑着叹了声气："陈挽。有没有人说过你真的很温柔。"

陈挽微怔，摇头自谦道："都是小事。"

"谢谢你，不过不需要了，"徐之盈甩了甩头发说，"这点雪不算什么。还有，回去我就不跟你们的航班了，我直接飞北欧度假。"

"好，那玩得愉快，来年再见。"

赵声阁撑着长柄大伞走过来，把他的外套递过去："走吧。"

雪小了一些，不知什么时候，谭又明已经被重新裹严实，围巾和他的气质不大相符。

陈挽看见他指使沈宗年给他堆雪人。

"这不是人吧。"

"头和身子一样大？"

"手也——"

沈宗年抬起头看他一眼，他就说："手挺可爱的。"

"……"

陈挽仰起头对赵声阁说："我也给你堆一个吧？"

赵声阁沉静地看着他："嗯，然后你自己就变雪人了。"

"……"陈挽不死心地问，"真的不要吗？"

他看着沈宗年堆出的那坨不知是什么的东西，似自言自语："我应该堆得比沈先生好一些。"

那位当地名流在陈挽婉拒一起去音乐会后，又在临走前赠送了一套昂贵的珠宝，陈挽没有收，但不想得罪人，还反送了一套茶叶给对方，是以东道主的姿态，说这是家乡特产，欢迎他到中国来游玩。

由于方谏和徐之盈都不跟机，赵声阁和陈挽决定回程走水路，算是在海上度个短假，终点是斐灵岛。

登船之前，赵声阁把车开到庞洛。

"你要买船？"陈挽有点惊讶，赵声阁名下已经有好几艘价值不菲的游轮了。

赵声阁转动钥匙，熄了火，说："是你买。"

陈挽顿了一下，不知道他是从什么时候开始筹备的。

游轮设计师是个白人，内设基本完成，但模型也出了，一个大的，一个小的。

陈挽到底是工科出身，对模型很感兴趣，暗自惊叹，配置精妙奢华。

赵声阁看他对模型爱不释手，说："这个你带走。"本来一艘船一般只出一个模型，但赵声阁特意要求再做一个。

陈挽弯着眼睛说："那我把它摆在我的办公室里。"

设计师问两人："游轮的名字有什么想法吗？办手续的时候需要备案，后面还要刷漆。"

陈挽还在看那个模型，对赵声阁说："你来取吧。"

赵声阁说："那就叫济慈号。"

陈挽说好。

赵声阁："等宝莉湾码头建成，让济慈号来做它的初航。"

陈挽顿了一下。

瞬时有种恍惚之感。

当初宝莉湾码头项目成立的时候，陈挽是真的幻想过自己能拥有一艘船，不过彼时只觉得是异想天开。

赵声阁没有听到陈挽回答，就继续说："初航航线由你来决定，你觉得怎么样？"

"陈挽？"

陈挽笑，点点头同意了："可以。"

赵声阁和设计师讨论了一些细节，比如舱内要建一个保龄球馆，陈挽好像还挺喜欢打保龄球的，还有垂钓的观景台，陈挽有时会去钓鱼。

陈挽去接电话的时候，设计师夸赞赵声阁"good man"（好男人）。

赵声阁目光从合同上移开，摇摇头。

陈挽才是。

赵声阁做得再多，也不会比陈挽做得更好。

午后登船，风平浪静，沿着北太平洋冬季洋流一路南下。

斐灵岛位于赤道以北，北回归线以南，受热带季风影响，降水丰沛，四季常夏。

抵达码头时，正值黄昏，晚霞绚烂，一片火烧云，似要直接烧进海水里。

陈挽双手搁在栏杆上，头发被海风吹乱，说："有时候看着大海，就会觉得人类真的很渺小，能决定的事情也很少。"

即便是满月航道这样浩大的工程，也不过斗转星移中的沧海一粟。

赵声阁和他并肩站着，说："那就掌握自己能决定的事情。"

尽人事，平常心。

下了船，海岸公园有游客在野餐，还有人在演奏手风琴。

有当地人向游客兜售热带水果、花环和明信片，有位金发碧眼的母亲给孩子买了一个小兔子气球。

洋娃娃似的小朋友咧开嘴笑，迎着海风奔跑。

陈挽看了一会儿，不知道在想什么，赵声阁就问他："想要哪一个？"

陈挽快三十岁的男人实在不好意思再拿一个气球，就选了一张明信片，如果付费邮寄，可以得到一枚斐灵岛的邮戳。

陈挽拿起笔，赵声阁为他挡住夕阳。

陈挽不知道要写什么，要寄给谁。

赵声阁看他抬头看着自己，以为他有话要讲，俯身弯腰。

陈挽没有说话，只是弯了眼睛，然后低头在纸上写——

奇洛李维斯，真的回信了。

番外　成人礼礼物

天文台宣布黑雨期进入尾声，英华的台风假正式结束。

返校日，陈挽熟练地翻过本部校区的栅栏，进入逸夫楼的空中展馆，仔细检查了一遍气象机器人模型没有损伤后，开始擦拭打扫。

"雨还要下几天。"不知是问机器人还是自言自语。

"会延飞吗？"

英华物竞赛代表团应该是今日回港。

"没看到颁奖仪式和获奖采访的转播呢。"

他神神道道，话很跳脱，没什么逻辑，抬了抬机器人的手，问："给你做一件雨衣你会穿吗？"

猫从宣传栏后面蹿出来，一身白毛，瘦了些，陈挽放下机器人的手，从书包里掏出半截玉米，掰成粒放到它面前，愧疚地说："今天只有这个了。"

宋清妙的账户被冻结，这个学期卓智轩也出去交流。

运动会快到了，陈挽摸着猫的圆脑袋，忧愁道："我找了个大学生制游泳馆门禁芯片，有点贵。"

但他还是跟猫承诺："明天，明天我多带些。"

撒娇精一个劲蹭陈挽裤腿。

陈挽言出必行，第二天猫真的吃到了小鱼干和羊奶。

猫埋头吃，陈挽把机器人头上的落叶拿下来，捻了捻，淡声道："不着急，明天也有。"

昨天晚餐陈家二房辱骂宋清妙，陈挽下了饭桌就把她斥巨资新拍的项链偷了扔到水池里。

人仰马翻一顿好找，陈挽趁乱到厨房拿了羊奶和小鱼干。

第三天，陈挽晚上来的。

"昨晚他又回来了。"陈秉信打了宋清妙很久，二、三姨太说笑着围观看戏。

陈挽去挡，背上的红肿隆起一片，大太太不许叫医生，陈挽今早走路整条脊柱都在疼。

台风尾声仍有淅淅沥沥的细雨，昨天擦过的机器人脚背又沾了水渍，陈挽认认真真地擦干净，抹布绕过锂电池接口，冷不丁地低喃了句："镍氢电池失火率……很高的。

"对吧？"

他抬头问机器人，神情认真，眼神黝黑，平静之下一片沉寂。

机器人不语，陈挽垂下漆黑的眸子，自问自答："我觉得下一次黑雨期会在六月之前。"

海岛已经进入汛期，他自学了机器人的运算程序，也研究过陈宅防洪系统的装置拆分图和电路结构。

一切准备就绪。

"但是为什么气流方向每次都有偏差？"

被关在狗房的夜晚，陈挽无数次模拟老宅的排水线路，疏流节点……只欠一场东风。

"大气密度、下垫面、气压……"他又心算了一遍，喃喃地道，"没有错的。"问题出在哪里？

那样就只有百分之六十的把握了，陈挽的手渐渐握紧……

"可能是初始参数没设对？"

"谁？！"陈挽心一惊，定了定神，绷着一张脸走到宣传栏后面，探出个头。

机器人的主人坐在展板后的天台上，休息被打扰中断，正耷拉着眼皮，和陈挽大眼瞪小眼。

"……"

心脏像一面鼓般不受控制地敲起来……什……什么时候回港的，之前几天也……也在这里吗？

此时的少年陈挽尚未学会后来那些八面玲珑和圆滑沉稳，但也没有惊慌失

329

措,很快定下心神,笔直地站好,诚恳道:"抱歉,打扰到了你,我……我不知道有人在这里。"

"今年要闰一个月。"

"嗯?"

"你的原始设置值。"赵声阁拍了拍衣角,站起来,提示他。

赵声阁是来躲采访的,这些年全数赛和物竞赛的奖杯几乎被内地学生囊括,这么多年才出一个赵声阁,学校领导脸上添光。

这次夺金,不只是英华的事,是整个海市教育界的事。

不过这大概是赵声阁最后一次参赛,下半年他就要按照赵茂峥的安排进入明隆,以后大概也跟理工科彻底无缘。

面前这个对机器人爱护有加、不知疲倦地推翻公式的人,好像真的对运算程序异常执着,所以从不多管闲事的赵声阁开口做了提示。

未竟的心愿、以后不能再继续的事,有人能做,挺好。

陈挽觉得他又长高了,肩膀宽阔,比同龄人沉稳,也有一丝疲倦,但不像论坛和采访中看上去那样遥不可及,反而有种平易近人的温和。

入学英华两年,这是陈挽第一次近距离面对赵声阁。

心跳像远处天空响起的一道闷雷,他掩饰得很好,点点头,笑容浅淡:"好的,我知道了,谢谢你。"

赵声阁礼貌而疏离:"不用,不过请你不要告诉别人在这儿见过我,好吗?"

"好的,"陈挽仰着头,郑重笃定道,"我不会说的。"

他的承诺异常恳切,赵声阁不由得多看了他一眼。

陈挽坦然地望着他,眼睛黑而清亮,看到赵声阁一直看着他,就又率先移开了视线。

大挂钟敲了九下,晚学结束,很快会有督学来巡逻。

不知什么时候又下起了雨,陈挽对两手空空的赵声阁说:"伞给你,谢谢你告诉我闰月。"

"那你怎么回去?"

陈挽心中一紧,生出紧张的燥热和一点点难堪。

赵声阁一定是看出来了。

陈挽不是本部生。

英华本部和分部管理体制泾渭分明，实则是背后代表的阶级森严。

网球场的围网被称作"柏林墙"，但经常有分部的学生浑水摸鱼"偷渡"，看球赛、送礼物、堵人表白，干什么的都有，本部生烦不胜烦，因此普遍带着天然的偏见和优越感。

陈挽不知道赵声阁把他归为哪一类，但对方什么也没有问，只是问他怎么回去。

"我很近，没关系的。"他翻墙总是要淋湿的。

赵声阁安静地看着他，没有马上说话，看得陈挽心里又开始打鼓，直到手心已经满是汗了，赵声阁才又开口说："你撑我回去吧，可以吗？"

询问的、商量的语气。

陈挽一怔，不知道自己怎么就得到了这个机会，马上说："当然可以。"

他主动撑开伞，雨不算小，但伞不大，两只不经意相触的手一冷一暖。

陈挽用伞严严实实遮住他，不让一丝风雨沾上他的衣摆。

夜色中，赵声阁侧头看了陈挽一眼，没有说什么。

南风天的海岛被裹在季风海洋水汽里，潮湿黏腻，伞下一方结界是安全的岛屿。

"这里有个水坑，小心。"

明明赵声阁才是本部生，但陈挽轻车熟路，生怕他磕到绊倒。

"台阶很滑，你要不要扶着我？"陈挽的声音和语气很轻，但并不怯懦，比起绝大多数和赵声阁说话的人来，称得上坦荡，不卑不亢。

好像如果赵声阁拒绝，他也不觉得有什么。

不过赵声阁没有拒绝："好啊，麻烦了。"

"没事，"他手握成拳，伸出手臂，温声嘱咐，"来，抓好了。"

赵声阁一把拽住了他的手腕，在黑暗的雨中避过一个又一个水坑。

蹚过积水潭，前方就是教学楼，灯火通明，人影幢幢。

陈挽问："把你放在长廊上可以吗？"再走过去人就多了。

赵声阁侧头看着他，说："不是还没到吗？"

陈挽跟他解释："过去人很多就会被看到了。"

331

"不能被看到？"赵声阁看雨又大了，没有再为难人，"那就这里吧。"

远远地，有督学在巡逻，陈挽也看见了，他私心很想和赵声阁说两句话，因为应该没有下一次了，但他也只是说："好的，那我走了，再见。"

赵声阁单手插进裤袋里，摸了摸自己的校园卡，没有拿出来，只是礼貌道谢："嗯，谢谢你送我过来，注意安全。"

陈挽笑着摇摇头，干脆利落地转身，抑制住回头看一眼的念头，大步走进大雨里。

赵声阁这时候才看到，少年的背部和肩头已经湿透，也是这时候，赵声阁才对自己没有向对方透露其实逸夫楼有他的个人实验室产生了一分钟的后悔。

实验室是赵茂峥赞助学校的，里面应该会有多的伞。

赵声阁没有说。

那里以前被人蹲守过，来送情书或是偷拍，所以赵声阁后来也不怎么去了。

雨夜之后，陈挽就不再去逸夫楼了，虽然不知道赵声阁还会不会去，但他不愿再打扰到对方。

那个秘密基地是他偷来的，主人来了就要还回去。

本部教学楼走廊。

沈宗年单肩背着书包，另一只手里拿着一个一模一样的，面无表情地往前走。

谭又明面向着他倒着走，两手空空嘴却很忙："哎呀，就去看一下。"

"听说他们有社团摆摊位，有美食街，还可以画彩蛋，我要画一个……"

背上被按着制止了一下，他一回头，对上赵声阁无奈的脸。

"书包不用背，路还是要看一下吧。"

谭又明"咻"地转回头，大声谴责沈宗年："你怎么不提醒我后面有人！"

沈宗年抬起眼皮："哦，我不知道你背后没长眼。"

"……"谭又明深吸一口气，忍了，改去游说赵声阁，"复活节分部那边有活动，去不去？"

刚从逸夫楼回来心情不算很好的赵声阁沉默片刻，说："也可以。"

沈宗年抬眼看了他一眼，谭又明则高高兴兴地一边揽一个好兄弟："这就对了嘛,你要合群一点,赵声阁。"

"……"

天气很好,英华分部以前是个大教堂,罗曼式建筑,红柱尖顶,紫荆花和爬山虎绿得滴水。

三人一出现便引来诸多目光,甚至有人举起手机。

谭又明本来找不到路就烦躁:"写了是在罗马广场的啊。"

赵声阁说:"找个人问问吧。"

谭又明扫了一圈周围,那些功利野心、跃跃欲试的目光,即便英华交际花也失去交涉的兴致。

他被热得额头流汗,没骨头似的歪在沈宗年边上,有气无力地说:"抓谁来问?"

赵声阁深静的目光越过紫荆树叶,落到那个低着头扫地的背影上,幽声说:"那儿不就有个人吗?"

"同学,请问复活节活动在哪里举办?"

陈挽抱着扫帚,听到声音抬起头,一怔。

赵声阁一出现他就看见了,远远地,在人群中央。

彼此无意间的视线交错,对方目光并无停留。

他不记得自己很正常,陈挽平复了下心情,没再多看,继续低头扫地。

谭又明过来问路,陈挽也丝毫没有表现出和赵声阁曾经见过的迹象。

赵声阁说不要说见过他,而陈挽最擅长信守承诺。

"就在罗马广场,"他让自己的目光专注地落在谭又明的脸上,仿佛和他们中的任何一个人都是第一次见面,"需要我带你们过去吗?"

赵声阁:"……"

谭又明喜欢漂亮的事物,陈挽的眼睛清明而坦然。谭又明说:"那太好了,走。"

沈宗年:"……"

他一张俊脸热得红扑扑的,陈挽细心体贴,从书包里掏出纸巾递给他,还有伞:"要不要遮一下?不过只有一把。"

谭又明跟好看的人都自来熟:"我们撑就行,他俩不用。"

"……"

本来陈挽打算带他们到罗马广场就走的，但在谭又明的花言巧语下，又带他们去画了彩蛋。

谭又明画了星星，沈宗年比较勉强地配合他，也画了一个。

画的是一只……蝴蝶。

如果陈挽没看错，是蓝底白纹的"光明女神"——海伦娜闪蝶。

他转过眼，又看到赵声阁本来画了只很抽象的小狗，脑袋圆圆的，但是不知道为什么，后来又用厚重的彩墨涂上了。

陈挽刚想移开视线，就撞进了赵声阁倏然抬起的目光里，冷厉，漠然，不属于这个年纪的威严。

陈挽张了张口，微微点了下头，以示歉意，对方没有回应。

陈挽觉得他应该是生气了，也觉得自己实在没有礼貌。

画完彩蛋去逛了美食街，吃惯玉食珍馐的谭又明很快被车仔面、菠萝油和咖喱鱼蛋这些街边小食俘获。

他眼馋肚饱，买了一堆，啃了两口吃不下，又一股脑塞到沈宗年手里。

陈挽怕少爷们吃坏肚子，都严格甄选，挑看起来干净的、贵的买。

他尝试为赵声阁点了虾饺和杨枝甘露，可惜并没有得到青睐。

陈挽心中遗憾地叹气。

注意到赵声阁经过钵仔糕的摊位放慢了脚步，他鼓起勇气说："这个不会很甜，有很多个口味，要试一下吗？"逛一下午了，天气又热，赵声阁一点东西没吃，陈挽有些着急。

赵声阁看着他，没说要，也没说不要。

陈挽讪笑，给自己台阶下："不想吃这个的话再看看其他的也——"

"这个怎么吃？"

沈宗年："……"

陈挽眼睛亮了一些："你喜欢什么口味？"

赵声阁半点没透露，反问他："什么口味的好吃？"

陈挽："百香果和红豆味的都不错。"

赵声阁嗯了一声："那要个山竹的。"

谭又明和沈宗年："……"

陈挽一点不介意，立刻刷卡，为他拿了个山竹味的，好脾气地问："帮你加一点桂花籽好吗？会爽口很多。"

赵声阁看了他一会儿，首肯。

陈挽心满意足地看着他吃完一个钵仔糕，又尝试着给他介绍了一些别的特色小吃。

对方竟然也没有拒绝，陈挽发现只要自己主动一点，顺着他，赵声阁一点也不难说话。

陈挽处事周到妥帖，一天下来谭又明十分尽兴，结束的时候，说："陈挽，我们加一下好友，把今天的钱转给你。"学校不用现金，一整天都刷的陈挽的校园卡。

陈挽笑道："不用客气，没多少钱。"

谭又明第一次被人拒加好友，可太新奇了："那不行，没有我们三个出来跟人白吃白拿的事。"说出去让人笑掉大牙。

他极其熟练地将手往后伸到沈宗年面前，头都不用回："手机。"

赵声阁转过头静静地看着沈宗年。

"……"沈宗年沉默了两秒，说，"没电了。"

"啊？"谭又明错愕地转头，"你怎么不充？"

沈宗年垂眼问："你上课没玩？"

"……"谭又明心虚，转头道，"赵声阁，你加。"

赵声阁看着陈挽，没有马上动作，陈挽连忙说："不用不用，真没花什么钱。"

"……"

谭又明对赵声阁说："难道你还想赖账？"

赵声阁拿出手机伸到陈挽面前，亮起屏幕。

陈挽只好也马上拿出手机扫码。

沈宗年瞥到赵声阁在手机备注上输入了一个非字节符号。

陈挽送他们到校门，谭家的车直接到分部接人，只剩陈挽和赵声阁大眼瞪小眼。

赵声阁没说话，但也没有立刻走的意思。

陈挽自小寄人篱下，察言观色，从不会让场面冷下来，主动开口："从树林后面这条路走到第一个路口，右转，一直走到头就可以回到本部的北门，那个好友……可以把我删掉，没关系的。"

英华里拥有赵声阁的联系方式的人会超过十个吗？

刚才碍于谭又明的热情，赵声阁勉强给出，陈挽不想让他为难，因此语气很诚恳，可称得上是善解人意。

赵声阁抬起眼，看着他，语气有些冷淡："你不想加的话可以在你这边删掉。"

陈挽一怔，马上解释："不是！我是怕你觉得不安全。"或者不想加陌生人。

"为什么不安全？"

"会信息泄露之类的。"

"你会吗？"

"不会！"陈挽目光铮铮，一万分认真地说，"我绝对不会。"

赵声阁悠悠地看着他，不知道信没信，已读乱答："机器人已经脏了。"

赵声阁淡定地回视，那副理直气壮的模样好像陈挽才是机器人的主人，必须为机器人的干净整洁负责。

陈挽怔了怔，解释自己后来没有再去逸夫楼的原因："我怕我去会打扰到你。"

"可是你的猫饿了一直叫也会打扰到我。"

陈挽眼睛更睁大了一些："它饿叫了吗？"

他认识 Bella（贝拉）这么久了，还没怎么听过它饿叫的，一般都是撒娇哼唧几声。

流浪猫平时是会自己捕食的，不然只靠陈挽一个需要翻墙过去的分部生投喂早就饿死了。

他只是偶尔过去改善一下 Bella 的伙食。

但是赵声阁是不会骗他的，可能是最近没找到什么吃的，真饿着了，陈挽心疼了，说："我明天就去。"

赵声阁点点头，说："到了联系我，带你进去。"

想到自己翻墙"非法偷渡"的行径在对方眼里一清二楚，陈挽有点羞耻。

太阳已经沉到大挂钟后，夕阳将紫荆树照得一片金黄，钟声再次响起，赵声阁得走了，他问："第二个路口左转是吗？"

"不是，是第一个右——"陈挽只犹豫了一秒就鼓起了勇气，问，"我直接带你过去吧，方便吗？"

给别人带路还要问对方"方便吗"。

赵声阁挑了挑眉，绅士而礼貌地说："那麻烦了。"

分部的紫荆道两旁高树一字排开，草丛有松鼠跳来跳去，赵声阁很礼貌，遇到横行的野猫会给它们让路，遇到陌生的热带植物会驻足观看。

陈挽时刻观察着他，主动介绍："这是蒲葵，也叫'大扇子'。

"这边是含羞草。

"苦楝子，春天的时候会开很多淡紫色的花。"

赵声阁一直听着，没有说话，陈挽就觉得自己太聒噪了，于是也安静下来老老实实走路。

都走过那棵苦楝子一段距离了，他听见赵声阁问："好看吗？"

陈挽反应了一下，说："好看的，像一大片云，风吹的时候就像下粉紫色的花瓣雨，很多人会来拍照。"

"是吗？"

"嗯。"他想说"我有照片可以发给你看"，不过最后还是没说。

路很快就走到底。

"到了，谢谢。"赵声阁拿出校园卡过关闸。

梦境中的一日游园结束，陈挽心底游荡着一点茫然的失落，不过也只有一点点。

他微笑着说："不用谢的。"

陈挽目送赵声阁，忽然，那道背影停了下来，转身。

陈挽看见赵声阁站在"柏林墙"的另一边，对他说："陈挽，再见。"

满天晚霞就在他身后，很温柔。

陈宅的晚餐依旧在几房太太对宋清妙和陈挽的讥笑嘲讽中度过。

不过陈挽觉得没有以往难熬，因为他发现赵声阁居然忘了对他屏蔽社交空间。

陈挽小心翼翼地把每一条都看了很久。

也不多。

一年能发个一两条：天文物理公式的证明理论、机器人设计图初稿、手枪

337

模型……最早一条是树下的一小撮白毛。

陈挽反复研究，猜到底是小猫的还是小狗的，最后睡着了。

这是他从上个月海市进入黑雨期后睡得最好的一觉。

第二天潜入本部的时候，陈挽没有联系赵声阁。

客套话和外交辞令是赵声阁的礼貌和涵养，但陈挽不应该不知趣地顺杆儿爬。

他来得很早，先把机器人擦了一遍，陈挽觉得机器人光洁如新，不知道赵声阁为什么说它脏了。

但他还是认认真真地从头到脚擦了一遍，走出天台，两声口哨 Bella 就摇头晃脑地跑来了。

陈挽打开书包，拿出还热乎的羊奶和玉米喂它。

"对不起，这几天饿坏了吧。"

猫简直不知道他在说什么，这几天它吃得挺好的。

陈挽跟它商量："我们换个地方见面吧，待会儿带你到北门认认路，以后你就到那儿找——"

"你怎么随便让人挪窝？"

陈挽心一提，回头，赵声阁今天穿了西装校服，黑长裤、短袖白衬衣，本部蓝色的紫荆花校徽熠熠生辉。

陈挽怔了两秒，忙站起来解释："我是怕它以后饿了又叫会吵到你。"

赵声阁扫了一眼地上，又开始已读乱回："你在练竞赛题？"陈挽拿食物时没有拉上书包，里面几张卷子被风吹响。

"……"陈挽讪讪的，不知道怎么说。

其实他不应该拿到这些卷子的，这是本部专门给高阶班学生特训印发的，他花了好些手段才拿到。

但他还是如实道："是。"

赵声阁："喜欢物理？"

陈挽点头，说："喜欢。"

赵声阁垂眼看着小猫喝奶，慢声道："还要吗？"

"它胃不是很好，可能不能一下子喂太多。"陈挽小声说。

"……"赵声阁唇边似乎浮起一点很淡的笑容，阳光太盛，陈挽不确定，只听见他说，"陈挽。"

陈挽脊背不自觉绷直了。

"我是说——卷子，你还要吗？"

"嗯？"

"我的。"赵声阁不需要再写学校的作业，也没有时间和机会写了，他已经在接触明隆的实务。

"要不要？"

陈挽很想要，心底像被一潭温水浸泡着，但他还是问："给我可以吗？会不会……不太好？"

"不会，可能——"赵声阁歪了歪头，"比我交白卷好。"

果然，他一这么说，陈挽就马上说："我来写，不会让你交白卷的。"

"嗯，"赵声阁压下嘴角，"那写完了告诉我，我去北门接你过来。"

陈挽本来想说不用，他可以自己过来，但是赵声阁斜了他一眼，悠声问："你有我的联系方式吧，陈挽？"

"……有，有的。"

赵声阁欣赏了半晌他的窘迫，才施施然道："猫明天还喂吗？"

Bella已经吃完了，正扒着陈挽的裤脚，两只黑色葡萄眼又黑又亮。

陈挽被它看得心软，叹声道："可能还是要喂的。"

赵声阁沉默了一会儿，道："那猫粮可以我带。"

虽然波珠之后他再也没有做过这种事了，但他怀疑Bella吃的是陈挽的早餐。

陈挽很瘦。

"好的。"陈挽没有推辞，赵声阁和他记忆中的一样善良慷慨，能提供的肯定比他的要好。

心里那潭温水又咕噜咕噜涌了上来，他从来没有想过还能和赵声阁一起喂猫。

夜里，谭宅。

谭又明门都不敲，直接进了沈宗年房间，找他要手机。

"你在看什么？"他凑近，"猫粮？你想养猫？"

沈宗年仔细浏览着购物网页，头都没抬："赵声阁要。"

他亲自去买一袋猫粮无异于是对赵茂峥的挑衅与宣战，只能假手于沈宗年。

谭又明想起可怜的波珠，阴阳怪气道："哟，又善心大发了太子爷。"

"……"沈宗年抬起头，抿了抿唇。

谭又明看他一脸欲言又止的样子，觉得他在为赵声阁打抱不平，火气噌地就上来了："怎么，我说错他了？

"招猫逗狗又不负责！

"沈宗年，你少在那儿袒护他！别忘了谁才是你最好的兄弟！"

"……"

谭又明话是这么说，但 Bella 最后还是吃到了他和沈宗年一起挑选的猫粮。

因为两人都没有经验，最后还是问了谭又明德文班的同学——一只波斯猫、一只奶牛猫的拥有者许恩仪。

陈挽把罐头给 Bella 打开，又准备去擦机器人。

赵声阁在检查他做的卷子，正确率很高，只是偶尔过程太简略，不太规范，他慢声问："怎么又擦，脏了吗？"

"……"陈挽不太知道他的标准，这次明明比上次脏呢，他又不在意了。

赵声阁靠在天台边上，阳光把他照得像一幅海报。

"你很喜欢我的机器人？"

陈挽张了张口，不知道自己是不是显得太居心叵测。

"嗯？"赵声阁根本不放过他。

陈挽只好笑叹着如实承认："是很喜欢。"

赵声阁很轻地哼笑了一声，十分善解人意道："喜欢也不用天天擦。"他招招手，说："来看一下你的压轴题。"

陈挽走过去，看到赵声阁已经把他写错或不会的地方写了提示。

字不多，点到为止。

陈挽是一点就通的人，赵声阁深知，他能写出陈挽不会的题并不是因为他比陈挽聪明，完全是因为分部和本部的师资相差太多，而他从小所获得的教育资源又太好。

除去赵家的光环，他就是一个普通人。

而陈挽，比绝大多数本部的二世祖们都优秀、努力、有天赋。

有时候赵声阁看着陈挽做题时专注从容的神情，不禁想，自己没办法再继续的事情，总应该要有人能如愿。

他想看看，自己没办法走的路，别人能走到哪里。

陈挽看了会儿赵声阁的字才把心神集中到题目上，思索了一下，抬头说："我觉得不知道冰山在海面下的体积，也能求出冰山的浮力，这是最快的算法。"

虽然对赵声阁有异常厚重的滤镜，但在科学和真理面前，陈挽十分实事求是，有时候也在讨论题目的时候提出一些和他不同的看法。

"嗯，"赵声阁有点好笑地看着他，"只是你会被扣掉一点步骤分。"

"可以接受吗？"

"……"陈挽还认真地思考了一下，然后摇摇头，"不行。"是他的就一分都不能少。

赵声阁点点头，转开头，又想笑了。

陈挽认真地把试卷整整齐齐折好放进书包，摸到易拉罐，犹豫了一下，还是拿了出来，问赵声阁："你要吗？"

钵仔糕和汽水。

复活节那天，赵声阁多吃了两口的食物，陈挽一直记着。

他知道赵声阁什么都有，他现在也还没有能力买贵的、好的东西送他，如果这些小零食能博他一笑，陈挽就会努力去做。

赵声阁没有马上接，问："怎么给我带这个？"

陈挽早就找好无可挑剔的理由："谢谢你给我校园卡芯片。"

以后他进本部就不用爬墙了。

芯片是赵声阁亲手复刻的，陈挽目瞪口呆。

他曾经在黑市上高价求收，那个给他复制游泳馆门禁芯片的计算机系大学生说这个做不出来，英华大门的安保系数太高了，里面个个都是少爷，管理异常严格。

"怎……怎么做出来的？"

赵声阁也挺奇怪地看着他："很难吗？"

"……"陈挽心想，大学生，不中用啊。

赵声阁看着他手上那瓶汽水，橘子味的，目光移动到陈挽脸上，说："有个朋友也请我喝过这个。"

卓智轩。

陈挽心中一紧，笑笑说："很常见的牌子。"

赵声阁看了他片刻，说"是吗"，接过来，单手开了易拉罐。

"咔啦"一声,橙色的气泡咕噜冒出。

陈挽又觉得钵仔糕和汽水实在太委屈赵声阁。

赵声阁喝完最后一口汽水,眼前突然伸来一只手,掌心向上。

陈挽很自然地说:"给我吧,我拿去扔了。"天台没有垃圾桶,一直拿着很不方便。

"……"赵声阁时常惊叹于陈挽的服务意识,从陪谭又明逛复活节那天他就发现了,很多事情他是怎么做到如此自然和坦然的。

赵声阁捏了捏易拉罐,略微无奈地轻轻把他的手拍了下去:"不用。"

陈挽只觉得手心掠过一只蜻蜓,还没抓住,就飞走了。

太阳一点一点升高,把原教堂的尖顶、古老的挂钟和橄榄球场照红,照亮。

他忽然想起两句诗。

海上生明月,天涯共此时。

升红日也是一样的。

陈挽一直都知道,虽然他和赵声阁近在咫尺,但其实他们之间一直隔着天堑,所以他把每一次见面都当作最后一次。

从下半学期开始,赵声阁就不怎么来学校了,按照赵茂峥的规划正式进入明隆。

只有偶尔回学校来到逸夫楼的时候,他才能从麻木虚伪的应酬和工于心计的谈判桌上抽离,获得片刻的宁静。

看陈挽做题和听陈挽说话是独属于赵声阁的休息方式,厮杀掠夺、钩心斗角在这一刻,都离他很远。

陈挽觉得赵声阁有时候在看他的卷子,有时候又像是在发呆,他越来越不动声色,像临危不崩的高山,那点微不可察的倦意是溪谷飘零的落叶,无足轻重,无人窥察,只有每日飞向这座山的鸟知道。

陈挽从来不多问,擦机器人、喂猫、按时做题,赵声阁让他做什么就做什么。

分部有二十四小时不关门的自习室,陈挽一张张检查已经完成好的卷子,明天赵声阁会回学校。

几个学生从他身边经过。

"听说是被当场抓住的。"

"本来就是小三上位……"

陈挽充耳不闻，嘲讽讥笑和侮辱他在陈宅已经听过太多，早已免疫。

不过他的冷漠刺到了纨绔子弟。

一人把手拍在他的试卷上："陈挽，你知不知道你妈在外面做什么？"

卷子瞬间皱了。

"放手。"

"嘀，什么态度，"说着甚至更用力地抓了抓，"你怎么还有脸坐在这里自习？"

赵声阁的卷子破了。

陈挽抬起一张纸白的脸，眼睛黑得瘆人，抓住他的手腕，用了暗力。

"啊——"

其余几人围过来，抓住他的手臂，扯他的头发，陈挽丝毫没有反抗，任由他们拳打脚踢地把自己拖去没有监控的洗手间。

数分钟后，洗手间传来一阵隐哑的痛声。

抓破赵声阁卷子的那个男生跪着哀求陈挽："我……我们错了……别……"

陈挽的手臂上也有伤，滴着血，昏暗灯光照着他阴郁的脸，居高临下地垂眼睨着几人，"咔嗒"一声，盖好钢笔，面无表情地转身出门。

看着脸上和手上的伤，陈挽当机立断给赵声阁发信息。

"下周还会回来吗？我们有一节实验课调到明天了，卷子下周再拿给你好不好？"

赵声阁应该是在忙，没有回复。陈挽蹲下来把试卷的碎片一张一张捡起，小心翼翼地拼好、粘上，并思考如何以最快的方式弄到一张新的。

赵声阁一直没有回复，陈挽躺在床上盯着手机，辗转反侧，忽然，一个电话直接打了进来。

"陈挽。"

陈挽的心提到了嗓子眼，轻声应："赵声阁。"

电话那头有宴会的乐声，赵声阁似乎走到了一个更安静的地方："明天有课？"

陈挽抓了抓被子，声音平稳："对，卷子我下周再拿过去给你好不好？"

赵声阁看着分部实验课网页空空如也的调课公告，面无表情，声音倒是非常温和："可是我后天要交呢，这段时间缺的课太多，不交要被点名了。"

他一这么说，陈挽就马上说："那还是明天好了。"还不忘圆自己的话："我上完课就马上过去。"

赵声阁幽幽地道："好啊，麻烦你了。"

陈挽都已经想好了关于脸上的伤和试卷的解释，可是第二天和赵声阁目光对上的那一刻，他就知道了，没有人能在赵声阁面前撒谎。

赵声阁想知道的事，没有不能知道的。

短短数日不见，他更成熟稳重了，眉宇之间已然隐隐有了这个年龄段的男生不会有的气势和气场，还有一丝……威严。

赵声阁一句话都没问陈挽，可那眼神又已说明了一切。

那样不动声色、极致冷静的目光就已经是异常严酷的审讯了。

陈挽花了很大勇气才勉强能平稳地与之对视。

赵声阁就这么看着他，也不说话，直到陈挽冒出了冷汗，才开口。

"跟我来。"

"以后你就在这里自习，"赵声阁打开了他的私人实验室，"手。"

陈挽眼睛睁大了一些，刚想拒绝，赵声阁抓着他的手指录入指纹，头都没抬："陈挽，想好你要跟我说什么。"

陈挽是做不到拒绝赵声阁的第二遍的，立刻乖乖地把手指放上去。

赵声阁看了眼他身上只草草处理过的伤，去拿医药箱。

"陈挽。"

被叫名字的人又开始紧张。

赵声阁垂着眼给他消毒："没有话要跟我说吗？"

陈挽想了想，说："对不起。"

"对不起什么？"

"把你的试卷弄破了。"

"……"赵声阁以一种较为复杂的目光凝视着他。

陈挽不知道怎么了，只能对他不好意思地笑了一下，还扯到了脸上的伤口。

"……"赵声阁只好说，"卷子没关系，你身上还有没有其他的伤。"

"没有了。"他只是在有摄像头的地方让那几个人抓了几下，到了洗手间他就立马反扑了。

如果是在小榄山，这几个人根本不够看的。

赵声阁放轻了动作，过了好一会儿，问："陈挽，你以后想做什么？"

风吹动窗纱和陈挽的头发："想做海洋工程方面的职业。"

赵声阁没抬头，随口说："噢，陈工。"

陈挽一怔，不好意思地笑了笑。

但大概宋清妙不会同意，把陈挽送进荣信是她多年的执念。

"还有吗？"

"还想过要有一艘自己的船。"海市是一个岛，如果有一艘船就能离开囚笼。

"船要什么样子的？"

"不需要太大、太华丽，普通的船就可以。"

"要吧，"赵声阁不太赞同道，"要大一点，坚固一点。"

"续航也不能太差，要能去到远一点的地方。"

他这样说，陈挽就笑了，好像自己真的拥有了这样一艘船。

赵声阁抬头看了他一会儿，哼了一声："笑，你做错了事，还笑呢？"

陈挽还是笑，眨眨眼："你呢，赵声阁，你喜欢什么？"不知道他可不可以追上赵声阁的脚步。

赵声阁从出生拥有的东西就很多，但第一次有人问他喜欢什么，不过他喜欢的事物几乎都不能拥有，沉默片刻，继续低下头给他上药："可能喜欢看人开船。"

"……"

陈挽平时总是彬彬有礼、滴水不漏的样子，偶尔被噎得无语的样子很生动，赵声阁露出这些天来第一次的一点笑意。

陈挽的手机振动，赵声阁给他拿过来，陈挽低头扫了一眼，有些紧张，不知道对方有没有看到简讯的内容。

赵声阁边收拾医药箱边站起来说："你要去看游泳比赛？"

"……"

这是陈挽之前和那个计算机大学生约的单，那时候还没和赵声阁认识，他定了定心神，说："是。"

赵声阁居高临下地凝视着他，似笑非笑："有朋友参赛？"

陈挽不想再对赵声阁撒谎,看着他的眼睛,说:"如果你今年参赛,我可以去看吗?"

赵声阁:"你很想看?"

陈挽点头:"嗯嗯。"

"……"

本部的校运会如期而至。

许久未出现的赵声阁出现在游泳比赛的名单上,令游泳馆的入场券一票难求。

陈挽戴着赵声阁的校徽坐在第一排的亲友席,亲眼记录下赵声阁高中时代最后一场游泳比赛。

哨声一响,幽蓝水面下闪过一道白光,赵声阁身高腿长,从一开始就遥遥领先,去时自由泳,返程蝶泳,天之骄子不负众望,以一分零五秒的成绩打破了混合游纪录,矫健完美的身姿留在了无数少女的梦里。

有校徽可以进入后台更衣间,陈挽把自己准备的花提前拿进去。

不一会儿,有人进来了。

是赵声阁。

后面还跟了一个同学。

对方向赵声阁告白。

毫无疑问,赵声阁拒绝,姿态客气疏离:"抱歉,我对你没有产生这种感觉。"

他拿起那捧陈挽笨手笨脚亲自插了几个小时的花束,递给面前的告白者:"花也拿回去吧,谢谢,不过以后不要再送了。"

温和,礼貌,也残忍,毫无余地。

隐在暗处的陈挽着急地张了张口,但不能出去——会令那位同学难堪。

被人拒绝本来就够难过的了。

等人走了,赵声阁才说:"出来吧。"

陈挽心一凛,从角落探出个头来,赵声阁撩起眼皮看他:"怎么在这儿?"

待会儿还有颁奖仪式,陈挽就不看了?

陈挽拿出矿泉水,拧开,递给他,又把他的毛巾张开,举着,赵声阁微低着头，任他给自己披上。

靠近时，赵声阁忽然皱了皱鼻尖，他抬起头，目光冷静地锁着陈挽，语气笃定："陈挽，那束花是你给我的。"

陈挽手一顿，眼睛蓦然睁大，万没想到赵声阁警觉至此。

赵声阁转身就走。

"哎——"陈挽赶紧拉住他，去跟别人要回一束给出去的花算怎么回事。

赵声阁回头，定定地看着他，下巴抬起，沉声说："那是我的花。"他都还没来得及好好看一眼。

"……我……我再给你插一束。"

赵声阁决定了的事没人能改变，语气也有些冷了："那也不是那一束。"

陈挽一怔，赵声阁已经越来越沉稳寡言，不动声色，许久不再有过如此少年意气、流露本性的时刻。

他不再拦着。

赵声阁从来不内耗，也从来不会尴尬，该是他的就得是他的，尴尬是别人的。

他追上去要回花，洗漱完换过衣服后就这么旁若无人地抱着花走在校园里。

旁人以为是组委会统一颁发的，倒也不显得突兀。

陈挽只能护着他，不让人群碰到他和他的花。

"为什么送我这个？"赵声阁很认真地低头看每一朵花。

白的芍药，粉的绣球。

陈挽闻言回过头，笑容温柔而诚恳："希望你开心。"

校园喧嚣，赵声阁看着他，没有做出回应。陈挽以为他没有听清楚，就又很正式地说了一遍："希望你开心，赵声阁。"

白芍药寓意真诚，粉绣球代表美满。

"希望你以后做什么事都成功、圆满。"

赵声阁看着他，良久，抬起下巴哼了一声，说："知道了。"

陈挽成为赵声阁私人实验室的主人之后，就再也没在分部上过晚自习，也并不知道那几个找事的二世祖再没来过学校。

新的学期，本部的学生陆续开始准备心仪学校的申请材料，这边三分之二的学生都是要出去镀金的。

本部和分部教育资源悬殊，分部只有顶尖的那几个学生才能申请到和本部学生差不多的好学校。

　　陈挽就是顶尖的那几个。

　　赵声阁给他仔细评估后，筛选出两所，一所是他自己的学校，一所就在隔壁，理工排名都在世界前列。

　　赵声阁这段时间应酬、跟项目，异常忙碌，但盯陈挽的材料盯得很紧，从收集、润色到推荐，比他自己的上心一百倍。

　　认真对比过历年录取情况，如无意外，陈挽是肯定能申上的。

　　但是初审通过后迟迟没有动静，本部学生里快的那些已经有在准备笔试的了。

　　"不着急，我叫人去查。"赵声阁在会议的间隙抓紧时间给他打电话，明隆集权斗争越发白热化，赵声阁每天的睡眠时间不超过五小时。

　　"嗯，我不着急。"陈挽总是非常听话，并反过来安慰他，"赵声阁，你别担心，你相信我，我能申上。"

　　赵声阁看着高楼外的碧天，麻木而疲惫的眼底终于涌上一点很淡的笑意："我知道，我相信。"

　　也不是完全没有好消息，好消息是——卓智轩回来了！

　　一年的交换结束，没想到陈挽竟然跟赵声阁认识了，卓智轩简直老泪纵横："好好好，看来他也不是真的瞎了。"

　　"……"

　　"阿挽，"他犹犹豫豫，还是问了出来，"那个……你现在还去和那机器人聊天吗？"

　　陈挽看着他那副"哈哈，这也没什么大不了"的样子，心里好笑，故意说："聊啊，每周都要聊的。"

　　"……赵声阁知道这事吗？"

　　陈挽坦然地道："知道啊，他也一起聊呢。"

　　"……疯了，"卓智轩嘀咕，"疯了，都疯了。"

　　陈挽笑了。

　　"哎，这怎么又被退回来了？"卓智轩看着他的网页，"Tessa（特莎）都已经联系上导师了，就算不合格也应该发正式的回函。"

陈挽嘴角笑意退去，盯着屏幕摇摇头："一直让我改材料。"

一次是说格式不对，要改，一次是说身份信息遗漏，让补。

就好像是在……拖时间。

"有问题，"这些曲曲绕绕卓智轩自小见多了，冷笑道，"绝对是你们分部有要保的人。"含金量重的推荐信每年就那么几封。

不必猜是谁，晚上陈挽就在餐桌上接收到了陈秉信的通知，或者说命令："学校的推荐信你放弃，王家已经来打过招呼了，他们家小儿子要上C大。"

王家压陈秉信一头，他巴结还来不及，何况对方还承诺了一个合作。

二太太惊奇："哎，阿挽想出去读啊？还悄悄报了国外的学校，真是好志气呢！"

三太太似关心道："阿挽打算读什么？"

"还能读什么，当然是读商咯，一毕业就可以直接进荣信嘛。"

宋清妙也是第一次知道陈挽瞒着他偷偷报了国外的学校，极其震惊、失望地看着他。

陈挽通通没有理会，安静地吃完饭，直接推开陈秉信书房的门，在对方震惊的目光中，面无表情地通知："让我出国，我手上有你贿赂商协的证据，录音、录像、邮件，如果九月之前我的材料还没有通过，十月的第一天，全海市都会知道你和罗乾生官商勾结，挪用公款，中饱私囊。"

"反骨仔！你以为你能威胁到我，你妈做的那些事、欠的那些债，还有你在小榄山做过什么你心里清楚，你以为会有学校收你这种有精神病的坏种……"

陈挽充耳不闻，转身离开。

台风又起了，窗外风雨如晦，阴沉沉一片，楼下客厅的电视正在播放晚间新闻。

"明隆……转移……年关……股价下跌……反对……"

"……第四季度……压力……集中……"

几个大老爷在小小客厅指点江山："赵茂峥真是人老糊涂，派乳臭未干的太子爷去救市，那几个大股东不撕了他才怪。"

"是啊，想什么呢，年纪轻轻的公子哥，现在股民也不干了，有好戏看了。"

陈挽目不斜视地穿过长廊，关上房门，把窗打开，风雨一下涌入，他的脸在电闪雷鸣中忽明忽暗，幽沉的目光落到院子里的水房。

上一个台风期，他就研究好了这座宅子的水路、电路以及排洪缺漏，特级台风不是那么容易遇上的，如果他再错过这次机会——

"……"手机振动打断了他的思绪，来电人的名字在黑暗中发出微弱的亮光，陈挽一直不接，那个名字就锲而不舍地发着光，陈挽回过神后就接起来。

"赵声阁。"

"陈挽，"赵声阁只听了一秒，就说，"你不在室内？"

陈挽一怔，笑了："我开了窗。"

"把窗关上。"

"好，马上关。"陈挽把窗关上，那座危险的水房便被隔绝了。

"关上了吗？"

"关好了。"

"好，材料改好报上去了吗？"赵声阁应该是坐在车里，陈挽能听见远处的鸣笛声。

"改好了，报了。"

"嗯，这次不会再退——"

"赵声阁，你在哪里？"

赵声阁怔了一下，说："在去贝岛的路上。"

本来这种雨天是不应该出门的，但是那边的工厂出了事故，他不放心，要亲自去处理，他的每一天、每一小时、每一分钟都在被很多双眼睛盯着，不能行差踏错半分。

"赵声阁，"陈挽担忧道，"请你一定一定要注意安全。"

"好，这几天大雨，你也不要去学校了，"陈家没给陈挽配车，虽然没发停课通知，但是不去的也大有人在，"请假在家等回函。"

陈挽沉默片刻，说："赵声阁，如果真的申不上，你觉得我留在海市念商科怎么样？"

腌臜不堪的过去、宋清妙失望哀求的眼泪像铁链一样拖着陈挽。

如果他愿做小伏低进荣信韬光养晦几年，是不是就能把它从根基里摧毁，换一个清白干净的以后。

"陈挽，"赵声阁声音在风雨声中有些冷峻，"不怎么样。"

"……"

沉默在对流声中如有实质。

似是怕陈挽再说出一些什么自己不想听的话,赵声阁先开了口,语气没有方才那么硬了,商量着问:"这个地方的野心家已经够多了,给海市留一个工程师吧,好不好?"

他们里面总要有一个人能做自己想做的事。

陈挽被逗笑了,说:"好。"

赵声阁松了口气,陈挽这个人,言而有信,言出必行,答应了你的事就一定会做到。

"赵声阁,我没想放弃。"陈挽把晚上的事情全都告诉对方,毫无保留。

"好,你做得很好,把你手上的证据给我,别的你不要管。"

"好,给你,我不管。"

那天夜里,陈挽做了一个梦,十年后的赵声阁变成了他不太熟悉的样子,站在离他很远、很高的地方。

年轻男人眉眼冷峻,不动声色,人人对他毕恭毕敬,他望向陈挽的目光没有停顿,径直掠过。

画面一转,赵声阁持着一把虚空之翼,面色冷酷,对着他"砰砰"连开两枪——

陈挽被惊醒了,心脏急剧跳动。

他抖着手拿起手机,打开,心又马上安定下来,笑了笑。

因为赵声阁在 Chat 里问他:"成人礼想要什么礼物?"

英华的成人礼在春天举行,本部和分部时间错开。

学生可以邀请家长和亲友们来参加,陈挽没有可以来的亲人。

谭又明集结卓智轩、蒋应和秦兆霆潜入分部,并指挥沈宗年带两台相机。

已经很久不曾在校园里出现过的赵声阁是提前来的,不和他们一起。

陈挽穿着英华最普通的毕业袍,捧着卓智轩塞过来的花束,心中感动,最终也只是装作无奈地笑着说:"看来今天我的卡要刷爆了。"

谭又明哈哈大笑,揽过他的肩:"快,先帮我跟阿挽拍一张,我要第一个拍!"

351

沈宗年面无表情地指挥:"看镜头。

"别动来动去。"

卓智轩早在后边等着了,喊:"拍好了没,到我了到我了,谭又明你怎么抢我和阿挽的首拍啊!"

秦兆霆和蒋应分别和陈挽拍完,卓智轩马上说:"赵声阁,到你了。"

一直在旁边帮陈挽拿东西的赵声阁没有动,陈挽笑着看过来,说:"我们拍一张,好吗?"

赵声阁这才走过来,把东西一下子全挂沈宗年身上,走过去和他并肩站着。

沈宗年:"……"

谭又明亲自掌镜:"来,看我,三二一——"

咔嚓。

那棵苦楝子已经开花了,如陈挽所言,真的就像一片巨大的粉紫色云朵,金色阳光落下来,两张少年面孔,一个高大矜傲,一个温柔内敛,肩并着肩,是青春最好的样子。

谭又明带了拍立得,一群人最后还拍了很多大合照。

卓智轩不禁感慨:"阿挽你可真了不起,我们几个从穿开裆裤起就认识了,这么多年一张合照也没有,十几年交情的照片全在你成人礼这天拍完了。"

他们生在这样的人家,毕业了大家各奔东西,情谊也不再像从前那样纯粹,可是有了陈挽,一切好像又没有那么复杂,聚在一块只有最简单的快乐。

谭又明道:"啧,你们都不上镜,不爱跟你们拍。"他指了指沈宗年,"冰山扑克脸,"又指了指赵声阁,"官方新闻脸。"

赵声阁点点头,礼貌地反问:"那你是什么?笑面虎?"

"……"

蒋应和秦兆霆笑死了。

只有谭又明笑不出来,因为他发现,他贴身戴的玉不见了。

"谭宝玉,你别吓人。"卓智轩紧张道。

海市谁不知道那是谭老爷子在他满月的时候拿祖传的灵玉去天后宫开过光的,价值连城不说,还请住持算过命格,诵过经,作过法,自小佩戴,给谭又明挡过灾,真就贾宝玉那块宝玉。

虽然他们后生都不太信这些，可海市风水盛行，家里的老人信。

谭又明也有些慌了，东张西望的，沈宗年拽了一把让他冷静下来："你想想可能是什么时候掉的，我们分头去找。"

沈宗年的目光很镇定，谭又明心定了一些："应该是刚才换毕业袍的时候，领子太小，一起脱下来了。"

"好，那就去荆木大道，七个人，很快就能找一遍下来。"

陈挽跟赵声阁一组，低着头，找得很仔细，嘴里担心地念着："这么贵重的东西，千万别被人捡走了。"

赵声阁看着他着急的样子，倒也不急着找，只问："陈挽，你有玉吗？"

这是海市的风俗，给小孩戴玉，男戴观音女戴佛，不管贵的、便宜的，再穷的人家也会求一块，保平安顺遂，快高长大。

陈挽抬起头，说："我没有。"宋清妙那时候应该没钱给他买玉。

赵声阁嗯了一声，陈挽一直弯着腰，格外认真，额头冒出了汗，擦掉，又继续找，赵声阁看了片刻，上前走了几步，说："来这边找吧，合照是在这里拍的。"

陈挽走过去，一步一步，每一片草丛都不放过，秦兆霆和蒋应都热得不行坐下来休息了，他还在找。

陈挽这个人，别的没有，韧劲和耐力一等一，结果还真让他给找到了。

谭又明激动地扑上来给了他一个熊抱："阿挽，你就是我的救命恩人！"不敢相信这玉不见了家里会怎么收拾他，倒也不怕别的，就怕伤了老人的心。

"都不知道怎么谢你了，真的。"

陈挽也松了口气，笑笑，拍拍他的肩，宽慰道："没那么严重，找到了就好。"

谭又明心里感念他，生日时亲自到大宅外头接人，一众少爷不禁好奇，能得海市交际花青眼的人到底什么来头。

谭又明拉着陈挽亲自给老爷子和关可芝郑重介绍："阿爷，阿妈，这就是陈挽，我那玉就是他给找回来的，那天热死了，他特别费劲给我找的。"

陈挽忙说没有没有，又落落大方地向人问好。

关可芝眉眼弯弯："嚯，好俊的孩子，幸好你给找回来了，不然谭又明可少不了一顿打,这丢三落四的毛病。"

老爷子眼睛毒,一看就知道陈挽不是那些公子哥。"好孩子,爷爷谢谢你,这玉很重要,"贵不贵重倒是其次,这种贴身命格之物要是被人拿去作法那就完了,"既然是你给找着了,那就是合我们谭家的缘。明仔能交到你这个朋友,是他的福气,往后你有什么要咱们谭家帮忙的,就开口,知道吗?"

陈挽谦和地笑道:"谢谢爷爷,就是顺手的事,阿轩、蒋应和秦兆霆也都一块找的,只是刚好在我附近。"

老爷子乐了:"那就是玉选的你。"

陈挽笑了,刚要开口,一直没怎么说话的赵声阁忽然开口:"老爷子说得对,那玉怎么不选我,不过是美玉有灵罢了,知道谁是真心,谁最心切,你一处一处草丛树根全翻个遍,它不选你选谁。"

这话老爷子爱听,哈哈大笑,说声阁说得对。

沈宗年抬眼看了赵声阁一眼。

关可芝非常喜欢陈挽,一群少爷只有陈挽眼里有活,问她需不需要帮忙,这种事装不出来,大人看小孩一眼看到底的。

她双手抱头:"要是明仔身边的朋友都像你这样,我真是睡觉都要笑醒了。"

陈挽被逗笑,他很喜欢关可芝,说:"又明在学校里有很多朋友,大家都非常喜欢他,对他很好,您不用担心。"

"他那些朋友,我还不知道。"三教九流,什么都有,关可芝头痛,要不是年仔看管着,她儿子绝对要学坏,"阿挽报了什么学校,之后在哪里读书?"

陈挽想说还没定下来,坐在旁边的赵声阁忽然开口说:"陈挽也报了宾城的学校,要是能申上,以后又能继续和我们几个在一个城市了。"

陈挽转头看赵声阁一眼。

关可芝喜道:"那太好了呀,往后你们几个可要相互照应,你们和年仔阿姨都放心,"她早不再把沈宗年、赵声阁当小孩了,"明仔和阿轩跟长不大似的,你们要多看着点。"

赵声阁点头说:"阿姨,不用担心,我跟宗年知道的,不过陈挽的申请还没有通过,如果最后不行,就要留在海市了。"

关可芝看着赵声阁,慢慢地笑了,明隆未来的掌权人啊,这心眼真是比菠萝孔还多。

五月的第一个星期，陈挽两所学校的申请都顺利通过，以面试最高分获得反选权。

陈挽毫不犹豫地选了赵声阁的那一所。

英华本部体育馆的击剑场。

两个穿着击剑服的少年你进我退，挥剑刺击，一个咄咄逼人，一个只守不攻，任由对方步步逼近。

沈宗年一剑刺在赵声阁的命脉，赵声阁脱下头盔，示意服输。

沈宗年也掀开头盔，但手中的剑仍未放下，冷静地平视着赵声阁。

赵声阁坦然回视，对峙片刻，他无奈地举起双手。

沈宗年冷声问："你是从什么时候开始谋算的？"

引荐陈挽，利用谭家，掣肘陈家，没有谭老授权，关可芝出面，申请材料不可能会那么快通过。

赵声阁面色平静，从容坦白："从陈挽的材料被第二次退回时。"

沈宗年持着剑继续问："那块玉究竟是它自己掉的还是你拿的？"

赵声阁如实道："它自己掉了，然后我捡起来。"只不过是藏起来没有马上还罢了。

沈宗年冷声嘲讽："那是不是还得多谢你没有让别人捡走。"

赵声阁自知理亏，叹了声气："沈宗年，我不会真的对又明怎么样。"

沈宗年一点不好糊弄："那如果玉没有掉，你打算怎么办？"

赵声阁看着他的眼睛："让谭又明去说服关可芝。"

明隆正处于权力更迭变革之际，他还没有站稳脚跟，被赵茂峥知道软肋，陈挽就是下一个波珠。

而卓智轩在家里说不上话，蒋应家中背景复杂，谭家是最合适的。

谭大少想要一个私生子当伴读并不是什么难事，陈家能巴结上他还得偷着乐。

这样也行，但不是最优选，有了这块玉，那陈挽可就不是伴读，是谭又明的恩人，是谭家的"福星"，谭家还得承他的情，势必会给陈家施加更大的压力。

沈宗年冷笑："陈挽知道你这样吗？"工于心计，步步算计，为达目的不择手段。

"他不用知道，"赵声阁说，"如果你介意，我去跟谭又明道个歉。"赵声阁知道自己不道德，但也没什么悔改之心，他一定会这么做。

沈宗年用剑抵住他的肩膀，制止："不用了。"让那傻子知道了不得伤心死。

理智上，他和赵声阁是同一种人，换他也会这么做，并且做得更绝，最好是让谭家急个十天半月，满城悬赏找玉的时候再拿出来。

利益最大化。

但是，他想起那天谭又明慌张的眼睛，警告地用剑指了指他："没有下次，赵声阁。"

赵声阁看着他的眼睛说："好，没有下次。"

两人从击剑馆出来，谭又明刚好迎面走来，他把肩上的书包往沈宗年怀里一撂，看看赵声阁，又看看沈宗年："怎么了，两位少爷，不对劲哪。"

沈宗年低头把他书包拉链拉好，一声不吭，赵声阁笑笑，说"没事"，又问："要吃钵仔糕吗？"

谭又明喷道："太阳从西边出来了？"但马上又说："你请？"

赵声阁今天脾气很好："我请。"

谭又明就指了指自己，说"大碗"，又指了指沈宗年："加大碗"。

赵声阁很好说话："好，我让陈挽买过来。"

谭又明拍拍他的肩："哎呀，还以为你进了明隆不认识我们了呢，没想到心里还是有兄弟的。"

"……"沈宗年白了两人一眼。

录取通知书很快就下来了。

出发飞宾城那日，是谭又明和卓智轩亲自去陈宅接的陈挽，沈宗年开车。

一行人劫匪似的，谭又明当头，在陈家几房太太和同辈或惊诧或嫉妒的目光中大摇大摆闯进了陈挽那个陈旧失修的房间。

陈家几房只知道陈挽以前在泳池里救了个卓智轩，没想到现在居然都能跟谭家那个命根子称兄道弟了。

每当陈秉信或是长子陈裕想上前跟谭又明搭话套近乎的时候，沈宗年就往前一站，摆着一张阴郁的冰山冷脸，生人勿近。

他的口袋里放着一部正在通话的手机，对面是赵声阁。

"我的天，阿挽，你就住这儿？"谭又明气不打一处来。

陈挽好笑地看着他："没事，你这不是来接我了吗？以后就不住这儿了。"

他的行李很少，这里的东西他都不要，都扔了，剩下的只一个大行李箱就能装完。

卓智轩帮他一起抬下楼。

谭又明还是生气，走的时候拿陈秉信出气："陈先生，你这屋子渗水的房间还给人住，小心漏财啊，难怪荣信近年越来越不行了。"

陈秉信面色难看，但没法跟这个谭家的命根子发作，谭又明还要继续大声说："没想到你做老板不行，做爹更不行，这么多儿子一个能光宗耀祖的都没有，就陈挽争气考上了名校，你一点表示没有，我回去就跟我阿爷说，也让外头的人都看看你到底是怎么当爹的。"

陈秉信只好忍着气说："谭少有什么指教？"

"阿挽在外面上学，学费也不贵，一年八十万，四年三百二十万，我们阿挽那肯定是要读研、读博的，三年研四年博，再加生活费，你就开张五百万的支票吧。"

陈秉信沉脸瞪着他。

谭又明皮笑肉不笑："陈家这点钱都拿不出来，果然是漏财。"

沈宗年和卓智轩都看着，陈秉信下不来脸，甩了张支票。

谭又明还要指点江山，沈宗年怕他被打，押着人出去了。

沈宗年开车，谭又明坐副驾，卓智轩和陈挽坐后排，拍手称快："爽死我了，谭又明，牛啊，你看没看见陈裕那脸色？"

陈挽的心像被一池温水泡着，弯起眼说："等到了那边我请大家吃饭，谢谢你们来接我。"

"谢什么谢，"谭又明不喜欢他客气，转回头把支票给他，不忿道，"我还嫌少了呢，早知道要一千万，便宜他了。"

"……"沈宗年冷酷地启动车子。

陈挽拿着那张支票，回头看了眼车窗外，三楼小隔层房间的窗帘微微飘动，不知是不是后面有人。

这五百万陈挽会把它打给宋清妙。

这些天宋清妙和他吵过、闹过、哭过，陈挽无数次问她愿不愿意和自己一起走，他有全额奖学金，再接接外快，养活两个人不是问题。

但宋清妙不愿意，所以陈挽给她留了一张银行卡。

放在她那座天妃娘娘玉像下面，她上香的时候就能看到，里面有陈挽这些年的大部分积蓄，再加上这五百万，应该能还上一些赌债。

陈挽拉开书包，把支票放进去，忽然，他在夹层里摸到一张卡片，拿出来一看，是一张他没有见过的银行卡，不知道是什么时候放的。

陈挽趴到车窗边上，回头看着那间变得越来越小的阁楼房间，眼底渐渐湿了。

海市机场。

宾利一路畅通无阻地驶入 B3。

T2 航站楼在播报登机广播提示，国语、粤语、英语各重复一遍。

卓智轩和谭又明只能送陈挽到安检处。

"走吧，三个月后见。"他们几个的学校都不太远。

陈挽单手拉着行李，回头抬手朝他们微笑作别："到时候见。"

书包上的挂件随着他转身的动作微微晃动——一个迷你机器人模型，和逸夫楼空中展馆那个一模一样，赵声阁送他的成人礼礼物。

小机器人陪他过了安检，候机厅的滚动屏幕上在播放当地台的财经新闻。

"TCB 为您播报……明隆……上半年……圆满……转移……

"满意答卷……继承人……赵声阁……正式转战……海外……"

三十七号国际航班登机口。

落地玻璃外的碧天像一片蓝色巨幕，金色日光将四处照得一片亮堂。

新闻里的那个人手里拿着登机牌，静静地看着他，说："陈挽，过来。"

陈挽嘴角扬起，一步一步朝着他，踏进这巨大的、金色的光明里。

图书在版编目（CIP）数据

奇洛李维斯回信 / 清明谷雨著 . -- 上海：上海文化出版社, 2025.7. -- ISBN 978-7-5535-3188-5
I. I247.5
中国国家版本馆 CIP 数据核字第 2025EB6846 号

© 中南博集天卷文化传媒有限公司。本书版权受法律保护。未经权利人许可，任何人不得以任何方式使用本书包括正文、插图、封面、版式等任何部分内容，违者将受到法律制裁。

出 版 人：姜逸青
责任编辑：顾杏娣
监 　 制：邢越超
策划编辑：柚小皮
特约编辑：刘　静
营销支持：文刀刀　周　茜　魏焱鑫
封面设计：有点态度设计工作室
版式设计：潘雪琴
内文排版：百朗文化

书　　名：奇洛李维斯回信
作　　者：清明谷雨
出　　版：上海世纪出版集团　上海文化出版社
地　　址：上海市闵行区号景路 159 弄 A 座 3 楼　201101
发　　行：中南博集天卷文化传媒有限公司
印　　刷：三河市鑫金马印装有限公司
开　　本：640 mm × 915 mm　1/16
印　　张：23
字　　数：400 千字
版　　次：2025 年 7 月第 1 版　2025 年 7 月第 1 次印刷
书　　号：ISBN 978-7-5535-3188-5/I.1235
定　　价：56.00 元

如发现印装质量问题，影响阅读，请联系 010-59096394 调换。